KB265262

호기심은 고양이를 죽인다

호기심은 고양이를 죽인다

2024년 4월 8일 초판 1쇄 인쇄
2024년 4월 18일 초판 1쇄 발행

지은이 | 김세희
펴낸이 | 孫貞順

펴낸곳 | 도서출판 작가
　　　　(03756) 서울 서대문구 북아현로6길 50
　　　　전화 | 02)365-8111~2 팩스 | 02)365-8110
　　　　이메일 | cultura@cultura.co.kr
　　　　홈페이지 | www.cultura.co.kr
　　　　등록번호 | 제13-630호(2000. 2. 9.)

편집 | 손희 김치성 설재원
디자인 | 오경은 박근영
영업 | 박영민
관리 | 이용승

ISBN 979-11-90566-82-7 03810

잘못된 책은 구입하신 서점에서 바꾸어 드립니다.

값 18,000원

호기심은 고양이를 죽인다

김세희 장편소설

작가

차
례

Kapital 1

"누나는 참 이상하네요, 남들은 아무렇지 않게 다 잘하는 걸 겁내고 남들이 쉽게 못하는 것에서는 겁이 없네요. 누나가 겁내는 건 예를 들면 이런 거예요, 저기 우이천 건너 돌다리 보이죠? 저렇게 작고 좁은 물 위에 놓인 돌. 저걸 못 건너서 어쩔 줄 모르고 서 있는 거. 그런데 혼자서 사람들 아무도 안 가는 유럽 촌구석 여기저기 싸돌아 다니는 거 보면 신기해, 안 무서워요? 겁도 없어."

심리 테스트 할 때마다 그러더라고. 호기심과 직관력은 한국 평균 이상으로 높은데 반해 강인함과 주체성은 현저히 낮다고. 그런가, 이게 내 성격인가 했다. 나는 늘 그들의 내면에 무엇이 있는지 알고 싶어서 그러지 않으면 참을 수 없어서 그 속으로 번번이 뛰어

들었다. 기억력이 나쁜지 다 알면서도 몸에 안 좋은 불량 식품만 골라 먹는 건지 둘 다인지. 언제나 다치는 건 나였으면서도. 나는 늘 긴 소설을 읽는 데 익숙했다. 절대로 이 이야기가 끝나지 않았으면 하는 마음으로 가장 두꺼운 책을 찾아서 읽어댔다. 남자의 내면을 읽는 것은 그런 일이다. 지루함과 복잡함을 건너 한 세계를 탐험해 보는 것. 돌다리도 못 건너는 새가슴으로 나는 만 킬로미터의 거리를 마음에 이고 다녔다. 난 누구를 만나든지 절대로 끝내고 싶지 않았는데 결국 다 끝이 나 버렸어, 내가 읽었던 책들처럼. 도저히 그 세계를 손에서 놓을 수가 없어서 읽었던 것을 읽고 또 읽고 반복했는데 소용없더라고. 나의 호기심은 늘 남자에 의해 촉발됨과 동시에 그의 부재에 의해 완성되었다.

"야, 굿을 해도 그런 남자들 연속으로 만나는 거 힘든데 도대체 어디서 그런 쓰레기를 모아 오는 거야. 쓰레기 컬렉터니, 너?"

수연이가 그런 말을 할 때 나는 박장대소하며 웃었다.

"Curiosity kills the cat, 너 이 속담 알아? 호기심은 고양이를 죽인다. 난 이 말에 동의해. 호기심에 죽어나간 건 항상 나거든. 그래서 또 사는 게 지루하지 않았던 거야. 난 지루한 게 죽기보다 싫어. 그 또라이들 내면에 어떤 이상하고 기이한 역량이 깃들어 있는지는 나만 알고 있는 비밀이지. 내게 보여준 똘끼가 진짜로 현실의 그들과 일치했는지는 모를 일이지만 뭐, 나도 찐따 같은 짓 많이 했으니까. 개네들도 돌아서서 그런 생각 많이 했을 거야. 이런 미친년을 봤나. 글쎄, 난 마음과 머리는 분리되어 있지 않다고 생각해. 머리가 마음까지 딱딱 통제시킬 수 있다면 그게 사람이니 AI지. 불완전하니까 사람인 거야. 너, 자꾸 쿨하다고 자뻑하지 마. 어차피 마지막에 차가운 골방에서 혼자 처박혀 있을 건 너니까."

여전히 나는 바닥을 드러내면서 서로의 영혼을 읽고 무모하게 서로를 구제하려고 노력하던 그 객기야말로 우리가 살아 있다는 증거라고 믿는다. 내겐 그들의 마음을 얻는 데 성공하느냐 혹은 패배하느냐 하는 가능성에 대해 타진하는 것은 의미 없었다. 사느냐 죽느냐 하는 질문만큼. 죽을 것을 미리 안다고 사는 것을 멈출 수 없지. 그들은 그렇게 내게 다가왔다. 죽는 것이 확실하다고 삶을 먼저 포기하지 않는 것처럼, 절대 피할 수 없는 삶의 순간처럼. 내 앞에 펼쳐진 무지와 앎 사이에 서서 도저히 알 길 없는 그들의 내면의 지도를 어떻게든 해석하려고 애쓰던 나날. 내 속에 농축된 호기심이 한 인간 속에 집중되어 발현되던 때, 나는 그의 무의식에서부터 의식까지 모두 연결되고 싶어서 참을 수 없었다. 결국 난 시간 낭비처럼 보이는 짓을 반복하고 굳이 판도라의 상자를 열어가면서도 어렵고 복잡하다고 당장 읽는 것을 포기하는 게 아니라 궁금증이 드디어 풀리던 그 순간까지 기어코 가 보고야 말았다. 그 내면을 관통할 때까지. 사실은 나야말로 매번 가장 포기하고 싶었다는 걸 알까. 포기를 하지 못하는 것은 진짜로 궁금증, 그것 하나 때문이라고 말하면 아무도 믿지 않았다.

wir reden nachher.

나중에 말하자.

기차 출발 십 분 전, 나는 말했다.

"하고 싶은 말이 너무 많은데, 시간이 없네."

"나중에 말하자. 앞으로 시간은 많아."

나는 크리스의 코트 안쪽 주머니에 내가 쓴 편지를 넣었다. 그와 떨어지지 않으려는 마음을 붙들고 나는 더 대차게 캐리어를 들고 기차를 탔다. 그 순간이 우리의 마지막이 되었다. 독일에 건너와 만났던 나의 첫 남자친구. 독일에 대해 아는 것이라곤 노발리스와 슈만, 괴테뿐이었던 나에게 그는 처음으로 있는 그대로의 자기 자신을 보여준 독일인이었다.

교환학생이라는 신분으로 독일에 온 것은 2012년, 스물넷의 봄. 프랑크푸르트 공항에서 짐을 끌고 기차를 타고 예나라는 곳에 발을 디뎠다. 기차 속에서 삼월의 화창한 하늘을 바라보며 예나는 어떤 도시일까 상상했다. 예상과 달리 그곳은 내가 기대한 도시가 아니었다. 서울에서 태어나 줄곧 그곳에서만 자랐던 나에게 인구 십만 명이 사는 동네는 작고 답답했다. 내 이름 하나도 제대로 발음하지 못하는 사람들 속에서 그나마 온전히 생각을 전할 수 있었던 상대는 함께 온 한국 교환학생들뿐이었다. 모두 독문학을 전공하는 아이들이었다. 우리는 슈퍼마켓에서 불친절하기 짝 없는 직원들 앞에서 한국어로 욕을 했다.

"뭐야, 진짜. 아직도 동전 쓰는 나라 일 센트짜리 좀 많이 줄 수도 있는 거지 왜 저렇게 재수 없는 표정을 짓는 거래."

짜릿했다. 독일어 못 한다고 받는 괄시를 이렇게 푸는 방법이 있었다니. 우리들이 친해지는 속도는 빨랐다. 한 여자애가 나에게 이름을 불러도 되겠냐고 대뜸 물었다. 제주도에서 올라와 혼자 서울에 자취한 지 삼 년 되었다는 그녀. 그녀가 내 얼굴을 찬찬히 뜯어보며 말했다.

"언니는 확실히 어려 보인다, 그런데 목 주름 보면 나이 제대로 보이네. 어차피 여기선 나이 상관없이 다 이름 부르잖아. 괜찮지?"

차마 싫다고 말하지 못했다. 나는 웃으며 고개를 끄덕였다. 같이 다니는 무리가 점점 싫어졌다. 부침개를 부쳐 먹으며 서로의 속내를 털어놓고 벌써부터 인생 친구인 것처럼 모두 가까워지고 있었지만 나는 그들과 떨어져 혼자 수업을 들으러 가는 일이 늘어 났다. 그나마 좀 친하게 지내던 아이는 같은 건물에 살고 있던 윤지 였다. 하얗고 마르고 예쁘장한 스물두 살, 자기가 예쁜지 스스로 잘 알고 있는 여대생. 그녀와 함께 트램을 타고 수업을 들으러 가던 날, 그녀는 흥분된 얼굴로 나에게 말했다.

"어제 스탐티쉬에 갔는데, 엄청 잘생긴 남자가 있더라고, 뭐랄까. 자고 싶은 남자였어. 서른 초반이라던데 그렇게 안 보이더라."

나는 나보다 어린, 게다가 버젓이 남자친구도 있는 여자애가 그런 말을 한다는 것이 놀라웠다. 내 남자친구 현대 다녀, 한국 가면

곧 결혼할지도 모른다고 남친 자랑에 바쁘던 여자애의 머릿속에 자고 싶다는 생각을 불러 일으키다니 그 남자 도대체 뭐지. 그녀는 계속해서 그가 모델 같다는 등 섹시하다는 등 말을 꺼냈지만, 나는 그녀가 절대로 그에게 접근하지 못할 것을 알고 있었다. 머릿속으로 계산기 두드리는 여자애가 과연. 그래서 더 궁금했다. 그가 어떤 사람인지. 새파랗게 어린 여자애에게 발칙한 상상을 불러일으키는 그는 누굴까. 스탐티쉬는 내 관심사가 아니었다. 사실은 독일어 따위 배울 생각도 없었다. 한국 문화에 관심 있는 독일 사람을 만나고 싶었던 건 더더욱 아니었다, 나도 한국 문화에 관심 없는데 서로 무슨 공통사가 있겠어. 시큰둥한 내가 갑자기 그곳에 가보고 싶었던 이유는 단 하나였다. 윤지의 말이 불 붙인 호기심. 이 죽일 놈의 호기심.

"가서 언니도 봐. 진짜 잘생겼다니까."

비가 내리는 사월의 밤. 우산을 접고 우리는 비어가르텐에 들어갔다. 윤지가 일행을 찾으려고 두리번대는 순간, 나의 시선은 한 남자에게 고정되었다.

쟨가.

그의 얼굴에는 그런 인력이 있었다. 자석이 쇠붙이를 끌어당기는 듯한. 그가 손에 들고 있는 컵에 굴절된 빛이 그의 얼굴에 서서히 비치고 있었다. 빛은 늘 도착할 곳을 알고 움직이기 시작한다지. 십 초 만에 윤지가 무슨 의도로 그런 말을 한 건지 정확히 이해할 수 있었다. 왜냐면 윤지의 그 말이 내 속에서 단 한 번도 해 본 적 없는 상상을 만들어내고 있었으니까. 자고 싶은 남자, 그게 뭐지. 아무 감정이 없는데 그런 게 가능할까. 그런데 처음으로 가능할 수 있다는 생각을 했다. 윤지의 말로부터 꿈틀댄 나의 호기심. 여자애들의 반응은 비슷했다. 잘생기긴 했는데 이상해. 좀 위험한 것 같아. 정상은 아냐. 일반적인 중평에 숨어 자신의 욕망을 감추는 사람들이 쉽게 상상을 실전에 옮기기 어렵다는 것을 잘 알고 있었다. 나는 멀찍이 떨어져 사선으로 기운 그의 옆모습을 관찰했다. 검은 티셔츠 한 장이 저런 유혹을 담고 있는 사물인지 미처 몰랐다. 어른이구나 저 사람은. 여유로운 말투, 스스럼 없는 웃음, 끊기지 않는 대화 테마. 그러니까 유혹을 하는 상대는 저렇게 무심하게 앉아만 있어도 에너지를 뿜는 건가. 그럼 스스로 유혹이라는 것을 하지 않는다면 나와 같은 눈으로 그가 나를 볼 일은 평생 일어나지 않겠지. 그날은 스물다섯 살 먹고 태어나 유혹이라는 것을 처음 해보기로 결심한 날이었다.

한국어를 할 줄 아는 그는 매해 새로 오는 교환학생들과 찬찬히 연락을 하면서 잡담을 즐기고 있었지만 어째서인지 올해는 별 수확이 없는 듯했다. 윤지가 보이는 관심의 크기와 별개로 둘은 별다른 대화가 없어 보였다.

"말을 좀 희한하게 하더라고. 뭔 소리 하는지 이해도 안 가고 썰렁해서 별로야. 언니도 걔가 뭐라고 하는지 좀 들어봐."

윤지가 날 단톡방에 초대 했지만 알림을 꺼버리고 메시지를 읽지 않았다. 확실히 얼굴을 보지 않으니 그에 대한 관심이 천천히 식어갔다.

〈안녕, 반가워〉

그가 처음으로 나에게 메시지를 보냈다. 따로. 나는 시치미를 뚝 떼고 물었다.

〈너 누구야〉

〈니코. 기억 안 나나? 우리 한 번 만났었는데〉

알지, 잘 알고 있지. 그때 우리가 처음 봤다는 것은 최소한 기억하고 있군. 그는 조금씩 나에게 말을 걸기 시작했다. 윤지 말대로 그는 파악하기 여간 어려운 사람이었다. 우리는 별다른 대화 없이 비어있는 채팅창을 유지했다. 잠잠한 수면 위에 돌을 던져보면 파문이 일 것 같은데 우울에 빠진 나의 돌은 쉽게 밖으로 드러나지 않았다. 회색 하늘, 재처럼 날리는 바람. 주구장창 음악을 들었다. 불협화음 속 숨겨진 서정성, 변덕스런 조 바꿈이 설명할 길 없는 우울처럼 번져 나갔다.

〈뭐해?〉

마지막 대화가 끊긴 지 열흘 만의 물음이었다.

〈음악 들어. 프로코피예프〉

〈거친 피아노를 좋아하나 보네. 너와 어울리는군.〉

〈도발적이잖아. 이런 식으로 사람 뒷통수 날리는 게 쉽진 않아〉

〈아. 그렇군. 슈만은 어때? 고전에 머물렀지만. 프로코피예프 피아노 소나타 1번을 들으면 확실히 슈만과 비슷하지〉

오후 삼십 도를 예상하는 아침, 목감기에 걸렸다. 왜인지 새벽에 춥더라니. 감기약을 먹고 프로코피예프 소나타 1번을 들었다. 그가 지킨 마지막 낭만의 세계. 비대칭적 리듬, 변박, 당김음, 리듬의 모방·축소·확대가 탄력적으로 이루어지는 슈만과 프로코피예프, 늘 공통점이 있다고 생각했는데. 어딘가엔 이 둘을 함께 좋아하는 사람이 있었군. 그런 사람이 이런 동네에 있을 줄은 더더욱 상상하지 못했다. 프로코피예프를 계기로 우리들의 대화가 천천히 늘어나기 시작했다. 나는 수업을 거의 가지 않고 차가운 바람을 맞으며 까뮈를 읽었다. 지루한 독일. 노잼이라더니 사실이었다. 난 왜 독일에 있는 걸까. 외국에 있으면 화끈한 추억거리가 생길 줄 알았는데 예나에서는 정말로 아무일도 일어나지 않았다. 어쩌면 나도 모르게 기대했었나. 한국에서의 평범한 일상과는 다른 소란스러운 일을. 『안과 겉』이 얇은 에세이에서 젊은 까뮈는 자신에게 재차 물었다. 내면으로부터 자신의 언어를 믿고 있는지. 자신이 발견한 필연성을 스스로 살고자 하는지. 이 책을 읽으면 스스로 선택한 인생을 살아보려는 까뮈의 불안 속 단호한 결심이 그려졌다. 필연이란 우연까지 모두 포괄한 무질서한 상태에서 자신이 선택한 것을 살아야만 하는 결의일까. 그것은 때때로 운명처럼 불가역적인 순간처럼 다가올지도.

〈사실 현실에서 필연이란 보통 결과가 원인을 고르면서 나타나는 거라. 어려운 일이지. 자유를 실현 하기란 〉

내 말을 들은 그가 말했다. 알쏭달쏭한 말이었다. 결과는 어차피 이미 정해져 있으니 화살만 다트 판에 날려 보면 되는 건가. 이유 하나 그거 대충 뽑기하면 되지 뭐. 이유 같은 거 아무도 궁금해하지 않으니 될 대로 되라면서.

〈그래서 칸트가 또 계몽을 강조한 건가. 네가 말하는 대로 자유도 한낱 망상이라면 결과에 대해 책임지는 것 이외에 제일 확실한 건 없잖아 〉

좀 더 과감해 보자. 널 알아보고 싶으니까. 내가 지금 너와 아무도 이해하지 못하는 대화란 것을 하고 있는 데는 분명 이유가 있겠지. 존재 한다는 게 그런 거라잖아, 자기가 선택한 필연을 살아보는 것. 그렇다면 난 좀 더 용기를 내볼게. 감히 더 알아보고자. 난 너를 처음 보자마자 십 초 만에 끌렸으니까 지금 널 가지고 싶은 거라고. 이건 필연적인 거라고.

〈언니 그거 알아? 오늘 밤 개기월식 있대. 우리 술 마시러 가자. 밖에서 보면 멋있을 거야.〉

붉은 달. 개기월식이 이루어질 때 달이 붉게 보이는 이유는 빛의 산란 때문이라지. 지구 대기에서 붉게 굴절 되면서 일으키는 빛. 산만하게 내 마음이 어지러웠다. 술김이라고 생각하고 싶었지만, 술기운이 달아 오를수록 그가 생각났다.

〈지금 만날래?〉

그 메시지를 쓰자마자 십 분만에 그에게 답이 왔다. 평소 답변 속도를 생각해보면 빠른 편이었다. 메시지를 받고서도 이게 꿈인지 생신지 얼떨떨했다. 아프다고 핑계를 대고서 나는 가방을 챙겨 서둘러 자리를 떴다. 우리는 한 시간 만에 내가 있던 근처 호숫가에서 드디어 만났다. 빽빽하게 나무가 자리한 숲 속, 중앙이 뻥 뚫린 호숫가 위로 찬란한 달이 보였다. 붉은 달의 끝부분이 날카롭게 반짝거렸다. 조금은 이른 여름밤 더위가 덮치나 했는데, 그대로 탈 것처럼 내 볼만 뜨거웠다. 조수석에 가방과 핸드폰을 던지고 그의 옆에 앉아 차가운 바람에 몸을 담그고 달렸다. 달 옆에 자리한 화성의 붉은 빛이 선명하게 눈에 들어왔다. 거의 비어 있다시피 한 아우토반을 그의 차는 쓱 빠져나갔다.

"오늘 달이 지구 가까이 다가왔다는데, 언니. 서로 엄청 가깝대. 태양빛을 받은 화성을 내 눈으로 볼 수 있다니, 언니. 이건 진짜 놓치면 안 돼."

몇 시간 전, 윤지가 신나게 떠든 것이 기억났다. 그날, 달과 화성처럼 우리는 손을 잡았다. 닿을 듯 말 듯 결국 닿고 말았다. 호숫가에서 물린 모기 자국에 손가락이 간지러웠다. 참을 수 없는 욕망처럼.

"웬 양이야?"

"집에서 키우는 거야. 꽤 오래 됐어. 아버지가 희귀 유전자 복원

소에서 일하셨거든. 저 양 동독 시절부터 프로젝트 일환으로 보존된거야. 이름이 좀 웃긴데. 좋은 양이래. 지금 한 마리가 우리를 뜯고 도망갔어. 내일 뒷산 쪽으로 들어가 찾아보려고….

우리는 정원 뒷쪽으로 돌아가 살며시 문을 열었다. 월식이 사라지고 보름달이 평소의 배는 휘황찬란하게 빛났다. 그는 창문을 열고 담배를 말기 시작했다. 그러니까 누군가를 좋아한다는 것은 그 사람의 사소한 행동 속에서 특별함을 찾아 내는 건가. 그가 건네준 담배를 받아 들었다. 처음으로 펴보는 담배. 연기를 목으로 삼키자 머리를 한 방 얻어맞은 듯한 감각과 함께 심장이 바닥으로 추락했다. 그의 방 안에서 들쑥날쑥하던 내 상상력이 멈추었다. 그가 실제로 어떤 사람인지 더 이상 중요하지 않았다. 어쩌면 나도 다른 아이들처럼 그가 이상한 사람이라고 의심하고 있었는지도 모르겠다.

"네 이름, 세이야 세희야?"

"세희. 근데 독일 사람들이 발음을 잘 못해. 내 이름의 철자를 읽으면 제에- 이렇게 발음하더라고. 미국에선 아무 문제가 없었거든. 다들 내 이름 읽으면 원래 발음대로 비슷하게 하는데 독일 사람들은 잘 못하더라고. 매번 설명해 줘야해서 스트레스야."

"난 세이 맘에 들어. 라캉이 생각나는군. 말하는 주체. 넌 좀 더 적극적으로 말할 필요가 있어. 그렇게 웃지만 말고."

들키고 싶지 않은 속마음을 그는 왜 저렇게 잘 아는 건지.

"생각만 하지 말고 나한테 말을 하라고. 너 글자론 꽤 이런저런 얘기하면서 내 앞에선 전혀라고 만치 말을 안 하잖아."

　아직 네가 어떤 사람인지 잘 모르겠다고. 잘 알지도 못하는 것에 대해 이런 저런 말을 하는 건 익숙하지 않아서 말야. 책장에 꽂힌 책과 DVD들을 눈으로 살펴 보았다. 프로이트, 독일어, 내가 모르는 언어로 구성된 그의 머리 속 세계. 창가에 앉아 어슷하게 담배를 빨아들이는 그가 내 머릿속에 물방울이 맺히는 것처럼 촉촉하게 스며들었다. 선반 위에 놓인 향수. 에르메스 떼르. 살짝 손을 대어 공기 중으로 뿌려 보았다. 그의 몸에서 맡았던 나무 향과 동일했다. 어른들은 이런 향수를 쓰는 건가. 코를 쿵쿵대면서. 이런, 유혹하기로 작정해 놓고 졸면 어떻게 하지 싶다가 어느 순간, 나는 그의 침대에 누워 잠이 들었다. 얼마나 잠들었을까. 그가 내 가슴에 얼굴을 파묻고 목을 가볍게 물어뜯기 시작했다. 처음부터 이렇게 안기고 싶지 않았다면 거짓말이지. 어떻게 이름도 모르고 손 한 번 닿지도 않고 한 큐에 나의 시각과 후각과 청각과 촉각을 바닥부터 자극할 수 있는지 알 수 없었다. 예감은 틀린 적 없었다. 아니라면 이렇게 곧 다가올 그의 입술의 감도가 머릿속에 빤히 펼쳐질 리 없다고. 이미 우린 정해져 있는 사이라고. 그의 어깨를 잡았다. 십 초 후 펼쳐질 세계로. 그의 혀가 내 입 속으로 들어 오는 순간 내가 찾고 있던 오감의 도수가 그가 가지고 있던 것과 정확히 맞아 떨어졌다는 것을 알 수 있었다.

　도서관에서 깜박 졸았는데, 그가 꿈에 나왔다. 그가 내 가슴을 빠는 입술 점막 안쪽이 생생하게 느껴져서, 소스라치게 놀라 눈을 떴다. 조용한 도서관. 앞 좌석의 여학생이 이어폰을 귀에 꽂고 필기를 하고 있었다. 커다란 학교 도서관. 쭈뼛거리며 잡지 하나를 손에 잡았다. 알지도 못하는 독일어가 가득한 이 도서관에서 뭘 읽을 수 있겠어. 오른쪽 코너에 〈Psychologie〉라고 쓰여진 구간이 보였다. 천천히 걸어 들어가 한 칸 한 칸 살펴보았다. 프로이트. Die Traumdeutung. 꿈의 해석이 즐비하게 놓여진 책장을 발견했다. 지금 나의 리비도는 그에게 꽂혀 그를 향해 집중적으로 흘러 가는 건가. 폐쇄된 나의 꿈 속에 불현듯 표상된 그의 입술, 생생하게 느낄 수 있던 점막까지. 그의 입술이 그렇게 매력적이진 않았는데 왜 이렇게 감각은 쓸데없이 생생한 걸까.

〈뭐해?〉

〈도서관인데. 나 지금 졸다가 방금 네 꿈 꿨거든. 기분 이상해. 네 입술 점막이 생생하게 느껴져서 지금 몸서리 치고 있는데.〉

〈Traumtaenzer〉

사전을 검색해 보니 몽상가들이란 뜻이다. 꿈과 무희의 합성어. 몽상가들. 실눈을 뜨고 가만히 상상했다. 꿈속에서 춤추는 사람. 사뿐히 스텝을 밟고 미끄러지듯 꿈속으로 빨려 들어가는 몽상가. 갑자기 그 상상의 조각이 흩어지고 홀연히 검은 티셔츠를 입고 맥주를 마시며 사람들과 대화하던 그의 모습이 떠올랐다.

〈아니야. 난 상상을 좋아하긴 하지만 꿈을 믿는 건 아니야. 이런

이상한 꿈이 의미 있다고 생각하진 않는다고. 이건 우연일 뿐이지 이 꿈속에 무슨 해석 거리가 있겠어?〉

〈네가 날 원한다는 것 이외 달리 무슨 의미가 있겠어. 네 욕망은 지금 생각을 피해 숨어 있는데〉

이 남자 뭐지. 뭐길래 이렇게 당당한 거지. 그의 얼굴을 보지도 않았는데 온 몸이 새빨개졌다. 그 창피함을 들키고 싶지 않아서 일부러 더 센 말을 골랐다.

〈너 그거 알아? 네 무의식의 주인은 내가 될 거야. 네 꿈속에 미친듯이 나와서 널 괴롭혀 줄 거라고. 그때 가서 한 번만 만나자고 해도 소용 없어〉

〈그거 기대되는데?〉

그 말을 뱉고, 곧바로 우울해졌다. 택도 없는 소리, 무의식을 움직인다니. 저런 어른의 의식도 파고들지 못하는데 말도 안 되는 소리다. 나 같은 찐따가 어떻게 너의 무의식을 움직이겠어. 평생 가도 네가 뒤를 돌아볼 여자는 못 될 텐데. 화장실에 뛰어가 급하게 세면대 물을 틀고 세수를 했다. 단발머리, 동그란 얼굴. 소녀도 아니지만 그렇다고 여자도 아닌 나. 그가 가진 매력과 등가가 되기엔 한참 모자란 모습. 초라했다.

"엄마, 나 라캉이랑 프로이트 책 좀 보내줘. 책장에 꽂혀 있어."

나는 엄마에게 책을 보내달라고 전화했다 갑자기 웬 책이냐고, 독일 갔으면 독일어나 공부하라고 말했지만, 일주일 후 엄마는 커다란 소포를 보내주었다. 테이프로 꽁꽁 봉한 테이프를 가위로 뜯어 먹을 것들 속 라캉을 찾았다. 수업 때문에 사두고 전혀 읽지 않았는데. 이 사람이 뭐라고 했는지 제대로 읽어 봐야겠어. 그럼 그의 생각의 털 끝이라도 따라갈 수 있을까. 밤을 새워 그의 책을 읽었다. 『세미나 11』

〈나 지금 라캉 읽어. 넌 라캉 왜 좋아하는 거야?〉

〈글쎄. 무의식에 대해 가장 명확하게 설명해 주는 사람이어서〉

〈무의식이 중요해? 의식화되지 않은 건 없는 거나 마찬가지 아냐?〉

〈바람 같은 거지. 눈에 안 보인다고 그게 존재하지 않는다고 말할 수 없는 거야. 인간의 정신이란 것도 그래. 빛이 있으면 어둠도 있는 거지〉

〈이상하네. 내 친구 말론 현대 심리학 전공생들은 프로이트 라캉 다 패스한다고 했는데. 말도 안 되는 소리라고. 프로이트는 문학이랬는데〉

〈그럼 문학 속엔 진리가 없는 건가?〉

바람에 사각 대는 나뭇잎 소리를 들었다. 바람을 보고 싶다면 바람에 흔들리는 나뭇잎을 보면 된다. 전위의 원리. 그렇다면 사람의 영혼이 흔들리는 것은 보려면 어떤 순간을 포착해야 할까. 더위에 감전된 것처럼 숲 속에 서 있었다. 분명히 구름에 해가 가려져 있는데, 공기가 무겁고 답답했다. 온도와 습도가 상승하고 회색 구름만

잔뜩 끼는 이상한 날씨, 우울이 바이러스처럼 스멀스멀 몸으로 잠
식했다. 감기에 걸려도 좋으니 에어컨을 끼고 자고 싶었다. 나는 혼
자 와인을 마시고 조금 울었다. Wo es war, soll Ich werden. 라
캉이 한 이 말이 도대체 무슨 뜻일까 생각하다 불안에 끼적끼적 몸
을 끼워 넣고 선잠이 들었다. 꿈 속에서 그의 실루엣을 본 듯, 끝까
지 보이지 않는 얼굴. 이상하다, 벌써 그의 얼굴을 잊고 있는 건가.
그럴 리가 없는데, 난 그의 얼굴을 보고 반했는데. 당황스러움에 눈
을 떴다. 어느새 발코니의 열린 문 사이로 차가운 새벽 바람이 불었
다. 눈을 감고 벌써 뜨거워지려는 햇빛에 몸을 비볐다. 아무리 노력
해도 그의 얼굴은 다시 떠오르지 않았다.

〈페니스가 선다는 건 혈관이 팽창하는 거야. 페니스는 혈관 덩어
리라구. 살이 아니야〉

〈뭐야. 진짜? 무식해서 미안한데, 그럼 핏덩어리가 내 몸속에 들
어오는 거야?? 그럼 섹스는 정말 피와 땀, 눈물로 이루어지는 거네.
피로 맺어지는 합일이라니, 난 저 문장이 그저 문학적인 비유인 줄
알았는데, 생물학적 과정인지는 몰랐어. 전혀〉

나는 핏덩어리를 밟고 쾌감으로 올라서는 걸까. 남자란 피 한 방
울 한 방울로 잡는 건가. 그러나 뿌옇고 불투명한 욕망 덩어리가 금
세 식어 내 몸을 빠져나갈 때 느껴지는 것은 아무 것도 없었다. 그
를 아무리 다시 만나고 싶어서 재촉해도 늘 바쁘다는 메시지만 돌
아왔다. 내 돈 주고 담배를 처음 샀다. 담배에 불을 붙이고 발코니

에서 천천히 담배 연기를 빨아 보았다. 어른이란 바쁘고 시간은 없으면서 어지러운 담배 연기를 내뿜으며 세상을 다 아는 척 이런 저런 해석을 해야 하는 건가. 난 아직 그런 어른이 될 준비가 되지 않은 것 같은데.

"언니, 우리 휴일 껴서 교환학생들끼리 베를린 간대. 언니도 같이 가자."

"베를린? 여기서 얼마나 걸려?"

"별로 안 멀어. ICE 타면 한 두세 시간 걸릴걸? 우리 단체 티켓 살 거라 할인도 될 거고. 같이 가면 재밌을 거야."

나는 니코에게 베를린에 대해 물었다.

〈베를린 어때?〉

〈나 베를린 싫어해. 더럽고 혼란스러운 동네야. 뭐, 너에겐 흥미로운 것들이 있을 수도 있겠군. 많은 것들이 지하에 묻혀있으니까, 하지만 대부분의 독일인들에게 베를린은 좀 이해하기 힘든 도시지〉

〈그래도 아무렴 한 나라의 수도인데 여기보단 재미있겠지〉

일주일 후 나는 한국 교환학생들과 이탈리아 학생, 몇몇의 독일 튜터들과 함께 베를린행 기차를 탔다. 약 두 시간 반 만에 베를린 중앙역에 도착했다. 투명한 천장의 유리로부터 침투되는 빛이 사방에 부딪쳐 난사되고 있었다. 열차 교차로가 삼 층까지 뻗어 있다니 괜히 수도가 아니구나 생각했다. 역에 여유롭게 도착하지 않으면 기차를 놓치기 쉬울 것 같았다. 근처 건물들까지 투과된 빛, 건너편 오피스의 내부가 여과없이 드러났다. 시원하게 뻥 뚫린 커다란 유리벽을 보니 예나에서 느낀 갑갑함이 해소되었다. 열차 시간을 나타내는 모니터를 보니 동유럽 쪽으로 다니는 열차가 많이 보였다. 코펜하겐으로 가는 ICE 열차, 러시아와 헝가리, 폴란드, 체코뿐 아니라 파리, 암스테르담, 취리히행 심지어 모스크바나 벨라루스로 가는 열차도 베를린의 중앙역으로 들어오고 있었다. 기차가 이렇게 먼 도시까지 닿는다니 조금 놀랐다. 이런 데서 살면 내킬 때마다 어디로든 갈 수 있을 것 같은데. 몸집 큰 비둘기가 유리 천장을 날아다녔다. 독일은 뭐든지 다 큰가. 비둘기도 야채도 과일도 역도. 그림자 없이 쨍한 햇빛 아래.

오월을 기점으로 시도 때도 모르고 서는 페니스처럼 발작적인 더위가 시작되었다. 삼십 도에 육박하는 날씨. 인간들의 체액이 짙은 것인지 공기가 무거워서인지 몸 속에 압착기라도 달고 있는 것처럼 거친 땀을 뽑아냈다. 우리는 짐을 들고 숙소로 이동했다. 역에서 내리자 노숙자들이 삼삼오오 모여 바닥에 앉아 위스키를 마시고 있는 광경이 보였다. 일 미터 거리를 두고 있음에도 그들 몸에서 나는 냄새를 느낄 수 있었다. 이래서 니코가 베를린이 싫다고 했나. 그래도 네가 사는 동네보단 낫지. 한국같이 즐비하게 늘어선 고층 빌딩 숲은 아니더라도 이 정도의 도시 전경만 갖추고 있어도 심신이 안정될 것 같았다. 우리는 두리번거리며 스타벅스를 찾아댔다. 한국에선 한 집 건너 자리한 스타벅스를 독일에선 왜 이렇게 찾기가 힘든 건지. 우리는 역 하나를 더 가 기어코 스타벅스를 찾아냈다. 한국처럼 꽝꽝 얼어 있는 얼음이 들어있는 건 아니지만 그럭저럭 차가운 아메리카노를 마시니 기분이 풀렸다.

역 앞의 바리케이드와 울퉁불퉁한 길바닥을 지나 캐리어를 억지로 끌고 간신히 숙소에 도착했다. 도대체 왜 이렇게 공사하는 곳이 많은 건지 궁금했다. 이렇게 사방에 공사장이 많은데 수도 역할을 제대로 할 수 있을까 싶었다. 보통 수도라 하면 화려하고 편의 시설이 잘 갖추어져 있거나 그것도 아니면 유럽 특유의 클래식하고 우아한 모습이라도 갖추고 있어야 정상인데 베를린은 그게 아니었다. 혼란. 그러고 보니 베를린이 통일 독일의 정식 수도가 된 지 얼마 되지 않았다는 말을 듣기는 했는데 이렇게나 관리가 안 되어 있는 줄은 상상도 못했다. 그렇다고 콘크리트를 부어 바닥부터 새로 개간시키는 개발의 형태는 아니고 낡은 건물을 정비하고 다시 쓰기 위한 건설 현장이랄까. 나는 쇠파이프로 만들어진 철문 앞에서 안전모를 쓰고 일하는 인부들의 모습을 지켜 보았다. 베를린은 분명히 변화의 과정에 선 과도기적 도시였다. 베를린은 서울이나 도쿄처럼 완성형의 모습으로 때깔나게 반짝이는 곳도, 프랑크푸르트처럼 고층 건물이 즐비하게 늘어서 있는 곳도 아니었다. 도처에 나무가 심어진 한산한 도로. 수도답지 않은 수도. 사람들의 옷차림은 소박하고 단순했다. 이상하게 처음 보자마자 베를린에 끌렸다. 재작

년 큐레이터 수업을 들을 때 교수님께서 어깨를 으쓱하며 말씀하셨다.

"모두들 미술사 공부하자고 미국이나 프랑스를 가는데 내 생각은 좀 달라. 현대 예술계에선 독일이 한창 뜨고 있거든. 독일 예술은 발견이 좀 안 되어 있어. 그게 늘 아쉬워. 하기야, 나도 프랑스에서 공부한 입장에서 할 말은 없지만. 독일은 매력이 많긴 한데, 쉽게 이해하기는 좀 어려운 것 같아. 누군가 좀 해줬으면 좋겠어."

교수님의 그 말을 듣고 난 저변에 파묻힌 독일의 예술이 늘 궁금했다. 그걸 내가 한번 봐야겠다고 생각하고 이곳에 왔는데 정말로 그 말이 틀리지 않았다는 것을 알 수 있었다. 확실히 이곳은 달라. 베를린은 돈이 사람의 품격을 재단하는 현대의 도시는 분명 아니었다. 정돈되지 않은 골목에 쓸모없이 버려진 것들이 그대로 남아 기억을 그대로 떠받치고 있는 듯한 정취의 도시. 사고를 당한 후, 온 몸에 난 상처를 숨기지 않고 드러내고 있으면서도 그저 살아 있다는 것에 안도하는 환자 같은 몰골. 그러나 자세히 뒤집어 보면 역사와 기억의 집요한 기록의 흔적은 그대로 남아 책과 박물관에 전시되고 있었다. 절대로 과거를 숨기지 않는, 집요하고 조밀하게 기억을 구조화시키는 그들의 기술과 묘사력에 나는 매료되었다. 이 폐허 위에서 그들이 쌓아 올리고자하는 새로운 감성에 내가 참여해 볼 수 있다면. 베를린은 개성이란 자기 자신이 가지고 있는 상처와 부끄러운 이야기를 과감하게 드러내면서 시작된다는 것을 잊지 않고 있는 도시였다. 확실히 사상에 있어서 양보가 없다고 해야 하나. 이 도시는 독단적일 만치 관습적인 생각과 표준에 대해 치를 떨었다. 카페에 앉아 담배를 피우는 사람들의 대화 내용을 귀 기울여 들어 보았다. 그들은 자신이 믿는 바에 목을 내놓고 싸움을 불사할 각오로 토론하고 그 과정에서 상대와 척을 지는 것조차 마다하지 않았다. 여름의 한 가운데, 나는 베를린이 일깨우는 새로운 상상력의 열기에 질식되었다. 세상에 무슨 이런 도시가 다 있지? 이것을 아름답다고 느끼는 난 미친 건가? 아직 발견 되지 않은 것들에 대한 끈질긴 질문, 각각의 답의 발견을 위한 치열한 지적 투쟁의 현장 속에서.

우리의 숙소는 클럽가 주변이었다. 숙소가 오 층 건물에 자리한 터라 동서 분단 상징이라는 이스트 사이드 갤러리가 한눈에 들어왔다. 그러니까 몇십 년 전에는 강을 수영 해서 저 벽을 넘으러 오는 사람도 있다고. 자신의 아버지는 저 경계에서 초소를 지키던 사병이었는데 저 강에서 총에 맞아 둥둥 떠다니는 시체를 몇백 개는 건져냈다고 튜터가 말했다. 도시 전체에 스며 있는 분단의 역사. 우리는 베를린 오라니엔 부르거 거리에 위치한 타헬레스에 갔다. 불법 점거된 오 층짜리 건물. 건물 전체에 그래피티로 도배가 되어 있었다. 미처 예상하지 못한 위치에 갑작스럽게 생긴 흉터처럼 계단과 난간 하나하나에 새긴 생생한 페인팅 자국들. 물감은 캔버스 위에 발려 있는 것이라는 고정 관념에 저항하는 듯 거친 붓터치가 가득했다. 그러니까 저 물감은 지금 막 캔버스에서 해방되어 거리로 뛰쳐나온 건가. 뒷마당에서 한 작가가 헬멧을 쓰고 용접을 하고 있었다. 그 모습을 지켜 보던 내가 물었다.

"작업 안 하면 보통 뭐 하세요?"

"그냥 가만히 있어. 이 공간을 지키는 게 나인데 뭐."

베를린 장벽이 붕괴되기 전까지 마땅한 소유주가 없이 폐허로 남겨졌던 공간을 무단 점거한 예술가들. 그들이 해낸 작업들로 거꾸로 유명해진 역설적인 공간. 입구 앞에 폐가 철거 경고지가 하릴없이 날리고 있었다. 데드라인은 2012년 구 월이었다. 철거하기엔 지나치게 찬란할 만치 시간이 많이 들어간 공간인데, 그렇다고 상업 예술로서 팔 수 있는 형태는 아니었다. 이곳에 있는 예술가들은 어디로 가는 걸까. 이들이 공들인 폐허에서의 투쟁은 사라지는 걸까. 작가에게 물어봐도 별다른 답은 없을 것 같았다. 끊이지 않는 사이렌 소리. 그는 삼십 도 더위에 육박하는 쨍쨍한 햇빛을 맞으며 작업에 열중했다. 눈에 보이는 그 자체로 살아 있는 예술인 것 같아서, 그런 집중력이 신기해서 자세히 눈을 비비고 살펴보았다. 뒤틀린 역사 속 내면의 기록. 사람들은 모두 영어를 했고 외국인에게 친밀했지만 시선이 닿지 않는 어둠 속에서는 낯선 이들에게 절대 눈길을 주지 않고서 담배를 피웠다. 그곳은 여름 날 홍대의 주말 아침과 비슷했다. 아침 해장을 끝내고 불과 몇 시간 전까지만 해도 한껏 소란스러웠을 클럽 주위를 걸어가며 퀴퀴한 냄새를 피해 택시를 잡으러 가던 나날과 닮아 있었다. 쓰레기통에 넘쳐나도록 쌓이고도 모자라 사방에 시체처럼 널려진 맥주병들, 길거리에 쏟아진 음식들, 버려진 음식물에 머리를 박고 있는 비둘기들, 시큼하게 삭아가는 맥주의 내음, 각종 포장 용기의 잔해를 보면서 나는 슬리퍼를 질질 끌고 허름한 키오스크에서 커피 알갱이가 그대로 입 속에 굴러다니는 싸구려 커피를 사 마셨다. 마냥 밝지만은 않은데, 그래서 더욱 찬란하다고밖에 말할 수 없는 기묘한 젊음의 도시. 모두가 숨기고 싶어하는 상처를 전면에 드러내 놓는 도시. 이런 게 퇴폐미라는 건가.

낮의 카니발이 끝나고, 해가 걷힌 밤부터 크로이츠 베르크 거리 전체가 혼란으로 휩싸였다. 사람들은 청소를 하려고 들어온 도로의 차를 진압하고 그 위에 올라가 맥주를 마시며 스피커의 볼륨을 최대치로 올리고 테크노를 틀었다. 운전사가 창문 밖으로 팔을 내밀어 사람들이 건네주는 맥주를 받아 마시기 시작할 때, 나는 알 수 없는 흥분을 느꼈다. 스물다섯 살의 그 밤, 나는 베를린과 사랑에 빠졌다. 공사 중인 건물 위의 쇠파이프를 밟고 올라서서 아슬아슬하게 바닥을 바라보던 내 나이 또래의 아이들. 이곳에서 기존의 사회 규율은 큰 힘을 발휘하지 못하는 걸까. 아무와 친구가 되고 아무것도 하지 않고 그냥 느슨하게 살아보고 싶어. 마치 이 세상에 해서는 안 되는 일은 없다는 듯. 그날, 나는 어렴풋이 결심했다. 이곳에 다시 와야겠다고. 아직 공백이 많은 구역에서 내가 의미 있는 무언가를 채울 수도 있지 않을까. 아니, 그보다는 세상을 보는 나의 프레임을 바꾸고 싶었다. 가능하면 누구도 시도해보지 않은 새로운 거라면 더 좋겠어. 내가 지금까지 전혀 모르는 세계로. 혹시 알아? 언젠가 미술관에서 앞다투어 걸어 놓고 싶어하는 가격이 치솟을 미술 작품을 내가 찾아낼지도. 지금 최고로 진보적이고 창의적인 예술가들이 이곳으로 작업 하러 몰려오는데 눈 크게 뜨고 찾아다니면 발견할 수 있을지도 몰라. 그런 작품을 내 손에 넣어 잘 먹고 잘 살아야지. 그런 영악한 생각을 했다. 그날 저녁, 달리 박물관에서 그림을 보고 술을 마신 후 숙소를 향해 바샤우어 슈트라세를 걸어가는데, 윤지가 내 어깨를 쿡쿡 찌르기 시작했다. 갑자기 모두가 생일 축하 노래를 불렀다. 이건 세계 공통의 음악이었구나. 나는 베를린에서 스물네 번째 생일을 맞았다. 스물넷. 모두가 인생의 황금기라고 말하는 때. 난 고개를 갸웃했다. 인생의 황금기가 이렇게 불균형한 시기인가. 스물넷이나 먹었는데 난 외국어 하나 제대로 못하고 늘 우울하고 글도 잘 못 써서 교수한테 맨날 혼나고 있다니. 이 나이 먹도록 제대로 할 줄 아는 게 없잖아. 난, 스물네 살의 나를 견디기 어려웠다.

베를린에서 돌아온 이후 난 학교에 나가지 않았다. 난 예나에 도대체 왜 온 걸까. 독일에 오면 정말 재밌게 놀 줄 알았어. 내가 태국에서 만난 독일 사람들은 세상 친절하고 재미있었는데 그건 그저 여행지에서 나사 빠진 채로 놀고 있어서 가능했던 건지. 독일어를 못 해서 겪는 불편함과 수모, 이방인을 보는 낯선 눈빛, 나의 사회적 위치는 예나에서 한순간에 격하되었다. 겁난 한국 아이들은 무리진 채로 수업이 끝나고 밤이 될 때까지 함께 있었다. 나는 방어적인 사교 활동들에 쉽게 흥미를 잃었다. 그렇게 한다고 현실이 변하는 게 아니잖아. 열흘 내내 비가 내렸다. 무거운 공기. 급격하게 살이 쪘다. 간혹 니코에게 메시지가 왔지만 그는 나에게 일절 만나자는 말을 하지 않았다. 여자친구가 있는 건가 슬쩍 물어 보았지만 그는 그러기엔 너무 바쁘다고 말했다.

〈그럼 자위로 버티는 건가. 그걸로 충분해? 너 한창 아니야?〉

〈자위가 뭐가 나빠, 사랑하는 사람과의 섹스라고 우디 앨런이 말했는데〉

〈사랑하는 사람이라. 그럼 그 속에 나는 없겠네〉

〈글쎄. 상상은 자유지〉

하루에도 일곱 번은 비가 내렸다 그치길 반복하는 유월의 날씨는 한국과 차원이 다르도록 변덕스러웠다. 우산을 들고 다녀도 대가 꺾여 나가길 일쑤, 잿빛 하늘 아래에서 비바람을 맞고 다니는 것도 지겨웠다. 이상했다. 원래 싸돌아다니는 것을 좋아하는 성격이 아닌데, 집에서는 하루 종일 불만 없이 책을 읽고 과제를 하면서도 지루하다는 생각을 한 적이 없는데, 이곳에서는 집에 있으면 자꾸만 무기력해졌다. 독일어를 못하는 나는 이곳에서 눈 뜬 장님이었다. 하루에 적어도 네 시간은 매일 읽고 쓰는데 치중한 나에게 읽지 못한다는 것은 심각한 결핍이었다. 그렇다고 유치원에서나 쓸 것 같은 독일어 교재를 보자니 시시할 뿐이었다. 나는 슬슬 결론을 내렸다. 이 도시는 너무 작아. 지금 내가 할 수 있는 것은 튼튼한 두 다리로 걷는 것뿐인데. 좀 더 큰 도시가 필요했다. 그를 좋아하는 마음이 커질수록 고통뿐이었다. 이것이 정상적인 애정의 형태가 아니라는 것을 알면서도. 꿈 깨, 걘 나처럼 나에 대해 깊이 생각 안 해. 스스로에게 말해 봐도 소용없었다. 어렴풋이 알게 되었다. 나는 나 자신을 위해서는 전혀 따뜻하지 못한 사람이라는 것을. 오로지 타인에 관련해서만 겨우 따뜻해질 수 있는 사람이라는 것을. 그래서 자꾸 누군가를 향해 마음이 기우는 것이라고. 그래 봤자 황폐한 내면을 반사하는 차가운 골방에 처박혀 있는 나 자신만 발견할 수 있을 뿐인데. 이러나저러나 바보 같아, 그러니까 밖으로 나가야 돼, 억지로라도 다른 걸 봐야 된다고.

기차를 타고 무작정 다른 도시에 갔다. 비가 개이고 꾸덕꾸덕 남은 구름 아래에서 보는 회색빛 도시. 라이프치히, 베를린만큼은 아니지만 예나보다는 훨씬 나았다. 군데군데 새로 지은 건물과 그래피티, 올드 타운 지역, 스타벅스. 이 정도만 갖추고 있어도 몇 개월은 불만 없이 살 수 있을 텐데. 그렇게 지루한 동네에서 사람들은 어떻게 살고 있는 걸까. 그러니 헤겔이 박사 학위를 땄겠지. 그 지루한 동네에 처박혀서 논문만 물고 늘어진 거야. 도대체 노발리스의 『푸른 꽃』은 어떻게 예나에서 쓰여진 것인지 모르겠어, 아무리 눈을 씻고 쳐다 봐도 닮은 곳이 없던데. 불만 섞인 내 말에 니코는 답했다. 지루하니까 그래. 숲 밖에 볼 게 없으니까 놀이가 필요 했던 거야. 상상. 나는 예나를 혐오하며 라이프치히의 거리를 걸었다. 무거운 이 독일의 공기를 이길 수 있는 방법은 오직 밖을 돌아 다니는 것뿐이었나. 왜인지 이유를 모르고 헤매던 과제의 답을 해결한 기분이었다. 낮부터 밤까지 새로 지어 지는 건물 투성이의 공사장 현장이 가득한 도심 바깥 지역까지 나가 걸었다. 이곳도 베를린처럼 정신 없이 개발 되고 있군. 길을 잃고 한참을 돌고 돌아 다시 도심에 들어갔다. 밤이 되자 내 또래의 학생들이 기어 나와 맥주를 들고 계단에 앉아 담배를 피우고 있었다. 나는 기이한 생기가 도는 몸으로 집으로 돌아가는 기차를 기다리며 담배를 피웠다. 처음에는 목이 따가워서 구역질을 참던 담배 연기를 아무렇지 않게 삼키고 있었다. 첫 흡연 이후 한 달이 지나고 나의 흡연량은 기하급수적으로 늘었다. 혼자 집에 있던 나는 기차를 타고 다시 드레스덴과 막데부르크에 다녀왔다. 고풍스런 중세 도시, 그러나 도시에 살던 나를 채워줄 수 없는 공간이었다. 도시가 뭐길래 나는 이렇게 그곳을 그리워하지. 모두가 독일은 선진국이고 잘 산다고 그곳에 가는 나를 부러워했는데. 기차를 탈 때마다 기분 나쁜 찝찝함이 내 몸에 달라붙어 떨어지지 않았다. 자꾸 내 후각을 밀고 들어 오는 타인의 체취들. 저런 게 암내라는 건가. 내 몸에서 거의 맡아 보기 힘든 낯선 향에 난 당황했다. 향수를 아무리 뿌려도 기분이 나아 지지 않았다.

멀다고 생각한 모든 것들을 최고로 가까이 느낄 수 있는 계절. 가장 내면적인 계절. 여름이 다가오고 있었다.

〈넌 예나에서만 살았어? 다른 도시에서 안 살아 봤어?〉

〈음. 잠깐 밤베르크 쪽에서 대학 다니긴 했는데, 의학 공부 하러 다시 돌아왔지. 난 큰 도시가 잘 안 맞아〉

〈살아 보지도 않았는데 어떻게 잘 맞는지 아닌지 알 수 있어?〉

〈가보긴 했지, 근데 돌아올 때쯤 늘 피곤하기만 하고 기분 안 좋더라고〉

서늘한 밤공기가 나를 유혹했다. 밖으로 나가고 싶었다. 어떻게 도시가 피곤할 수 있지. 니코의 말이 이해가지 않았다. 쾌적한 지하철, 이십사 시간 운영하는 편의점, 에어컨, 배달 음식, 그런 건 바라지도 않지만 주말에 외출할 곳조차 마땅하지 않은 이곳이 난 한없이 지루했다. 이곳에 와서야 비로소 알 수 있었다. 내가 철저한 도시인 이었다는 것. 시골 같은 이곳을 떠나 다른 곳으로 가고 싶었다. 그러니까 문제는 어딜 가느냐 하는 거였다. 달리 할 것도 없는데 그냥 빨리 한국이나 가 버릴까. 엄마와 통화할 때마다 이유 모를 눈물이 흘렀다. 우울증, 체중 증가, 나의 얼굴은 사 개월 만에 몰라보게 변했다. 담배와 불규칙한 수면, 스트레스 때문인지 피부가 급격하게 나빠졌다. 이런 여드름은 살면서 단 한 번도 생긴 적 없었는데. 자괴감은 점점 더 심해졌다. 수업을 한동안 나가지 않던 중, 윤지에게 연락이 왔다.

"언니 도대체 어디야? 잘 지내는 거야? 난 이런 곳에서 더 이상 못 살 거 같아. 집도 학교와 한참 멀고, 그렇다고 아파트가 깨끗한 것도 아니고, 숲만 있고. 다른 애들은 지방에서 올라온 애들이라 그럭저럭 적응하나 본데 난 아니야. 우린 서울에서 태어났잖아. 나 그냥 이번 학기만 있다 서울 가려고."

내 안부가 궁금해서가 아니라 불만을 말하고 싶어서 전화를 한 걸까. 그녀의 불평이 계속해서 이어졌다. 궁금하지 않은 다른 아이들의 생활과 함께. 하긴 나 역시 다른 지방으로 식도락 여행을 가고 싶다는 생각이 일절 없던 서울 태생 여대생이었다. 그런 내가 유럽의 중소 소도시가 어떤지 알 턱이 없었다. 칠월 초가 되어서야 겨우 수업에 다시 나갔다. 이수 학점만 채우면 되지 뭐. 대충 시험을 준비했다.

"오랜만이야, 살쪘네."

내 이름을 함부로 부르며 말을 놓던 여자애가 말했다. 나는 그녀에게서 멀리 떨어져 앉았다. 제각각 다가오는 여름 방학 계획을 세우느라 정신 없는 분위기였다. 선옥이가 내게 다가와 말했다.

"언니, 언니도 티켓 하나 사요. 도이치반에서 내놓은 상품인데, 만 이십오 세 이하까지 구매 가능한 거거든요. 이백오십 유로짜리인데 이 티켓 한 장으로 여름 한 달간 무제한으로 공영 기차를 탈 수 있어요. 독일 전 지역으로 여행 가능 하대요."

그렇지 않아도 독일 뜨기 전 유럽 여행이라도 할까 싶어 마땅한 지역을 고르는 중이었다. 처음엔 파리에 갈까 생각했는데, 교환학생 무리와 함께 파리에 다녀온 윤지가 말했다.

"언니, 파리는 나중에 꼭 남자랑 가. 거긴 친구랑 갈 동네가 못돼. 파리는 연인의 도시야. 거기 가니까 남자친구 엄청 보고 싶었다니까. 여기 와서 생각 하나도 안 났는데."

그 말을 듣고 혼자 파리 갈 생각은 접었는데 선옥이에게 저 티켓에 대한 설명을 듣자 마음이 흔들렸다. 가격도 나쁘지 않고 게다가 한 달을 무제한으로 돌아다닐 수 있으니까. 어차피 방학하면 할 일도 없는데 의미 없이 예나에 처박혀 있을 생각을 하면 눈앞이 캄캄했다. 그렇다고 다른 국가를 돌긴 부담스러웠다. 독일 물가가 전체적으로 그렇게 비싼 것도, 치안이 불안정한 것도 아니니까 혼자 한 달 정도 돌아다녀도 괜찮지 않을까. 예나에서 왔다 갔다 하면서 빨래도 하고. 궁금했다. 도대체 독일은 어떤 나라이길래 내가 한 번도 가진 적 없던 스트레스를 유발하는 걸까. 내가 적응력이 좋은 편은 아니란 것을 알고는 있지만, 이런 스트레스와 우울증을 유발하다니 예상 밖이었다. 일단 이 도시에서 떨어져 있어보자 최대한 오래. 그리고 돌아온 후 다시 생각해보자. 집으로 돌아갈지, 여기 남을지. 나는 시험이 끝나자마자 카드를 긁어 티켓을 샀다. 가능하면 많은 지역에 발을 붙여봐야겠다고 생각했다. 독일은 내 기대와 너무 다른 나라였다. 태국에서 여행하며 만났던 독일인들과 별다를 거 없을 거라 생각했는데 커다란 착각이었다. 이곳에서 내가 아는 것들은 한 줌의 재가 되었다. 제대로 먹히는 상식이나 지식은 아무것도 없었다. 독일 사람들은 늘 본인들이 고집하는 절차를 앞세우고 복잡하게 일처리를 했다. 뭐 독일에 온 것도 하나의 인연일 텐데, 조금은 알고 돌아가면 좋겠지. 추억거리 하나라도 더 남기자고. 라이프치히에서 쉬지 않고 열 시간을 넘게 돌아 다닌 나의 체력으로 미루어 볼 때 불가능한 계획도 아닌 듯 보였다. 왜인지 지금 나의 에너지는 미지의 공간을 돌아다니며 활동하고 싶어하는 것 같다고. 스타트를 어디서 끊을까 고민하다, 나는 서쪽으로 가보자고 결론 내렸다. 서독은 어떤 모습일까. 통일된 지 이십 년도 넘었다지만, 동서 분단의 그늘은 아직 독일에 남아 있는 것 같은데, 서독은 다르겠지 싶어서.

바로 다음 날, 나는 쾰른으로 향하는 ICE를 탔다. 칠월의 여름. 쾌적한 기차 안에서 발을 뻗고 잡지를 읽었다. 역에서 내리자마자 쾰른 대성당이 한눈에 들어왔다. 좁은 광장을 압도하는 뾰족한 철창들이 벽을 가로막고 성당 체를 보호하고 있었다. 죄짓지 않은 사람도 두려움에 떨게 만드는 묘한 긴장감이 서려 있었다. 성당은 늘 성스럽고 우아한 줄만 알았는데, 저렇게 어둡게 사람을 위압할 수 있구나 싶어 한참 광장에 서서 첨탑을 바라보았다. 2차 세계대전 시 공격과 매연 때문에 성당의 흰 벽이 그을려 검게 변했다고 들었다. 무슨 일이 있었길래 마치 처음부터 잿덩이에서 태어난 것처럼 질료 자체의 색감을 바꿀 수 있을까 궁금할 지경이었다. 쾰른 중앙

역 너머 라인강을 따라 놓인 호헨츌렌 다리가 보였다. 한 계단 올라 대성당에 가까이 다가가는 것만으로도 심장이 조여왔다. 성당 앞에 체크 셔츠를 입은 한 남자가 선글라스를 끼고 계단 턱에 걸터앉아 나른하게 담배를 피우고 있었다. 시력이 좋아지는 듯 상쾌했다. 쾰른은 나에게 총천연색의 도시였다. 확실히 예나와 다른 분위기임을 감지할 수 있었다. 나는 무거운 가방을 어깨에 들쳐 메고 숙소로 가기 위해 구시가지를 따라 걸었다. 맨 몸을 그대로 드러낸 화려한 여름 옷을 입고 화장을 한 여자들이 거리를 메우고 있었다. 잘 정비된 도시, 활기 넘치는 도시. 내가 그리워하는 도시가 그곳에 있었다. 벽에 즐비하게 붙은 럭키 스트라이크 광고판들. 강렬한 빨간색 다트판 정중앙에 쓰여진 반어적인지 역설적인지 모를 이름. 건강에 나쁜 담배에 붙은 이 역설적인 이름이 맘에 들었던 나는 키오스크에 들어가 럭키 스트라이크 레드를 샀다. 담배에 불을 붙이려고 필터를 살펴 보다 문득 박스 위에 써 있는 문구 하나를 발견했다.

It's toasted

작게 빛나는 심지, 구운 타바코의 냄새를 느끼며 천천히 연기를 몸에 넘겨 보았다. 쌉쌀한 담배의 향이 거칠었다. 목에 칼칼하게 걸리는데 한 방에 훅 넘어가네, 이게 바로 스트라이크인가. 오늘부터 내 담배는 이거란 생각으로 나는 담배가 든 박스를 움켜 쥐었다. 삼십사만 개의 자물쇠가 즐비하게 걸린 철교를 건너 맥주를 마셨다. 기차가 스쳐 지나가는 다리. 대성당과 다리에 불이 들어왔다. 떠들썩한 사람들의 목소리를 지나 다리를 건너 대성당 안으로 들어가면 어디에서도 나를 찾을 수 없을 듯한 짙은 어둠이 드리워져 있었다. 불규칙하게 수면이 흔들렸다. 그러고 보니 한국에서는 외롭다 해도 늘 누군가와 함께 살았지. 꽉 짜여진 규율 속에서. 때론 느린 여유 속에서. 엄마의 가게 일을 돕고 아빠와 싸우고 도서관에 가고, 동기들과 인사를 하고, 교수님과 면담하고, 미팅을 하고. 누군가와도 혼자서도 한국에서는 별다른 여행을 해본 적 없었는데, 내 인생에서 처음으로 이렇게 먼 곳에 와서 혼자 여행을 하고 밥을 먹고 몇 달을 존재하고 있다니 신기했다. 사람들과 떨어져 있어도 내 시간은 어떻게든 흘러가는구나. 작고 사소한 나, 어른이 되기에는 턱없이 부족한 나. 그렇다면, 사람들이라는 거 인생에서 정말 중요한 걸까. 한 번뿐인 인생에서 하지 않으면 견딜 수 없을 것 같은 그런 것들이 있다면. 아니야, 나는 쓰는 것에 재능이 없어. 고등학교 때부터 글을 쓰고, 교수님의 사랑을 받고, 열심히 하는 애들 천지인데, 그런 애들도 프로가 되지 못하는데 나 따위가 뭘 더 쓸 수 있겠어. 나 또한 지원서에 경력 하나 채우자고 이곳에 왔을 뿐인데 왜 엉뚱하게 이곳에서 스스로의 열정을 살지 않으면 안 될 것 같은 절박함이 나를 덮치는 것인지. 철교 위, 소란하게 공기를 흔들며 기차가 지나갈 때마다 삶의 뿌리가 흔들렸다. 이렇게 살아도 되는 걸까, 더 이상 그 질문을 피할 수 없을 것 같았다. 남을 흉내 내거나 남들 하는 것을 따라 하며 대충 흘러 가는 것이 아니라 인생을 통째로 걸고서 반드시 시도하지 않으면 안 되는 것이 있다면. 자유. 한자를 빌려 풀어 보자면 자기 속에서 비롯한 것. 수업을 들을 때마다 교수님들이 말했다. 네가 쓰고 싶은 것을 쓰라고, 너만이 쓸 수 있는 것을 쓰라고. 하지만 모두가 보이는 결과물을 합평하기 바쁘고, 잘 쓰는 아이를 질투하는 데 여념 없었다. 세상은 니체를 읽고 분석하는 것을 서툰 연애 편지보다 훨씬 높게 쳐주면서 겨우 마음을 드러내면 감정이 과잉되었다고 비판하기 일쑤였다. 그래서, 니체를 읽어서 인생에 도움이 된다면 좋겠지만 실제론 니체 자신도 정신병 환자였는데 뭐. 내가 문학을 하는 사람들로부터 배운 현실은 글 속에는 글 자체가 아니라 다른 목적이 더 크게 자리하고 있다는 사실이었다. 인정받기 위해서, 사랑받기 위해서, 이해받기 위해서. 그 속에 자리한 거대한 타인들. 글짓기로 상을 받고 난 후, 집에 오는 길 내가 쓴 원고지를 버리고, 난 엄마에게 상장을 보여 주며 말했다. 엄마, 나 상 받았어. 원고지 위에 뭐라고 썼는지 하나도 기억 안 난다면서. 나는 중학교 3학년 때 남의 글자를 흉내 내는 일을 그만 두었다. 우연히 읽은 그 책은 이런 문장으로 시작했다.

〈부끄러운 인생을 살았습니다〉

나는 절대로 사람들 앞에서 이런 문장은 못 쓸 것을 알았다. 그리고 문예창작과에 들어와 그때의 나와 비슷한 모습을 한 학생들을 수없이 보았다. 초등학생의 하찮은 작문 수준에 비할 것은 아니지만 감탄을 유발하고자 쓰여지는 글, 담당 교수의 경향에 맞춰진 글의 목적성은 눈에 쉽게 보였다. 그 글자 속에 누가 있을까. 아무도 없었다. 다른 학생들의 글을 읽고 평가하는 것이 점점 스트레스가 되었다. 마음을 끈질기게 붙들고 늘어지는 문장을 만나지도 못하는데 무슨 잔상과 기억이 남아 감상이 생겨날까. 괴로울 만치 솔직한 글을 보고 싶은 것은 나 혼자만의 욕심인가 싶다가도 나도 그런 거 못 하는데 싶은 체념으로 불만을 간신히 억눌렀다. 마음을 사로잡는 글자라, 무슨 짓을 해도 잡을 수 없는 거야. 마음. 글이란 자기 상처를 파먹을 각오를 하지 않으면 안 되는 일이라고 단언한 교수의 말이 떠올랐다. 다시 학교와 멀어 졌다.

나는 뒤셀도르프의 K20 박물관으로 행선지를 돌렸다. 현대 독일 회화의 중심지, 미술사 교수님이 추천하신 박물관. 잭슨 폴록의 명작이 여기 있었다. 폴록의 검은 물감이 한데 뒤섞여 뱀처럼 똬리를 틀고 있었다. 작품을 둘러보던 나는 거대한 그림 앞에서 멈추어 섰다. 갑자기 이유 모를 눈물이 터져 나왔다. 그 붓질의 밑바탕 속에서 나는 줄곧 시달린 우울증을 보았다. 술에 취해 버둥거려도 아침이 되면 기어코 다시 숨을 쉬고 마는 것. 세상으로부터 분리되어 무엇과도 연결되지 못한 채 눈물처럼 뚝 떨어져 내리는 그것은 나 자신이었다. 이 혼돈도 언젠가는 저렇게 거대한 캔버스에 박혀 의미를 발할 수 있을까. 나는 그 작품 앞에서 한 시간을 울었다. 아파트 십일 층의 발코니 아래에서 본 바닥은 손에 잡힐 듯 가까웠다.

"인간, 그 정도 높이에서 뛰어내리면 완전 형체가 조각나서 장기고 뭐고 바닥에 다 튀어. 시체 치워 봐. 그날은 밥 못 먹는다니까. 제발 죽으려면 다른 데서 죽었으면 좋겠어."

소방서에서 공익 근무를 하던 친구가 말했다. 이십 미터 높이도 견디지 못하는 약한 인간의 몸이라. 독일은 또 시체 청소 비용을 엄하게 물 것 같았다. 스위스인가, 거긴 자살해서 강물에 뜬 시체 건지는 데도 몇천만 원 든다는데. 죽는 데도 돈 드는 세상이라니. 엄마에게 그런 돈까지 나가게 하면 염치없는 거겠지.

일주일 가까이 밖을 돌아 다녔는데 집으로 돌아가고 싶어지지 않았다. 어딜 더 가볼까, 지도를 뒤적이다 뒤셀도르프 윗동네의 에센이란 도시가 눈에 들어왔다. 이름이 특이하네. 에센, 음식이란 뜻인가. 가면 맛있는 것 좀 있을라나 싶어 나는 에센행 열차를 탔다. 쾰른이나 뒤셀도르프에 비하면 평범한 중소 도시였다. 뜨거운 열기를 품은 바람이 불었다. 삼십 도가 넘는 기온. 비가 오려나 싶다가도 바람이 이렇게 뜨거운데 무슨 일이지. 그렇게 머뭇대는데 갑자기 확 소나기가 내렸다. 급하게 삼 유로짜리 우산을 사서 폈지만 폭우를 감당하기엔 속수무책이었다. 가방 안에 든 것은 말할 것도 없거니와 입고 있던 속옷까지 그야말로 쫄딱 젖었다. 집에 가야겠다는 생각이 들어 열차 시간을 확인했지만, 다음 열차를 타려면 여덟 시간은 넘게 기다려야했다. 나는 역 근처 맥도날드에 쪼그려 앉았다. 두 시간 정도 지났을까. 바가지 머리를 한 금발의 남자아이가 내 옆에서 햄버거를 먹었다. 초록색 후드 점퍼를 뒤집어 쓴 눈이 파란 남자 아이. 독일 남자들에게서 찾기 힘든 섬세한 눈동자. 도련님같이 생겨 놓고 하루에 한 끼도 안 먹은 사람처럼 열심히 햄버거를 먹는 꼴이 우스워서 나도 모르게 웃음이 나왔다. 그때 그가 말했다.

"안녕."

잠깐만, 지금 안녕이라고 말한 건가, 내가 제대로 들은 게 맞는 건가 싶은 생각에 얼어 붙었다. 나의 당황스러운 기색을 읽은 그가 미소를 띠며 영어를 하기 시작했다.

"이거 내가 할 줄 아는 유일한 한국어인데, 이해하는 거 보니 한국 사람 맞구나. 긴가민가 했는데 너 왠지 한국사람처럼 생겨서."

"한국 사람처럼 생긴 게 뭐야?"

"음. 내 눈엔 한국 사람들 얼굴형도 동그랗고 눈도 동그랗고 그냥 다 동그랗게 보여. 동글동글. 다른 애들보다 옷을 좀 더 잘 입는 것 같고."

너도 그런데. 머리부터 눈까지 동글동글. 내가 아무 말 없이 콜라를 빨고 있으니 그가 헛기침을 했다.

"내 말은, 귀엽다는 뜻이야. 오해하지 마."

고딩 주제에 제법이군. 여자에게 한국어로 작업도 걸고. 독일은 고딩조차 국제적으로 노는 건가. 나는 그에게 몇 살이냐고 물어봤다. 너도 초면에 무례했으니까 나도 좀 무례해야겠다는 생각으로.

"스물한 살."

"뭐라고? 뻥치지 마."

"그런 오해 많이 받아. 익숙해."

그는 지갑에서 자신의 학생증을 꺼냈다. 1991년 5월 21일생. 도르트문트 대학 컴공 전공생. 맨 위에 이름이 쓰여 있었다. 크리스티안 미카엘 데닝. 믿어지지 않았다. 나보다 어린 건 맞지만 실제 나이를 감안해도 훨씬 어려 보이는 인상이었다. 후드 자켓을 뒤집어 쓰고 콜라를 쪽쪽 빨며 걸어 오는 것을 보니 기가 막혔다. 보통 외국 애들은 자기 나이보다 훨씬 삭아 보이는데 쟨 왜 저렇게 어려보이는 거야.

"한국어는 어디서 배운 거야?"

"인터넷에서. 나 게임 많이 해서. 한국 사람이랑 많이 붙거든. 스타 크래프트."

이런저런 이야기를 하다 보니 한 시간이 훌쩍 지나갔다. 젖은 티셔츠를 입고 공기가 통하지 않는 곳에 있으려니 답답했다. 며칠째 빨지 않고 그대로 신은 운동화에서 참을 수 없는 냄새가 났다. 양말이라도 좀 갈아 신어야 할 텐데. 아직도 기차 오려면 다섯 시간이나 남았는데. 나는 가방을 뒤적거리며 젖지 않은 옷을 찾았다.

"뭐 잃어버렸어?"

"그건 아니고, 옷이라도 갈아입으려고. 아까 비 맞고 홀딱 젖어서. 이러고 예나까지 가야 한다니 진짜 최악이네."

"우리 집에 가서 샤워할래? 여기서 안 멀어. 기차 타면 한 삼십 분? .”

남자 혼자 사는 집에 가본 적 없다고 내뺄 상황이 아니었다. 이 상태로 기차 타고 몇 시간을 이동하면 짜증이 폭발할 것 같았다. 가까운 거리도 아니고.

“가자.”

그는 바닥에 놓인 내 가방을 들쳐 메고 뚜벅뚜벅 걸어 나갔다. 우리는 역에 선 도르트문트행 기차를 탔다. 도르트문트라. 축구 경기 때 몇 번 보긴 했는데, 여기 있는 도시였군. 나는 가방에서 향수를 꺼내 뿌렸다. 내 몸에 나는 꿉꿉한 냄새를 들키고 싶지 않았다. 케밥 집이 즐비하게 늘어선 골목을 지나쳐 사 층 위 그의 집에 갔다. 커다란 책상에 놓인 랩탑, 책꽂이에는 책이 아니라 게임 CD와 캐릭터 피규어로 가득 들어차 있었다. 파이널 판타지, 스타 크래프트, GTA. 취향조차 영락 없는 고딩 같네. 나는 화장실 어디 있냐고 물었다. 그는 잠자코 화장실 문을 열어 주었다. 나는 가방에서 세면 도구를 꺼내 화장실에 들어갔다. 간만에 샤워기에서 뿜는 상쾌한 물줄기를 맞으며 샤워를 하니 살 것 같았다. 속옷을 막 입고 티셔츠에 목을 넣으려는 순간, 문이 열렸다.

“수건 없는 것 같아서 줄려고.”

그가 세탁기 위에 수건을 올려 두고 쓱 나갔다. 그냥 화장실에 걸려 있는 거 썼는데 새 거 주려면 좀 일찍 주지. 나는 새 수건으로 머리를 감싸고 밖에 나갔다. 흰 커튼이 나부끼는 커다란 창 앞에서 그가 문턱에 앉아 맥주를 마시고 있었다.

"미안, 노크를 했어야 했는데 집에 누가 있는 게 습관이 안 돼서."

"입을 거 다 입었는데 뭐."

나는 책상에 놓인 하이네켄을 뜯어 한 모금 마시고 젖은 담뱃갑을 꺼냈다. 담배는 다행히 젖지 않았다. 십일 층보다는 안정적인 사 층 창문 아래로 담뱃재를 털었다. 스피커에서 통통 튀는 기분 좋은 베이스 리듬이 흘러 나왔다.

"네 이름 너무 길어. 보통 사람들이 어떻게 불러?"

"크리스. 난 미카엘이 더 맘에 들긴 하는데 그 이름 일상에서 쓰긴 좀 까다롭지."

이십 대 초반에만 뿜어낼 수 있는 순수미. 스물넷, 인생의 황금기, 최고로 아름다운 때라고 엄마가 말했는데. 그의 얼굴을 보니 우리가 확실히 인생의 정점에 있다는 것을 느꼈다. 이런 시기엔 한번쯤 돌발적으로 궤도를 이탈해 보는 것도 좋지 않을까. 예를 들면 노크 없이 남자가 있는 화장실 문을 열거나 공사 중인 건물에 설치한 쇠파이프를 밟고 사 층에 올라간다거나. 그런 일탈 하나 없이 어른이 되는 것은 지루할 것 같았다. 이렇게 매일 발코니에서 우울하게 바닥만 쳐다보는 거 말고, 심장 박동이 최고 속도를 찍을 때까지 어디론가 뛰어가고 싶었다. 문제는 늘 어딜 가느냐지만.

"넌 이름이 뭐야?"

"세희."

그는 고민하는 얼굴로 종이 위에 한글어로 비뚤빼뚤 내 이름을 썼다. ㅅㅔㅇㅣ. 한국어를 아예 모르진 않나 본데 들리는 대로 받아 썼나 보군. 나는 펜으로 내 이름을 고쳐썼다.

"이가 아니고 희야. 세희. 발음 상에는 잘 안 들리지만."

잘 마실 줄도 모르는 술을 두 병 뜯으니 피곤이 몰려왔다. 이러다 기차 놓치는 거 아닌가 싶기도 하다가, 뭐 다음 기차 타면 되는 거겠지 싶긴 했는데, 그런 생각 자체가 마비될 만큼 갑작스럽게 졸음이 밀려왔다. 술김에 나는 침대를 손으로 가리키며 물었다.

"자도 돼?"

그는 침대로 뛰어가 베개를 가지런히 놓아주었다. 나는 그대로 물속에 빠져 죽은 듯이 잠들었다. 눈을 뜨자 하얀 커튼이 나부꼈다. 새파란 하늘. 시계를 보니 다섯 시 반. 나의 옆자리에 누워 반듯하게 잠든 크리스. 가만히 그가 자는 모습을 관찰했다. 남자 키 백팔십이 평균 신장인 독일에서 여자들이 좋아할 스타일은 아닌 것 같았다. 확실히 한국 여자 취향인데. 다 알고서 전략적으로 한국어를 배운 건가 그런 엉뚱한 생각을 하고 있는데 갑자기 그가 눈을 떴다. 정적 속에서 눈이 마주쳤다. 누가 먼저랄 것 없이 우린 키스를 했다. 고딩치고는 꽤나 능숙한 키스였다.

거의 열흘 만에 예나로 돌아온 난 도착하자마자 빨래를 했다. 이제 어딜 또 가볼까, 아는 오빠가 사는 함부르크로 올라가 볼까나 고민하고 있었는데, 크리스에게 연락이 왔다.

〈나도 그 티켓 살까봐. 같이 여행하자〉

〈독일에서 태어난 애가 뭐하러 독일을 여행해〉

〈나도 독일 다 안 가 봤어. 뮌헨도 안 가봤는데. 넌 한국 다 가봤어? 한국인?〉

그러고 보니 나도 서울에서 태어나 그 안에만 처박혀 있었지 서울 이외 지역은 나가본 적 없었다. 우리 둘 다 태어난 공간을 벗어나 처음으로 다른 곳으로 가보는 건가. 나는 빨래가 마르기를 기다리면서 숙소를 예약했다. 예나에는 일 초도 있고 싶지 않았다. 다음 날 오후 아침부터 하늘이 흐렸다. 비가 또 오려나. 독일의 여름은 한국처럼 습기가 높지 않아 활동하기 좋았다. 덥다가도 비가 내리고 그늘에 가면 서늘했다. 여행하기 딱 좋은 때였다. 나는 레인 코트를 챙기고 함부르크로 출발했다. 거대한 비행기가 두터운 비구름을 뚫고 함부르크의 공항에 막 도착했다는 『상실의 시대』 서두처럼 중앙역에는 검은 구름이 잔뜩 끼어 있었다. 비가 주룩주룩 내리는 바닷가. 뿌연 물안개가 피어 오르는 역 앞에서 담배를 피웠다. 나를 마중 나온 오빠가 반갑다며 저 멀리서 손을 흔들며 뛰어왔다. 함께 독일에 온 나의 지인. 오빠는 나와 달리 독일을 매우 맘에 들어했다. 공부도 잘하고 키도 크고 성격도 좋은 엄친아. 나 같은 찐따나 이런 데서 우울증 걸리고 담배나 피며 외국 생활 불평하는 거지 똑똑한 사람들은 다 잘 지내는 건가 싶었다. 우리는 서로의 안부를 물으며 함부르크 부둣가에 앉아 맥주를 마셨다. 커다란 호숫가에 파라솔을 펴고 앉아 여유를 즐기는 사람들. 빗방울이 걷히고 쾌청한 하늘이 보였다.

"그러니까, 에센 역에서 만났는데, 어쩌다 보니까 걔네 집에서 술도 마시고, 근데 나 따라온대. 함부르크에. 티켓도 샀어."

"저녁에 클럽 가려고 했는데, 못 가겠군."

"같이 가면 되지 뭐."

핸드폰을 보니 이십 분 전 크리스로부터 메시지가 와 있었다. 오는 도중 철도에서 폭발물이 발견돼 도착이 지연되고 있다는 크리스의 말. 2차 세계대전 시 묻혀진 지뢰들이 간혹 기차 운행 중 발견된다는 것이었다. 차라리 집으로 돌아갔다 내일 일찍 오는 게 낫지 않을까, 연착이 얼마나 될 지 확신할 수도 없고 날도 더운데 에어컨도 제대로 작동되지 않는 열차에서 무작정 기다리고 있으면 힘들 것 같았다.

〈집에 돌아갔다 내일 오는 게 어때. 어차피 그 역에서 집까지 멀지 않잖아. 함부르크까지 오려면 아직도 한참 걸릴 텐데〉

〈싫어. 오늘 갈 거야. 도착할 때쯤 연락할게〉

조금 놀랐다. 그렇게까지 단호하게 말할 줄 몰랐다. 오늘 온다고.

"생각보다 진지한가 본데? 보통 그런 상황에선 집에 가려고 할 텐데."

"지뢰 제거 작업 하다가 터져서 쟤 죽는 거 아니야?"

"에이. 이런 일 독일에서 흔해. 그리고 지뢰 같은 거 아무나 다루는 줄 알아? 숙련된 사람들이 작업하는 거야.”

오빠와 함께 점심을 먹는 동안 크리스 생각이 났다. 뭐 먹기는 했을까. 그리고 그는 예상 도착 시간에서도 일곱 시간 넘게 지난 저녁에서야 함부르크 중앙역에 도착했다. 땀을 삐질삐질 흘리며 자기 몸집만 한 가방을 메고 활짝 웃으며 내게 다가오는 그를 보니 기분이 이상했다. 우리 딱 한 번 밖에 만난 적 없는데. 그저 열 시간 남짓 보낸 그 밤이 전부였을 뿐인데 앤 또 여기까지 왜 기어 온 거지. 기차가 얼마나 연착되든 상관없다면서 오늘 아니면 안 된다고 여기까지 기어코 오고 말다니. 함부르크에 무슨 연고가 있다고. 그가 내 가방에 럭키 스트라이크 블루 두 갑을 넣어 주고서 내 손을 잡았다. 꽉. 처음으로 이곳에서 느끼는 나를 끌어당기는 장력.

“나 블루 안 피는데. 난 레드가 좋은데, 왜 블루 사 온 거야?”

“넌 레드보다는 블루가 어울려.”

오빠가 내 옆구리를 쿡쿡 찌르며 말했다.

“완전 귀엽네. 진짜 고딩 아냐? 열정 봐.”

나는 그가 가져온 담뱃갑의 비닐을 뜯으며 씩 웃었다.

“내 안목이 좀 그래.”

구글 맵을 켜고 숙소에 도착했다. 짐을 풀어 넣는 그의 가방에 작은 클립이 붙어 있었다. 머리를 돌돌 만 게 옛날 사람 모습. 많이 봤는데 저게 누구더라. 나는 손가락으로 그 인물을 가리키며 물었다.

“누구야?”

"칸트. 내가 좋아하는 철학자."

물 마시다 뱉을 뻔했다. 고딩같이 생겨 가지고 제법 키스 좀 하는 어린 애 입에서 칸트의 이름을 들을지 몰랐다. 쟤는 왜 자꾸 이상하게 사람을 놀래키지?

"그런 눈으로 보지 말라니까. 익숙하다고."

"내가 무슨 눈으로 봤는데?"

"이상하다는 눈, 쟤 뭐지 싶은 눈."

그가 가까이 다가와 내 귀에 속삭였다.

"그게 사실은 너 자신인데."

나는 황급히 귀를 떼고 물러섰다. 뭔 소리야, 그게 왜 나야. 그 나이에 철학도도 아니면서 칸트나 좋아하는 네가 이상한 거지. 나는 가방에 여권과 지갑, 키를 챙겨 들고 밖으로 나갔다.

"여권 케이스 귀엽다. 한국 애들은 그런 거 쓰는구나. 봐도 돼?"

쟤는 왜 저렇게 무례한 거지. 나는 고개를 세게 저었다.

"왜 그렇게 싫어해? 그렇게까지 기겁할 일이야?"

보여주기 싫다니까, 내 사진, 내 출신 지역, 내 나이, 내 이름, 왜인지 나에 대해 축약된 모든 것이 밝혀지는 것 같아서. 난 아직 네가 누군지 잘 모른다구.

"나, 북한에서 왔거든."

내 거짓말에 놀란 크리스의 눈이 처음으로 휘둥그레졌다.

"진짜?"

놀란 목소리로 그가 물었다. 나는 가방 지퍼를 잠그고 빠르게 걸었다. 그가 말을 더듬으며 거짓말하지 말라고, 북한에서 온 애가 왜 여기 있냐고 중얼중얼대다가 다시 내게 물었다.

"진짜야?"

나는 엉겁결에 고개를 끄덕였다.

"어, 탈북했어."

"탈북한 애가 담배도 피우고, 너 최고다. 진짜 멋져."

남한 애가 담배 피우면 별거 없고 북한에서 온 애가 담배 피우면 멋있는 건가. 칸트 좋아한다면서 그다지 논리적인 애는 아닌가 보군.

"밥이나 먹으러 가자."

난 그의 손을 잡아 끌었다.

"뭐 먹을래?"

"햄버거?"

맥도날드에 갔다. 그는 빅맥을 주문했다. 역시 고딩이 확실해, 햄버거만 저렇게 먹는 거 보면. 일 년에 한 번 먹을까 말까 한 햄버거를 저렇게 누군가는 만족스러운 얼굴로 먹는 것을 보니 신기했다.

"햄버거 좋아해?"

"좋아한다고 볼 수 있나. 그냥 내 뇌가 이 맛을 기억하고 늘 똑같이 반응하니까 그 반응 패턴이 익숙해서 먹는 건데."

"그렇게 익숙한 거 찾으면서 익숙하지도 않은 나 쫓아서 여기까지 온 이유는 뭐야, 고딩?"

햄버거를 먹다 말고 그가 내 눈을 쳐다 보았다. 깊이, 우리의 눈이 마주쳤다. 까마득하게 깊은 푸른 눈에 빨려들 것 같아서 서둘러 시선을 거두었다.

"그냥, 갑자기 네가 튀어 나왔어. 다 젖은 머리로, 무너질 듯한 얼굴을 하고서. 거기에 가만히 놔두기에 너, 너무 위태로워 보이더라고."

신이시여. 한 사람은 저를 구해 주는 건가요. 이 땅에서.

우리는 새벽까지 리퍼반을 돌아 다녔다. 홍등가 불빛 아래 속옷만 입은 여자들이 하이힐을 신고 삐딱하게 서서 남자들을 불렀다. 이런 데서 남자랑 술 같은 거 마시면 어른이 되는 건가 난 좀 헷갈렸다. 지루한 테크노 음악이 흘러 나왔다. 비틀즈가 처음 공연한 도시라더니 왜 테크노만 나오는 거야. 가뜩이나 해도 없는 우울한 나라에서 이렇게 우울한 음악을 들으면 어쩌라는 거지, 이런 거 계속 듣다 보면 진짜 자살 밖에는 답이 없을 것 같은데 이 사람들은 우울에 내성이라도 생긴 걸까. 나는 툭툭 그를 치고 말했다.

"나가자. 지루해서 자겠어, 이러다."

새벽, 바람이 세게 부는 부둣가. 정박한 배를 따라 우리는 함께 걸었다. 그가 초록색 후드 점퍼를 벗어 내게 건네주었다. 나는 바람을 가리려고 점퍼를 코끝까지 올리고 그의 손을 잡고 걸었다. 절대로 해가 뜨지 않았으면 하는 밤. 자위를 사랑이라고 말하는 이상한 어른 같은 거 절대로 되고 싶지 않으니까.

"너도 참 이상한 애야."

"뭐가?"

"그냥. 되게 빨리 걷고, 엄청 많이 웃고 신나있다가 갑자기 우울하고. 감정이 엄청 많나 봐. 북한에서 와서 그런가"

나지막이 그게 너 자신인데라고 속삭이던 그의 목소리가 생각났다. 나는 잠자코 여권 앞을 펴서 그에게 보여 주었다. 그가 피식 웃었다.

"실망인데, 진짜 북한에서 온 줄 알았는데. 어울리거든."

시답지 않은 농담을 하며 걸어 가는 내내 그는 내 손을 꽉 잡고 있었다. 처음으로 검도 학원에 등록한 첫 날, 도복을 입고 잘 할 줄도 모르는 검을 휘두르며 똥폼 잡던 어린 시절이 떠오르던 밤. 천박해지느니 차라리 철딱서니 없는 마음을 지키겠다고 여러 번 다짐하던 그 밤.

"아, 정말 테크노 듣다 귀 썩는 줄 알았네. 단조로운 리듬만 죽어라 반복 되니까 지루해 죽겠어. 저런 거 무슨 재미로 듣는 거지? 구성 요소가 좀 다양해야 들을 맛이 나지."

크리스가 자신의 초록색 후드 자켓에서 이어폰을 꺼냈다. 살짝 입을 벌리고 신중하게 음악을 고르는 그. 그가 내 귀에 꽂아 넣은 한 쪽의 이어폰에서 음악이 흘러나왔다. 인트로를 듣자마자 알았다. Disintergration. 이 앨범의 어떤 트랙을 틀어도 십 초 듣는 순간 무슨 곡인지 다 알걸. 그야말로 내 십 대 시절을 지배한 앨범이었다. 이 앨범 듣고 있는 사람 주변에 아무도 없었는데.

"너, 이 앨범 좋아해?"

"응. 마르고 닳도록 들어. 이거 듣고 있으면 우울할 때마다 엄청 위로가 돼. 모든 감정을 설명할 수 있는 몇 안 되는 앨범이야."

나돈데, 라는 답을 미처 하지 못한 것은 놀라움 때문이었다. 텅 빈 바다 한 가운데 홀로 표류한 나, 그 시간을 위로 하듯 서 있는 음악. 반복적 이면서 일관된 선율들이 그리는 세계. 자기 혐오와 우울에 시달릴 때마다 이 앨범을 찾아 들었다. 공허한 공간에서 홀로 울리는 신디사이저, 나를 편안하게 안아 주는 멜로디, 그 속의 기쁨, 슬픔. 우울이 한데 합쳐져 물처럼 흐르고 나는 모든 감정에 맞서면서 천천히 부유할 수 있었다. 이런 감정에 깊이 빠져 있을 때 비로소 알게 되었다. 사실 너무 사소해서 놓쳐 버리고 마는 주변의 모든 것들이 의미가 있다는 것을. 내가 세상과 연결 되는 방식은 그러했다. 세상에서 내가 제일 좋아하는 이 앨범을 듣고 있던 사람이 여기에 있었구나. 생전 처음 온 함부르크에서 이 앨범을 같이 들을 수 있는 누군가를 찾았다는 게 한여름 밤의 꿈처럼 느껴지던 그 밤. 꿈이라면 절대 깨고 싶지 않아서 나는 계속해서 트랙을 앞으로 돌리며 음악을 들었다.

"왠지 한여름밤의 꿈 같네. 날씨 너무 좋다. 들어가기도 자기도 다 싫은데."

"독일에도 그런 표현 써? 신기하네. 갑자기 왜 이렇게 감상적이야? 독일인?"

애는 왜 자꾸 나와 같은 생각을 하면서 내 감각을 관통하는 걸까. 괜히 동요되기 싫어서, 더 큰 감정을 느끼기 싫어서 오히려 난 냉소적으로 말했지만 심장이 빠르게 뛰는 것까지는 막을 수 없었다. 그와 맥주를 마시며 함부르크의 부두를 걷던 밤, 후드를 뒤집어쓴 그가 내 손을 잡았다. 세상에 정신 나간 아웃사이더가 나 말고 하나는 더 있다는 사실을 확인한 그 밤. 너라면 마음 속에 있는 모든 것을 말하지 않아도 날 이해해 주지 않을까 하는 꿈.

다음 행선지로 어디를 갈까 고민하다 나는 혼자 밤베르크에 갔다. 니코가 살았다는 도시. 여름이어서인지 예나보다 훨씬 따뜻하고 정감 있는 곳처럼 보였다. 나는 돌계단을 건너 밤베르크 대학에 들어가 사진을 찍어 니코에게 보냈다. 오래된 대학의 고풍스러움이 물씬 느껴지는 곳.

〈나 지금 밤베르크인데. 이런 대학교에서 공부하면 너처럼 똑똑해지려나 조금쯤〉

〈너 지금 차고 넘치게 똑똑해〉

〈웃기지 마, 그럼 넌 왜 날 안 좋아하는데?〉

〈좋아해. 안 그럼 내가 너와 연락을 할 이유가 없지〉

그의 좋아한다는 의미와 나의 좋아한다는 의미는 다른 걸까. 좋아하면 자주 보고 싶고 연락을 해야 정상 아닌가. 실제로 보면 내가 별로인가봐. 잡담만 재미있고. 질투심이라도 일으켜 볼까 싶어 나는 크리스 이야기를 꺼냈지만 그는 별 반응이 없었다.

〈귀엽네〉

그 반응을 보고 그는 날 안 좋아하는 게 확실하다고 결론 내렸다. 난 네가 나보다 예쁜 여자 만난다고 멋있네 그런 말 절대 못 할 테니까. 난 그 길로 뉘른베르크에 갔다. 내가 밤베르크와 아우구스부르크를 도는 사이 크리스가 뉘른베르크로 기차를 타고 왔다. 우리는 뉘른베르크에서 다시 만났다. 어둑어둑한 밤, 프라우엔 광장 중앙에 놓인 쇠네브루넨 앞에서 맥주를 마셨다. 이십 미터 가량 되는 섬세한 금탑을 장식하고 있는 작은 동상들이 반짝였다.

"저 검은 철탑 사이에 금색 고리가 있는데. 그 고리를 돌리면 소원이 이루어 진대, 금색 고리 좀 찾아봐. 밤이라 잘 안 보여."

우리는 철창을 뱅뱅 돌며 고리를 찾았다. 그러다 발견했다, 맨 위에서 반짝이는 작은 고리. 나는 반대편에 서 있는 크리스를 불렀다.

"야, 이리 와 봐."

나는 계단을 밟고 올라가 고리를 오른쪽으로 돌렸다.

"아니, 반대 방향으로."

크리스가 말했다. 나는 왼쪽으로 다시 고리를 돌리고 바닥에 내려 왔다. 총총.

"소원 뭐 빌었어?"

"말해도 돼?"

"어차피 미신인데 뭐."

"내가 좋아하는 사람이 나 좋아하게 해달라고."

"너 좋아하는 사람 있어? 근데 왜 나랑 키스한 거야?"

"그 사람은 나 안 좋아해. 나 혼자 좋아 하는 거야. 그것도 엄청나게 일방적으로."

그 말을 하는데 나도 모르게 목이 메였다. 이 정도로 좋아했나. 하긴 누군가에게 이 감정을 말한 건 처음이었다. 아무도 우리가 그런 사이라는 거 몰랐으니까. 근데 우린 무슨 사이지. 잘 모르겠다. 겸연쩍기도 하고 이런 말 해서 뭐하나 싶어 벙쩌있는 크리스를 놔두고 혼자 냅다 걸었다. 그가 다시 쫄래쫄래 쫓아와 말했다.

"그럼 내 감정은 뭐야? 난 너 좋아하는데."

"너는 세 번 본 사람 막 좋아하고 그래?"

그 말을 하고서 아차 싶었다. 두 번 보고 니코를 좋아한 주제에 말이 많네. 그는 강아지 같은 눈을 깜박거렸다. 그런 눈으로 보지 마, 자꾸 돌아 보게 만들지 마, 마음 약해지니까. 나는 고개를 돌리고 다시 걸어갔다.

"횟수가 문제가 아니라 감정이 통하느냐가 중요한 거지. 난 너랑 그런 걸 느꼈어. 운명. 그게 없었으면 여기 안 왔어."

"운명 같은 소리 하네. 그런 건 결혼할 여자한테나 해. 나한테 할 소리는 아닌 것 같아. 우리 세 번 봤다니까?"

"결혼 그거 나중에 하면 되지. 그럼 네가 내 운명이라는 거 증명

되는 건가?"

그가 사정 없이 내 벽을 밀고 들어왔다. 한 번도 경험해 본 바 없
는 시공간 속으로 빨려들어가는 것 같았다. 빨라도 너무 빠르게. 깊
이가 느껴지지 않는 투명함. 아침에 눈을 뜨고 자고 있는 그를 바라
보면 외부인에게 품어야 마땅한 불신이 눈 녹듯 사라졌다. 무모함
과 연약함, 그 모든 것을 체현한 순수함 그 자체가 내 옆에 누워 숨
쉬고 있었다. 그런 사람이 악의로 나에게 손을 내밀었을 거라고는
도저히 의심할 수 없었다. 우리는 일어나자마자 우리는 비어가르
텐에 가서 맥주를 주문했다. 아침 열한 시부터 맥주를 마시다니. 한
번도 해본 적 없는 일이었다. 그리고 다음 날 뮌헨행 열차를 탔다.
독일 최고로 잘 산다는 도시. 나는 그림이 지루하다는 공돌이 크리
스를 밖에 세워 두고 피나코텍 미술관에서 그림을 보고 나왔다. 밖
에 나오니 그는 나무 그늘 아래에서 종이를 접어 만든 공에 바람을
불어 넣고 있었다.

"네 이름 뜻이 뭐야?"

"세상의 빛? 뭐 대충 그런 것 같아."

"진짜 예쁘네. 어쩐지 처음 보자마자 눈에 확 들어오더라니. 빛이
있었군."

나는 조용히 달콤한 여름날, 아이스크림을 빨며 그가 하는 말을
들었다. 독일어 악센트가 섞인 영어. 불현듯 그런 생각이 들었다.
네 프레임을 이해하고 싶다고. 네가 보는 그 방식 그대로. 어쩐지

나와 다른 따뜻함과 열정을 표현하는 방식을 익힐 수 있을 것 같다고. 그러면 늘 본심과 달리 뚱딴지 같은 말로 감정을 표현하는 이상한 성격을 고칠 수도 있지 않을까.

"칸트 당시에 인기는 꽤 많았다는데. 먼저 여자들한테 청혼도 받고, 순수이성비판은 원래 귀족 부인들한테서 인기를 끌었거든. 늙어 죽을 때까지 한번도 못 해 봤을라나."

"결혼을 합법적 성기 사용이라고 정의한 사람에게 뭘 바라."

"칸트가 그런 말을 했다고? 미쳤네, 법이 그렇게 한가한가?"

"뭐 발기는 잘 안 되는데 생식과 양육 기능이 필요한 사람들을 보호하기 위한 제도가 하나는 있어야지."

나는 우리가 가지고 있는 티켓으로 어디까지 갈 수 있는지 살펴보았다. 비엔나까지는 아니어도 오스트리아 근교까지는 갈 수 있었다. 다음 날 우린 잘츠부르크로 갔다. 중국 관광객이 터질 듯이 넘쳐났다. 미라벨 궁전은 작고 소박했다. 명성에 비하면 볼 게 없는데 왜 이렇게 유명한 건지 이해가 안 갔다. 모차르트때문인가. 모차르트의 생가 뮤지엄을 갔다 가격을 보고 입장을 포기했다. 괴테 생가보다 볼 것 없을 것 같았다. 모차르트는 괴테보다 훨씬 가난했을 텐데.

"난 관광지를 별로 안 좋아하나 본데. 지금까지 간 곳 중에서 함부르크가 제일 좋았던 거 보면. 그냥 도시면 장땡인가."

우리는 물가의 잔디밭에 누워 맥주를 마셨다. 햇빛을 받은 그의 눈동자가 내 마음을 날카롭게 찔렀다. 그렇게 좀 안 쳐다 봤으면 좋겠는데. 다 알겠다는 듯, 다 괜찮다는 듯. 바닥이 전혀 보이지 않는데 마치 그 깊이를 다 보여 주는 듯한 눈이었다. 하늘색인줄 알았는데 정확히 보니 에메랄드 빛이었다. 회색 동공으로부터 서서히 뻗어 나가는 색색의 시신경 다발. 너의 시선이 지나가는 자리에서 나는 어떻게 기록되고 있을까.

"여기가 도나우 강인가."

"그럴 리가 없잖아. 바보, 너 독일인 맞아?"

가능하다면 높은 곳에서 떨어져 죽고 싶었다. 늘 높은 곳에 서 있을 때마다 두려움과 더불어 흥분이 겹쳤다. 생사를 결정하는 몇 초가 내 발끝에 놓여진 것 같아서.

"추락하는 것에는 날개가 있대, 그래서 가끔 추락해보고 싶더라. 나에게도 날개 그런 게 있을라나 궁금해서. 없다면 더 좋지, 그대로 황천길 이니까."

취해서 횡설수설하는 나를 크리스는 아무 말 없이 바라보았다.

"그만 좀 쳐다봐, 빠져 죽겠어. 나 죽으면 경찰에겐 익사로 신고해 줘."

그런 것도 시답지 않게 농담이라고 하면서 나는 맥주를 홀짝홀짝 마셨다. 다들 그러더라, 여자는 나 좋다는 남자 만나야 행복한 거라고. 내가 좋아하는 사람이 나 좋아해 준다는 법도 없는데 기약 없이 기다리고 있을 수만은 없잖아. 지금 어디 있는지 뭘 하는지도 모르는 사람 계속 좋아하면서 어장인지 썸인지 모를 느슨한 관계 때문에 스트레스 받느니 차라리 그냥 확실하게 나 좋다고 사귀자고하는 사람 만나는 게 나을지도. 아직도 니코 앞에 굳게 묶여 있는 마음의 손을 잡고 끌며 머리가 물었다.

사랑은 움직이는 거래, 근데 넌 왜 이게 영원할 것처럼 붙잡고 있는 거야?

"너, 예나로 꼭 돌아가야 돼? 그 동네 아무것도 없다며. 내가 사는 데로 이사 오면 안 되나."

"글쎄, 잘 모르겠네. 도르트문트 사는 한국인들 있긴 하던데."

"우리 학교에도 독일어 배우러 다니는 한국인들 꽤 있어. 내 친구 하나가 같이 살던 여자애랑 헤어져서 방이 하나 남아 돌거든. 엊그제 나한테 물어 보더라고, 이사 올 만한 사람 있는지."

한 번도 본 적은 없지만 뭐, 괜찮겠지. 크리스 집과도 가깝고 둘이 친한 친구라니까. 지금은 팔월, 한국에 반드시 돌아가야 할 시간까지 약 칠 개월 정도가 남았다. 극악하게 어려운 독일어를 제대로 배우려면 많은 시간을 투자해야 했다. 차마 엄두가 나지 않아 서점의 독일어 코너만 몇 번이나 뱅뱅 돌던 시간. 이런 겁 없는 에너지도 지금 이 순간에만 가능한 열정일지도. 질러 보자, 망한다고 당장 인생 어떻게 되는 것도 아니고. 차라리 어학원 다니면서 매일 수업 나가는 게 낫겠지, 제대로 독일어 배우려면. 교환학생 대상으로 진행 되는 수업은 워낙 느슨해서 학습에 별 도움이 되지 않았다. 니코에게 이사를 갈 거라고 알리니 그의 반응은 부정적이었다.

〈글쎄. 교환학생 신분을 놓고 굳이 불안정한 어학생으로 살 건 없잖아. 거기 가면 아는 사람도 하나 없을 텐데〉

〈어차피 예나에 있나 도르트문트에 있나 나는 혼자인데 뭐, 그렇다고 네가 놀아줄 것도 아니고〉

시니컬하게 말했지만, 사실 나는 독일어가 급했다. 그렇게 몇 달 아무것도 안 하고 신나게 놀아 놓고 이제 와서 무슨 독일어 타령이냐고 말하면 할 말 없지만 비로소 그 언어를 배우고 말겠다는 결심이 섰다. 매일 귀에 들리고 눈 앞에 글자가 펼쳐져 있는데도 아직 뭐라 이름 붙일 수 없는 새로운 독일어의 질서 속에 참여하고 싶었다. 독일어가 뭐길래 이렇게 이해하기 힘들까 고민만 하지 말고 차라리 그 언어를 배우면 내가 이곳에서 사람을 이해하는 게 조금 더 매끄러워지지 않을까. 생각이 굳어진 이상 고민은 시간만 낭비할 뿐이었다. 예나에 돌아오자마자 나는 이삿짐을 쌌다. 겁은 많아도 막상 결심하면 일사천리로 추진하는 내 성격다운 행동이었다. 박스는 우편으로 부치고 캐리어만 들고 갈 생각이었다. 나는 학교에 제적 신청을 냈다. 기숙사를 관리하는 하우스 마이스터를 만나 키를 돌려주려고 하니 그가 말했다. 이사하기 전 페인트칠을 하고 나가야 한다고.

"그런 게 어딨어요. 오 개월 밖에 안 살았는데, 게다가 한 달은 나가 있었다고요."

"그건 네 사정이고 규율이 그렇다니까. 하기 싫으면 돈 내고 나가. 이백 유로."

이백 유로가 남의 집 이름인 줄 아나. 나는 크리스에게 사정을 말했다.

"어떻게 하지. 도배하고 나가래. 한 번도 해본 적 없는데."

그가 다음 날 아침 일찍 예나에 도착했다. 티켓 만료 기간 삼 일을 앞두고. 트램을 타고 천천히 내가 사는 곳으로 가던 길, 크리스가 말했다.

"네가 여길 왜 그렇게 싫어했는지 알겠어."

우리는 바우하우스에 가서 도배 도구를 샀다. 풀과 붓, 도배지, 비닐. 큰 봉투를 나란히 들고 그와 손을 잡고 걸어 가는데, 운전을 하는 여자가 건너편에서 우리를 가만히 주시했다. 날카로운 시선.

"너 방금 봤어? 저 여자가 우리 쳐다보는 거?"

그가 고개를 끄덕였다.

"이상한 동네야. 빨리 끝내고 뜨자."

우리는 재료를 사들고 도착하자마자 바닥에 비닐을 깔았다. 침대, 옷장, 카펫 위 구석구석. 조금이라도 페인트 자국이 묻으면 물어 내라고 난리 칠 게 뻔하니. 내 살아생전 페인트칠을 직접 해보다니. 바닥에 페인트가 묻지 않게 조심하며 붓질을 시작했다. 한낮부터 시작했는데, 저녁 늦게서야 일이 났다. 큰 방이 아니라서 둘이서 하면 금방 끝날 줄 알았는데 오산이었다. 페인트가 말라 가는 방.

발코니에서 찬바람이 불었다. 여름이 끝나 가고 있었다.

"페인트칠 처음 해보는데, 우리 아빠가 자랑스러워 하시겠는데."

그가 내 손을 잡고 손바닥 크기를 재다가 내 손가락을 만지작거렸다. 가녀리고 긴 그의 손가락.

"손바닥 크기가 비슷한 사람들은 영혼의 크기도 같은 거래. 우린 틀림없이 닮아 있을 거야."

잠결에 올려 본 그의 눈이 어둠 속에서 순수한 확신으로 빛났다. 그때서야 나는 그를 드디어 사랑할 각오가 되었다. 낯선 땅에서 태어나 지금까지 각자의 방식으로 성장한 우리가 살만 맞대는 것이 아니라 서로의 삶을 뚫고 들어갈 준비가 되었다고. 궤도를 이탈하다 만난 너, 맥도날드에서 비에 쫄딱 맞고 쪼그라져 있던 나를 따라 함부르크에 온 것처럼 내가 이번엔 그를 따라 갈 차례였다. 앞으로 다가올 충격과 생생한 감정을 전혀 모른 채 불안한 마음이 그의 손을 잡았다. 연약하고 순수한 우리의 영혼이 만난 이 순간만은 죽을 때까지 끝까지 살아남아 우리의 존재를 떠받칠 기억으로 남을 거라고 철석같이 믿던 밤.

다음 날 하우스 마이스터가 올라와 페인트칠 상태를 확인하고서 우리를 칭찬했다. 진짜로 직접 할 줄은 몰랐다면서. 게다가 이렇게 빨리. 나는 열쇠를 주고 보증금을 돌려 받았다. 그가 내 캐리어를 끌고 밖으로 나갔다. 한번도 연기가 나지 않던 공장 굴뚝. 사는 사람이 얼마나 있나 싶을 만큼 늘 비어 있던 거리. 우리는 트램을 타고 중앙역으로 향했다. 아무에게도 내가 떠난다는 것을 알리고 싶지 않았다. 다시는 볼 일 없을 거니까. 그 무엇에도 시선을 두지 않고 나는 그저 사물을 덤덤하게 지나쳐 갔다. 짐이 그렇게 많지 않아서 다행이었지만 그래도 장거리 이동은 힘들었다. 낑낑 대며 오 층을 향해 올라갔다. 열쇠를 미리 받았는지 크리스가 문을 열었다. 머리가 짧고 크리스와 키가 엇비슷한 사람이 거실에서 물을 마시고 있었다. 한쪽은 회갈색, 한쪽은 푸른 빛 눈이 도는 신기한 눈. 저게 말로만 듣던 오드 아이인가.

"안녕. 노아라고 해. 네 방은 저기 건너편."

햇빛을 가로막은 차양. 긴 몸뚱아리의 페럿 두 마리가 하릴없이 톱밥 위를 구르고 있었다. 배설물 냄새가 코를 찔렀다. 게임 삼매경이었는지 그녀는 다시 헤드폰을 끼고 책상 의자에 앉았다. 직접 집을 보러왔어야 했나. 크리스가 그녀와 대화를 나누는 사이 나는 가방을 들고 내 방이라는 곳으로 들어갔다. 그나마 내가 쓸 방은 제법 깔끔했다. 문을 닫으니 그나마 배설물 냄새가 사라졌다. 장롱을 여니 형형색색의 레이스가 너풀대는 옷으로 가득했다. 거저 줘도 안 입을 옷. 서랍장 위에 한 동양 여자와 노아가 함께 얼굴을 맞대고 찍은 사진이 놓여져 있었다. 레즈비언인가. 짐을 대충 정리하고 크리스와 저녁을 먹고 돌아올 때까지 그녀는 망부석 상태로 계속 게임 중이었다. 밤늦은 시간까지 잠이 오지 않았다. 페럿이 쳇바퀴를 굴리는 소리가 내 방까지 들렸다. 내일 아침엔 귀마개를 사와야겠다고 생각했다.

　구월, 무거운 가을 날씨가 시작되는 계절. 나는 도르트문트 대학에서 시험을 치고 반 배정을 받았다. 내년 봄부터는 독일어 좀 알아들을 수 있으려나 싶은 기대로 학생증을 들고 돌아오는 길. 그래도 지나다니면서 문장 읽어 보면 그럭저럭 뜻은 알겠는데, 이상하게도 그들이 대화를 시작하면 하나도 알아 들을 수가 없었다. 그건 내가 아는 독일어가 아니었다. 도대체 뭐가 문제일까. 절대로 그 벽을 통과할 수 없을 것 같았다. 나의 흡연량은 하루 한 갑을 넘어서기 시작했다. 계속 이어지는 스트레스를 감당할 길이 없었다. 그 와중에 눈을 뜨자마자 맡아야 하는 페럿의 배설물 냄새가 나의 신경을 건드렸다. 나는 노아에게 청소 좀 하라고 누누이 말했지만 그녀는 모르쇠로 일관했다. 알았다는 대답은 차라리 네가 치우라는 식의 반응으로 변했다.

　"너 알고 있었어? 쟤 저렇게 더러운 거? 집을 안 치워 아예."

　"예전엔 저렇게까지 심하지 않았는데, 여자친구 집 나가고서 더 심해 졌어."

　"중성화 수술이라도 시키지, 페럿 냄새 장난 아니야. 도대체 새끼라도 낳으면 어떻게 하려는지 모르겠네."

　피자와 일본 라면, 시리얼이 부엌에 잔뜩 놓여 있었다. 단 한 번도 그녀가 부엌에서 요리를 하는 모습을 볼 수 없었다. 떠나기 전까지. 이게 말로만 듣던 히키코모리라는 건가. 그러니까 여자친구가 도망쳤겠지. 나는 점점 그 집에서 식욕을 잃었다. 크리스의 집에 처박혀 있다 저녁이 되어 돌아가기 일쑤였다. 집이 좀 깨끗하다는 것 빼고는 크리스의 사정은 별다를 것 없었다. 헤드폰을 끼고 내가 이해하지 못하는 독일어를 몇 시간이나 떠들며 게임에 열중하는 그의 모습을 보는 것으로 숨이 막혔다. 더러운 그릇들은 며칠이 지나도 싱크대에 그대로 쌓여 있었다. 설거지를 해주고 집으로 돌아오는 길, 저런 사람들과 일상을 마주하며 살아야 한다니 도통 독일에 살 엄두가 나지 않았다. 대화를 할 때는 한없이 논리적이고 그토록 이성적일 수 없는 사람들의 생활 방식은 전혀 그와 같지 않았다.

"왜 바라는 것은 늘 멀리 있을까."

이제 막 졸업을 하고 사회생활을 시작한 수연이가 답했다.

"그러니까 목표지. 널 앞서 있지 않으면 그게 목표야? 끝까지 안 잡힐 수도 있어, 신기루처럼. 목표를 향해서 나아가야 하는 게 인생이야."

토할 것 같았다. 무력감을 감당할 길이 없어 질질 발을 끌며 비를 맞고 걸어 왔다. 안경에 김이 서려서 화선지에 번진 먹물처럼 사물이 온통 흐릿하게 보였다. 길거리에 사방으로 튕겨 나간 빛의 파편들, 내 꼬라지와 다를 바 없군. 형편 없는 독일어만큼 초라한 인생이었다. 나는 수업을 빠지지 않고 나갔다. 땡땡이가 일상이었던 나 같은 인간에게 없던 일이었다. 열심히 숙제를 하고 남은 시간 도서관에서 공부를 했다. 이왕 결심했으니까 빨리 시험에 합격하고 싶었다. 크리스는 나와 독일어로 대화를 하고 싶어 했지만, 나는 한사코 거부했다. 나의 독일어 수준을 들키고 싶지 않았다. 부끄러웠다. 난 재보다 나이도 많은데 잘하는 게 전혀 없으니까.

"또 게임해? 그만 좀 해. 다른 거 할 거 없어?"

그는 대답 없이 내가 사 온 코코아 우유를 마셨다. 역시 연하는 좀 아니었나. 남자애들은 맨날 저렇게 게임만 하고 사는 건가. 게임이라고는 테트리스나 조금하고 말 뿐 보통 책이나 읽는 나로선 이해하기 힘들었다. 언제부터인가 싸움이 시작될 분위기가 되면 나는 아무 말 하지 않고 줄담배만 피웠다. 하루 종일 독일어만 잡고 있다 갑자기 크리스와 영어를 해야하는 상황이 오는 것도 스트레스였다. 담배를 피우는 시간이 길어질수록 우리의 말은 줄어갔다. 밖에 나갔던 크리스가 들어와 담배를 두 갑 테이블에 던지더니 소매를 걷어붙이고 옆에서 담배를 피우기 시작했다. 화분에 담배꽁초가 수북이 쌓이기 시작했다. 밖은 그새 어둑해졌다. 창문을 쳐다 보고 내가 말했다.

"미안해, 싸우기 싫어."

그 말을 듣자마자 그가 일어나 나를 안아 주었다. 성급한 눈물이 났다.

〈넌 어떻게 한국어 그렇게 잘 해? 도대체 뭘 어떻게 배운 거야? 천재 아냐?〉

〈글쎄. 그냥 시간이 지났으니까. 배운 지 벌써 십 년도 넘었는데.

그래도 소설이나 철학서 읽는 건 여전히 무리야〉

이미 한국어를 잘하는 니코에게 독일어를 배우는 스트레스에 대해 하소연해 봤자 한국 사람이 독일어를 배우는 것과 독일 사람이 한국어를 배우는 데 공통점은 아무것도 없었다. 두 언어 체계를 서로 치환하면서 배우기는 어려운 것 같았다. 독일어는 독일어로밖에 배울 수 없다는 선생님의 말이 절대적으로 와닿았다. 맞긴 맞는데요, 그 언어를 기반으로 이루어지는 생각을 이해하는 것 자체가 쉽지 않다고요. 나는 볼멘소리를 참았다. 시월 말, 크리스의 아버지의 생일날, 나는 처음으로 그의 가족에게 초대를 받아 에센에 갔다. 공무원인 아버지, 가정주부인 어머니, 네 형제 자매들. 그녀의 막내 여동생은 크리스보다 키가 더 컸다. 사회학을 전공 한다는 펑크걸 누나부터 술 마시고 노느라 공부를 게을리해서 정학 직전이라는 형까지. 할리우드 영화에서 나올 법한 전형적인 중산층 가족의 현장. 맛있는 저녁 식사, 커다란 생일 케이크, 멀리서나 보던 커다란 삼 층 집. 그의 방에 걸린 액자에는 초등학교 때 그렸다는 그의 거북이 그림이 있었다.

"거북이에 왜 이빨을 그려 넣은 거야?"

"원래 악어를 그리려다 둘이 좀 헷갈려서 최종적으로는 거북이를 그린 것 같아. 여덟 살 때인가, 그땐 둘의 차이를 잘 몰랐어."

그가 썼던 유년 시절의 방에는 어린 시절에 쓴 일기로 가득했다. 독일 사람들은 어렸을 때 그렸던 그림이나 추억거리들을 다 간직하고서 어른이 되는구나. 나는 이사할 때 짐 된다며 내가 좋아한 책이고 뭐고 다 버렸는데. 수십 번 이사하면서 내게 남은 것은 초등학교 때 반에서 발간한 문집 몇 권과 졸업앨범, 상장이 전부였다. 난 크리스가 한국에 놀러 와도 나에 대해 보여줄 만한 것이 별로 없었다. 이런 큰 집에서 사는 것도 아니고. 내가 가지고 있는 추억과 가족의 형태는 단단하고 안정적으로 형성된 그의 생활에 비교하기에 한참 거리가 있었다. 현재 나를 이루고 있는 것은 무엇일까. 과거의 나는 어떤 사람이었지. 그리고 미래의 나는 어떻게 될까. 나는 현재 나를 이루고 있는 정체성의 흔적을 서울에 있는 내 집에서 도무지 찾을 수 없었다. 그의 집 밖에서 나는 혼자 담배 반 갑을 연달아 피웠다.

저런 집, 독일에서 사려면 얼마 정도 하려나.

그 이후 나의 자괴감은 더욱 심해졌다. 말하지 못한, 말할 수 없는.

"그렇게 애써야 할 필요가 있나. 가서 좀 자."

저녁 늦게까지 부엌에서 혼자 숙제를 하는 나를 보고 노아가 말했다. 내 방에는 따로 책상이 없어서 숙제를 하려면 방 밖으로 나와야 했다. 페럿의 배설물 냄새를 맡으며, 헤드폰을 낀 노아가 게임하는 사람들과 대화하는 독일어를 들으며, 아직도 이해할 수 없는 독일어에 다가가고자 하나씩 문제를 풀었다. 우울증이 점점 심해졌다. 자막 없는 내 감정은 도저히 독일어로 읽히지도 전달되지도 않왔다. 이상했다. 다들 외국어 몇 개월 만에 말문이 트였네 하는데 나는 별 진척이 없었다. 진짜 바보인가. 그러던 어느 날, 나의 페이스북으로 한 여자에게 연락이 왔다. 단 한 번도 얼굴도, 이름도 들어본 적 없는 그녀가 자신을 크리스의 전 여친이라고 소개했다. 일 년 전, 그러니까 나를 만나기 한참 전부터 펜팔을 구하는 인터넷 사이트에서 크리스를 만나 사귀기 시작했다며.

〈어떤 사람인지 궁금해서 연락을 해봤어요. 크리스 말로는 좋은 사람이라고 하긴 했지만〉

경상남도 진주에 살면서 독일에 한 번도 와본 적 없는 그녀가 어떻게 그의 여자친구일 수 있는지 나로선 이해가 되지 않았다. 이게 도대체 무슨 일이지. 크리스에게 해명을 요구했다.

"날 만나기 전부터 사귀는 사이였다고 하는데, 이게 가능한 거야? 한 번도 보지도 않은 여자랑? 왜 나한테 미리 말하지 않은 거야?"

"중요하지 않다고 생각했어. 인터넷 상에서 벌어진 일이니까."

"그냥 네 눈앞에 아무 한국 여자만 있으면 다 되는 거였네, 넌. 네 여친인지 뭔지를 현실에서 대체할 한국 여자. 너 옐로우 피버야?"

"그럴 리가. 내 전 여자친구들 다 독일인이거든?"

인터넷에서 벌어진 일이니까. 갑자기 연장된 시공간의 영역. 내가 통제할 수 없는 불안의 요소가 하나 더 늘어 버렸다. 인터넷에서 만난 여자는 자신을 그의 전여자친구라고 주장하고 우연히 현실의 여자가 된 나는 안간힘을 쓰며 독일어를 배우면서 이곳에 다시 오기 위해 필사적으로 돈과 시간을 계산하고. 전개가 이런 마당에 내가 독일을 떠나고 난 후 우리가 만나지 못하는 순간이 온다면 나는 너를 잃을까 늘 불안하겠지. 왜 누군가를 현실 영역에서 사랑하는 건 이렇게 힘든 걸까? 나는 그제서야 왜 그가 날 이곳에 살게하기 위해 부단히 노력했는지 알게 되었다. 진주에 사는 사람을 데려오는 것보다 예나에 사는 사람을 데려오는 편이 쉽잖아. 난 그냥 대타였던 거지. 그와 내가 똑같은 상황이었다면 차라리 미리 말해주는 게 좋았을 텐데 순정남인 척은 다하고 이렇게 뒤에서 칼을 꽂는 그가 미치도록 미웠다.

심각한 불면이 시작되었다. 계속된 흡연, 불규칙한 수면, 우울증까지 겹쳐 나의 몸은 최악의 상태가 되었다. 그럴수록 난 더 심하게 크리스와 싸웠다. 나를 붙잡는 그를 뿌리 치고 집에 돌아가는 길, 나는 난간 사이에 발을 끼고 걸터앉아 술을 마셨다. 사 미터 정도 높이의 다리. 고속도로 근처에 있는 다리 위로 트럭과 대형 차들이 수시로 오갔다. 엉덩이 밑으로부터 느껴지는 강렬한 진동. 생리적으로 오금이 저렸다. 높은 데서 떨어질까 걱정되어서가 아니라 당장 엉덩이 밑에서부터 온몸으로 전달되는 진동 때문에 공포가 밀려왔다. 아무리 높은 곳이어도 계속 바닥을 쳐다보면 평면처럼 무감각하게 느껴지는 지점이 있는데도 그 진동만은 절대로 적용되지 않았다. 왜지, 죽고 싶어 발악하는 줄 알았는데. 그럼 이렇게 높은 곳에 있어도 무섭지 않아야 정상 아닌가. 그때 멀리서 헐레벌떡 뛰어오는 크리스가 보였다. 그가 내 손을 잡아 끌었다.

"일어나."

나는 내 손에 쥐고 있는 맥주병을 바닥에 집어 던졌다.

"너 지금 여기서 나 끌어내면 지금 이대로 물에 빠질 거니까 집에 가."

헤드라이트 빛에 부딪혀 난사된 맥주병의 파편을 바라보며 난 울었다. 우리의 사정을 알 길 없다는 듯 차들은 쌩쌩 달려 나갔다. 크리스는 고개를 떨구고 등을 돌렸다. 길거리에 삼삼오오 조명이 들어왔다. 강물 너머 빛이 사라지고 어둠이 희미하게 섞여들기 시작하는 푸른 밤, 나는 럭키 스트라이크 블루 박스를 꺼냈다. 역시 광고는 거짓말이야. 나 같은 애가 운이 좋을 리 없잖아. 나는 그 자리에서 남은 담배를 다 피울 때까지 계속 바닥에 앉아 있었다. 다리 위로 추락하는 담배꽁초를 하나씩 세면서.

초겨울이 시작되고부터 곳곳에 크리스마스 마켓이 세워졌다. 2012년도 어느덧 끝나가고 있었다. 우리는 노트라인 베스트 팔렌에 세워진 곳곳의 크리스마스 마켓에 찾아다녔다. 독일 사람들은 연말에 이런 곳에서 글뤼바인을 마시면서 지나가는 한 해를 추억한다는 걸 알게 되었다. 뒤셀도르프 시청에서 글뤼바인을 홀짝대며 추위로 얼어버릴 것 같은 코를 만지작댔다. 뒤셀도르프가 진 전체 빚과 그 금액을 다 갚으려면 걸리는 시간이 표시되는 전광판 아래에서 당장 몇 자리인지 눈에 들어오지 않는 까마득한 숫자의 자릿수를 하나씩 세 보았다. 참 피곤하게 사는 사람들이야. 올해가 가기 전 마지막으로 하고 싶은 게 뭐냐는 크리스의 질문에 나는 컵을 만지작댔다. 독일에 다시 돌아 온다면 이 지역도 나쁘지는 않다만 여전히 베를린이 마음에 남았다. 크리스의 아버지의 생일날, 앞으로의 계획을 묻는 그의 질문에 나는 대답했다. 한국에 있는 대학을 졸업하면 베를린에 가서 미술사를 전공하고 싶다고. 그렇게 대답하고서도 내가 매력을 느낀 대상에 정말 돈과 시간을 걸 만큼 과연 그 마음이 확실한 것일까 의심되었다. 순진한 생각으로 독일에 온 것처럼 여행지 하나 다녀와서 그 도시가 좋아졌다고 착각하는 것은 아닐까. 독일에 있을 때 마음을 확실히 정하고 오는 게 좋을 것 같았다.

"나, 베를린에 가서 그림 한번 보고 올래."

봄에는 단체 여행인지라 박물관을 제대로 돌기 어려웠다. 지금 가면 관광객도 별로 없고 이미 수업도 끝났으니까. 나는 서둘러 표를 예약했다. 마침 삼 일 후 떠나는 베를린행 티켓이 싼 가격에 나와 있었다. 나는 작은 캐리어를 끌고 다시 베를린으로 향했다. 겨울의 베를린, 눈이 푹푹 쌓이는 음침한 회색 도시. 검은색의 옷을 입은 희멀건 사람들. 봄의 생기는 온데간데없었다. 완벽한 죽음의 도시. 모자를 눌러쓰고 목도리를 둘러 메도 살 깊숙이 칼처럼 파고드는 추위를 막을 길은 없었다. 쓰디쓴 담배 이파리가 입속에 남아 있는 것 같았다. 다음 날 나는 눈을 밟으며 베를린 갤러리에 갔다. 얼굴이 뽀얀 아이들이 갤러리 안에서 바닥에 드러누워 작품을 모사하고 있었다. 나는 바닥에 털썩 앉아 그림을 보았다. 확실히 난 이 검은 도시에 매료된 것 같았다. 이렇게 강렬한 검은색은 어느 곳에서도 본 적 없었다. 도대체 베를린은 어떤 시간과 사연을 내포하고 있길래 이렇게 우울할까. 삶은 느린 자살이라고 한다지만 이곳에 있다 보면 진짜 삶과 죽음은 중첩되어 있는 게 아닌가 생각이 들었다.

〈베를린이라고? 나도 베를린 갈 건데 내일. 넌 왜 거기 있는 거야〉

〈그림 보려고. 봄에 왔을 때 다 못 봐서. 삼 일 있다가 갈 거야. 넌 왜 베를린에 오는 거야?〉

〈컨퍼런스 참석 때문에. 시간 되면 보자, 연락할게〉

그리고 니코가 아침 일찍 내게 다시 메시지를 보냈다. 저녁 일곱 시 프리드리히 슈트라세 쪽에서 봐. 페라가몬 뮤제움의 작품이 눈에 하나도 안 들어왔다. 니코에게 하고 싶은 말이 너무 많았다. 간절하게 누군가와 얼굴을 마주하고 한국어를 말하고 싶었다. 나는 약속 장소에 일찍 나가 그를 기다렸다. 그는 나타나지 않았다. 자리를 뜨고도 한참 지나서 그로부터 연락이 왔다.

〈컨퍼런스가 늦어져서, 미안, 못 갈 것 같아〉

우두커니 기차를 기다리는 밤, 얼음에 맨살을 대고 있는 것처럼 바람이 끔찍하게 차가웠다. 누군가 당장 귀를 베어도 아무런 통증을 느낄 수 없을 것 같았다. 아침 일찍, 베를린 중앙역으로 나가는 길, 그에게 다시 연락이 왔다.

〈미안, 다음에 꼭 보자〉

나는 그날 그의 번호를 지웠다. 연말 내내 하루 종일 슈만을 들었다. 독일의 겨울은 잔인할 만치 추웠다. 크리스마스 방학이 시작되기 전 노아는 일찌감치 집으로 내려갔다. 나는 페럿과 함께 덩그러니 집에 남았다. 그녀가 부탁한 페럿의 먹이를 주기 위해 병아리 시체를 냉장고에서 꺼내는 일은 지옥 같았다.

"도대체 왜 사료를 안 먹이는 거야?"

"페럿들이 병아리의 사체를 더 좋아하니까. 그게 더 신선하거든. 가공된 물질도 아니고."

둥근 머리통, 초롱초롱한 눈을 가진 아이들이 신선한 병아리의 시체를 좋아하는군. 고무장갑을 끼고 집게로 병아리의 시체를 꺼내 케이지에 던지자마자 나는 눈을 감고 돌아섰다. 페럿이 병아리의 머리를 뜯으려 달려들기 전. 아무리 눈을 감아도 아작아작 뼈가 씹히는 소리가 들리는 것까지 막을 순 없었다. 페럿들과 보내는 우울한 크리스마스. 인류의 구원자가 탄생한 이 시기에 나는 미치도록 외로웠다. 나는 법을 배우고 싶거든 추락하는 법부터 가르치라는 니체의 말이 무색하게 나는 줄곧 바닥이었다. 나는 크리스와 크리스마스를 이틀 앞두고 그의 집에 갔다. 알아들을 수 없는 독일어로 점령된 세계. 온 집에 가득한 장식과 트리. 밖이 추워서라도 산타클로스가 이 집에 잠시 들어 오지 않을 수 없을 것 같았다. 나는 그의 아버지로부터 비틀즈의 3집 초판 LP를 선물로 받았다. 귀한 건데 이런 건 받을 수 없을 것 같다고 말하는 나를 보고 그는 말했다.

"비틀즈를 제대로 아는 사람에게 아깝지 않지. 잘 들어 주기를 바라."

그해 크리스마스에는 잔잔한 눈이 내렸다. 아침에 눈을 뜬 순간, 마당까지 쌓인 눈에 나는 소리를 질렀다. 화이트 크리스마스, 너무 완벽해서 더 초현실적인 크리스마스였다. 누군가는 크리스마스에 이런 따스함을 느끼며 살아왔던 거구나. 우린 도대체 얼마나 다른 걸까. 나는 아침 일찍 비틀즈의 앨범을 들고 그의 가족에게 인사를 한 후 혼자 쾰른에 갔다. 살얼음이 낀 라인강에서 대성당으로부터 울리는 종소리를 들었다. 사람들은 그 자리에서 성호를 긋고 기도를 했다. 문득 슈만은 언제 라인강에 빠졌을까 궁금했다. 아무렴 이런 추운 겨울은 아니길.

Can't buy me love everybody tells me so

Can't buy me love no no no no

사랑에는 돈도 노력도 모두 필요한 걸까. 겨우 부모님에게 허락을 받아 독일에 다시 오기로 결정했는데 유학 자금을 끌어 쓸 것도 문제지만 내가 과연 이 땅에서 살아 남을 수 있을지 확신이 없었다. 독일어를 비로소 이해할 때까지 내가 이 자괴감을 견딜 수 있을까. 인생이라는 것은 미지수투성이의 방정식 풀기 같다는 생각을 했다. 반

강제적으로 운명처럼 미래가 먼저 서 있고 현재라는 미지수를 풀라고 늘 강요하는 것 같은 나날. 왜 과거와 현재가 맞물려서 자연스럽게 미래를 만들지 못하는 걸까 알 수 없었다. 시간은 분명 현재에서 미래로 흐르는데 수학을 못하는 나는 그게 늘 힘들었다. 과거와 미래를 매개할 적절한 미지수를 연역하고 도출해 내는 것. 나는 문이 열린 키오스크에 들어가 와인을 샀다. 크리스마스까지 문을 여는 상점은 터키인들이 운영하는 곳뿐이었다. 가족 같은 크리스마스를 남의 일로 여기는 사람들을 보니 쓸데없이 위로가 되었다. 설상가상, 집에 돌아오자 보일러가 고장 났는지 온열기 작동이 되지 않았다. 차가운 공기 속에서 화이트 와인을 마셨다. 뇌를 조이고 있던 나사가 순식간에 빠져 나갔다. 술에 취해 그에게 메시지를 보냈다.

〈나보다 더 똑똑하고 영어 잘하는 여자 만나, 가능하면 동갑이 좋겠어. 나이도 많은데 멍청하면 답이 없더라고〉

다음 날, 크리스가 연락이 되지 않는 나를 찾아 집에 오기까지 나는 꼬박 하루가 넘게 홀로 울었다. 크리스가 처음으로 눈물을 보였다.

"나는 네가 여기서 빨리 적응했으면 해서 우리 부모님께 너 소개해 주고, 할 수 있는 거 다 하는데, 너는 왜 이렇게 힘들어하는 거야?"

그가 울면서 내게 말했다. 나는 말하지 못했다. 사실 난 널 볼 때마다 숨이 막혀. 그 착한 얼굴로 나에게 늘 상처를 주는데 그럴 때마다 난 모든 걸 내 탓하게 돼. 모르겠어, 너의 선의가 진짜로 날 향한 건지. 내가 그냥 지금은 네 옆에 있어줄 수 있는 상황과 조건이 되니까 네가 그렇게 애써주는 거지, 막상 내가 이곳을 떠나야만 할 때 너는 나와 했던 약속을 지켜 나갈 수 있을까? 나의 질문에 대한 답은 이미 내 속에 정해져 있었다. 불신이 무서운 건 바로 이런 이유 때문이었다. 휴일 때문에 당장 보일러를 고치기 어려운 상황에 샤워하자고 크리스에게 가기도 싫었던 나는 차가운 물에 샤워를 했다. 결국 폐렴 증상같이 번진 감기 때문에 일주일 내내 고생했다. 가래를 뱉을 때마다 섞여 나오는 피. 잘 때마다 가슴을 누르는 통증 때문에 서너 번은 깨기 일쑤였다. 희미하게 열이 오르는 상태에서 혼자 연말의 거리에서 피어 오르는 불꽃놀이를 보며 간절하게 다시 한 번 기도 했다.

바라지 말걸, 노력하지 말걸, 아무것도 하지 말걸. 하나님, 아무것도 소망하지 않게 해주세요.

2013년이 되었다. 나는 긴 크리스마스 휴일이 끝나자마자 병원에 갔다.

"너, 천성적으로 폐가 원래 안 좋은가 본데. 기흉이 있네. 수술한 자국도 있고. 더 심해지면 다시 수술 해야 돼. 조심해."

"그래서 제가 수영을 못하는 건가요."

엉뚱한 질문이었나. 의사는 어이 없다는 듯이 나를 바라보았다. 난 진짜 궁금해서 물어보는 건데.

"그건 아니야, 적절한 유산소 운동은 오히려 기흉에 도움이 돼. 중요한 건 담배야. 담배를 끊어."

"제가 흡연자인 거 어떻게 아셨어요?"

"의사 하루 이틀 하니."

물도 없이 의사에게 처방 받아온 약을 삼키고 다리 위에서 곽에 남은 담배를 다 쓸어 피웠다. 담배까지 안 피우면 여기서 어떻게 버티라는 거야. 맨정신으로. 나는 마지막 담배꽁초를 다리 위로 버렸다. 집에 돌아오니 페럿 한 마리 혼자 열심히 쳇바퀴를 타고 있었다. 케이지를 열었다. 톱밥에 묻힌 페럿 한 마리가 죽어 있었다. 몸집이 더 큰 것을 보니 암컷 이었다. 그러고 보니 페럿들에게 삼 일간 밥을 주는 것을 완전히 잊고 있었다. 곧바로 노아에게 연락했다.

"페럿 하나가 죽었어."

조용히 듣고 있던 그녀가 말했다.

"잘 됐어. 한 마리 처분하려고 했거든. 새끼 생기면 골치 아팠을 거야."

끔찍하게 아끼는 줄 알았는데. 페럿을 들이밀며 나에게 귀엽지 않냐고 뽀뽀해 보라면서 날 괴롭힐 때는 언제고 이제 와서 처분이라니. 그것은 나의 미래인가. 처분. 나는 페럿의 시체를 종이에 싸서 근처에 있는 묘지에 갔다. 나무 아래에 손으로 팔 수 있는 한 커다랗고 깊은 구멍을 만들고 페럿을 묻었다. 무덤의 형체를 알아 볼 수 있게 그 위에 나무 막대기를 분질러 꽂아 놓고 돌아섰다. 다 내 잘못이야. 사람이든 동물이든 살아 있는 것은 내 손에 들어 오면 안 돼. 그날 이후 말수가 급격히 줄었다. 크리스와도 별달리 싸우지 않았다. 대신 시도때도 없이 울었다. 나사 빠진 수도꼭지처럼 장소를 불문하고 눈에서 물이 줄줄 흘러 나왔다. 학생 식당에서 밥을 먹다가 독일어 수업을 듣다가, 크리스와 함께 집에 돌아오는 버스에서까지. 도대체 무슨 일이냐고 크리스가 물어도 도저히 설명할 수 없었다. 아무 이유 없이 눈에서 물이 나올 수 있다고 말해 보았자 그게 어떤 상황인지 이해할 수 있는 사람은 없었다. 처음부터 내 소망이 불가능한 것은 알고 있었지만 마음은 과정을 무시한 채 늘 조급하게 결과만을 요구했다. 머리가 돌은 아니었는지 가슴 통증이 더해지면서 잠을 거의 자지 못하는 상황에서도 나는 치열하게 독일어를 배우는 데 열중했다. 독일을 떠날 시간이 얼마 남지 않은 삼월 초, 다섯 달 만에 B2 시험 합격 증서를 받고 난 후 나를 가르치는 독일어 선생님이 말했다.

"최종 시험까지 합격하고 가는 게 어때. 수업 하나 더 듣고 나면 여름쯤 DSH 합격할 수 있을 텐데. 너, 다시 시월에 다시 돌아 온다고 해도 그때쯤 되면 지금 배운 독일어 다 잊어 버려. 처음부터 다시 배워야 해."

"그렇긴 하지만 한 쪽이 정리가 안 된 상태로 계속 이렇게 묶여 있으면 불편할 것 같아요."

졸업을 하기 위해서 들어야하는 필수 수업은 봄 학기에만 열렸다. 이번에 수업을 듣지 못하면 내년까지 다시 기다려야하는 상황, 빨리 졸업을 한 후 독일에 돌아오고 싶었다. 나는 선생님의 그 말을 부정했다. 아니야, 난 널 절대로 잊지 않을 거니까. 진심을 다해 배운 독일어인만큼 절대로 잊지 않을 거라고. 내 열정과 학습 속도 앞에 노아가 감탄했다.

"굉장해, 사실 이렇게 빨리 늘 줄 몰랐어. 독일어 진짜 쉬운 언어가 아닌데. 내 전 여자친구도 독일어 때문에 끝까지 애 먹고서도 거의 배우지 못했건만. 사랑은 위대하군. 이제 슬슬 크리스와 독일어로 대화 해도 되지 않겠어?"

"싫어, 아직 많이 부족해."

"뭐야, 그게 당연한 거지. 고작 몇 개월 배우고 독일어로 매끄러운 일상 대화를 기대한 거야? 독일어 어렵다니까? 학교 다닐 때 내가 제일 못한 과목이 독일어 였는데."

삼월 중순, 함박눈이 내렸다. 초현실의 눈. 삼월에도 눈이 내 무릎 높이까지 쌓일 수 있다니 내가 아는 모든 상식이 뒤집히는 순간이었다. 늘 봄에는 꽃 피우고 새가 울고 하늘하늘한 레이스 치마를 입고 놀러 가는게 정상인 줄 알았는데. 추위가 지긋지긋했다. 한국에 가기 열흘 전, 십 킬로 쯤 되는 박스를 한국으로 부치고 돌아온 날, 나는 크리스에게 말했다.

"다른 데 좀 가자. 이 날씨 더 이상 못 견디겠어."

우리는 이틀 후 기차를 타고 암스테르담으로 향했다. 대항해 시절 축적한 부로 만들어진 도시. 자유는 돈으로 만들어 진다는 역설. 독일과 똑같은 제품이 암스테르담에서는 딱 두 배로 팔리고 있었다. 또다시 틀린 일기예보. 암스테르담도 춥기는 마찬가지였다. 어딜 가나 눈으로 뒤덮여 있는 거리. 우리는 관광을 포기하고 호텔에서 귤을 까먹었다. 옆 방에서 희미하게 대마초 냄새가 났다.

"넌 걱정 안 돼? 나 한국 가면 우리 헤어질 수도 있어."

"그럴 리 없어. 그런 미래 생각하지 마. 말도 안 되니까."

거짓말, 인터넷에서 얼굴 한 번 안 본 여자와 사귀기로 하는 놈이 말만 잘하지. 그래도 내가 상상하는 것은 말도 안 되는 일이라 부정하는 그의 말을 믿고 싶었다. 우리는 기차를 타기 십 분 전까지 약속했다. 다시 만나자. 나는 우리가 함께 들은 음악에서 말하는 그 사랑을 마음을 다해 한번 믿어 보기로 했다. 도르트문트에서부터 줄곧 입고 있던 코트를 드디어 인천 공항에서 벗을 수 있었다. 딱 일 년 만의 한국.

Kapital 2

〈나 사월 말 한국 갈 건데 너는 어디야, 한국인가〉

  번호를 삭제하고 몇 달간 연락이 없던 니코에게 페이스북으로 메시지가 왔다. 친구 삭제를 한 지 오래인데 연이 끈질겼다. 답변을 할까 말까 망설이다가, 순간 머리에 번쩍 불이 들어왔다. 추운 겨울, 그를 기다리던 날. 나도 똑같이 되갚아 주고 싶었다. 너도 한번 날 기다려 봐. 나는 니코와 만날 약속을 잡았다. 종로 쪽에 숙소를 잡았다며 그쪽 근처에서 보자는데 알 게 뭐야. 약속 장소가 부산이어도 상관없었다. 중요한 건 내가 그날, 그 자리에 안 나갈 거란 사실이었다.

내 몸은 심각하게 시차에 적응하지 못했다. 내 생체 리듬은 여전히 독일 시간에 고정되어 있는 것인지 새벽 다섯 시가 넘어 잠들기 일쑤였다. 늦게 자고 아침 수업을 나가는 것은 힘들었다. 서너 시간 자고 뜬 눈으로 수업을 듣다 보면 여기가 도대체 독일인지 한국인지 헷갈릴 지경이었다. 얼굴을 알고 지내던 동기들은 이미 졸업을 한 상태였다. 수업 내용은 귓구멍에 전혀 박히지 않고 다 빠져나갔다. 나는 다시 혼자였다. 아무래도 나의 무의식은 독일에 묶여 있나. 빨리 졸업하고 여길 떠야겠다는 생각이 들어 마음이 급해졌다.

사월 중순부터 크리스와 연락이 잘 되지 않았다. 같이 좋아했던 다프트 펑크 새 앨범이 나왔다며 본인이 구입한 파일을 내게 보내준 이후, 오 일간 크리스에게 연락이 없었다. 슬픈 예감은 왜 틀리지 않을까. 내가 가장 걱정한 것, 그에게 다른 여자가 생겼다는 것을 직감으로 느낄 수 있었다. 나에게 크리스의 여자친구세요?라고 물었던 그녀처럼 이번엔 바로 내가 정리당할 차례가 될 것이라는 것을. 나는 그의 연락이 없는 시간 동안 답답한 맘을 이기지 못하고 줄담배를 피웠다. 오 일 내내. 초조하게 크리스의 연락을 기다리며 거의 뜬 눈으로 억지로 시간을 흘려보내던 때. 화가 날 때 당장 그의 집으로 뛰어가던 발걸음이 생생하게 떠오르면서 사람 사이에 만 킬로미터의 거리가 얼마나 멀던가 처음으로 깨달았다. 내겐 그 거리를 이길 힘이 없었다.

〈너를 챙기는 것에 지쳤어〉

〈잤어?〉

〈응〉

밴쿠버에서 경영학 공부 하다 잠깐 독일에 놀러 온 중국 여자, 91년생 동갑, 그가 그녀의 사진을 보냈다. 얼굴 안 본다더니 진짜일 줄 몰랐네.

〈그녀가 여행하는 곳에 같이 동행했어, 너를 챙기는 것이 지쳤거든〉

그 말을 필사적으로 증명하려고 애쓰는 사람처럼 그는 빠르게 변했다.

〈장거리잖아, 그게 될 거라고 생각해?〉

〈여름에 나 중국 갈 거야. 걔도 독일 올 거고〉

눈을 뜨자마자 감당할 수 없는 후회가 무겁게 덮쳐서 이불을 뒤집어썼다. 울지 말걸, 담배 피우지 말걸. 싸우고 말 없이 혼자 집에 가지 말걸. 조금 소중히 널 대할걸. 진짜로 내가 말한 대로 될 줄 몰랐어. 농담으로라도 나보다 영어 잘하고 똑똑한 너와 동갑인 여자 만나서 잘 먹고 잘 살라고 하지 말았어야 했는데. 캐나다 국적의 경영학 전공생이 독일에서 일 찾는 건 힘들지 않겠군. 역시 나 빼고 다 똑똑해. 모두 자기가 해야 할 일을 정확하게 알고 있구나. 나는 크리스의 새로운 사랑 앞에서 일방적으로 내 감정을 정리할 것을 요구당했다.

〈우린 끝이야〉

어린 왕자가 슬퍼서 노을만 마흔네 번 봤다던 그날처럼 난 슈만을 죽도록 들었다. 하루 종일 책을 읽다 홉스가 쓴 정갈하고 침착한 우울이란 단어를 읽자 갑자기 머리가 멍했다. 밖에 나갔다. 도저히 침착해질 수 없었다. 다리 위에 버려진 맥주병 하나를 발로 찼다. 고꾸라지며 방향을 잃고 다리 아래로 떨어지는 맥주병. 내 꼬락서니와 다를 것 없었다. 어스름한 어둠 속에서 걷고 있는 우이천 건너편으로 내가 좋아한 후드 코트를 입고 구부정한 어깨를 하고서 건너편에 천천히 걸어 가는 크리스가 보였다. 누군가와 헤어지는 일은 그의 장례식에 가는 것과 같다고 하던데 사실이었다. 누군가를 마음 속에서 죽인다고 해도 그 속에 각인된 존재는 불시에 되살아나 날 헤집어 놓겠지. 내 마음이 멋대로 그를 만 킬로미터 넘는 이곳에 끌고 온 것을 알고 있으면서도 나는 그 환상을 향해 정신없이 뛰었다.

사라지지 마, 제발.

그때 나에게 남은 것은 시간과 공간이 와해되고 남은 기억뿐이었다. 부재가 만드는 내 마음의 생생한 환상. 기억력이 좋은 게 이렇게 독이 될 줄은 미처 생각지 못했다. 스트레스가 겹쳐 기흉 증세가 심각해졌다. 입과 코에서 피가 섞여 나왔다. 다음 날, 아픔을 참지 못하고 흉부외과에 갔다. 담당 의사가 말했다.

"이렇게 살다 금방 죽어요. 아가씨는 폐가 선천적으로 많이 눌려 있어서, 수술도 이미 받았던데. 계속 이러고 살면 답 없어요.”

나는 의미없이 고개를 끄덕거렸다. 내 방에서 담뱃갑을 발견한 엄마 앞에서 담배 끊겠다고 답한 지가 한 달이 지났는데도 아직 담배를 못 끊고 있는데 자신 없었다. 의사는 급한 치료를 위해 일주일 입원을 하라고 권고했다. 나는 짐을 싸들고 병원에 가면서 수연이에게 연락했다. 수연이는 두 시간 만에 병원에 달려 왔다.

“너, 진짜 실연 한번 지독하게 앓는구나. 십 년 지나고서도 이러면 진짜 진상일 거란 사실만은 알아 둬.”

내 모습을 본 수연이가 혀를 끌끌 찼지만 그녀는 지하철이 끊길 때까지 병실에 함께 있어 주었다. 병원에 혼자 누워 있는 첫날 밤, 폐를 압박하며 거꾸로 나를 집어삼키려는 통증에 시달렸다. 금단 현상 때문에 메스 버그까지 일어났다. 쉴 없이 닥치는 간지러움, 밤새 피가 날 때까지 피부를 긁어 댔다. 아니 나는 고작 담배만 피웠을 뿐인데 이런 현상이 왜 일어나는 거지? 한 모금이라도 담배를 빨아야 하나 싶었지만, 쉴 없이 이어지는 통증 때문에 밖에 나갈 수가 없었다. 한숨도 자지 못하고 밤을 꼬박 샌 나는 담당 의사가 출근하자마자 그의 진찰실을 찾아 갔다. 의사는 핏자국으로 가득한 팔뚝에 연고를 발라 주며 말했다.

“사실 중독의 강도는 빠져나올 때만 알 수 있어요. 아가씨는 다른 사람보다 약물에 훨씬 취약한 사람이에요. 멘탈도, 몸도. 이런 경우 무슨 물질을 손에 대는지는 중요하지 않아요. 어떤 종류라도 약물에서 빠져나와야 할 일이 생긴다면 또다시 이렇게 될 테니 앞으로 그점을 잘 생각하면서 사는 게 좋을 거예요."

설상가상, 밤에는 날 만나러 약속 장소에 나온 니코에게 연락이 왔다. 약속 장소에서 두 시간을 기다렸다며. 완전히 잊고 있었는데 화내는 니코를 보니 미안해졌다.

〈너도 베를린에서 날 엿 먹였잖아〉

〈나 한국에 매번 오는 거 아니야. 한정된 돈과 시간을 들여 계획을 세웠다고. 근데 넌 내 시간을 아무렇지 않게 버리게 만드는군〉

그건 나도 마찬가지야, 나도 베를린에서 널 기다렸어. 네가 꼭 올 거라고 말해서 미치도록 추운 십이월의 베를린에서 널 기다렸다고. 나의 시간은 넘쳐나서 네 맘대로 파기해도 되는 거고 네 시간은 그러면 안 되는 거야? 그들의 오만이 지겨웠다. 그래, 모두 내 탓이라고 말해라. 나는 더 이상 답하지 않았다. 지금 내가 병원에 누워 있으니 문병 좀 와 달라고 해도 넌 오지 않을 거잖아. 네 비싼 시간을 그런 데 쓰지 않겠지. 나는 조용히 침대 위에서 A4 종이에 버킷 리스트를 작성해 보았다. 그래도 창창한 나이 이대로 죽기는 아까우니까 지금 이 인생에서 반드시 해야만 하는 것이 있다면 다시 생각해 보자고. 열 개를 채우기도 힘들었다. 그중에서도 두 가지 정도나 간절하지 나머지는 굳이 이루어지지 않아도 별로 상관없을 것 같았다. 그리고 진짜 바라는 것까지는 여전히 까마득했다. 폐와 심장이 서로 분리될 것처럼 통증으로 뒤틀리던 밤. 숨 하나하나 내뱉을 때마다 깨진 유리를 밟듯 온 몸이 씹혀 들어가는 고통. 폐든 심장이든 가능하다면 분질러서 하나 좀 버리고 싶은데 왜 둘이 붙어 있어서 이렇게 고생하는지 모르겠다. 나의 찌그러진 폐가 어떻게든 살겠다고 가슴의 주변부 장기를 눌러가며 호흡의 수축과 이완을 반복하고 있었다. 얘도 나처럼 민폐군. 매끄럽게 숨 하나 제대로 못 쉬고 발악하고 있으니. 크리스가 보내준 다프트 펑크의 새 앨범을 들으며 해가 떠오를 때까지 버텼다. 기계가 겨우 인간의 감성을 흉내 내겠다고 노래란 것을 하는데 그 목소리가 왜 인간보다 더 애절하게 느껴지는지.

And it was you

The one that would be breaking my heart

When you decided to walk away

내가 이렇게 혼자 무너지고 있다는 것을 절대로 말하고 싶지 않았다. 사랑이란 게임에서 패자가 된 것으로 족하니까 후회는 내 몫으로 해두고 싶었다. 울지 말걸, 담배 피우지 말걸, 싸우고 말없이 혼자 가지 말걸. 이거 하지 말걸 저거 하지 말걸 아무것도 하지 말걸 그 말만 하릴없이 반복하며.

퇴원하는 날, 수연이가 기념이라며 내가 좋아하는 보르도산 화이트 와인을 사들고 왔다. 우리는 함께 한강에 갔다. 와인을 마시고 의미 없는 말을 지껄이며 고래고래 소리 질렀다.

하나님, 저는 왜 솔직해지지 못하는 걸까요. 불륜을 하든 짝사랑을 하든 권태기로 지루해 하든 모든 사랑이 눈부시게 아름다워 다 저주하고 싶은 날.

"그만 울어 이 년아. 지겨워. 너는 어떻게 그렇게 맨날 우냐? 눈물 샘 고장난 거 아냐? 수리받을 데 없어?"

그래, 나에겐 한강이 있으니까. 여기서 빠져 죽으면 일 억씩이나 내진 않잖아. 좋은 나라라고. 죽음이 싸게 팔리는 나라. 서울에서는 별달리 무서운 것이 없었다. 이러나저러나 바닥이니까.

"참 신기해. 인간만이 추상적인 사랑이라는 개념을 생각하고 그 속에서 관계의 형태를 정립해 나가는 거. 그게 참 묘해."

심드렁하게 그녀의 말을 듣고 있던 나는 말했다.

"난 도대체 사랑이 뭔지 모르겠어. 그냥 사람을 만난 거 아니야? 한 인격의 천국과 지옥을 모두 경험한 상태를 가리켜서 사람들이 그냥 편의상 사랑이라고 말하는 건 아닐라나."

"내가 볼 때 사랑은 분명히 화학 작용이야. 누군가를 만나면서 겪는 경험을 통해서 그 전과는 다른 사람으로 변하는 거지. 그 이전의 인격으로 절대로 돌아 갈 수 없어. 네 말이 틀린 건 아닌 게 지옥과 천국을 한번에 봐야 믿음도 생기는 거잖아. 종교가 괜히 종교겠어? 그래, 맞아. 사람들은 이런 화학 작용 과정을 견디기 싫으니까 자꾸 냉소적으로 변하는 거야. 변화가 귀찮은 거지. 지지고 볶는 과정이 없으니까 계속 병신 같은 자아만 남고. 요즘 시대는 그런 게 쿨한 거라고 민폐 안 주는 거라고 좋아하긴 한다만."

실연 이후 나는 더욱 감정적으로 음악에 몰입하기 시작했다. 음악은 내 소망과 기대와 이해와 무욕하게 떨어져 홀로 고고하게 아름다웠다. 하루에도 열두 번은 이웃이 쫓아 내려 왔다.

"아가씨, 음악 좀 줄여요, 사람 살 수가 있어야지."

나는 고개를 숙이고 사과했다. 엄마가 말했다.

"그럴 거면 차라리 밖에 나가서 음악 들어라. 이게 뭐니, 집에서."

문제는 어디서 이런 음악을 들을 수 있는 것인지 모르겠다는 거였다. 내 주변에는 나처럼 음악을 눈뜰 때부터 잘 때까지 듣는 사람이 없었다. 기흉 증세는 완화되었지만 여전히 호흡이 불규칙한 나는 거의 잠을 자지 못했다. 이 감정에서 빠져나가야 해. 나는 내가 좋아하는 음악을 어디서 들을 수 있는지 찾기 시작했다. 잃어버린 감정의 출구.

그러다 내가 자주 들어가는 일렉트로닉 뮤직 사이트에서 파티 공고를 보았다. 〈프렌치 하우스 좋아하시는 분 환영합니다〉 내가 크리스와 듣던 음악들의 장르가 프렌치 하우스라는 것을 난 그곳에서 처음 알았다. 정모를 클럽에서 연다니 신선했다. 하긴 일렉트로닉 음악 동호회 니까 당연한 건가. 한번 가 봐도 괜찮겠지? 이 나이 먹고 클럽 한 번 안 가 봤다면 농담인 것 같지만 술 마시고 시끄럽게 노는 데 취미도 없고 밤 늦게 집에 들어와 엄마에게 혼나고 싶지도 않아서 그런 짓은 한 번도 해본 적이 없었다. 넌지시 수연이에게 같이 가자고 말해 봤지만 그녀는 자신은 힙합파라며 거절했다.

"기계 음악 계속 들어 봤자 귀만 아프고. 너는 도대체 어떻게 사람 목소리도 없는 음악을 그렇게 주구장창 들을 수 있어?"

사람 목소리는 평생 들었는데, 맨날 들어야하고. 음악에서까지 사람 목소리 찾아야하는 건가. 때론 아무 생각 없이, 목적 없이 감정적이고만 싶다고, 사람과 관련 없는 것들에서. 사람이 고통인 나에게는 그랬다. 인간이 없는 곳에서 한없이 자유롭고 싶어서 음악을 듣는다고. 이해도 안 될 말로 인간을 설득하는 것을 관두고 난 주말 밤 혼자 나가기로 맘 먹었다. 그러게 친구가 별로 없어서 고생이네 싶다가도 클럽에는 뭘 입고 가야 하나 싶어 고민되었다. 드라마 보면 좀 앞뒤 훅 파이고 몸에 핏되는 옷 입고 남자랑 춤추고 그러던데 나도 그래야 하나 싶다가도 첫날부터 그건 무리다 싶어 바지에 나시를 꺼내 입고 파티 장소로 갔다. 모델 할 몸뚱아리도 아니고. 아무도 안 보겠지. 나는 클럽을 찾아 골목을 두리번댔다. 분명히 여기가 맞는 것 같은데 줄을 선 사람도 아무도 없었다. 이상하다, 클럽 입구에는 사람들 줄 쫙 서 있고 가드 치고 그러던데.

"야, 너 여기서 뭐해."

고개를 돌아보니 눈이 가늘고 곱상한 남자애가 서 있다. 뭘 봤다고 말을 놓지 싶다가도, 너무 자연스럽게 반말을 하니 초면에 따지기도 어려웠다.

"XX 클럽 찾는데, 길치라. 어디쯤이지."

"너 눈앞에 있거든."

"근데 왜 아무도 없어?"

"보통 열두시쯤 슬슬 오픈 하니까. 뭘 이렇게 초저녁부터 오고 있어. 클럽 처음 와?"

어떻게 알았지. 나는 손가락에 잘 감기지도 않는 짧은 머리카락을 만지작대며 중얼댔다.

"아, 좀 있다 와야겠다."

언덕 위를 올라 편의점 가는 길, 녀석이 먼 발치에서 걸어 오고 있었다. 밝은 불빛에서 보니 찢어진 눈, 갸름한 얼굴형이 잘 드러났다. 학교가 여대이기도하고 밖으로 돌아다니질 않으니 당최 한국 남자를 어디서 구경할 기회가 없었는데 오랜만에 스타일이 좋은 남자를 보니 저절로 시선이 갔다. 딱 봐도 기생오라비, 근데 왜 대뜸 반말질인가, 나보다 어려 보이는 게. 냉장고에서 생수와 맥주를 꺼냈다. 계산대에 장식된 담배를 보니 손을 대고 싶은 마음이 꿈틀거렸지만 참을 인 세 번 새기고 밖에 나갔다. 편의점 앞은 주말 밤, 넘쳐나는 사람들로 인산인해였다. 이태원 프리덤. 바람이 부는 봄밤은 시원했다. 이런 날에는 개천에서 조깅이나 하는 줄 알았는데 주말 밤 내가 클럽에도 오고 인생 참 모를 일이야. 크리스는 뭘 하고 있을까. 오늘도 노아와 게임이나 하고 있을까 궁금한 밤, 시계를 보았다. 아직도 그의 시간을 따라 세는 나. 나는 밤의 세계, 그는 낮의 세계를 살고 있었다. 만 킬로미터의 거리. 우리의 세계는 분리되었다. 바닥에 내팽개쳐진 나의 마음. 가슴이 답답해서 맥주 캔을 따고 계단에서 쪼그려 마셨다. 인생의 황금기, 다시 돌아오지 않는다는 젊음, 어른들은 자꾸 그렇게 말하는데, 도대체 그들은 무슨 젊음을 살았길래 그런 말을 하나 싶었다. 담배 피우다 입원이나 하고 남자들에게 뻑하면 차이기나 하는 나로선 이해가 가지 않는 말이었지만. 후회. 그렇다, 나는 후회가 되었다. 크리스를 잃은 것에 대한 후회. 내 인생에 손수 도배 해주고 이사를 돕는다고 일곱 시간 기차로 날 찾아오는 남자는 없겠지, 발렌타인데이를 맞아 내 침대 이불 속에 초콜릿과 내가 좋아하는 향수를 숨겨 두는 그런 애는 다시 나타나지 않을 것 같아. 중국 여자애는 나보다 훨씬 똑똑할 테니 그를 절대로 놓지 않을 거야. 씁쓸했다. 꿈에서 헤어 나오지 못하는 소유, 구운몽의 한 대목이 떠올랐다.

호승이 웃어 왈,

"상공이 오히려 춘몽을 깨지 못하였도소이다."

승상 왈,

"사부, 어찌하면 소유로 하여금 춘몽을 깨게 하리오?"

싫은데, 깨고 싶지 않은데, 양팔을 내저으며 완강하게 거부했지만 소용없었다. 그래, 사랑은 정말 한 번뿐이었어. 그리고 잃어 버린 것은 다시 돌아오지 않는 거였다. 모든 게 그래. 아마 어른들도 그래서 내게 말하는 것일 테다. 후회 때문에. 나는 절대로 그 후회라는 거 인생에서 다시 하고 싶지 않았다. 크리스를 잃고 혼자 담배를 피워대다 차가운 병원 침대에서 길고 긴 후회로 밤새운 그 밤으로 족했다. 나는 후회 때문에 병원 침대에서 죽을 수 있을 만큼 스스로를 극단적으로 몰아세울 수 있는 사람임을 알았다. 안 돼, 후회하면서 병원 침대에서 인생을 마감하는 결과만은 피해보자, 그때 버킷 리스트 쓰면서 인생 좀 다르게 살아볼 걸 아쉬워해봤자 절대로 그 시간은 돌아오지 않으니까. 그래서 절박해졌다. 나는 늘 질 것 같은 게임이면 미리 포기했다. 어렸을 때 바둑 학원에 다닌 적이 있었다. 결국 얼마 못 가 그만뒀지만. 나는 사활을 거는 데 재능이 없었다. 바둑은 승부욕이 있어야 기를 쓰고 끝까지 이길 생각으로 버티는데 나는 누굴 이기자고 오기를 부리지 못했다. 그때 느꼈다. 나는 마음이 약한 사람이라는 것을. 질 것 같아 버리면 바로 당황해서 가능한 수를 읽지 못하고 페이스가 흔들렸다. 선생님은 나를 보며 규칙은 빠르게 잘 파악하는데 어째 실전에선 힘이 많이 부족하다고 의아해했다. 나는 오래도록 차라리 지는 게 편한 사람이었다. 그러나 지는 것보다 지레 겁먹고 난 후 남은 후회가 건강에 훨씬 해로울지도 모르겠다. 이러나저러나 구질구질해지는 건 어쩔 수 없는지도. 그렇다면 질 것 같아도, 안 될 것 같아도 미리 생각하지 말고 할 수 있는 한 모든 것을 다 해봐야하는 걸까. 이제부터 내 삶에서 후회는 없는 것과 마찬가지다. 나는 그 말을 내 마음에게 일러주듯 계속 읊었다. 진짜 그럴 수 있을지 없을지 몰라. 그래도 계속 생각하다 보면 언젠가 변할 수도 있겠지. 들고 있던 맥주 캔을 힘껏 바닥에 집어 던졌다. 경사진 언덕 아래로 데굴데굴 맥주 캔이 떨어졌다. 언젠간 이 마음도 스스로 멈추는 날이 오기를.

그 밤, 난 완전히 취했다. 술과 음악에 처음으로. 내가 원한 음악이 그 순간 정확히 존재했다. 비트와 리듬이 내 우울과 고통을 삼키고 긍정으로 마춰시켰다. 왜 클럽이 어두운지 알 것 같았다. 절대적인 빛이 필요해서 그래. 새벽 세 시까지 무아지경으로 디제이 셋을 듣는데, 아까 골목에서 본 쌩양아치 녀석이 스테이지로 올라갔다. 어라. 쟤도 음악 트는 건가. 그가 트는 음악은 확실히 내 취향은 아니었다. 강한 비트를 좋아하는 나에게 그의 플레잉은 지나치게 미니멀했다. 그래도 스매싱이 좀 흥미로운데. 몇몇의 사람들이 내게 인사를 꾸벅하고 나갔다. 나도 모르게 자동적으로 인사를 했다. 누군지도 모르면서. 그날 새벽 다섯 시가 넘어서야 클럽 문을 나갔다. 굉장하군. 음악이라는 것은 정말 좋은 거였다. 장난삼아 모두 음악은 국가가 허락한 마약이라고 말하는 줄 알았다. 간만에 스트레스가 확 풀리면서 상쾌하게 기지개를 켜고 밖으로 나가는데 클럽 문 앞에 서서 전자 담배를 피우는 그 녀석이 보였다. 버튼을 누르면 빨갛게 들어오는 불. 달달하고 뿌연 연기. 내가 그리워하는 담배 냄새는 그곳에 없었다. 몸도 멀쩡한 게 그냥 담배를 필 것이지 전자 담배가 뭐야. 폼 안 나게. 왜인지 신이 나서 체력은 좀 남아 도는데 집에 가기 싫었던 난 그에게 말을 걸었다. 손으로 가방을 뱅뱅 돌리며. 좀 건방져 보이게.

"야, 너 닉네임 뭐야?"

대답 없이 멀뚱히 날 내려 보고 전자 담배를 뻑뻑 피우고 있는 그에게 내가 다시 말했다.

"너도 공고 보고 온 거 아니냐구? XX사이트에서."

그는 내 질문에 답을 하지 않고 휙 계단을 내려갔이다. 무안했다. 저 녀석은 뭔가. 왜 저렇게 삐뚤어졌는가. 한 번 사는 세상 좀 더 따뜻하게 살 수 없는가. 겨우 긍정적인 빛을 받은 내 기분이 밥맛이 되었다. 다음 날, 나는 사이트에서 어제 파티의 타임 테이블을 확인했다. 새벽 세 시쯤 음악을 튼 그 건방진 놈은 도대체 누구인가. Closure? 이 놈은 디스클로져의 아류인가? 설마. 이런 양아치가 데뷔 앨범 낸 지 이제 두 달도 안 되는 신인이 대박감임을 어떻게 알아보겠어. 나는 그의 닉네임으로 그가 쓴 글을 검색해 봤다. 다프트 펑크 새 앨범에 대한 평, 다프트 펑크의 1집과 2집의 차이, 다프트 펑크란 무엇인가, 다프트 펑크가 위대한 이유.

〈곡이 시작되는 순간 반복과 변주의 미학, 베이스 라인의 미학, 그 모든 미학적 경험을 보장하는 그들은 누구인가. 다프트 펑크, 오늘 좀 기분 펑키하고 싶다 싶으면 닥치고 Around the world 들어라. 닥평, 십 초 만의 직감을 보장한다〉

애도 십 초 지론론자인가 봐. 그렇지, 십 초 만에 느낌이 오지 않는 건 아무것도 아니야. 생각보다 돌머리는 아닌데. 나는 그가 쓴 글을 꼼꼼하게 읽어 보았다.

〈세련됨을 유지하면서 듣기 편한 일렉트로닉 팝을 만들고 싶으면 이 음악을 꼼꼼히 들어라. Face to Face. 정교한 템포, 세련된 멜로디의 교과서. 전자음과 보컬의 절묘한 조화. 좀 더 미니멀하고 프라이빗한 색채를 지닌 곡. 일렉트로닉계의 교본과 같은 다프트 펑크의 개인 교습을 받을 수 있다〉

애는 교주가 되고 싶은 건가. 나는 어설프지만 마냥 헛소리 만은 아닌 그의 글자를 생각하며 다프트 펑크의 앨범을 들었다. 두 번 듣고 세 번 듣고. 내가 무의식적으로 매료된 지점이 어떤 성질을 가진 것인지 궁금했다. 7-80년대의 펑키한 R&B와 블랙 뮤직, 영국과 미국의 락을 고루고루 듣던 나로서 그들은 종합 선물 세트 같은 존재였다. 그런 것이 바로 변주야, 철저하게 정석적이다가도 스스로 틀을 깨는 위법적 질서. 나도 모르게 그가 쓰는 글을 기다리게 되었다. 리플도 한 번 달았다.

-디스클로져 좋아하세요?-

그는 답이 없었다.

-음악 방송 합니다. 관심 있는 분 오세요-

불면증으로 잠 못 들던 새벽 한 시. 그가 글을 썼다. 나는 호기심에 링크를 타고 들어갔다. 방에는 나와 그, 두 사람 밖에 없었다.

〈야〉

나는 다짜고짜 반말을 했다.

〈존댓말하세요, 언제 봤다고 반말이세요〉

〈너도 반말 했잖아, 나 처음 보자마자〉

〈이게 어디서 반말질 이야, 나보다 어린 게〉

〈웃기고 있어, 너 몇 년 생이야〉

옥신각신하는 사이, 그가 트는 업템포의 음악이 흘러나왔다. 클럽에서 듣던 것보다 센티멘탈하고 부드러운 선곡. 몇 년 생이냐는 그 질문에 그는 답하지 않았다. 곤란할 때마다 답을 안하는 게 버릇인가. 그럼 더 곤란하게 만들어 봐야지.

〈야, 너 디스클로져 좋아해? 왜 닉네임이 클로져야?〉

〈좋아하니까, 디스클로져〉

〈그럼 오픈 좀 해 봐, 몇 살이냐고?〉

그는 답이 없었다. 나는 새벽 내내 그가 트는 음악을 말없이 듣다가 잠이 들었다. 컴퓨터 창을 끄는 것을 잊고서. 눈을 뜨니 그 방엔 나 혼자 덩그러니 있었다. 그 밤 이후 나는 그가 친근하게 느껴졌다. 그가 트는 음악 방송에 빠짐 없이 출석했다. 일주일에 세 번. 중간고사 시험 공부를 할 때도, 불면으로 고생하던 밤에도 음악이 나와 함께 있었다. 크리스는 그 사이 중국에 갔다. 나와 주로 연락하던 그의 카카오톡 프로필 사진에는 만리장성과 그와 그녀가 함께 찍은 사진으로 도배가 되었다. 완벽히 전애인이 된 그가 말했다. 지금하고 있는 게 진짜 사랑이라고.

〈그럼 나랑 한 건 뭔데〉

〈그건 사랑이 아니야. 넌 그냥 독일 안 오는 게 좋을 거야. 독일과 넌 안 맞아〉

〈네가 뭔데 오라 마라야. 내가 내 돈 들고 독일 간다는데 네가 비자 줘? 너 비자청에서 일하니?〉

남았던 인간적 신뢰가 모두 박살났다. 종이를 접고 접다 더 이상 접히지 않는 지점에 도달한 순간이었다. 내가 설거지를 해주고 내 옆에서 게임만 하는 너를 참아가며 독일어를 배운 것은 너에게 사랑이 아니었군. 그렇다면 그녀와 만리장성같은 사랑을 하는 데만 시간을 쏟지 왜 나한테 연락질이야. 더 이상 그에게 아무런 감정을 주고 싶지 않았다. 그의 번호를 지우고 페이스북을 차단하고 그와 모든 연락을 끊었다.

졸업 학기, 문창과에서 듣는 수업을 쓸데없이 열심히 들었다. 데리다와 하버마스. 이런 거 하나도 안 읽고 팔 개월 살며 유치원생 수준의 독일어만 하고 사니 사람이 단순해져서 좋긴 했었다. 세상을 사는 데는 생각보다 많은 단어가 필요하지 않던데 도대체 왜 문학과 철학에서는 이렇게 많은 단어를 이야기하는 걸까. 도대체 커뮤니케이션이 뭐라고 그게 현실에서 진짜 된다고 생각해서 누군가는 이렇게 긴 연구를 하는 걸까 난 헷갈렸다. 몰라, 어떤 사람은 열 글자 속에 자신의 진심과 에너지를 압축시키려고 필사적으로 노력할 수도 있어. 그 정성을 무시하고 의미는 고정되지 않는다고 말해버리면 도대체 언어는 왜 필요한 거지, 뭐하러 조사와 따옴표의 위치까지 생각해서 열심히 쓰는 거지. 철학자들의 생각을 알 수 없었다. 교수는 나의 레포트를 칭찬했다. 공교롭게 진심 따위 말해서 곤란해질 필요 없었다. 데리다나 하버마스의 개념을 빌려 와서 글을 쓰면 사람들은 설득력이 있다고 좋아하던데. 그런 것을 우리는 지름길이라고 말한다. 나는 학교에서 그런 기술을 배웠다. 글 쓰는 지름길. 내 마음은 다시 내가 쓴 단어를 빠져 나갔다. 꼬리를 흔들고 느릿느릿, 절대로 잡을 수 없게 재빨리 사라지던 물 속의 물고기처럼.

유월 기말고사가 있는 주, UMF가 열렸다. 막 살아 봐야지, 나는 표를 덜컥 샀다. 첫 페스티벌, 누구랑 갈까 고민이 되었다. 시험 공부를 하던 밤, 의무감에 펜을 잡고 있다 문득 생각이 났다. 좀 늦게, 나는 그의 음악 방송에 들어갔다. 방에는 나와 그 밖에 없었다. 처음 그 이태원 골목에서처럼.

〈야, 너 UMF가?〉

〈일 끝나고〉

〈나랑 같이 갈래? UMF?〉

다프트 펑크의 Something about you가 흘러 나오는 새. 일 분 정도 그에게 답이 없었다.

〈그래〉

정확히 첫만남 후 한달 반 만의 약속이었다. 나는 마지막 시험을 치고 필기한 노트를 쓰레기통에 쑤셔넣었다. 졸업이 코앞이다. 신나는 기분으로 지하철을 탔다. 잠실 운동장은 인산인해였다. 깡소주를 털어먹는 사람들. 리듬을 타며 흔들흔들 공연장을 향해 걸어

가는 사람들. 나는 역 앞 편의점에서 그를 기다렸다. 저녁 여덟 시. 이름도 모르는 사람과 페스티벌을 가나 싶다가도 얼굴은 아니까 싶어 안심이 되고, 조금은 긴장되는 마음으로 초조하게 그를 기다 렸다. 흰 모자를 쓴 그가 멀찍이 보였다. 어라, 편의점 앞에서 만나 기로 했는데, 그는 편의점을 쓱 스쳐 지나갔다. 날 두고 혼자 들어 가려는 건가.

"야, 같이 가."

나는 소리를 지르고 그를 향해 뛰어가다가 엎어졌다. 그 사람 많 은 곳에서. 그러게 왜 웨지힐을 신어서. 주변의 시선이 내게 꽂혔 다. 쥐구멍이라도 있었으면 기어들어가 버렸을 텐데. 그가 다가와 내 손을 잡고 일으켜 세워 주었다. 다리에 가해진 충격으로 절뚝거 렸다.

"너 공장에서 탈출했냐?"

"뭐?"

"완전 로봇 같아. 왜 이렇게 어리바리해. 아직 비활성화된 AI인가. 똑바로 좀 살아봐. 잘 걷지도 못하는 게 걸음은 또 왜 그렇게 빨라 가지고 계속 휘청대고 난리야."

나는 그를 잃어버리지 않기 위해 그의 셔츠를 붙잡고 걸었다. 스 테이지 안, 그가 내 손을 붙잡고 거침없이 사람들을 밀고 들어갔다. 어떻게 반입했는지 그가 소주를 내게 주었다. 아까 분명히 입장 전 에 알코올 소지 검사 했는데 쟤는 어디에 숨겼길래 소주를 다 들고 온 거지. 나는 그가 건네 준 소주를 받아 삼켰다. 알싸하게 목을 타고 넘어 가는 소주.

"야 너 이름이 뭐야?"

아비치가 나오자 스테이지는 광란의 상태가 되었다. Levels, 모두가 아는 곡이 나오자 사람들은 떼창을 했다. 무슨 생각에서인지 그가 나의 왼손을 잡았다.

"넘어질까봐 잡아 주는 거야. 너 힐 신었으니까."

"야, 너 이름이 뭐냐고."

"알아서 뭐하게. 부르지 마, 낯 간지러우니까."

공연이 끝나고 썰물처럼 빠져나가는 사람들. 그는 끝까지 자신의 이름을 말해주지 않았다. 우리는 으슥한 운동장 구석에 쪼그려 앉아 막걸리를 마시기 시작했다. 이제 시험도 끝났겠다 굳이 집에 일찍 들어갈 이유가 없었다. 이제 곧 졸업인데. 종합운동장 오 번 출구 뒤편에 걸터앉아 야구장에 관한 이야기를 쓰며 김밥을 먹던 일이 생각났다. 한국시리즈 결승전을 보러 온 연인이 인파 속에서 길을 잃어 버리고 블랙홀에 빠져 이십 년 후에 만난다는 설정이었다. 삼삼오오 붙어 지나가던 사람들이 점점 사라지고 바닥에 버려진 쓰레기들이 바람에 채이며 굴러 다녔다. 잔에 따른 막걸리가 입에 썼다. 나와 그가 지금 블랙홀에 빠졌다 이곳에서 이십 년 후 정확히 이 지점에서 다시 만난다면 우리는 어떻게 변해 있을까. 그때도 너, 나랑 UMF 같이 갈래 물어 보고 싶었다. 다른 사람과는 같이 가고 싶지 않으니까.

"야, 너 실연해 본 적 있어?"

"응."

"언제?"

"글쎄. 한 달 좀 넘은 것 같은데. 사월 말인가."

그래서 음악 방송에서 그렇게 멜랑꼴리한 음악을 틀어댔나 보다. 어쩐지 나와 정신 나간 감수성의 주파수가 좀 맞더라니.

"나도 그런데, 고민이야, 왠지 그 도시를 가면 걔를 다시 볼 것 같거든."

"왜?"

"걔밖에 아는 사람이 없어서. 그 나라, 도시에."

"그럼 다른 데 가면 되지. 꼭 거기 가야 돼?"

"그건 아니지만. 거기 가면 나 혼자인데. 말도 안 통하고. 아무도 모르는데 혼자 있기는 좀 무서워."

"원래 인생 독고다이야."

"아예 나아갈 수가 없다니까, 아무것도 느껴지지 않는데. 무중력이라고."

"그럼 더 잘 됐네, 아무것도 신경 쓸 거 없으면 더 좋은 거 아냐?"

피곤이 덮치는 눈을 지긋이 누르고 막걸리를 들이켰다. 매일같이 추락만 해 봐라, 누가 당겨야 또 살아지는 거야, 중력이 있으니까 우주로 튕기지 않고 버티는 거라고. 말 안 통하는 애로군. 나는 한숨을 쉬며 치밀어 오르는 스트레스를 억눌렀다. 아무리 배워도 이해되지 않는 독일어, 나한테만 잘못했다고 말하는 사람들. 반짝이는 도시 속에서 사람들은 어째서 서로 비교하고 치이는 걸까. 자기와 좀 다르거나 모자라 보이면 이상하다고 비난하기 일쑤고. 독일이나 한국이나 다 똑같아.

"도망가려면 제대로 가야지. 이제 어른인데."

"글쎄. 난 반대야. 너무 도망치고 싶은데 아무 데도 못 갈 것 같은 때가 있어."

"너, 그거 배부른 소리야. 누구는 나가고 싶어도 못 나가는데."

그가 자신의 가방에 그려진 그림을 가리켰다. 가방 위에 키치한 에펠탑 상이 여럿 보였다.

"너, 에펠탑 봤어?"

"아니. 아직."

"어쨌거나 그거 보겠다 작정하면 언제든 날아갈 수 있잖아. 나는 못 하거든. 그런 게 중요한 거야. 네가 원하는 것에 가까이 있는 거. 아무에게나 그런 기회가 있는 건 아니니까. 넌 네가 진짜 운 좋다는 걸 알아야 돼."

나는 홍대에 있는 그의 지하실에 밥 먹듯이 갔다. 여름의 습기. 문을 열자마자 닥치는 곰팡이 냄새가 폐부를 답답하게 만들다가도 몸은 그 냄새에 이내 적응했다. 인간의 몸에서 코가 가장 적응력이 뛰어난 기관이라는데 그렇지 않으면 주변 환경을 견디지 못해 미쳐버릴지도. 물 곰팡이가 핀 싱크대와 화장실. 가난의 흔적이 여실한 공간에서 우리는 그 여름을 함께 보냈다. 나는 그가 키우는 뱃살 두둑한 고양이와 함께 백반을 시켜 먹고 글을 썼다. 우중충한 지하실과 어울리지 않게 그의 작업실에는 사백만원짜리 스피커가 있었다. 그 스피커로 음악을 들으면 선율이 전율하듯 내 몸 속에 생생히 박혔다. 음이 삼백육십도 각도로 눈 앞에서 펼쳐지던 순간. 공감각적이란 음악이 어떻게 가능한지 그 스피커를 통해 알 수 있었다. 이렇게 빈틈이 없는 음악을 들으면 공중에서 바닥으로 추락한다해도 음악에 감싸인 채 천천히 바닥에 닿을 것 같았다. 의지로 통제 할 수 없는 감정을 방어하는 음악, 왜인지 한없이 불안하면서도 안전한 느낌이 들었다. 멍한 상태에 빠진 내가 말했다.

"진짜 예술은 온몸으로 느낄 수 있나 보네. 처음 알았어."

내 습작을 읽고 있던 그가 피식 웃었다.

"글 진짜 못 쓰네. 뭔 소리를 하는 거야. 야, AI, 알아 듣게 좀 써. 사람의 말을 하란 말야. 다프트 펑크를 좀 본 받으라고."

"와, 난 죽어도 이 음악에서 못 빠져 나갈 것 같아. 나도 헬멧 쓰고 글 써볼까 봐. 영감이 나올지도."

그의 핀잔에도 난 깔깔 웃고 엉뚱한 글자를 써대며 여름을 보냈다. 그가 작업하는 음악들은 프렌치 하우스 스타일이었다. 무한 반복되는 루트가 다른 하우스와 비교해도 압도적으로 많은 프렌치 하우스. 오래된 라디오에서 흘러나오는 듯한 뭉그러진 사운드의 질감이 좋았다. 서울에 있는 그는 80년대의 유럽과 미국에서 인기가 많았던 디스코 음악들을 하루 종일 찾아다녔다. 그가 만드는 음악은 빠져 나올 수 없는 내 감정을 즐기는 법을 가르쳐 주었다. 사람의 마음을 잡아끄는 특별한 순간은 몇 되지 않는다는 사실. 그 구간을 계속 늘리고 늘리면서 매력적인 루프를 만들어 나가며 에너지를 발산하는 게 프렌치 하우스의 간단한 스킬일 뿐인데, 이 음악은 왜 이렇게 다양한 감정의 파동을 만들어내는 걸까. 지치지도 않고 실수를 계속 반복하는 나와 그 음악은 상당히 비슷했다. 쓸데기 하나 없는데 계속 반복만 해서 그런가, 이렇게 생생하고 치밀하게 기억에 남는 이유.

"파리 가보고 싶다, 가서 음악 죽어라 들을 거야. 너, 빨리 돈 모아. 나 독어 시험 붙자마자 파리 갈 거니까."

나의 말에 그가 고개를 끄덕였다. 여름 내내 내 다리는 다시 넘어져 멍들고 까지고 모기에 물렸다. 작년 이맘때 크리스가 뮌헨에서 내 발에 연고 바르고 밴드 붙여 주며 말했는데, 제발 다치지 말라고. 다정했던 크리스의 얼굴이 갈수록 흐릿해졌다. 그 사이, 크리스는 새로운 여자친구와 다른 곳에서 새로운 여름의 기억을 쌓아가고 있었다. 그의 프로필 사진은 처음으로 방문한 중국의 만리장성으로 바뀌었다. 중국은 한 번도 가 볼 생각 못 해봤는데 나 없는 크리스의 세계가 새로운 여자친구를 만나 점점 확장되고 있었다. 그가 충분히 안정적인 관계를 맺을 수 있는 능력이 있는 사람이라는 건 알고 있었지만 눈으로 그걸 또 확인하자니 쓸쓸했다. 잃어가는 것, 버리는 것, 결국 멀어지는 것. 그것은 누군가를 위시한다고 철석같이 믿었던 마음들. 불안정해진 나는 다시 담배에 손을 댔다. 금연은 평생 하는 거라더니 몇 달 못 가 나는 그 유혹에 나자빠지고 말았다. 한국에서 파는 럭키 스트라이크의 맛은 개판이었다. 말보로와 에세, 한국에서 잘 팔리는 담배를 이것저것 사서 펴봤지만 딱히 꽂히는 종류는 없었다. 산만하게 피워대는 담배처럼 내 마음이 분산되었다. 그의 지하 작업실에서 머무르는 시간은 점점 길어졌다. 아무 데도 나가고 싶지 않았다. 그냥 이 지하 속에 처박혀 영영 사라지면 어떨까. 아무것도 하고 싶지 않으니까. 여름이 거의 끝나가던 날, 작업실 책상에서 우연히 그의 주민등록증을 보았다. 알고 지낸 지 세 달이 되어서야 비로소 그의 이름을 정확히 알게 되었다. 이 진. 그의 생일은 나와 같았다. 살면서 나랑 생일 같은 사람은 한 번도 본 적이 없었는데 내 생일이 올 때마다 그가 조금은 떠오를까. 그의 이름과 주소, 주민번호를 모두 알아도 언젠가 우리가 다시 만나는 데 도움이 될 것 같진 않았다. 시간이 흐르면 기억나지 않을 파편적인 정보들. 오직 내 머리에 오래 남아 있을 사진 속 얼굴을 빤히 바라보며 천천히 맛없는 담배 연기를 깊이 빨았다. 나와 그가 파리같은 곳을 함께 갈 일은 절대 없을 거라는 것을 이미 알고 있었기에.

가을의 초입, 그토록 염원하던 졸업장이 나왔다. 드디어 자유가 되었다. 과사무실에서 졸업장을 수령한 후 집으로 돌아오는 길, 마음이 복잡했다. 늘지 않는 독일어 때문에 학대하듯이 독일어를 배우던 내 모습을 떠올릴 때마다 괴로웠다. 한국에서 지내다 보니 독일어가 얼마나 한국어와 먼 언어인지 다시금 깨달을 수 있었다. 이렇게 나와 동떨어진 언어가 왜 그곳에 있으면 강박적으로 집착하는 대상이 되는 건지. 독일어가 멀어질 수록 내 갈등은 깊어졌다. 고민 끝에 난 엄마에게 말했다.

"엄마, 독일 내년 봄에 갈래. 알바도 좀 하고."

독일에 돌아가자마자 당장 겨울부터 맞으면 힘들 것 같았다. 마음의 준비가 되면 가야지, 나의 나침반은 천천히 베를린으로 향했다. 크리스와 다시 만날 수 있는 일말의 가능성조차 남겨 놓고 싶지 않았다. 차라리 서울에서 죽고 말지. 그 사이, 크리스는 내게 수도 없이 연락을 했다. 그는 내 메일 주소들과 각종 사이트에서 쓰는 아이디를 모두 알고 있었다. 프로그래머답게 가지고 있는 메일 주소만 수십 개였는지 아무리 메일 주소를 차단해도 어디선가 메일이 날아왔다. 메일함에는 도착한 지 열흘이 넘은 그의 메일이 있었다. 크리스는 늘, 가장 먼저 내 안부를 물었다. 주어와 목적어, 동사의 관계가 레고처럼 정확하게 접합된 독일어로. 그가 이렇게 명확한 독일어를 쓰는 사람이라는 것을 시간이 흐르고 비로소 알게 되었다. 하얀 창, 검은 글자 속, 지나간 사건과 감정은 깨끗하게 표백되어 있었다. 모두가 내게 잘 지내는지 물어 보아도 너에겐 이제 그럴 권리가 없다는 것을 전혀 모르는 사람 같은 말투로.

〈연락이 안 돼서 불안했어. 차단할 것까진 없잖아. 내가 너에게 피해를 주는 것도 아니고. 너와 함께 한 경험은 내 인생에서 소중한 시간이야. 그건 모두 처음이었고 다시 돌아오지 않을 거니까〉

크리스의 메시지를 보자 내 남은 인내심이 무너졌다. 왜 너는 날 찾아 다니던 그 순간까지도 진실을 알지 못하는 걸까?

〈닥쳐〉

나는 그 답을 마지막으로 사이트를 탈퇴한 뒤, 차를 끓이고 책을 봤다. 넌 내 삶에서 아무것도 아니야, 내 말에도 불구하고 그의 메시지는 끈질기게 이어졌다. 잘 지내냐는 의례적인 인사와 함께. 어장 관리에 소질이 없는 나는 그의 메시지를 무시했다. 나는 너에게 닥쳐, 마지막으로 메시지를 쓸 때 이백 퍼센트 진심이었는데. 그 결정에 유예나 연기, 재고 같은 가능성은 없었다고.

"너 우리 집 놀러 올래? 형 주말에 집 내려가는데."

처음으로 진이 사는 오피스텔에 놀러 갔다. 동대문 운동장은 이제 역사 문화 공원이라는 이름이 된 지 오래. 내가 초등학생 때부터 주말마다 참고서와 책을 사러 간 중고 서점은 모두 사라졌다. 어항같은 청계천 아래에 비치는 인공 조명과 숭례문. 나는 더 이상 사람들이 말하는 진보가 무엇인지 이해할 수 없었다. 이 도시에서. 맥주와 음료수를 사들고 다리를 건너 그의 집을 찾아 걸었다. 새로 지은 오피스텔, 방 한 칸에서 형과 사는 그의 사정을 처음 알았다. 나는 방을 따로 썼어도 노아랑 둘이 살 때 맨날 투닥거렸는데 오죽 힘들까. 그래서 여름에 집에 잘 안 들어가고 작업실에서 먹고 자고 생활했나. 형이랑 부딪히기 싫어서. 우리는 치킨을 시켜 먹고 드라마를 보다 잠이 들었다. 그가 잠결에 내 머리칼을 만지작거린 것 같은데 잘 모르겠다. 오랜만에 푹 잠이 들었다. 그리고, 일주일 가량 그에게 연락이 없었다. 무슨 일이 있는 거지, 그는 내 카카오톡 메시지를 읽지 않았다. 추석 내내.

"그게 말야, 우리 집 CCTV에 네가 찍혀서. 게다가 너 아침에 집 앞에서 담배까지 피웠잖아. 그걸 본 관리인이 우리 형에게 말했나 보더라구. 형 난리 났어. 너 누구냐고."

"너 몰랐어? CCTV 있는지?"

"알고는 있었는데, 관리인이 형한테 말할 줄은 몰랐지."

"그래서 넌 뭐라고 답했는데?"

"그냥 친구라고 말했어. 아는 누나. 게다가 곧 독일도 갈 텐데 누나, 나 만날 시간 없다고. 형 난리 치더라고. 외국 갈 여자 왜 만나냐고."

그렇구나. 나는 그냥 아는 누나였구나. 난 조금은 내가 특별한 줄 알았는데. 사귀든 아니든 불륜이든 짝사랑이든 어떤 식으로든 관계가 정립되면 감정이 섞여 들고 고통스러워진다는 것을 잘 알고 있으면서도, 그래서 나 역시 우리의 관계를 정의하는 것을 끝까지 기피했으면서도, 그가 말하는 친구라는 단어는 내 마음을 아프게 했다. 마음은 머리가 하는 말을 무시하고 또 혼자 멋대로 기대했나보네.

'마음, 넌 왜 이렇게 멍청한 거니.'

머리가 마음을 붙잡고 조용히 물었지만 내 마음은 아무 말 없었다. 하고 싶은 대로 실컷 하다 곤란할 때엔 입을 다물어 버리는 마음.

"응, 잘 했어."

그 말을 끝으로 전화를 끊었다. 사람들은 잘 모르는 여자에 대해서도 외국에 가고 담배를 피운다는 이유로 욕을 할 수 있는 거구나, 개 글러 먹었다고. 크리스네 어머니는 나에게 재떨이를 갖다 주시고 아저씨는 음악과 미술에 대한 내 감식력을 칭찬해 주셨는데. 나는 한국에선 남자 부모님께 욕이나 먹는 거구나. 점점 그를 만나는 것이 불편해졌다. 괜히 자기 집 귀한 아들 물 버렸다고 욕 먹고 싶지 않았다. 그날 이후 난 놀러 오라는 말에도 더 이상 그의 작업실에 가지 않았다. 여름 내내 붙어 지내며 음악을 듣던 우리는 가을이 지나 그렇게 멀어졌다. 겨울이 되고 어느덧 2013년이 열흘도 남지 않은 시점. 올해는 진짜 망년회가 필요하다고 생각했다. 이제는 진짜 놓아야만 할 것들에 대해 미련을 털어야 할 때라고.

"뭐 그런 거 아니니. 한국에서 여자는 유학생활 하면 시집가는 건 끝나는 거야. 문란한 여자로 낙인 찍히는데 뭐. 게다가 애초에 나이 서른 넘은 여자는 상장 폐지 아냐?"

술자리에서 호진 오빠가 그런 말을 했다. 상장 폐지? 그게 무슨 뜻이지? 집 가는 길, 전화로 수연이에게 물어 봤다.

"야, 호진 오빠가 그랬는데, 서른 넘은 여자는 상장 폐지라고. 근데 상장 폐지가 무슨 뜻이야?"

수연이는 잠시 침묵하더니 고래고래 소리를 질렀다.

"야, 너 그런 인간이랑 상종하지 말랬지, 절대 연락하지 마."

왜 저렇게 화를 내는지 알 수가 없었다. 나는 네이버에 상장 폐지란 단어를 검색해 보았다. 증시에 상장된 주식이 매매 가치를 잃고 시장 판매 자격을 실각하는 것. 내가 독일에 다녀오면 이 땅에서 나는 더 이상 여성으로서 가치가 없어지는 건가. 애초에 난 결혼 시장에 나를 내놓지도 않았는데 난 왜 시장에 나가 있고 그 가치는 누가 결정하는 거지?

"엄마, 호진 오빠가 그랬는데, 여자는 서른 넘으면 상장 폐지라고. 나 유학 갔다 오면 한국에서 아예 결혼 못 하겠지?"

"그런 말하는 애랑 결혼한다고 하면 엄마가 결사반대 할 거니까 그렇게 알아라."

그 말에 내가 진짜 충격을 받은 이유는 나와 가까운 사람이 바로 그 말을 했다는 데 있었다. 그게 마치 보편적인 의견인 것 마냥 말하지만 사실 본인의 의견일 뿐인 화법에 나는 상처받았다. 결혼이 딱히 하고 싶었던 것은 아니지만 결혼을 아예 못 하게 되는 것과는 다른 차원 이잖아. 만약 한국에서 결혼 못 하게 된다면 난 괜찮으려

나. 그래도 아이들을 가르치면서 공부 끝나면 아이 하나는 낳고 싶다는 감상적인 상상을 했는데. 한 아이가 추석에 어른들에게 받은 돈을 보여 주면서 말했다.

"엄마한테 과외비 받지 말고 나한테 받아요, 선생님. 그럼 쌤은 저한테 제가 좋아하는 여자애한테 어떻게 편지 써야하는지 가르쳐 주시는 거에요. 재미 없는 논술 같은 거 말고. 내가 볼 때 이게 앞으로 훨씬 더 써먹을 일 많아."

"나도 잘 몰라. 마음을 사로 잡는 편지, 그런 거 어떻게 쓰는지."

지구 주위를 돌면서도 지구로 절대 가까이 다가 가지 않는 달. 달과 지구는 원래 하나였다지. 거대한 충돌 이후 지구에서 떨어져 나온 파편 덩어리로 뭉쳐진 달은 스스로 지구와 멀어졌다지. 나는 한국에서도 점점 혼자가 되었다. 피로가 빠지지 않아서 멍멍한 귀를 붙잡고 까뮈를 읽으며 집에 오는 길. 까뮈는 썼다. 세계는 한 번도 인간을 지배한 적 없다고. 그래, 난 버림 받은 거 아니야. 그냥 우린 좀 멀어진 것 뿐이야. 서로의 세계를 지키기 위해서. 무에서부터 시작하는 이 막막함은 오히려 현실적인 것이라고 믿고 싶었다.

고조되는 크리스마스 이브, 곳곳에 장식된 크리스마스 트리와 쉴 틈 없이 흘러 나오는 캐롤. 나는 그날 용기를 내어 전화를 해보았다.

"오늘 뭐해?"

그는 근처 호프 집에 가는 중이라고 말했다.

"형들이랑 치킨이나 먹어야지, 넌 뭐해 오늘?"

과외를 끝내고 집에 가는 길, 혼자 동네 포장마차에서 마실 줄도 모르는 소주를 마셨다. 듬성듬성 앉아 닭발을 먹는 사람들 속에서 안주도 없이 소주 한 병을 겁 없이 시키고 나는 고통으로 얼어 붙어 가는 차가운 마음에 소주를 들이부었다. 차라리 지금 동상을 입는 것이 나을지도. 마음 속에서부터 찬 기운이 몰아닥쳐 얼어죽을 것 같았다. 문득 정신을 차려 보니 아빠와 엄마가 나를 업고 길거리를 걸어가고 있었다. 집에 도착하자마자 가슴을 쥐어 뜯으며 화장실로 뛰어가 토했다. 엄마가 화를 내는 모습을 오랜만에 보았다.

" 엄마, 나 독일 가기 싫어. 시집 가고 싶어. 좋아하는 사람한테."

시집가고 싶은 사람도 없으면서. 그 말을 하면서도 나는 헷갈렸다. 여자는 스스로 사랑하는 것으로는 도저히 만족할 수 없는 존재인 건가. 나 좋다는 남자 만나야 행복하다는 주변의 그 말을 철저히 경멸했는데. 나 역시 사랑 받지 못해서 우울한 건지.

"몇 년 지나면 아무 생각 안 나, 그냥 스쳐가는 감정이야. 거기에 사랑이라고 이름 붙이기도 민망할 거다. 들어가서 일단 자라."

아무리 생각해도 크리스마스는 나랑 아닌 것 같아. 염세적인 아침. 두통과 메스꺼움. 아침에 눈을 뜨니 어젯밤, 엄마의 번호로 부재중 전화가 다섯 통 와 있었다. 그리고 일 분 간의 통화 시간. 가게 아주머니가 말이라도 해준 걸까, 딸 좀 데려가 달라고.

〈크리스마스 잘 보내, 춥다. 밖에〉

그에게 메시지가 와 있었다. 어제 형들이랑 치킨 맛있게 먹었니 물어보려다 말았다. 자켓에서 담뱃갑을 꺼내다 무슨 생각에서인지 남은 담배를 전부 분질러 쓰레기통에 버렸다. 감정도 이렇게 간단하게 처리되면 얼마나 좋을까. 치킨이라면 평생 입에도 대고 싶지 않았다. 연말, 12월 31일, 나는 친구들과 함께 워커힐에 갔다. 음악을 듣고, 순대국을 먹고 택시 타고 집에 돌아오는 길 새해, 눈이 내렸다. 2014년의 시작. 넌 이 시간에 뭘 하고 있을까. 핸드폰을 열자 새벽 두 시에 그에게 메시지가 와 있었다.

〈새해에도 끝까지 연락 없냐. 새해 복 많이 받아〉

엄마는 난 온갖 감정을 품고 있으니 어떤 바람이 불어도 태연할 거라고 그러니까 버티라고 말했지만 감당해야 할 감정이 많으니까 힘들어. 내 눈물샘은 고장 난 게 분명해. 추위를 잘 타는 마음, 약간의 선의에도 호들갑 떨며 예민하게 반응하는 마음.

'넌, 추운 기가 조금 녹아서 그게 기뻐서 눈물을 흘리는 거니?'

차가운 머리가 마음에게 물었다. 마음이 답했다.

'맞아, 온기는 소중하니까. 추운 나라로 돌아갈 날이 멀지 않아서 그런 거야. 아무도 모르는 중력에 빨려 또 어디선가 길을 잃고 자빠져 있을 내가 너무 훤히 보여서.'

마음이 아무리 원해도 그와 나의 시간은 다시 겹쳐지지 않았다. 차라리 이게 나을지도. 나는 집에 돌아오자마자 비행기 표를 샀다. 1월 31일, 베를린행 비행기. 설날의 출국. 드디어 결심이 섰다. 그곳이 너무 춥지 않기를 바라면서 나는 천천히 짐을 쌌다. 언젠간 나도 내가 버리고 때론 버림 받고 또 다시 어딘가에서 받아들여진 것들의 총집합이 되어 있겠지. 그렇게 완성된 내가 꽤나 봐줄 만한 것이 될지 지금 소중하게 여긴 것들 이상으로 가치 있을지는 모를 일이지만 달리 방법이 없으니 그대로 걸어가는 수밖에 없었다. 나는 아마 타인을 행복하게 해주는 여자는 될 수 없을 거야. 요리도 못하고 애교도 없고 내면도 황폐하고 계속 걸어 가지 않으면 직성이 풀리지 않고. 내가 이렇게 필사적으로 빨리 걷는 건 조금이라도 거리가 가까워지면 바로 너한테 뛰어가고 싶을까봐, 그래서 더 이를 악물고 걸어 나가는 걸 너는 알까. 이 순간을 넘겨 버리면 네가 보이지 않는 세계로, 절대로 돌아갈 수 없는 곳을 향해 흘러 가게 될 테니까. 너의 인생에서 내 자리는 없다는 사실을 견딜 수 없어서.

〈너 언제 독일 가?〉

〈얼마 안 남았어. 다다음주? 설날에 가〉

〈왜 하필 설날이야? 새해 보내고 가지.〉

〈상쾌한 기분으로 2014년을 시작하고 싶어서〉

거짓말. 상쾌하긴 커녕 초조와 우울로 가득 했던 일월의 마지막 날. 그는 음악 작업을 하는 내내 수시로 내게 전화했지만 나는 출국 전까지 그를 만나지 않았다. 삶, 살아 가는 것, 그것은 모두 죽음의 것. 우연적인 삶 속에서 필연적인 죽음을 읽은 셰익스피어의 그 문장을 읽으며 나는 공항 리무진을 탔다. 설날을 맞아 진주에 내려간 그와 공항에 있는 나, 밤 열한 시. 우리의 마지막 통화가 이어졌다.

"완전 가방 끈 긴 여자 되겠네. 그렇게 배워서 뭐 되게?"

"몰라, 뭐라도 되겠지."

"글은? 계속 쓸 거야?"

"글쎄. 잘 모르겠어."

"써, 나 네 글 좋아해."

"뭐야, 언제는 AI 같다며."

"그게 매력이지. 넌 남의 관심과 공감을 요구하지 않잖아. 그냥 있는 그대로를 보여주니까. 원래 아름다운 건 무책임할 만치 외부에 좀 무감해야 돼, 기분 나쁘면 나쁜 대로 좋으면 좋은 대로. 너, 감정의 폭이 깊어서 그게 글자에 투영되면 멋있을 거야. 시간이 걸리겠지만. 네 광기의 스펙트럼이 궁금해. 그건 분명히 누구도 가보지 못한 방향일 거야."

그가 그렇게 긴 말을 할 수 있는 사람이라는 것을 나는 처음 알았다. 하여튼 병 주고 약 주는 데는 천재적인 아이였다. 같은 곳에서 만나자, 그의 마지막 말은 그랬다. 나는 그곳이 이십 년 후 UMF가 열리는 어느 날, 잠실 주경기장 편의점 앞이었으면 좋겠다고 생각했다. 선연한 기대로 너를 기다리던 그날처럼. 나는 하얀 모자를 쓰고 편의점 앞에서 고고한 척 혼자 전자 담배를 물고 있는 널 보는 즉시 뛰다가 또 다리를 접지를 것 같았다

Kapital 3

2014년 2월 1일.

베를린에 도착했다. 어떤 간 큰 놈이 얼굴도 안 보고 내가 보낸 메일 하나만 읽고서 날 하우스 메이트로 받아들이나 싶긴 했지만 그런 것을 따질 틈이 없었다. 베를린은 집 구하기 어렵다고 들었는데 수월하게 집을 구한 것에 조금은 안도했다. 베를린 테겔 공항에 도착한 나는 택시를 타고 기사에게 주소를 불렀다. 캐리어 두 개를 끌고 차에서 내렸는데, 집 주소가 칠 번에서 끊겨 있었다. 어떻게 된 거지. 당황스러운 마음에 카미넨 슈트라세에 있는 양탄자 가게에 들어가 물어 보았다.

"Tegeler Weg 팔 번이 어디죠."

"바로 여기인데. 안쪽으로 가봐."

그가 말하는 대로 골목을 살짝 돌아 옆 건물의 초인종을 살펴봤다. 이름이 Sorgenfrei라고 했던가. 설마 이게 진짜 사람 이름이 맞을까 싶었지만 이름이야 아무거나 써 놓을 수도 있는 거니까.

"뒷 건물이야, 오 층."

그 말과 함께 문이 열렸다. 일단 작은 캐리어를 끌고 오 층을 올라갔다. 빼꼼하게 열려 있는 문. 사내 새끼가 짐 좀 들어 주러 아래로 내려와 줄 수도 있는 거지 문만 열어 놓고 있는가. 이 놈은 뭐지. 나는 아래층으로 내려가 가장 큰 캐리어를 들고 한 계단 한 계단 올랐다. 온 몸의 근육이 짐 하나 들자고 무게 중심이 다 쏠려서 들고 올라가면서도 몸이 뻐근해졌다. 이십팔 킬로짜리 캐리어를 들고 계단을 오르기란 쉽지 않았다. 미친 독일, 이 높이에 엘리베이터도 없나. 나는 애써 분노를 누르고 함께 살 남자에게 인사를 했다. 마스크를 쓰고 문 앞에서 빼꼼히 얼굴을 내미는 남자.

"미안, 내가 감기에 걸려서. 네 방은 옆에 있어."

동그란 눈, 훤칠한 키, 부드러운 인상의 남자. 맨 얼굴로 화장실에서 샤워만 하고 나와도 휴고 보스 모델 뺨 칠 외모였다. 그래 봤자 여자가 낑낑대고 캐리어 두 개 들고 올라와도 절대로 내다보지 않는 인정머리 없는 놈인데 뭐. 거실을 지나 내가 쓸 방에 들어가 보았다. 사진으로 볼 때는 가구가 좀 있었는데 들어간 방은 완전히 텅 비어 있었다. 발코니의 창문은 반쯤 깨져서 바람이 숭숭 들어오고 있었다. 오직 그 방에는 매트리스와 전등 하나만이 우두커니 놓여 있을 뿐이었다. 부엌을 가 보니 가스레인지 아래 음식물 들이 그대로 말라붙어 있었다. 손톱으로 긁어도 떨어지지 않았다. 냄비 속에는 파스타가 썩어가고 있었다. 먹고 난 그릇이 수북이 식탁에 쌓여 있었다. 악취가 나는 냉장고. 나는 바람이 솔솔 들어 오는 방에서 얇은 이불을 덮고 누웠다. 잠이 올 턱이 없었다. 이런 데서 어떻게 살지, 노아는 약과였다, 걘 컴퓨터만 하느라 현실 세계에 관심 없기라도 하지. 다음 날, 나는 엄마에게 전화했다.

"엄마, 집이 너무 더러워. 비위 상해서 못 살 것 같아."

두통을 유발하는 긴 복도에 그려진 커다란 거미줄같은 푸른색 미로, 이런 그림은 무슨 정신으로 그릴 수 있는 건지 알 턱이 없었다. 예술 한다더니 보통 애가 아니라는 건 알겠는데 나는 무슨 죄로 이런 미로에 걸려든 건지. 고작 해야 세입자 주제에 집을 이렇게 쓰다니. 주인은 도대체 뭘 하길래 이런 상황을 모르는 거야?

"더러운 건 치우면 되지. 일단 날 따뜻해질 때까지는 그냥 살아. 필요한 물건은 좀 사고."

엄마한테는 죽어도 상황을 말할 수 없었다. 길길이 날뛰며 집으로 돌아오라고 할 게 뻔한데. 차가운 바닥 위에 덜렁 놓여진 매트리스 위에서 불편하게 쪼그려 잠을 잤다. 다음 날부터 나는 청소에 돌입했다. 부엌에 가득 쌓인 신문들. 신문 날짜를 보니 2012년 구 월에 발간된 것들이었다. 그 밑에 프랑스 음식 요리책이 여섯 권 있었다. 무슨 고급스런 음식을 해먹자고 이런 책이 필요할까 의문이었다. 나는 비어있는 책장에 책들을 꽂고 신문을 모아 묶었다. 음식물이 딱딱하게 굳은 그릇들. 집을 뒤져 보니 제빵 기구고 뭐고 생전 보지도 못한 주방 도구가 가득했다. 엄마가 줄곧 가지고 싶어한 휘슬러 밥솥에 한 번도 사용하지 않은 듯 보이는 가재 도구들, 칼만 해도 열 개는 훌쩍 넘을 것 같았다. 나는 슈퍼마켓에 가서 싸구려 위스키를 두 병 사서 가스레인지부터 냉장고, 욕실 부스 곰팡이 낀 타일 사이 사이에 뿌려 댔다. 물때가 제발 빠지기를 바라면서. 사방에 알코올 냄새가 풍겼다. 힘을 주고 가스레인지를 박박 문지르자 말라붙은 음식물이 떨어졌다. 닦아낸 가스레인지는 거의 새 것이었다. 이렇게 하얗고 깨끗한 제품이 그렇게나 더러워 보일 수 있다니. 높은 천장에 설치한 다락에 올라갔다가 난 기겁했다. 선풍기, 온열기, 오래된 가방, 바닥에 굴러다니는 가족사진, 이 더러운 소굴에서 누굴 재우려는 건지 매트리스 위에 이불까지 놓여있었다. 나는 그 위에 간신히 내 캐리어를 올려 두었다. 독일인들은 이렇게 쓸데없는 물건을 버리지도 않고 다 쌓아두나. 나는 어학원에서 돌아온 후 이 주 내내, 방에 들일 가구를 사러 다니며 매일 청소를 했다. 엘리베이터도 없는 건물에 오층까지 무거운 침대 틀과 매트리스를 나르니 며칠간 허벅지가 후들댔다.

첫 날, 열쇠를 주고 사라진 후 이 주 째 코빼기도 안 비치는 그의 이름 앞으로 공지서와 편지가 쌓여 갔다. 빨간 도장이 이리저리 찍혀 있는 것을 보니 급한 편지인 것 같아 사진을 찍어 그에게 보내

주었다. 마리우스는 바로 뜯어봐 달라고 답장을 보냈다. 시험을 패스하지 못한 것을 마지막으로 경고하며 전공을 바꿀 것을 권고하는 편지였다. 마리우스는 자유대 정치학과에서 이미 거의 퇴학 당한 것과 다름 없는 상태였다. 어쩐지 그냥 예술하는 학생이라고 보기엔 지나치게 정치에 관련된 책이 많더라니. 그날 저녁, 마리우스는 다시 집으로 들어왔다.

"너 학교 그만 둬야하는 거야?"

"뭘 그만 둬."

"독일 대학은 한 과목에서 세 번 이상 시험 떨어지면 졸업 못한다는데?"

"졸업은 못하는 거지. 근데 뭐 졸업하는 게 학교의 목적도 아니고."

이상한 논리, 졸업을 못하는데 학교에서 뭘 하겠다는 건지. 나는 오늘 이후 또 어디론가 떠날 것 같은 마리우스에게 서둘러 부탁했다.

"서랍장을 하나 사야하는데 많이 무거워. 혹시 픽업 도와줄 수 있어? 너 차도 있으니까."

그는 흔쾌히 승낙했다. 눈 오는 겨울, 스티커가 가득 붙여진 그의 차를 처음 보았다. 굴러 가는 게 신기한 상태, 차라리 고물이라 다행이었다. 사고가 나도 아깝지는 않을 테니. 에르도안 타도, 동성애자 차별 금지, 자유를 보장하라. 각종 단어들을 써 붙인 어지러운 그의 차. 그 위에 붙여진 메시지를 찬찬히 읽던 내가 물었다.

"너, 좌파야?"

"응. 넌?"

"글쎄. 한국에서라면 모르겠지만 독일에선 중도가 아닐까. 잘 모르겠네."

"베를린에 살면서 중도라고? 있을 수 없는 일인데. 하긴. 이제 시작이군, 네 인생. 스물다섯 밖에 안 됐으니까."

"너, 나보다 어리지 않아?"

"난 책임 져야 할 아이가 있으니까 너랑 입장이 좀 다르지."

아이라. 단 한 번도 본 적 없는데. 그러고 보니 다락에서 찾아낸 가족 사진에서 아이 하나를 본 것 같기도 했다. 조카인 줄 알았는데 그의 아이였던가 보다. 입으론 책임져야 할 아이가 있다고 말하면서 그는 왜 밤새 밖에서 놀고 들어오는 걸까. 그의 침대에서 나와 나에게 인사를 하는 여자들은 매번 달랐다. 같이 사는 것은 피곤하구나, 서로의 사생활을 다 알게 되니까. 관심을 두고 싶지 않아도 한 번 더 눈이 가게 되는 사람.

눈으로 뒤덮인 도로, 겁도 없이 물기 어린 미끄러운 도로를 쌩쌩 달리는 그의 차. 라디오에서 단조로운 독일어가 들렸다. 한동안 인정하기 힘들었다. 독일어를 전부 잊어버렸다는 사실을. C1 레벨 시험 합격까지 체류를 권하던 선생님의 말이 정확히 맞았다. 텔레비전에서 흘러 나오는 뉴스를 제법 알아들을 수 있는 수준으로 익혀

둔 독일어가 겨우 일 년 남짓 독일을 떠나 있었다고 이렇게나 빨리 나와 멀어질 줄 상상 못했다. 외국어는 향수 같은 건가, 비싼 돈 주고 몸에 뿌려 보았자 금방 공기중으로 날아가 버리는 건가. 흔적도 없이. 눈 앞이 캄캄했다. 운전을 하던 마리우스가 담뱃갑에서 담배를 꺼내 입에 물었다. 럭키 스트라이크 레드. 물끄러미 그 모습을 바라보던 그가 내게 담뱃갑을 내밀었다. 나는 그 속에서 담배 한 개비를 꺼내 불을 붙였다. 익숙해서 가장 치명적인 유혹. 빨간 눈 속의 동공 같은 하얀 글자가 날 깊숙이 잡아 당겼다. 오랜만에 의식이 즉각적으로 심장에서 분출되는 피를 쭉 빨아들이었다. 머리 속이 청명해졌다.

"너도 럭키 스트라이크 펴?"

"어. 양아버지가 좋아하시거든. 미국인인데 제2차 세계대전 참전하실 때 럭키 스트라이크가 인기가 제일 좋았대. 포격을 날리고 살아 돌아오기를 바라면서 행운을 기원하는 마음으로 피우던 담배였다나. 마지막 순간이 될 수도 있으니 더 각별하셨다고. 그때 습관 때문인지 이것만 피셔. 나도 우연히 아버지랑 같이 펴봤는데 맘에 들더라. 제대로 담배 피웠다는 느낌이 확 나서 좋아."

남이 피는 담배는 한없이 역겨운데 내가 피는 담배는 이보다 더 좋을 수가 없어 이상했다. 마치 내가 말하는 독일어가 전부 틀려있다는 것을 주변 사람들은 다 아는데 나만 모르는 것처럼. 어떻게든 되겠지, 아예 못 했던 언어도 아니고 다시 시작하면 금방 회복될 수 있을 거라고 긍정적으로 생각하고 싶었지만 문제는 베를린 사람들은 도르트문트와 비교할 수 없을 만큼 영어를 잘한다는 사실이었다. 독일인들은 내 피부색만 보고 친절하게 영어로 말을 걸어주었다. 굳이 잘하지도 못하는 독일어를 내 입으로 먼저 꺼내는 일이 점점 피곤해서 수업이 끝나고서 영어만 쓴 지 벌써 몇 주가 흘렀는데. 오늘 알게 된 타인에게조차 자신이 걸어온 모든 인생사에 대해 스스럼 없이 말할 수 있는 사람 앞에서 간만에 독일어가 술술 흘러 나왔다.

"그나저나, 양아버지라니? 너네 아버지는 어디 계시는데?"

"돌아가셨어. 나 스무 살 즈음에. 잘 된 것 같아."

"어째서?"

"아버지는 늘 내가 할 수 없는 걸 하기 싫은 걸 바라셨거든. 아버지 때문에 내가 원하지도 않은 인터내셔널 스쿨에 들어가서 미친 듯이 공부했어. 학비가 몇 천만원인데. 뭐 덕분에 아비투어 점수 잘 받긴 했지만 머릿속에 남은 건 하나도 없어."

"몇 점인데?"

"0.8이었던가."

0.8이면 독일에서 의대를 가고도 남을 점수인데 그 점수를 받고 들어간 학교에서 계속 학사 경고장이 날아오고 있다니. 그럼에도 그의 언행과 행동에서 불안은 일 그램조차 보이지 않았다. 남들이 탐내는 것을 이미 가지고 태어난 애들은 가지고 있는 것을 손에 놓아도 아쉬움이 없나. 선과 악을 정직하게 판별하고 정의라고 여겨

지는 것에 자신을 투사시킬 수 있는 영혼. 내 눈에 그는 위고가 말한 것을 직접 행하려는 인물같이 보였다. 견고하고 희귀한 천성을 만들어내기 위한 실험, 결핍을 즐기고 스스로 길을 헤쳐 나가려는 스물 초반의 남자. 그의 궁상 에는 즐거움이 엿보였다. 처음 제대로 이어지는 그와의 대화 속에서 나는 한 가지 무례한 질문을 던지고 싶었다. 궁금한 것을 절대 참지 못하는 나답게.

"글쎄, 위선적인 거 아냐? 그런 집안에서 태어나서 좌파라고 하고 다니는 거."

운전을 하던 그의 손이 멈칫했다. 말을 잘못한 건가.

"그럴수도. 하지만 그런 집안에서 태어나서 주어진 대로만 사는 것도 맘에 들지는 않는 걸. 나는 내가 고민하고 또 고민하고 있는 게 만족스러워. 사실 난 아버지가 죽었을 때 크게 슬프지 않아서 오히려 죄책감을 느꼈거든. 가끔, 고민과 방황은 그 잘못에 대한 속죄가 아닌가 싶을 때도 있어. 내 번민이 아버지가 죽었을 때 느낀 해방감보다 좀 약한 것 같을 때 반대로 더 기분이 안 좋아. 지금 내가 방황하지 않으면 난 아버지 같은 인생을 살다 어느 날 갑자기 죽을 것 같거든. 이런 삽질은 단순히 아버지처럼 살고 싶지 않은 마음에서 오는 것일지도 몰라. 아버지가 내게 물려주고자 하던 것이 아니라 온전히 내 삶을 살고 싶어. 나라고 부를 수 있는 거. 내가 그 속에 있고 그걸 충분히 생각하면서 느끼고, 즐기는 거."

나의 짧은 질문에 그는 빠르고 구체적으로 답을 했다. 우울한 이야기를 이렇게 밝고 명료한 톤으로 말하고 있다니. 그의 생각을 전개시키는 단어들에 매료된 건지 맥락도 없는 질문이 자꾸 나왔다. 언제나 본질적인 것이라고 여겨지는 것에 일 초라도 빨리 닿고 싶어서 모든 절차를 무시하고 말아버리는 나답게. 걷는 것을 무시하고 바로 뛰는 것을 배운 내 급한 성격답게. 우리는 이 짧은 대화 속에 서로의 핵심적인 성격을 노출시켰다.

"그래서 너한테 예술이 뭔데? 넌 왜 딱히 예술적인 기술도 간판도 없으면서 왜 예술가라고 하고 다니는 거야?"

생각 안 해본 거 아냐. 독일에 좀 더 일찍 와서 고등학교를 다녔다면, 이 언어를 좀 더 자유롭게 구사할 수 있다면 잡을 수 있는 기회가 더 많을 텐데 아쉬운 마음들. 그런 나와 비슷한 사고 방식을 지닌, 그러나 훨씬 더 무모하게 돌발적인 변수를 겁없이 사는 인격을 보니 인생은 또 상상하는 대로 흘러가지는 않는 건가 싶었다. 만약 내가 그와 비슷한 지적 재능을 일찍 손에 넣었다 해도 과연 지루하게 결정된 길을 의심 없이 따라갈지는 아무도 모를 일이다. 그는 그렇게 그의 길을 가고 있었다. 옆에 있는 나나 다른 사람들이 아니라 바로 눈앞의, 눈으로 덮인 사물을 똑바로 바라보면서.

"나에게 예술은 자기 자신이 되는 과정이야. 누구 맘에 들겠다고 쓰여지는 글자가 아니라 스스로 계속 팽창하고 세계를 만들다 완성되는 소설 같은 거. 난 보편적이라고 포장하면서 다수의 입맛을 겨냥하고 그들이 원하는 것을 보여주는 뻔뻔한 작품보다 진짜 자기 자신을 보여 주는 과정을 보는 게 흥미로워. 그런 작품은 형식을 막론하고 뭐든 가치 있지 않나 해. 난 지금 그런 걸 할 수 있는 사람이 되고 싶어. 나중을 위해서 준비만 하다 죽는 건 내 성미에 안 맞아. 그래서 지금 이 순간 이것저것 할 수 있는 거 다 해보는 거야. 정치적인 행동을 하든 영화 작업을 도와 주든지 큰 틀에서 보면 내 모든 행동의 이유는 그거야. 진짜 내가 하고 싶은 것을 하는 것. 부모가, 사회가, 다른 누가 원하는 걸 하는 게 아니고."

온갖 잡동사니를 모아 놓은 그의 집과 같은 공간 속에 혼자 잠겨 있다가 갑자기 튀어 오르며 전개 되는 생각들. 나와 다른 문화권에서 다른 교육을 받으며 성장한 인격의 핵심이라 부를 수 있는 자아를 지켜보는 일은 즐거웠다. 그는 자기 자신이라고 부를 수 있는 부분을 유지하며 살기로 결심한 모양이었다. 그게 남들이 볼 때 너덜너덜하고 정신없어 보일지언정.

"그러고 보니 깜빡했네. 내 친구 오거든. 오늘 저녁에. 그 친구도 문예창작과를 다니는데. 그래서 집 구한다는 네 메일 읽어 보고 바로 너랑 같이 살기로 결심한 거야. 너도 문창과니까. 다른 사람 만나 보지도 않았어. 그날, 너한테 메일 받자마자 글도 삭제했는 걸."

내가 문창과를 다닌다는 이유 하나만으로 나와 살기로 하다니 제정신인가. 그러고보니 독일에 문창과가 두 곳뿐이란 말을 듣기는 했었다. 라이프치히와 하이델하임. 문창과 출신의 작가가 대세인 우리나라와 달리 독일 보통의 작가들은 아직까지 역사나 독문학을 공부하는 경우가 많은 것 같았다. 이론을 중시하는 학문의 경향 속에서 생겨난 독일의 문창과. 그곳에서 공부하는 아이들은 어떨까 궁금했다.

끙끙대며 무거운 서랍장을 들고 집에 들어 오니 빼빼마른 여자 하나가 부엌에 앉아 담배를 피우고 있었다. 집에는 어떻게 들어 온 건지, 이미 탁자에는 술병으로 가득했다. 그들은 반갑게 인사를 하며 곧바로 술을 마시기 시작했다.

"헤이, 여기 앉아 봐."

그가 화장실에 가려는 나를 억지로 탁자에 앉혔다. 그들은 작은 비닐 지퍼에서 꺼낸 하얀 가루를 카드로 잘게 부수기 시작했다.

"너 이런 거 안 해 봤지?"

마리우스는 돌돌 만 지폐에 하얀 가루를 모아 코에 빠르게 흡입했다. 저게 말로만 듣던 코카인이군, 영화에서만 보던 장면을 눈으로 처음 보는 순간이었다.

"너도 해 봐."

나는 고개를 젓고 그의 담뱃갑에서 담배를 하나 꺼냈다. 담배도 끊기 힘든데, 코카인은 오죽하려나. 오랜만에 담배 연기를 폐까지 삼키는 순간, 그들은 신나게 떠들며 위스키와 맥주를 마시기 시작했다. 코카인을 하고 저렇게 술을 퍼마실 수 있다니. 약에 취한 마리우스의 친구가 공구 박스를 뒤졌다.

뭘 하는 거지.

도끼를 꺼낸 그가 갑자기 벽을 도끼로 찍었다. 남의 집 멀쩡한 벽에 왜 도끼질을 하는 것인지 당황할 새도 없이 둘은 빨간색 스프레이를 벽에 뿌려 댔다. 부엌은 난장판이 되었다. 며칠 공들여 청소한 것들이 모두 허사가 되었다. 나는 눅진하게 눌어붙는 알코올 기운에 기대어 소파에서 그대로 잠이 들었다. 다음 날 아침, 열어둔 창문으로 들어오는 바람에 담뱃재가 날리고 있었다. 프랑크푸르트 역 앞에서 팔뚝에 주사를 꽂는 무리도 보았었는데 설마 이렇게 멀쩡한 일반 주택에 사는 사람들의 손에까지 코카인이라는 마약이 들어와 있을지는 상상도 못했다. 전날 마리우스가 잉크 마카로 벽에 써댄 건지 거대한 글씨가 눈에 들어왔다.

Versuch mal dieses scheisse Leben zu wiederholen.

이 거지 같은 삶을 뭘 또 반복하라고 벽에다까지 저런 문장을 쓰는지 모를 일이다. 아직 삶에 애정이 많은가 보네. 나는 더러운 탁자를 대충 닦고 물을 끓였다. 갑자기 천장 아래에서 속옷만 입은 그의 친구가 후다닥 뛰어내려왔다. 손가락을 목구멍에 쑤셔 넣는지 구토를 하는 소리가 들렸다. 잠시 후, 물이 내려가는 소리와 함께 그녀가 밖에 나왔다.

"나, 물 좀 줄래? 약을 좀 과하게 했나봐."

나는 컵에 수돗물을 따라 그녀에게 건넸다. 파리한 얼굴로 가녀린 어깨를 떨며 물을 마시는 그 얼굴을 보니 새벽 내내 코를 골며 세상모르고 잠든 마리우스와 달리 그녀는 깨나 잠을 설친 듯 보였다. 그녀가 다리를 꼬고 비스듬히 앉아 가스레인지 앞에 선 나를 빤히 바라보았다.

"너, 문창과라고 했나? 넌 어떤 글을 써?"

"글쎄. 난 내가 경험한 거 이외의 글을 아직 잘 못 쓰는 것 같아. 소설이 쓰고 싶긴 한데, 어쨌거나 소설은 허구잖아. 설득력 있는 거짓말을 만드는 건 아직 좀 어려워서."

"그럼 절대적으로 경험의 폭을 늘려야겠네."

흐리멍텅한 그녀의 눈에서 잠시 반짝, 빛이 났다. 그 눈속에 누군가를 골려주고 싶어 안달난 장난기가 엿보였다.

"너, 베를린에선 모든 것을 다 할 수 있어. 일탈에 있어서는 가능한 모든 경우의 수가 있다고 보면 돼. 작가가 되고 싶으면 다 해 봐. 약도 해보고 이상한 사람도 만나 보고 미친 짓도 좀 더 해보고."

"글은 미술이나 음악과 다르지 않나, 논리적인 인과관계에 대해서 많이 생각해야하는데. 약물은 순간적인 감각을 건드리는 거라 글쓰는 것과는 다를 텐데."

"재미만 있으면 장땡이지. 재미는 새로운 시도에서 오는 거야. 독자가 안 해보는 걸 네가 해봐야지. 구조니 뭐니 누가 그런 거 생각하니? 너, 진짜 작가가 되고 싶어? 그럼 자극적인 걸 해 봐."

나는 뜨거운 물에 계란을 넣었다. 지금 나 보고 그러니까 오키나와에서 약을 한 경험으로 소설을 써서 대박 친 무라카미 류라도 되라는 건가. 담배 하나 맘대로 못 끊고 병원 신세 지는 나약한 인생이 약에까지 중독되면 갱생의 여지가 없을 것 같았다. 예술이고 나발이고 일단 빨리 학교를 들어가는 것이 내 목표였다. 약은 이미 가진 거 많은 애들이 해야 폼 나지 나는 그런 거 없어. 데카당스는 아무나 되는 줄 아나. 내가 돈 많은 부모님들 믿고 예술하는 애도 아니고. 너네들은 그걸 해주는 부모님이랑 프리드리히 쉴러에 대해 이야기하면서 자라서 자유 타령 하면서 예술병 걸려도 간지 나는 거야. 하기사 있는 집 자제들이 자본 확장만 추구하는 것보단 낫지. 나름 고상한 방식의 사회적 분배라 봐도 무방하려나. 다 같이 약 하면서 사회에 대한 불만 잠재우고, 가지고 있는 거 같이 나눠먹고 살면 좋은 거잖아. 문제는 내가 그 공동체의 범주에 들어가는 독일인이 아니란 거야. 어떻게 표현해야 할지 모를 반발심이 툭 튀어나온 순간.

"언니, 독일인들 이해하려고 하지 마요. 걔네들 보험부터 실업 급여까지 어지간하면 사회가 다 해주는 애들이라 우리 불안 같은 거 몰라요. 우린 진짜 돈 없으면 여기서 쫓겨 나는 거잖아."

같이 독일어 수업을 듣던 여자애가 넌지시 뱉던 불만이 떠올랐다. 시한폭탄 같은 통장을 생각하면 마음이 조급하지 않을 수가 없었다. 아침부터 칵테일을 마시던 마리우스가 한 소리 거들었다.

"우울은 바이러스 같은 거야."

무슨 뜬금없는 소리인가. 순간, 끓는 물이 내 팔뚝에 튀었다.

"앗. 뜨거워."

나도 모르게 한국말이 튀어 나왔다. 놀라서 가스레인지 뒤로 급히 물러섰다.

"뭔 헛소리야?"

"우울은 늘 숙주를 찾아 헤맨다고. 공중에도, 길거리에도, 벽에도, 전단지도, 네가 의식하지 못해도 여긴 온통 그런 걸로 뒤덮여 있다고. 너는 곧 사람들로부터 감염될 거야. 성병은 콘돔이라도 있지, 우울은 그런 거 없어. 넌 무방비로 노출된 거야."

산더미같이 쌓인 벌금과 고지서를 뒤로 미뤄 버리고 아무 걱정 없는 것처럼 사람 좋게 웃음을 보이는 마리우스의 입에서 우울이란 단어가 나왔다. 매일 나 보고 마리화나 한 번 하고 자면 긴장이 수그러들 텐데 너 같은 사람에게 이건 진짜 도움되는 약이라고 장난치던 애 맞나 싶어서. 진짜 너 같이 깨방정인 애가 우울해서 그렇게 무거운 약을 한다고?

"난 병 싫어. 병에 감염되면 환자밖에 더 돼?"

"그러니까, 네가 원하든 원하지 않든 그렇게 될 거라고."

"야, 그만해. 안 한다는 애 붙잡고 뭐하는 거야."

그녀는 마리우스의 어깨를 붙들었다. 나는 다 삶은 계란을 찬물에 넣고 껍질을 깠다. 신발을 신고 밖으로 나가는 소란스런 그들의 웃음 소리가 들렸다. 베를린에 오는 사람들과 곧바로 친해질 수 있는 친화력 밑에 깔린 내면의 우울을 필사적으로 감추고 싶어하는 사람들처럼 신경질적인 그 웃음 소리가 오래 귓가에 맴돌았다.

코빼기도 안 비치던 마리우스가 일주일 후 나타났다. 그리고 나에게 물었다.

"너, 함부르크 나랑 같이 갈래? 저번에 봤던 그 친구, 함부르크에서 출판기념회를 열거든."

금요일 오후 한 시, 나는 짐을 쌌다. 2012년 여름, 크리스와 처음으로 여행을 시작한 도시, 함부르크로 향하는 길. 엄청난 교통체증 때문에 우리는 거의 삼십 분 가량 도로에서 거의 움직이지 못했다. 차 안 거울에 대롱대롱 매달려 있는 사진 속 한 아이의 얼굴이 보였다.

"네 아이 이름이 뭐야?"

"로렌. 내가 소피아 로렌을 좋아해서."

"로렌은 지금 어디 있어?"

"콜롬비아."

소피아 로렌이라, 좌파 치고는 주류적인 취향인데. 열아홉 살, 첫사랑과의 결혼. 콜롬비아 출신의 여자와 이어진 삼 년간의 펜팔. 그들은 첫 만남 이후 삼 개월 지나 덴마크에서 결혼했다. 덴마크는 결혼 절차가 지난하고 복잡한 독일과 달리 결혼의 법적 허가가 비교적 간편했다.

"다시 보내기 싫었어. 어떻게든 걜 독일에 머무르게 하고 싶더라고. 할 수 있는 거 다 했을 뿐이야."

그리고 이어진 삼 년 간의 결혼 생활, 그들의 사랑은 결국 이혼으로 끝났다. 그의 나이 스물두 살에 경험한 이혼. 아이는 마리우스 아래에서 살다가 그녀에게 돌아갔다. 쓸데없는 주방 도구와 요리 책이 가득 했던 이유를 이제서야 알게 되었다. 마리우스가 좋아하는 소피아 로렌을 닮은 그의 전부인과 한 인물 할 게 분명한 마리우스의 아이. 집을 청소하다 다락 침대 위에서 발견한 사진 속 얼굴들. 앳된 마리우스의 옆에 서 있던 다른 두 얼굴들을 떠올려보려고 노력했지만 헛수고였다.

"뭐, 인생에서 한 번쯤은 해봐도 좋아, 결혼. 별 생각 없이 해야 할 수 있는 거겠지만."

결혼이라는 것을 한 번쯤 아무 생각 없이 해봐도 좋다고 말하는 그의 무모함에 감탄했다. 저런 객기가 도리어 순수하게 느껴진다면 내가 너무 많은 일들을 무겁게 받아들이는 걸까. 기억 속에 희미하게 남은 함부르크가 눈앞에 펼쳐졌다. 고급스러운 깔끔함으로 무장된 도시. 다시 사랑한다면 절대 후회하지 않겠다고 다짐해 본들 돈도 없고 독일어도 못하는 내 자신이 한심해서 줄담배만 피우던 시간이 잊혀지는 것은 아니었다. 나이와 국적을 지우고서도 서로를 둘러싼 조건이 사라지는 건 절대 아니던데. 차이를 넘어 서로의 현실을 한번 극복해보려고 노력한 마리우스의 시도는 내 눈에 꽤 의미 있어 보였다. 난 절대 그렇게 못할 거 아니까.

"늦었어, 바로 가야겠는걸."

우리는 아슬아슬하게 출판기념회장에 들어섰다. 좌석은 이미 만석이었다. 정장을 입은 사람들이 서서 와인을 마시고 있었다. 그녀는 보기 보다 꽤나 유명한 작가였나 보다. 마리우스보다 어리다고 했었나. 파란 블라우스를 입은 그녀가 앞에서 사람들과 인사를 나누며 힐끗 우리를 쳐다 보았다. 마리우스와 그녀가 눈인사를 나누었다. 헝클어진 머리로 변기통에서 헛구역질을 하던 여자의 모습은 사라지고 단정한 원피스를 입은 이십 대 여자가 그곳에 서 있었다. 야심 넘치는 짙은 눈썹, 가느다란 몸, 금발 머리의 작가. 분명 그녀에게는 문학계의 아이돌이 될 소질이 있었다. 그녀가 탁자 중앙 좌석에 착석하고 난 후, 신간 소설의 낭독이 시작되었다. 한참 동안 이해할 수 없는 독일어가 흘렀다. 출판기념회장 앞에서 받은 전단지를 천천히 읽었다. 소냐 비렌체크, 92년생, 십 대부터 약물에 중독되어 학교를 그만두고 삼 년간 병동에서 치료를 받은 이후 방황을 거듭하다 문예창작과에 입학, 스물두 살의 나이로 첫 데뷔작을 쓴 그녀는 자신의 약물 중독 경험을 쓴 첫 소설이 좋은 반응을 얻은 이래 독일 슈피겔과 디짜이트에 기사를 쓰는 저널리스트로서 한창 주목 받는 작가로 활동 중인 프로. 독일은 마약 중독자도 자신의 경험을 바탕으로 소설 하나 잘 쓰면 유수의 신문사에서 저널리스트로 활동할 수 있게 되는 건가. 마리우스가 뚫어져라 팜플렛을 읽고 있는 나를 옆에서 찌르며 속삭였다.

"나 사실 너 페이스북에서 쓰고 있는 글 번역기 돌려서 읽고 있거든. 재밌어, 너. 나도 잘 모르는 독일 작가들 진지하게 보고 있더라고. 넌 좋은 작가가 될 거야. 틀림없이.”

혹시라도 독일에서 출판을 하게 된다면 함부르크에서 가장 먼저 출판기념회를 열어야겠다는 망상을 할 즈음 출판기념회가 끝났다. 그녀에게 사인을 받으려고 줄 선 독자들. 나와 마리우스는 밖에서 그녀를 기다렸다. 이월, 겨울의 추위가 한창 기승을 부리는 날씨. 부러질 듯 마른 다리로 소냐가 한 여자의 팔짱을 끼고서 총총 걸어 나왔다. 마리우스는 한 걸음에 달려가 그녀를 안았다.

“사람 엄청 많이 왔어, 첫 출판기념회보다 더 많은 것 같아.”

그녀의 흥분이 고스란히 느껴지는 목소리. 우리는 마리우스의 차를 타고 함께 이동했다. 단정하게 머리를 틀어 올린 그녀의 반듯한 옆선이 자동차 룸미러에 비쳤다. 볼에 붉게 상기된 기운이 남아 있는 행복한 얼굴이었다. 잠시 후 모두 차에서 내리고 우리 넷은 한 허름한 바 안으로 들어갔다. 그녀의 친구들이 이미 이곳으로 자리를 옮기고 있었던 것인지 그녀에게 축하 인사를 건네기 바빴다. 또다시 이해할 수 없는 독일어의 범람이 시작되었다. 마리우스는 나에게 진토닉을 건네며 슬며시 말했다.

“너, 베를린 정키들 궁금하지 않아? 오늘 밤 볼 수 있을 거야.”

내 옆에 앉아 있던 마리우스가 사라지고 나는 혼자 스프리츠를 마시고 있었다. 이미 술에 취할 대로 취한 소냐가 내 옆으로 다가와 내 머리를 만지작대며 물었다.

“나 너 처음 보고 사실 놀랐어. 너, 독일어 악센트가 아주 좋더라

고. 나도 한국 사람들과 가끔 대화를 하긴 하는데 그 사람들 너 같
진 않던데. 너 도대체 독일어 어디서 배운 거야? 별로 독일 오래 산
것 같지도 않은데."

순간 들키고 싶지 않은 치부가 드러난 것 같았다. 나는 과하게 고
개를 저었다.

"택도 없어. 부족해. 아주 많이."

그녀가 내 팔을 잡아 끌었다. 마치 오래된 친구처럼.

"따라와, 좋은 거 보여줄게."

그녀가 손짓하자 마리우스와 몇몇 사람들이 아래로 따라 내려
왔다. 화장실. 작은 화장실 안, 다섯 명이 꼬깃꼬깃하게 접혀들어갔
다. 마리우스는 변기 뚜껑을 내리고 그 위에 코카인을 올린 후 카드
를 꺼냈다. 카드 사이로 잘게 부수어 지는 코카인. 왜 굳이 이렇게
좁은 공간에 구겨져서 약을 하는지 알 길이 없었다. 소녀가 쉿, 검
지를 들고서 말했다.

"이건 의식 같은 거야. 우리 서로 친구가 될 수 있을지 살펴 보는
거지."

천천히 주머니 속에서 꺼낸 지폐를 말면서 그녀는 낮은 목소리로
노래를 불렀다. 좁은 공간에서 그녀와 눈이 마주치자 그녀는 씩 웃
었다. 기념회가 끝난 후 보인 웃음보다 몇 배는 더 즐거워 보였다.

A friend in need's a friend indeed

A friend with weed is better

차례로 코카인을 슥 빨아들이는 사람들. 내 차례가 왔을 때 나는 다시 고개를 저었다. 내 몫으로 남겨진 마지막 코카인은 결국 소냐의 코로 들어갔다. 좁은 화장실을 빠져나오며 아무래도 난 평생 그녀의 글을 읽지 않을 것 같다고 생각했다. 새벽 두 시가 넘어서 우리는 밖으로 나와 택시를 잡아 타고 클럽으로 향했다. 아름다운 그녀의 얼굴이 서서히 피곤과 광기로 일그러져 가고 있었다. 스테이지, 가득 찬 사람들. 소냐는 수트를 입은 남자 옆에서 술을 마셨다. 마흔 살쯤 되었을까. 그의 손이 그녀의 허리를 둘렀다. 소냐의 웃음소리가 커졌다. 나는 구석 카지노 머신에 기대 가죽자켓을 입은 한 남자가 개다리춤을 추는 것을 지켜 보며 맛도 잘 모르는 위스키를 마셨다. 마리우스가 내게 다가와 물었다.

"어때?"

"뭐, 나쁘지 않네."

조용히 위스키를 홀짝댔다. 그가 갈 때까지 위스키가 바닥나지 않기를 바라면서. 마리우스가 갑자기 나를 품에 안았다.

"잘 들어, 이 순간부터 난 너를 여동생이라고 생각할 거야. 네가 독일에서 절대로 위험하지 않도록 내가 지켜줄게."

너야말로 지금 이 순간 가장 나에게 위험한 사람인데 도대체 왜 자꾸 이런 말을 하는 걸까. 가족은 왜 자꾸 만드는 건데. 책임져야 할 네 딸이나 좀 생각하라고 말하고 싶었지만 취객이 하는 감정적인 소리를 귀담아듣고 싶지 않았다. 사방에 친구네 지인이네 나보다 훨씬 많이 두고 살고 있으면서 왜 자꾸 가족 타령하는지 알다가도 모를 일이었다. 그 밤, 엉망진창으로 취한 소냐가 친구 팔에 붙들려 클럽을 나왔다. 마리우스는 나에게 주차장에 있는 차를 가지러 가야 한다며 소냐를 따라 그녀가 묵는 호텔로 가서 자라고 말했다.

"내일 아침, 너 데리러 호텔로 갈게."

나는 고개를 끄덕이고 소냐와 함께 택시를 탔다. 별 다섯 개짜리 호텔. 소냐는 침실로 들어오자마자 화장을 지우지도 않고 잠이 들었다. 나는 물을 담은 컵에 렌즈를 넣었다. 셋이 누워도 너끈하리만치 넓은 침대에서 우리는 함께 잠이 들었다. 정오, 소냐의 친구가 나와 소냐를 흔들어 깨웠다.

"일어나, 너 슈피겔이랑 오늘 인터뷰 있잖아."

아이라이너와 마스카라가 다 번진 채로 소냐가 초췌한 얼굴로 화장실에 들어갔다. 세수를 하고 나오자 92년생이라고 믿어지지 않을만큼 얼굴에 주름이 가득했다. 소냐가 피곤한 얼굴로 다시 화장을 하는 사이, 그녀의 친구가 택시를 불렀다. 나는 급히 마리우스에게 전화를 했지만 연결이 되지 않는다는 기계적인 목소리만 반복될 뿐이었다.

"혹시 이 객실에 있어도 될까. 마리우스에게 연락이 없어서."

"그건 좀. 짐도 있고, 룸서비스도 받아야 하고."

그들은 택시를 타고 인터뷰 장소로 갔고, 나는 혼자 호텔 로비에 남았다. 내 가방과 지갑은 마리우스의 차 속에 있었다. 배고픈데, 어디 카페라도 가서 시간을 때우고 싶은데 돈이 하나도 없었다. 설상가상 핸드폰 배터리까지 나갔다. 나는 호텔 컴퓨터로 접속하여 마리우스에게 페이스북 메시지를 써댔지만 그는 묵묵부답이었다.

도대체 여기가 어디지.

구글 맵을 보니 이곳은 도심에서 한참 떨어져 있었다. 나는 주머니를 뒤져 나온 이 유로로 빵과 물을 샀다. 한적한 오후, 고급 호텔 데스크 앞에 앉아 배고파하는 꼴이라니. 바에서 수트를 입고 한가하게 마티니를 마시는 사람들을 보니 괴리감이 심해졌다. 그 사이, 소냐는 인터뷰를 끝내고 다시 호텔로 돌아왔다. 막 엘리베이터를 타려는 그녀를 붙잡고 물었다.

"혹시 마리우스와 연락 돼?"

"아니."

차갑게 대답을 남기고 그녀는 엘리베이터를 타고 올라가 버렸다. 어젯밤, 술에 취해 웃던 그녀의 얼굴은 거짓말 같았다. 저녁 여섯 시가 넘어서야 마리우스가 호텔에 도착했다. 그의 얼굴을 보니 화를 낼 기력조차 남아있지 않았다. 네 말을 철석같이 믿고 택시를 탄 내가 바보지. 마리우스의 차를 타고 베를린으로 돌아오는 내내 생각했다.

가장 쉽게 상처를 줄 수 있는 존재. 그것은 가족. 그래서 넌 날 여동생 같은 사람으로 만들고 싶었나.

그 누구도 웃으며 내일 만날 것을 약속하는 그의 친밀한 말을 진심으로 믿지 않을 것이다. 아주 쉽게 약속을 잊어버리고서 그는 휙 다른 곳으로 가버리겠지. 그런 남자의 여동생 같은 존재가 되다니 차라리 내 무덤을 파는 게 낫다는 것을 잘 알면서도 난 궁금했다. 그가 내게서 원하는 것은 뭘까.

나는 더 이상 말을 잇는 것을 체념하고 그가 운전하는 대로 따라갔다. 그는 함부르크의 부둣가로 갔다. 비린 생선과 해산물 속에서 그는 신선한 새우를 샀다. 짐칸에 새우를 넣고 마리우스는 다시 차를 탔다.

"어제 봤던 친구네 집으로 가는 중이야."

기억났다. 마리우스의 옆에 서 있던 나만한 키의 남자. 독일 애가 뭐 저렇게 작나 했었지. 자동차의 미러링에 달린 그의 아이의 사진이 달랑거렸다. 운전을 하는 마리우스를 바라보던 내가 물었다.

"너, 혹시 약에 중독된 거야? 못 하면 불안정하고 금단 증상 있고 그래?"

"영화를 너무 많이 봤네, 너. 그런 거 없어."

"약 중에서도 코카인은 센 축에 속한다는데."

"무슨 소리야. 코카인이 비싸긴 하지만 자연적인 추출물이라 제일 타격이 없는데."

"코카인을 하는 이유가 뭐야?"

"머리가 명료해져서. 생각이 빠르게 돌아가서 풀리지 않을 것 같은 많은 문제들이 쉽게 다가오거든. 각성 효과 때문에 좋아하는 것 같아."

함부르크의 새 스튜디오에 나를 포함하여 총 다섯 명이 모여 들었다. 함부르크에서 영화를 공부하는 마리우스의 친구는 피아니스트 어머니를 두고있는 유복한 자제 출신이었다. 그녀의 어머니는 독일 내에서도 꽤 유명한 피아니스트라고 했다. 진짜 여긴 있는 집애들이나 예술한다고 설치는 걸까. 꽤 큰 크기의 원룸은 마리우스의 집 뺨치게 어지러웠다. 사방에 널린 옷가지와 너저분한 살림들. 도대체 왜 이들은 집을 치우는 데 관심이 없는 걸까. 그들은 대충 피자와 스파게티를 만들었다. 뻔히 있는 포크를 놔두고 손으로 음식을 집어 먹는 이들을 보니 일부러 이러는 듯한 생각이 들었다. 자신이 태어난 출신에 반하는 것이 이들의 행위의 목적일까. 배가 부른 그들은 남은 음식물을 치우지도 않고 바닥에 누워있다 누군가에게 전화를 걸었다. 전화를 끊고 난 후, 그들은 수중에 있는 돈을 다 털어 모았다. 마리우스가 내게 물었다.

"너, 십 유로 있어?"

나는 지갑에서 십 유로를 꺼내 그에게 주었다. 그들은 다시 전화를 걸고서 준비가 다되었다고 말했다. 한 시간 후, 벨이 울렸다. 빼꼼히 문을 연 채로 그들은 돈을 건넸다. 그들이 받아 든 봉투에서 하얀 가루가 나왔다. 어제 약을 그렇게 하고서 또 한다니. 마리우스의 친구가 보관함에 넣어둔 위스키와 맥주를 가져 왔다. 그들은 술을 마시며 다시 코카인을 흡입했다. 마리우스는 내 의사를 더 이상 묻지 않았다. 약을 한 후 이어지는 실없는 대화와 농담, 나는 술을 좀 마시다 더러운 집에 놓인 매트리스에 쪼그려 잠이 들었다. 얼마나 잠들었을까, 일어나보니 내 어깨에 마리우스의 가죽자켓이 올려져 있었다. 내 옆이 잠들어 있는 마리우스. 말 없는 그의 모습을 보는 것은 거의 처음인 듯했다. 아찔하게 긴 촘촘한 속눈썹이 조용하게 잠들어 있는 순간.

Rose,

oh reiner Widerspruch,

Lust niemandes Schlaf zu seinunter soviel Lidern.

장미,

순수한 모순,

그 많은 눈꺼풀 아래 누구의 잠도 아니고픈 욕망.

나는 그가 순수한 모순으로 둘러싸인 인물이라는 것을 알아챘다. 자기 자신으로 머물러 있기 위해 얼마나 많은 사람의 이해와 배려가 필요한 인물일는지. 이렇게 나의 기를 쫙 빨아가면서도 화가 나지 않는 이유는 뭘까 생각하면서 서서히 떠오르는 햇빛 속에 눈부신 그의 젊음을 바라보았다. 아름다움이란 얼마나 답 없는 늪인가 실감하면서.

함부르크에서 보낸 시간이 꽤 재미있었는지 그는 나를 데리고 몇 주 후 또 뮌헨에 갔다. 오랜만에 방문한 뮌헨은 여전히 아름다웠다. 마리우스는 버릇대로 뮌헨에서 함부로 주차를 하고서 하루에만 총 이백 유로의 벌금 딱지를 맞았다.

"이렇게 자비없이 쉬지 않고 딱지를 붙이다니. 사람들 일을 왜 이렇게 열심히 하는지 모르겠다니까. 하여간 여긴 규율을 어길 시엔 얄짤없어. 고향이지만 고향 같지가 않아."

코스모폴리탄인 척 유창하게 영어를 하면서 여기저기 옮겨 다니지만 규칙을 어기는 데 도사인 그가 살 수 있는 도시는 베를린을 제외하면 없을 것 같았다. 자기가 살고 있는 멀쩡한 집의 복도 바닥에 그래피티를 그려넣어 천 유로가 넘는 벌금을 물게 하면서도 세입자를 집에서 쫓아내지는 않는 베를린이 이제 그의 새로운 터전이 되었다. 나는 마리우스와 함께 그의 어머니가 사신다는 집에 갔다. 마리엔플라츠에 있는 신시청사에서 십 분 거리에 있는 집은 뮌헨 중심가에서도 한가운데에 있었다. 마리우스는 이 집의 건물이 모두 자신의 아버지의 소유였다고 말했다. 다른 자식을 남기지 않고 이혼 후 일만 하다 죽은 아버지의 재산은 모두 외동인 마리우스 앞으로 돌아갔다. 그제서야 그의 비행에 그늘이 없는 이유를 알 것 같았다. 화이트 톤에 에메랄드색 소파, 우아한 가구들과 그림으로 장식된 그의 집. 베를린에 있는 마리우스의 집과는 사뭇 달랐다. 젊은 여자가 나체로 시위 중인 사진이 거실 중앙에 걸려 있었다.

"누구야?"

"우리 엄마."

정치적인 성격을 어디서 닮았나 했더니 엄마에게서 온 모양이었다. 도심이 훤히 보이는 테라스에 올라가 나와 마리우스는 그가 가장 좋아하는 드링크 좀머비를 마셨다. 그는 앉은 자리에서 그대로 두 병을 마셔버렸다. 박스째 서너 개씩 사서 집에 쌓아 두어도 일주일 지나면 없어져 버리는 맥주. 그에게 알코올은 아침에 일어나 마시는 물처럼 일상적인 소비 대상이었다. 외출을 한 어머니가 집에 돌아왔는지 마리우스의 이름을 부르며 올라왔다. 그녀는 반갑게 인사를 하며 내 이름을 묻고 능숙하게 영어를 했다. 마리우스는 엄마와 함께 나란히 담배를 피우며 다음달에 있을 투표에 대해 이야기를 나누었다. 나는 아직 살아 계신다는 그의 어머니가 마리우스가 무슨 짓을 하면서 살고 있는지 알까 늘 궁금 했었다. 그날 그 광경을 보자니 굳이 물어볼 것도 없었다. 설사 그녀가 사실을 안다 해도 아무 말 없을 게 뻔했다. 어쩌면 현재의 마리우스는 그녀가 거쳐 갔을 과거의 모습일지도.

"SPD는 요즘 맛이 갔어. 정책 방향이 중도화되고 있는데."

SPD를 중도로 간주하다니 그녀도 마리우스만큼이나 심한 좌파인 것 같았다. 그들은 유튜브에서 노래를 하나 찾아 틀어 놓았다.

"제목이 뭐야? 옛날 노래 같은데."

"Wer hat uns verraten, Sozialdemokraten! SPD가 당의 정체성을 잊고 엉뚱한 법안을 통과시켜서 엄청 욕을 먹었거든. 엥겔스 난리 났었지. 지금도 그에 대한 비판을 받고 있고. 그 상황을 풍자

하는 노래야. 누가 우릴 배신했나, 그건 바로 SPD랄까."

이렇게 좋은 집에 살면서 사회주의를 꿈꾸고 있다니 인간이란 대책 없는 이상을 품고 살아야만 직성이 풀리나. 마리우스는 부르주아 티가 팍팍 나는 어머니의 집에서 자기 싫다고 자신의 친구 집으로 향했다. 또 어디 구겨져서 거지같이 자겠군. 십 분쯤 차를 타고 가니 일전에 베를린에서 귀엽네 어쩌고 하며 내게 수 쓰던 요리사가 밖에 나와 있었다. 둘이 동창 사이라더니 그는 여전히 뮌헨에서 살고 있었나 보다. 우리 집처럼 정신없으려나 했는데 다행히 그 집은 일반 사람이 사는 것 같은 모양새를 유지하고 있었다. 요리사가 해주는 파스타를 먹으며 끼니를 때우고 있는 사이, 집으로 사람들이 들이닥쳤다. 그들은 파스타에 맥주를 마시며 마리화나를 피웠다. 절대 맛을 상상하고 싶지 않은 이상한 조합. 누군가는 구석에서 코카인을 빨고 있겠지.

"야, 문 열어. 냄새 배니까."

그래도 냄새에 신경 쓰는 걸 보니 뮌헨은 뮌헨인가 싶었다. 술에 취한 그들은 그대로 차를 몰고 밤 거리로 나섰다. 주말인데도 거리에서 음주 수치를 측정하는 경찰은 한 사람도 없었다. 어떤 클럽을 갈 지 고민하던 마리우스가 내게 물었다.

"무슨 음악 좋아하지, 너?"

"일렉트로닉. 살짝 펑키한데 언더그라운드 느낌 있는 거."

"어렵네. 그런 게 여기 있을라나."

두세 군데를 돌아 우리들은 겨우 괜찮은 클럽을 찾았다. 지하실 같은 벙커에 자리한 클럽, 베를린과 비슷하지만 좀 더 멜로디가 살아 있는 테크노가 흘러 나왔다. 간만에 귀에 꽂히는 음악을 듣던 나는 한참 동안 마리우스와 그 친구들을 잊고 있었다. 정신을 차리고 보니 내 옆엔 아무도 없었다.

다들 어디 있는 거지.

나는 벙커에서 밖으로 나와 공터에서 술을 마시는 무리 속에서 마리우스를 찾았다. 이거 또 얠 잃어 버린 게 아닐까. 주소도 모르는데. 두리번 거리며 아는 얼굴을 찾고 있던 바로 그때였다.

하얀 옷을 입은 마리우스가 맨발로 밖을 헤매고 있었다. 무언가를 찾는 기색이었다. 사람들에게 무언가를 물어보는 듯한 모습, 담배를 물고 있던 한 여자가 마리우스를 바라보며 옆에 있는 친구에게 말했다.

"쟤 아프네. 정신병자군."

나는 눈을 똑바로 뜨고 그녀를 노려 보았다. 내 적의를 담은 눈빛을 의아하게 여기는 그녀를 뒤로 하고 나는 마리우스에게 다가갔다.

"도대체 너 뭘 찾는 거야?"

"운동화. 안 보여서."

나는 공터에서 그와 같이 운동화를 찾았다. 한참 후, 나무 옆에 던져진 신발 한 쪽을 찾았다. 나는 땀내로 절여진 그의 신발을 마리우스 쪽으로 던졌다.

"일단 신고 있어 봐."

고고하게 콧대 세우면서 정신병자라고 욕 한 여자 꼴 보기 싫어서라도 내가 너 신발 찾아내겠어. 클럽에서 바닥만 찾아보기를 삼십 분, 기어코 나는 지하에서 공터로 올라오는 계단에서 그의 한 쪽 신발을 찾아냈이다. 약에 취한 마리우스가 여기저기 돌아다니다 신발을 떨어뜨린 모양이었다. 나는 열기를 식히는 환풍기가 있는 곳에서 담배를 피우는 마리우스 앞으로 신발을 가져갔다. 취기가 좀 가셨는지 그의 허여멀건한 얼굴에 핏기가 돌았다.

"난 네가 이런 애인 줄 알았어. 말은 차갑게 해도."

이런 애가 무슨 애인지 내 알 바 아니었다.

"가자, 여기서 너 정신 나간 사람인 거 굳이 더 광고할 거 없잖아."

그때였다. 그가 돌아서는 내 팔목을 잡았다.

"그거 알아? 서로 너무 잘 알 것 같은 사람이랑 너무 일찍 엮여버리면 이상한 기분. 왜 서로 조금 더 늦게 만나지 않았을까 아쉬운 거. 나한테 네가 그래."

알다가도 모를 말이었다. 자고로 술 취한 사람의 말은 새겨듣는 거 아니랬다. 하물며 방금 약을 한 사람 말을 내가 들어 줄 리 만무했다. 가만히 서 있은 나를 보던 마리우스의 말이 빨라졌다.

"나, 정신과 육체를 분리시키는 훈련을 하고 있거든. 한 사람에게 둘 다 몰빵하면 힘들어져서. 근데 간만에 인내심이 좀 흔들려.”

횡설수설하는 그가 꼴 보기 싫었던 나의 목소리가 높아졌다.

“집에 가자. 너 지금 취했어?”

“아니, 안 취했어.”

“그럼 그냥 차 끌고 베를린 올라가자. 너, 운전할 수 있겠어?”

그가 다시 운전대를 잡은 것은 세 시간 후, 새벽 다섯 시였다. 어슴푸레 일출이 올라오는 시간. 나는 그날, 그가 운전하는 차를 타며 사실 오늘 죽어도 상관없겠거니 했다. 오늘 죽는 것만큼이나 나는 그가 자신과 어울리지 않는 도시를 헤매며 정신병자 소리를 듣고 있는 꼴을 내 눈으로 보기 싫었다. 왜 이렇게 화가 났을까. 사실 그의 행동만 보자면 그 단어만큼 잘 어울리는 말도 없을 텐데. 나역시 뒤에서 저 새끼 미친 놈이라고 수차례 욕 했으면서. 마치 아빠 욕을 실컷 하다가도 밖에서 기죽어 집에 돌아오는 아빠를 보면 한없이 짜증 나는 기분이었다. 나는 언제부터인가 그가 하는 표면적인 말을 전혀 듣고 있지 않다는 것을 깨달았다.

진짜 괜찮을 리가 없는 거잖아, 아빠가 그렇게 죽었는데도.

수습되기 힘든 내면의 균열이 만드는 인격의 분열을 처음으로 목격한 밤이었다. 아버지를 부정하는 그의 마음은 오랜 시간 그의 아버지를 놓지 못하는 데서 오는 반항이 아닐까 싶었다. 1도 모르는 그의 어머니의 행동은 내게 있어 방임에 가까웠다. 제대로 애도 되지 않았을 듯한 시간, 그는 아버지의 자리를 대신할 것을 찾지 못하고 현재 있지도 않은 아버지에게 반발하며 상실 감을 회피하고 있는 것은 아닐까. 고도로 발달된 언어로 무의식을 감추려고 할수록 모순은 더 크게 드러나는지도. 언어로는 진실을 감출 수 없다. 그런 데 쓰라고 있는 것도 아니고.

네가 거짓말을 하고 있다고 탓하고 싶은 게 아냐, 너도 네 문제가 뭔지 모르고 있을 테니까.

다음 날, 나는 베를린의 집 구하는 사이트에 메일을 뿌리기 시작했다. 생각 이상으로 베를린에서 집 구하는 것은 어려웠다. 메일을 백 개 뿌려도 답장을 받는 것은 열 개도 되지 않았다. 나는 사방으로 돌아다니며 집을 세놓은 사람을 만나러 다녔다. 자신은 채식주의자이니 냉장고에 육류와 계란을 놓으면 안 된다고 요구하는 개발자부터 이십사 시간 테크노를 틀어 놓는 클럽 디제이, 섹스 체위 요가 강사, 다양한 사람들을 만났다. 하지만 그 자리의 대화가 아무리 화기애애 한들 내게 돌아오는 대답은 모두 거절이었다. 빨리 이사를 가고 싶은 마음에 초조하게 헤매던 어느 날, 밤 늦은 시간 차가운 비를 흠딱 맞고서 집을 보러 간 나는 그날 감기 몸살에 걸렸다. 아침에 일어나 보니 구내염이 잔뜩 나 있었다. 혀를 굴리며 구멍난 곳을 살살 세어 보니 정확히 모두 열여섯 개였다. 물을 마시니 입이 타들어가는 고통을 느꼈다. 나는 아무것도 먹지 못하고 꼼짝없이 매트리스에 누워 천장을 바라보았다. 열 기운에 오락가락 의식을 헤매고 있을 때, 수연이에게 연락이 왔다.

"야, 지금 한국 난리도 아니야. 세월호인가 바다에 배가 가라앉아서 학생 삼백 명이 죽어 가는데 넌 또 무슨 난리니. 왜 간 지 얼마 되지도 않아서 그렇게 아픈 거야?"

오후의 교회 종소리가 길게 울리던 날. 나는 공복과 허기 속에서 바다에 홀로 표류했다. 집에는 아무도 없었다. 공교롭게도 부활절 휴일이 끼어 있는 날이었다. 냉장고엔 아무것도 없었다. 주변 약국의 문은 모두 닫혀있었다. 마리우스에게 아무리 연락을 해도 그는 답이 없었다. 오래전부터 부활절이라는 축일, 참 웃기다고 생각했는데. 살아있는 사람 죽여놓고 부활했다고 뒤늦게 그 희생을 기리다니 무슨 뒷북인가 싶어서. 그냥 살아있을 때 믿었으면 좋았잖아. 성스러운 부활절을 냉소한 벌인지 나는 모두가 가족과 모여 즐거운 시간을 보내고 있을 삼 일간 물 한 모금도 삼키지 못하고 뜬 눈으로 밤을 샜다. 토요일 아침, 나는 후들거리는 다리로 억지로 기어가 약국에서 약을 샀다. 손에 약을 쥐니 그제야 마음이 평온해졌다. 입이 아파도 뭘 먹기는 해야 할 것 같아 없는 기운을 끌어모아 장을 봤다. 오 층으로 장바구니를 들고 올라가는 계단에서 몇 번이나 멈춰 서야 했다. 힘겹게 문 앞에 섰는데 대문 앞에 한 아이가 서 있었다. 토끼 인형과 초콜릿 바구니를 들고서. 아이가 내게 물었다.

"여기 살아요? 나 아빠 보러 왔는데. 아무리 벨을 눌러도 답이 없어요."

한눈에 알아볼 수 있었다. 사진으로만 봤던 마리우스의 딸. 독일인답지 않게 유난히 크고 맑은 마리우스의 파란 눈을 그대로 닮아 있는 작은 아이. 나는 고개를 끄덕였다.

"응, 근데 너네 아빠 여기 없는데. 일단 들어와."

문이 열리자마자 로렌은 낑낑대는 소리 하나 없이 순식간에 오 층 계단을 걸어 올라갔다. 총총 집 안으로 들어온 아이가 신발을 벗고 방을 두리번거렸다. 아무도 없다는 것을 확인한 그녀가 시무룩한 얼굴로 부엌 탁자에 토끼 인형과 초콜릿 바구니를 올려두었다.

"진짜 아빠 없네, 나 온다고 저번 달부터 말했는데. 일주일 전에도 우리 통화했는데."

그는, 콜롬비아에 사는 딸이 집에 온다는 사실조차 잊는 사람이구나. 이런 사람이 말한 대로 함부르크에서 나를 데리러 와줄 줄 알았다니 큰 착각이었다. 아이는 마리우스의 방에 들어가 커다란 박스 하나를 꺼냈다. 장난감과 필기도구, 각종 소지품들 속에서 아이는 색연필을 꺼냈다. 엊그제 청소를 하다 우연히 박스 속에서 발견한 옷이 아이의 몸에 엇비슷하게 맞을 것 같아 보였다. 최근까지도 아이는 이 집에서 살았던 것 같았다.

"아빠 요즘도 술 많이 마셔요? 나 있을 때 맨날 술 마셨는데."

뭐라고 대답해야 할지 도저히 몰라서 가만히 있었다. 거짓말을 해도 이미 그게 사실이 아닌 걸 알 나이니까. 로렌의 앞머리에 가려진 상처가 보였다. 실밥 자국과 함께 삼 센티 정도 가로로 길게 꿰맨 흔적. 상처는 꽤나 깊었다. 내가 상처를 보고 있다는 것을 눈치

챈 로렌이 말을 이었다.

"아빠가 던진 맥주병에 맞아서 이렇게 됐어요. 그날 술 취해서 아빠가 맥주병 들고 공 맞춘다고 돌아다녔는데. 그러다 병이 깨졌는데 유리 조각, 내 이마에 튀었어. 우리 엄마 그때 이후로 화나서 아빠 안 봐요. 이번에도 엄마 엄청 졸라서 아빠 보러 온 건데."

내가 부엌에서 아이에게 줄 코코아를 만드는 사이, 아이는 천천히 종이 위에 그림을 그리고 스페인어와 독일어가 뒤섞인 알 수 없는 문장들을 썼다. 빨간 색연필을 손에 쥐고 독일어로 글자를 쓰는 아이의 손이 낭떠러지에라도 선 듯 파들파들 떨렸다.

아빠 사랑해.

아이는 아빠가 없는 집에서 혼자 그 말을 꺼냈다. 사랑. 수신자를 정해 놓았지만 닿을 길 없는 말. 아이가 언제까지 저 말을 일방적으로 되뇌다 포기해 버릴지는 모를 일이다. 오후의 긴 햇살이 로렌의 둥근 머리통을 비추었다. 계단을 오르는 사람들의 발걸음에 아이는 귀를 쫑긋거렸지만 끝까지 문은 열리지 않았다. 로렌이 접어 넣은 카드 위, 노란색으로 쓰인 그 이름, 마리우스. 그는 오 일이 넘어서야 겨우 로렌이 쓴 카드를 읽었다.

"로렌, 집에 왔어? 언제?"

"며칠 됐어. 너 그동안 계속 취해 있어서. 말할 틈이 없었네."

술병이 늘어진 어수선한 부엌. 정리는 또 내 몫이려나. 옆에서 커피를 내리는 나를 보며 그가 물었다.

"뭐가 잘못된 건지 넌 알아?"

대답하지 않았다. 난 그의 무모함에 무방비하게 상처 받는 어린 로렌이 아니었으니까. 말해준다고 네가 내 말 듣고 변할 것도 아니고. 그는 오월 내내 파티를 열었다. 마리우스와 그의 친구는 아침까지 테크노를 틀고 예술에 대해 읊어댔다. 도대체 왜 이웃 주민들이 소음 신고를 하지 않는 것인지 알 수가 없었다. 시끄러운 음악 소리에 날카로워진 신경, 선잠을 자다 깨어 화장실에 가면 마리우스가 내 목에 손을 감고 나에게 칵테일을 주었다.

"너도 마셔, 좀 놀자니까. 브라우니 하나 먹을래?"

브라우니에서 희미한 마리화나 냄새가 났다. 달콤한 빵 속에 이 파리를 넣으면 내가 한 번은 먹을 줄 알았는지. 나는 브라우니를 손에서 흔들었다.

"난 죽었다 깨도 이 향 못 잊을 거야. 십 미터 앞에서 누가 마리화나 피우고 있어도 귀신같이 알아챌걸? 다 네 덕이야."

마리우스가 너털웃음을 지으며 칵테일을 건넸다. 나는 마지못해 자리에 앉아 칵테일을 빨며 그들이 하는 말을 들어야했다. 내겐 지루하기 그지없는데 본인들은 뭐가 재밌다고 그렇게 박장대소를 하며 떠들어 대는지. 드문드문 독일어가 들렸다.

"프로이트는 도대체 독일인들에게 무슨 잘못을 한 거야, 괜히 무의식을 발견해서는 우리를 다 정신병자로 만들어 놓았으니."

이제는 하다 하다 프로이트까지 탓하는가. 너네 민족이 원체 미쳐 있으니 그런 획기적인 구상도 가능했던 거라고 말하고 싶었지만 나는 조용히 칵테일만 들이키고 있었다. 지루한 얼굴로 앉아 있는 내 모습을 지켜보던 마리우스가 말했다.

"넌 진짜 이상해, 보통 주변에서 약을 하면 따라하게 되어 있거든. 근데 넌 진짜 끝까지 안하는군. 심지어 약하는 사람들을 눈앞에서 보는데도 아무 반응이 없어. 궁금하지도 않아? 나로선 네가 도대체 어떻게 그렇게 행동할 수 있는지 모르겠어."

서구 사회에서 약이라는 건 사회적 관계망을 만드는 목적도 있다고 하던데 그 말이 틀린 소리는 아니라는 생각이 들었다. 외롭고 힘들다고, 친구 만들겠다고 약을 해야 한다면 지금 한국에 가는 게 나아.

"예를 들면 그런 거지. 난 홀딱 벗은 남자 봐도 자고 싶다는 생각 안 들어. 그런 걸 봐도 아무 생각 안 든다고. 약도 그런 거 아닐까. 약과 나는 절대 관련될 일 없다고 선 그어 버리는 거."

"너 진짜 남자 나체를 제대로 보고서 하는 소리야?"

"뭐래. 아무 생각 안 든다니까."

술기운이 감돌자 확 생각났다. 삼 일 전, 아침 느지막이 샤워를 하고 난 후 입고 있던 샤워 가운을 거의 반쯤 나체에 걸쳐 두고 커피를 마시는데 갑자기 마리우스가 문을 열었다. 순간의 정적. 노크를 안하고 갑자기 문을 여는 그의 버릇이 이런 사태를 불러일으킬 줄 몰랐던 지라 당황했지만 당황하는 티를 내면 더 어색할 것 같아

나는 그냥 웃어 버렸다.

"미안, 날씨가 좋아서 발코니에서 담배 좀 피우려고 했는데. 네 방이 하도 조용해서 아무도 없는 줄 알았거든."

설사 누군가가 있었다 하더라도 그는 그냥 문을 열었을 거란 사실을 알고 있다. 가끔 혼자 방에 있을 때에 자주 일어나던 일이었다. 나는 고개를 끄덕이고 아무렇지도 않은 척 샤워 가운을 여미고 커피를 마셨다. 발코니에서 담배를 피우던 마리우스의 머리카락 한 올 한 올에 오후로 넘어가는 뜨거운 빛이 걸려 들었다.

솔직히 처음부터 그와 같이 산다고 할 때부터 위험하다고 생각은 했어. 우리 둘 다 서로에게 끌릴 만한 성적 매력은 분명히 가지고 있었으니까.

"난 그때 너 벗은 거 보니까 궁금하긴 했어. 괜히 피곤해질 일 만들기 싫으니까 생각 안하려고 노력하는 거지만."

그건 나 역시 마찬가지야, 난 네가 네 방에 몇 명의 여자를 데리고 들어가는지 아무 관심 없어. 그게 내가 아니라면 상관없다고. 오히려 너의 활발한 성생활을 장려하고 싶을 정도니까. 나는 더 크게 그의 말을 받아쳤다.

"그 목적이 동일해서 일단은 우리가 같이 살 수 있는 거야."

"그래, 난 그래서 우리가 정신적인 파트너가 될 수 있다고 생각해. 일단 서로의 예술과 삶의 방향을 지지하고 있잖아. 피곤한 일 싫고."

지지는 무슨. 그냥 네 삶이 무너지지 않게 좀 지탱해 주는 것뿐이야. 그때, 차에서 네 아버지 이야기 안 들었으면 이런 배려는 없었어. 그가 오백 밀리리터 맥주를 버릇처럼 이십 초 안에 삼켰다.

일어나자마자 수두룩하게 쌓인 술병을 정리하며 아침을 맞아야 하던 날들. 파티가 끝난 후의 청소는 늘 내 몫이었다. 아무리 청소 좀 하라고 메시지를 해도 그는 손 하나 까딱하지 않았고, 낡은 차를 끌고 독일 전역을 돌아다니기만 했다. 집으로 계속해서 날아오는 각종 고지서와 수두룩한 벌금 내역들. 나는 소란한 세계에 서서 그가 말하는 자유를 내려다보았다. 이것이 그들이 말하는 베를린의 자유라면 나는 그 속에 절대 편입되고 싶지 않았다. 책임이 결여된 자유는 쓸쓸한 방종일 뿐. 우울증이 심해진 나는 수연이와만 대화를 했다. 날카로워지는 내 상태를 걱정하던 수연이는 추석 휴가를 좀 더 늦게 쓰고 시월 중순에 내게 오겠다고 말했다. 도저히 늘지 않는 독일어 때문에 위축된 여름, 마리우스의 기행들이 줄줄이 이어 지던 그 여름. 니코가 다시 나에게 연락을 했다. 호기롭게 먼저 날 페이스북 친구 목록에서 삭제하더니만 이제 와서 왜 또 연락하는지. 네가 이렇게 변덕스러운 남자인 줄 몰랐는데.

〈베를린에 있나 보군, 잘 지내?〉

그의 질문을 무시한지 일주일 후, 그가 다시 내게 메시지를 보냈다.

〈네가 꿈에 종종 나오더라고, 무섭도록 현실적으로〉

나는 그의 얼굴이 전혀라고 말해도 무방할 만큼 기억나지 않았다. 그래도 처음 독일에 살 때는 그에게 꽤 의지했던 것 같은데. 내 차가운 태도에 그는 섭섭한 듯 보였다. 연락이 오면 내가 버선발로라도 뛰어가서 반가워할 줄 알았나. 나의 모든 신경은 마리우스에게 쏠려 있었다. 그의 방황은 하루 이틀 내에 끝날 수준이 아니었다. 하루라도 빨리 그 집에서 벗어나는 것이 나의 목표였다. 집 안에서 좀처럼 사라지지 않는 마리화나 냄새가 날 미치게 만들었다. 집을 구하기 시작한지 삼 개월이 지나서야 겨우 호주로 떠나는 여자의 스튜디오를 오 개월 가량 렌트할 수 있게 되었다. 크로이츠 베르크 지역. 나는 마리우스에게 이사를 통보했다. 우리의 마지막 만남은 썰렁했다. 열쇠를 부엌 식탁에 올려놓고 캐리어를 옮기던 날, 내 후각에서 영원히 지워지지 않을 것 같은 각인을 새긴 마리화나 냄새를 뒤로 하고 그 집에서 빠져나왔다. 마리우스에게서 벗어나면 좀 더 상황이 좋아질 줄 알았는데 그건 또 아니었다. 나의 우울은 점점 가속되었다. 매일 학원을 가고 독일어 단어를 외워도 계속되는 정체기, 도대체 어떻게 독일어를 그렇게 빨리 배웠던 것인지 의아했다. 하루 종일 좋든 싫든 독일어로 게임질하던 노아부터 크리스에 둘러싸여 있던 게 큰 도움이라도 되었던지 그걸 어떻게든 하고 싶어서 나 자신을 들볶아서 그런 것인지. 이렇게 시간이 가면 내년 여름에도 독일어 시험을 합격하기 어려울 것 같았다. 천천히 다시 해보자, 급하게 해봤자 안 되는 건 안 되는 건데. 조급한 마음을 애써 달래 보려고 노력했지만 스트레스는 몸에 그대로 축적되었다. 그러고 보니 아는 오빠에게 전해 들은 이야기가 하나 있었다.

"여자친구가 그림 그리는 사람이라 예술하러 유학 온 한국 여자 애들 수없이 많이 봤는데, 예술하는 사람치고 한 번도 우울증을 극복한 여자를 못 봤어. 보통 겨울에는 다 아프더라. 한 번은 알던 누나가 졸업 앞두고 살이 이십 킬로 넘게 찐 거야. 갑자기 성격이 확 변해서 주변 지인들과 모두 연락이 끊기고. 졸업할 때쯤엔 슈투트 가르트 교향악단에서 좋은 제의도 받았는데. 누나 전부 다 거부하고 졸업하고 나서 바로 한국으로 돌아갔어. 그리고 딱 육 개월 지나 누나가 청첩장을 보낸 거야. 다행히 내가 그때 한국에 있어서 결혼 식에 참석했는데. 깜짝 놀랐네, 그 짧은 시간 동안 그 전에 찐 살 다 빼고 식장에 앉아있길래. 누군가 했잖아. 나중에 누나한테 왜 그렇 게 급하게 돌아갔냐고 물어보니까, 누나가 그러는 거야. 결혼하고 싶어서 그냥 한국에 돌아왔다고, 그렇게 독일에서 살다 보면 평생 우울하게 지내다 어느 날 갑자기 죽을 것 같았다고."

나는 예술하는 사람도 아닌데 왜 이렇게 우울한 거지. 아침에 눈 을 뜨면 이불을 뒤집어 쓰고 혼자 울었다. 차인 것처럼, 당장 죽을 것처럼. 소통할 수 없는 사람들에 둘러싸여 매일을 말없이 버티는 것은 생각보다 더 힘들었다. 내 독일어 구사력은 모국어를 독일어 로 쓰는 다섯 살 로렌 수준에도 미치지 못했다. 몇 년 공부하면 페 터 한트케도 카프카도 금방 읽을 줄 알았는데 아니었다. 점점 정신

나간 글자를 페이스북에 써댔다. 내가 일으킨 감정의 거품에 휘젓긴 글자들. 누군가에게 이해받자고 쓰는 글이 아니었다. 아무도 나를 이해하지 못하는 이곳의 상황, 내면에 갇힌 나 자신에 대해 쓸 뿐이었다.

〈일전에도 말했지만, 베를린은 살기 힘든 도시야. 모두가 자유를 말하지만 진짜 자기 자신으로 존재하기 대단히 힘든 도시지〉

내 사정을 전해 들은 니코가 짧게 코멘트했다. 그리고 어째서인지 그의 연락은 잦아졌다. 그의 걱정이 별달리 마음에 와닿지 않았던 나는 성의 없는 답변으로 일관했다. 다시 그와 피곤한 상황을 만들고 싶지 않았다.

그 사이, 수연이가 처음으로 베를린에 왔다. 나는 수연이가 도착하기 이틀 전부터 대청소를 하고 장을 봤다. 일찌감치 테겔 공항에 도착한 나는 수연이가 도착할 게이트 앞에서 설레는 마음으로 그녀를 기다렸다. 수연이가 바람막이를 입고 삼선 슬리퍼를 질질 끌고서 밖으로 나왔다. 여름 내내 빛을 전혀 보지 못한 사람처럼 희멀건 얼굴로. 피곤에 절어 캐리어만 간신히 끌고 온 그녀의 상황이 눈에 그려졌다. 맨몸으로 여기까지 와준 그녀에게 고마웠다.

"너 베를린이 어떤 도시인지 좀 알고 있어? 좀 찾아봤어?"

"나 진짜 베를린 하나도 몰라. 네가 있어서 온 거야. 너 여기 없었으면 절대 안 왔어. 게다가 시간이 어딨니. 퇴근하고 바로 비행기 탔는데."

그 말을 하는 수연이의 머리카락이 바람에 흔들렸다. 긴 머리, 나보다 한참 작은 키. 우리는 지하철을 탔다. 바샤우어 슈트라세역에서부터 다리를 건너 그녀와 함께 걸어 오던 밤. 아무런 준비 없이 나만 보자고 이곳에 온 한 사람. 떡대라면 세상 누구도 부럽지 않을 독일 사람들 사이에서 수연이는 너무 작아 보였다.

애, 완전 여린 여자였구나.

몇 년 동안 알고 지냈는데 처음 그 사실을 알게 되었다. 만 킬로미터 넘는 거리에 내가 있다고 여기까지 이렇게 아무 생각 없이 날아올 수 있는 사람은 지금 내 인생에 아무도 없었다. 돈 좀 있으면 좋은 곳 놀러가려고 하는 게 사람 마음이지 누가 노잼 독일에 오겠어. 비가 추적추적 내리는 흐린 가을날 나 하나 보자고 이 어두운 베를린에 오기는 힘든 게 사실이니까. 원체 베를린의 가을 날씨가 을씨년스럽다지만 또 왜 수연이가 온 날부터 하필 이렇게 긴 비가 내리는지 날씨가 야속했다. 나는 수연이와 알렉산더 플라츠, 베를린 돔부터 브란덴부르크 토어까지 걸었다. 공사가 한창 진행 중인 길을 스쳐 지나가며 수연이가 말했다.

"왜 네가 이렇게 베를린을 싫어하는지 알 것 같아. 공기가 무거운데. 왜 이렇게 몸이 찌뿌둥한 건지 모르겠어. 난 이런 데 집 하나 공짜로 내줘도 못 살 것 같아."

나만 이런 날씨에 몸서리 치는 줄 알았는데 수연이에게도 이 동네 공기는 불편하게 느껴지나 보다. 집에 도착했다. 나는 수연이에게 소세지를 구워 주고 함께 맥주를 마셨다. 수연이는 내 부탁으로 가지고 온 카프카의 산문집을 건네주었다.

"생각해 보니 나 문창과 나오고도 카프카를 한 번도 안 읽었더라고. 비행기 안에서 책 좀 들추어 봤는데, 뭔 소리를 하는지 도통 이해가 안 가던데. 네가 보통 정신 나간 애가 아니라는 게 느껴지더라. 세상에 누군가는 이런 걸 진심으로 읽고 좋아하는구나 해서. 너 이 사람 책 몇 번이나 봤어?"

"그걸 어떻게 일일이 세. 넌 우리 만날 때마다 숫자 세고 있냐."

"너 이 사람 유명한 거 알고 그렇게 읽어댄 거지?"

"전혀. 열일곱에 독일에 대해 내가 알고 있는 게 뭐가 있었겠어. 사람들 잘 모르더라, 카프카 좀 웃긴 사람이 아닌데. 빵빵 터져야 되는 한국식 유머는 아닌데 모르겠어, 인물이 처한 상황이나 표현들 읽어보면 웃긴 게 꽤 많아. 공감도 가고."

"이런 게 재밌다고 느낀다니 네가 괜히 독일에 사는 게 아닌 건 확실하네. 세희야. 너네 운명이야. 운명 공동체."

우리는 그 밤, 버스를 타고 프라하로 향했다. 카프카의 도시. 머리만 대면 잠드는 수연이 옆에서 나는 카프카의 책을 읽었다. 서유럽의 끝 베를린에서 동유럽의 시작인 프라하로 가는 길. 아무리 초등학교 때부터 독일어를 배웠다 해도 유대인 가정에서 태어나 프라하에서 거주한 카프카와 독일은 상당히 거리가 멀었다. 독일 사회에도 유대인 가정에도 제대로 속하지 못하던 카프카는 혼자 독

일어로 글을 썼다. 모국에서 외국어로 글을 쓰다니 일부러 고독을
택한 것인가. 그 집념의 크기가 잘 상상되지 않았다. 세상 어디라도
데굴데굴 굴러다닐 수 있을 것 같은 카프카. 늘 타인을 기쁘게 해주
고 싶었던 카프카. 내가 읽었던 카프카는 그렇게 우울하고 광폭한
사람만은 아니었는데.

　우리는 프라하에 도착하자마자 민박집에 짐을 던져버리듯 구석
에 처박아두고 밖으로 나갔다. 프라하는 구릉지대여서인지 경사진
길이 많았다. 길거리에서 노래를 부르는 악사들의 음악을 스치며
우리는 광장 쪽으로 걸었다. 중세의 시간이 구불구불 접힌 좁은 골
목길이 눈앞에 펼쳐질 때, 우아한 여자의 목선에 걸린 긴 머리카락
처럼 불빛이 물결 쳤다. 베를린을 별달리 맘에 들어하지 않던 수연
이는 연신 탄성이었다. 셀카봉으로 볼에 바람을 넣고 사진 찍기 바
쁜 수연이를 슬쩍 쳐다보고 지나가는 사람들. 그런 수연이가 마냥
귀여워 보였다. 이렇게 친한 친구와 외국에서 여행을 하는 것은 처
음 있는 일이었다. 그 도시가 카프카가 살던 프라하라니 의미를 부
여하지 않을 수 없었다. 우리는 민박집에서 준 이탈리아 와인을 실
컷 마시고 아무도 없는 6인실 공간에서 안경을 쓴 서로의 쌩얼을
보며 낄낄대다 윤종신 노래를 따라 부르고 잠이 들었다.

　다음 날, 프라하 성으로 올라가는 길, 진짜 꿈이 아니었다. 이 도
시는 카프카의 소설 『성』을 그대로 현현했다는 것을 알 수 있었다.
카프카는 문자 그대로 그저 이 도시를 그대로 글자로 투영한 건가.

소설을 눈으로 볼 수 있다니 놀라웠다. 급경사를 한 걸음에 달렸다. 도시 전경을 빨리 보고 싶어서라도 쉴 수 없었다. 카프카 빠순이 신났네 놀리기 바쁘던 수연이가 갑자기 진지한 톤으로 말했다.

"나, 사실 요즘 호주에 사는 내 동창이 갑자기 좋아졌어. 초등학교 동창인데, 올해 봄에 동창회에서 만나고 연락을 계속 하거든. 그러다 보니 이상하게 마음이 쏠리더라고."

"너 남친 있잖아?"

"그렇긴 한데 바람도 아니잖아. 만나지도 않았는데. 잘 모르겠어. 호주 가고 싶어 요즘. 걔 카센터에서 일하는데, 생각보다 수입 괜찮은 것 같더라고. 서울이나 학벌 운운하지 거긴 그런 거 보지도 않잖아. 쥐꼬리같은 월급으로 서울에서 아등바등 사느니 차라리 호주 같은 넓은 땅 가서 캐셔나 할까 싶기도 해."

증권사 다니는 남친 자랑할 때는 언제고 이게 뭔 소리인가 싶었다. 신기하지, 보이지 않는 사람에게 우리는 더 마음을 쉽게 뺏겨. 만 킬로미터의 거리 사이에 마음을 놓고 와서는 죽어라 피워댄 담배 때문에 병원 침대에서 처량하게 누워있어 봤던 나는 그 상황을 이해할 수 있었다. 상황을 미리 내다보는 머리를 잘 따라가지도 못하면서 제 의견 주장하는데 한없이 서툰 마음. 마음은 억지로 머리를 질질 따라가다가 나중에서야 갑자기 폭발하더라고. 사실은 그게 진심이 아니었는데, 내가 하고 싶던 건 그게 아니었는데 하면서 마음은 극단적인 순간에서 자신을 드러내더라고. 현실에 떠밀려 죽고 싶지 않아서인지. 그래서 나는 수연이에게 정신 차리라고 말하고 싶지 않았다.

"가고 싶으면 가보면 되지. 여행도 할 겸. 너네 아직 아무 사이도 아니잖아."

"그치, 그래도 되는 거지? 휴가 받으면 내년에 꼭 호주에 갈래. 가서 서핑도 하고 다이빙도 하고. 아니다, 아예 회사 때려치우고 갈까 봐."

신나게 맞장구를 치며 수연이가 말했다. 그녀의 목소리가 흥분으로 한껏 달아올랐다. 그래, 넌 세상을 모른다고 남한테 꼰대질이나 하면서 연봉 자랑이나 하고 나 잘났다고 똥 폼 잡는 어른이 되는 건 지루하니까. 어차피 똑같이 뒈질 인생인데 하고 싶은 거 하고 살다 죽는 게 좋지 않을까. 어떻게든 꿈을 현실화시키기 위해서 내가 기어코 여기 온 것처럼. 그렇게 끝없이 객기를 부리고 싶은 날. 환한 햇살 속에서 나는 카프카 기념품을 구경하고 수연이와 맥주를 마셨다.

베를린에 돌아오자마자 또다시 장대비가 내렸다. 우리는 다음 날 아침 새벽부터 일어나 드레스덴으로 향하는 버스를 타러 갔다. 졸린 눈을 비비며 겨우 수연이가 따라 나섰다. 양말도 짝짝이로 신고서. 당일치기로 무리해서 드레스덴 일정을 넣었는데 무리였던 걸까. 회색 구름이 숨막힐 정도로 잔뜩 몰린 창 밖 풍경을 바라보며 멍하니 수연이가 말했다.

"그 동창, 어젯밤 꿈에 나왔어. 우리 키스했거든. 너무 생생해서 소름 끼치더라고. 꿈에서조차 죄책감을 느꼈다니까. 미쳤어, 박수연."

내게 그런 말을 하던 사람이 기억났다.

〈네가 꿈에 종종 나오더라고, 무섭도록 생생하게〉

진짜 꿈은 금지된 욕망의 출구인가. 출발시간 오 분을 남기고 우리는 간신히 버스를 탔다. 좌석에 착석하자마자 버스가 출발했다. 그런데 그녀가 자신의 주머니를 뒤지더니 핸드폰을 잃어버린 것 같다고 말했다.

"그거 내가 알바한 돈으로 산 첫 스마트폰 인데. 완전 아끼는 거라고. 삼 년 넘게 썼어."

나는 수연이의 핸드폰 번호로 전화를 걸었다. 신호음이 끊기고 한 독일 여자가 전화를 받았다. 그녀는 내일 저녁 자신의 퇴근 시간 이후 방문을 해주었으면 좋겠다고 말했다. 나는 핸드폰을 습득해 주어서 감사하다는 인사를 하고 전화를 끊었다.

"로밍을 해뒀으니 망정이지. 새 폰이었으면 못 찾았을 수도 있는데 다행이다. 내가 내일 학원 끝나고 핸드폰 받아올게."

핸드폰 소재를 확인한 수연이의 기분이 좋아 보이지 않았다. 그녀는 잔뜩 짜증 난 얼굴로 내게 말했다.

"그러지 말고 그냥 지금 찾으러 가면 안 돼? 사진도 못 찍고 이게 뭐야."

"내 핸드폰으로 사진 찍어. 집에 가서 보내 줄게. 이미 버스 탔는데, 게다가 돌아올 버스 표도 예약 다 해놨잖아. 여긴 한국처럼 매표소로 뛰어가 당장 표를 살 수 있는 곳이 아니야."

"여긴 그렇다 쳐도 내일 낮에 너 학원 가면 혼자 돌아다녀야하는데 난 어떻게 하냐고."

고집부터 부리는 수연이가 이해되지 않았다. 핸드폰을 주워 준 사람도 사정이 있는데. 드레스덴에 도착한 수연이는 주변 경관을 보는 둥 마는 둥 하며 계속 툴툴댔다. 나는 지금 사 일 내내 잠 한숨 제대로 못 자고 그녀를 챙기고 있는데, 심지어 핸드폰까지 찾으러 생판 모르는 남의 집까지 찾아가야 하는데 그녀는 왜 내 노력을 몰라주는 걸까. 베를린으로 돌아가는 버스 안에서 그녀에게 말했다.

"나, 지금 최선을 다하고 있어. 좀 참아 줄래. 여긴 네가 하고 싶다고 쉽게 다 되는 곳이 아니야."

그 말을 들은 수연이는 침묵했다. 한참 지나서야 수연이가 조심스레 말을 꺼냈다.

"미안, 나 왜 이렇게 못났니. 이곳에서 아무것도 제대로 혼자 못하고 무기력 해지는 내가 더 짜증 나더라고. 서울에서는 이러지 않았는데, 어디가 어딘지도 잘 모르겠고. 그래서 너한테 더 기대고 화낸 것 같아. 나도 내가 외국에서 이렇게 헤맬 줄 전혀 몰랐어. 배낭 여행이랑은 또 다르네. 너무 준비 없이 온 건가 싶기도 해. 미안해."

수연이의 말을 들으니 알 것 같았다. 베를린은 나에게도 타인에게도 살기 쉽지 않은 곳이라는 것을. 누가 산다 한들 나 같은 모습일지 모른다고. 다음 날 나는 수연이에게 열쇠를 건네주었다. 혼자 다녀도 괜찮으려나. 하기야 우리 뭐 스물일곱이나 먹었는데. 그리고 수연이가 다시 보고 싶다는 길은 나랑 한 번 같이 걸어 본데다 집에서 멀지 않으니까 집까지 알아서 오겠거니 싶었다.

수업이 끝난 후, 나는 혼자 핸드폰을 찾으러 갔다. 장대비가 내렸다. 비 때문에 핸드폰을 꺼낼 수도 없었다. 좀 쉬었다 갈까 싶었지만 수연이가 집에 돌아오기로 한 시간이 얼마 남지 않았기에 나는 사방을 뛰어다니며 길을 찾았다. 간신히 집을 찾아낸 후, 나는 급히 벨을 눌렀다. 갤럭시 3. 작동이나 될까 싶은 이 오래된 핸드폰을 수연이는 그렇게 애지중지하며 썼다니. 나는 핸드폰을 받아들고 신나서 뛰다시피 기차를 탔다. 수연이가 도착할 시간에 맞추어. 비가 그치고 난 청명한 밤, 나는 그녀를 기다렸다. 그런데 약속 시간 삼십 분이 넘어도 수연이가 집에 오지 않았다. 혼자 보내지 말걸, 머리 속에서 수도 없이 드는 후회. 이 동네, 베를린에 약 장수 진짜 많은데 어디서 해코지라도 당하는 건 아닌가 별별 생각이 들었다. 그러고 보니 저번 주에 어떤 여자가 괴를리츠 공원 뒤편에서 성폭행 당했다고 목격자를 찾으러 수사 나온 경찰관도 봤었는데. 그녀가 돌아오기로 한 시간이 점점 지나가자 나는 패닉이 되었다. 무슨 일이라도 생기면 수연이네 어머니 얼굴을 어떻게 보지. 긴장과 걱정에 오금까지 저려 왔다. 민폐라도 어제 저녁에 가서 핸드폰 받아올 걸, 핸드폰을 주고 밖에 내보냈어야하는데. 나는 니코에게 다급하게 연락을 했다.

〈친구가 지금 밖에 나갔는데, 집에 오기로 한 시간이 지나도 오지 않아. 나 괴를리츠 슈트라세 사는데 혹시 개한테 무슨 일 생긴 거 아닐까 해서. 두 시간 넘으면 경찰서에 갈 건데 여기선 경찰이 사람도 찾아 줘?〉

〈도대체 너 왜 그렇게 위험한 곳에서 사는 거야? 거기가 어떤 곳인지 뻔히 알면서?〉

〈내가 여기 살고 싶어서 사니? 집이 없다고〉

그는 나에게 호통을 치고는 경찰서에 가서 신고를 해도 별 효과가 없을 거라며 여차하면 자기가 베를린에 올라 오겠다고 말했다. 운전하면 세 시간 안에 도착하니까 새벽에 같이 찾아보자면서. 지금까지 겁 안 난 거 아닌데, 이 동네 사는 거. 근데 나보다 수연이가 잘못될 수 있다는 생각이 나를 몇 배나 불안하게 만들었다.

〈별 일 없을 거야. 일단 기다려 보자〉

나는 핸드폰을 손에 쥐고 별별 망상을 하며 문 앞 길목만을 보고 있었다. 그런데 저 멀리서 뚜벅뚜벅, 커다란 비닐 봉투와 캔버스백을 멘 수연이가 나타났다. 나는 수연이가 보이자마자 펑펑 울면서 뛰어갔다. 수연이는 영문을 모르고 우는 나에게 물었다.

"야, 왜 그래."

"기지배야. 왜 늦고 그래. 사람 걱정하게."

"걷다 보니까 시간 가는 줄 몰랐어. 핸드폰도 없고. 혼자 보니까 새롭더라고. 이 동네 나름 고풍스럽더라. 건물이 너무 커서 몰라봤

네. 게다가 물건도 엄청 싸던데?"

치약부터 핸드크림, 샴푸까지 봉투가 터지도록 사온 그녀의 모습을 보니 헛웃음이 나왔다. 회사 사람들 욕할 때는 또 언제고 허리 휘도록 그들의 선물을 챙기는 정성은 또 뭐래. 나는 핸드폰을 꺼내 수연이에게 건넸다. 수연이가 핸드폰을 건네 받으며 말했다.

"이게 뭐라고 너한테 그렇게 심술을 부렸니. 핸드폰 없으니까 주변 경관이 더 잘 보이더라고."

저녁 늦게 니코에게 다시 연락이 왔다. 나는 수연이가 무사히 귀가했음을 알리고 잠이 들었다. 아침 아홉 시, 수연이는 짐을 싸고 나는 식사를 준비했다. 마지막 날.

"나, 네 걱정 진짜 많이 했는데, 이제 안 그래도 될 것 같아. 넌 내가 절대 못할 걸 하고 있는데. 잘하고 있어, 앞으로는 더 잘 할 거야."

그녀는 그 말을 남기고 공항으로 가는 S반을 탔다. 수업을 듣고 돌아오는 길, 비 젖은 거리에서 미끄러졌다. 물기와 피가 섞여 욱신대는 무릎을 질질 끌고 엘리베이터도 없는 사층 집까지 기어올라와 흐르는 물에 상처를 닦았다. 집이 텅 비어 있었다. 단 한 사람이 빠져나갔을 뿐인데 모든 것이 사라진 것 같았다. 난, 어쩌면 이곳에서 나와 피와 살이 통하는 단 한 사람이 필요했을지도 모르겠다. 창문을 열어 놓고 맥주를 마셨다. 마리우스 말이 맞나. 우울은 숙주를 찾아 헤매나 봐. 자꾸 내게서 혈관을 찾는 베를린. 베를린은 우울하다 못해 진짜로 죽어 버릴 수 있는 도시였다. 멀리서 볼 땐 베를린이 한없이 자유롭고 멋져 보였는데 안에 들어와보니 이 도시만큼 나의 약한 마음에 위협적인 대상은 없었다. 나를 가장 위험하게 만드는 것은 바로 이 마음이라는 것을 세차게 깨달았다.

〈이런 도시에서 왕가위 영화 같은 소설 하나 써야 되는데〉

〈하긴. 베를린은 홍콩 느와르 같은 분위기가 있지. 어둡고 공기도 차고. 법과 도덕의 경계도 모호하고〉

수연이를 계기로 나와 니코는 다시 가까워졌다. 거리에서 갑자기 발걸음을 멈추고 문득 사람들의 발에 짓이겨진 단풍잎을 바라보았다. 엽록소를 잃고 떨어지는 낙엽을 밟으며 걸었다. 뭉그러진 단풍물이 돌바닥에 스며 들고 있었다. 그 얼룩, 겨울이 지나면 눈에든 비에든 씻겨 사라지는 건가. 아무도 치우지 않는 단풍의 행방이 궁금했다. 내가 가장 두려워하는 독일의 겨울이 다가왔다. 어쩌다 비라도 내리면 낙엽이 운동화에 잔뜩 붙어 미끄러울 만큼 낙엽이 떨어졌다. 비 내리고 축축한 저기압 날씨를 견디지 못하고 반복해서 토하기 일쑤였다. 고산병처럼 귀가 멍하고 현기증이 나서 코를 틀어 막고 감압을 했다. 귀에서 뽕뽕 대고 압력이 터지는 날도 있었다. 지상에 사는데 왜 비행기를 타듯이 매해 이런 현상을 겪는지, 지상으로 내려가고 싶은데 가을의 바닥이 어디인지 알 수 없었다. 을씨년스러워질수록, 쌀쌀한 바람이 불어댈수록 애꿎은 낙엽만 차대며 하릴없이 니코의 메시지를 기다리기 일쑤였다. 그의 연락은 점점 줄었다. 바쁘다는 말과 함께. 또 다시 반복된 카르마.

〈너, 한국어로 어장 관리가 무슨 뜻인지 알아?〉

〈그게 뭐야?〉

〈좋아하지도 않는 사람, 괜히 잡아 두는 거. 버리긴 아쉽고 갖자니 썩 내키지 않으니까, 만만하니까 그냥 가지고 있어보는 거. 지금 이 상황이야말로 어장의 결정체 아냐. 나는 너에게 잡힌 물고기야. 바다로 탈출하고 싶은데 난 길치거든. 그러니까 이렇게 헤매고 있잖아, 네 어장 속에서〉

〈글쎄. 그렇다면 넌 가장 복잡한 물고기겠군.〉

복잡한 물고기. 그는 나를 그렇게 불렀다.

새벽까지 클럽을 쏘다니고 집에 오는 길, 일곱 번쯤 약장수가 내 팔뚝을 잡았다. 안 산다고요, 나는 날카롭게 소리쳤다. 실랑이를 하다 가방까지 뺏길 뻔했다. 길거리에 아무도 없었다. 간신히 그의 팔을 풀고 공포에 질려 집까지 뛰었다. 이슬비인지 땀인지 흠뻑 젖은 몸, 집에 와서도 긴장이 풀리지 않았다. 남은 와인을 털어 마시고 억지로 잠에 들었다. 눈을 떴다. 아침 열 시. 아래층에 내려가 슈퍼에서 맥주를 샀다. 음악을 틀어 놓고 맥주를 마셨다. 알코올 기운이 혈관을 밀고 들어왔다. 한 시간이 지나자 속이 아려 왔다. 화장실로 뛰어가 위액을 토했다. 어디까지 마셔야 죽나 궁금했다. 그나마 내가 기댈 수 있는 것은 약간의 글자와 음악뿐이었다. 열린 창문으로 가지에 얼마 남지 않은 낙엽이 바람에 스치는 소리가 들렸다. 모처럼 햇빛이 비치는 가을 날씨, 아직 푸릇하다가도 묽은 노란 빛을 띠면서 나뭇가지에 대롱대는 잎사귀들을 바라보았다. 이곳에 있는 무엇과도 연결되지 못하고 대롱대롱 매달려 간신히 버티는 내 꼴이 곧 바닥에 떨어질 낙엽과 다를 바 없었다.

〈의욕이 없어. 난 그냥 글러 먹었나 봐〉

〈헛소리하지 마. 너처럼 눈부신 병신미를 가진 애가 어디 있다고. 너 없으면 나 재미없어서 못 살아〉

수연이가 말하는 내 병신미라는 거 도대체 뭘까. 포켓몬의 멍청하기 짝이 없는 잉어킹이라도 되는 걸까. 물고기 주제에 수영도 못하고 그저 할 줄 아는 건 꼬리를 파닥대며 둔한 몸뚱이를 움직이는 것뿐. 걔는 진화라도 하던데 나는 뭐야. 아무리 니코의 마음을 읽고 싶어 바짝 다가가려고 해도 그는 잘 보이지 않았다. 진짜 그가 독일에 있긴 한 건지 의심스러울 지경이었다. 하긴 우리, 실제로는 세 번 밖에 안 만났으니까. 그것도 벌써 이 년 전 일이고. 그의 얼굴은 이미 기억도 안 난지 오래였다. 얼굴 좀 보자는데 왜 바쁘다고만 하는지. 그러면서 내가 보내는 메시지에 왜 답변은 꼬박꼬박하는지. 저렇게 대화만으로 어른스럽고 섹시한 사람은 도대체 몇 차원에 있는 건가. 나는 마이너스 십 차원에라도 있는 건가. 뚫어져라 그와의 대화창을 다시 읽어 보았다. 그가 읽는 책들을 나도 똑같이 읽는데 난 어제도 오늘도 변함없이 멍청할 것 같았다. 독일어는 전혀 늘지 않고 글은 여전히 개판으로 쓰고. 나도 내가 읽고 본 것들과 같은 무게를 가진 문장을 쓰고 싶은데 마음처럼 잘 되지 않아서 우울한 나날들.

언젠가 니코는 페니스를 가리켜 얇은 막에 둘러싸인 혈관 덩어리라고 말했다.

〈성적 자극으로 흥분하면 피가 몰려서 혈관이 팽창되면서 페니스가 발기하는 거야. 자극이란 게 피를 움직이기도 하고 혈관을 확장시키기도 하고 몸에 많은 변화를 주는데. 근데 참 이상해, 그 과정을 제대로 못 풀어내서 수많은 남자들이 노이로제 걸리고 결국 살인나고 그러거든. 발기가 무의식적인 과정이지만 의식과 아예 동떨어져 있다고 할 수도 없어. 사실 무의식의 의식화, 그게 페니스가 발기하는 목적일 수도 있지. 섹스는 어쨌거나 꾸준히 외부와의 결합을 추구하는 행위잖아. 현실 차원에서 무의식과 의식이 딱 결합되기는 힘들어. 그래서 대부분의 섹스가 별로인 것도 있고, 수많은 사이비 섹스 테라피와 수술이 난무하는 것도 있고. 그 불안정한 경로를 어떻게든 설명하려고, 그게 돈이 되니까.〉

나는 니코의 긴 메시지를 보며 생각했다. 무의식과 연결된 글자를 쓰는 건 어렵겠구나. 그러나 반대로 생각해 보자, 어려운 거니까 가치가 있는 거지. 언어를 통해 무의식의 에너지를 끌어올 수 있다면 그 모습은 완전히 다를걸. 정신과 육체가 빈틈없이 결합된 섹스를 생각해 봐, 그만한 희열이 어디 있다고. 난 내 무의식과 의식을 직통으로 연결하는 고속도로를 새로 구축할 거야. 그렇게 되면 더 이상 지금 나를 괴롭히는 무의식과 의식의 시차는 없을 거라고. 지금은 그 매끄러운 연결을 위한 공사 단계니까 참아야 한다고.

나는 지금 멘탈 공사 중이야, 베를린처럼. 그 의식의 증축과 확장의 과정을 보고 싶어서 나도 그렇게 되고 싶어서 이곳에 왔어.

그런 말을 하면 사람들은 이상하게 나를 쳐다보았다. 언제 끝날지 모르는 베를린의 공사판을 이리저리 구경하면서, 어느 정도나 건물이 지어졌는지 무엇이 달라졌는지 확인 하면서 이런 생각을 하는 난 역시 미친년이었다.

그나마 가장 위로가 된 현실은 낡은 빈티지 엽서의 한 사진 같던 크로이츠 베르크의 방을 내가 매우 좋아했다는 것이었다. 나는 매일 창문을 열어 놓고 맥주를 마셨다. 난 성냥팔이 소녀인가. 돈도 없고 가족도 없이, 이 겨울에 또 집이나 알아보러 다녀야 하다니. 계약 기간이 얼마 남지 않았던 나는 초조했다. 버릇처럼 성냥에 불을 붙이고 담배를 피웠다. 이것이 내가 가진 마지막 성냥이라면 나는 죽기 전 무슨 환상을 보고 싶어 불을 켤까 궁금해하면서. 시트가 벗겨져서 노란 스펀지가 보이던, 앉으면 스프링이 찌걱찌걱 소리를 내던 소파. 원목으로 만들어진, 짱짱하게 각을 잡아 절대로 흔들리지 않던 무거운 갈색 책상. 비어 있는 듯 하면서도 모든 사물에 열려 있던 나만의 방. 낙엽처럼 낡아가던 시간들. 굳이 클럽을 찾아다니지 않아도 주말이면 어김없이 테크노가 들려오던 그 방에서 나는 혼자 절망적으로 독일어를 끄적였다. 자폐적으로 언어를 배우는 것이 별 효과가 없다는 것을 누구보다 잘 알고 있었지만 이 도시에서 사람을 만나서 독일어를 하기는 너무 어려웠다. 이상한 일이었다. 술 마시는 밤거리에서는 그토록 인류애 넘치며 호형호제하던 사람들이 아침이 되면 차가운 얼굴을 하고 홱 돌아서다니. 사람 사이의 간격이 이렇게 먼 도시가 있을 줄 몰랐는데.

I, I wish you could swim

Like the dolphins, like dolphins can swim

Though nothing,

nothing will keep us together

별다른 소동 없이 가을을 지나 완연한 겨울로 진입하던 십이월 어느 날, 슈프레 강이 꽝꽝 얼어 있었다. 데이빗 보위의 앨범을 들으며 오버 바움 브뤼케를 걸을 때, 나는 묘한 감상에 사로잡혔다. 저 강을 건너다 죽어나간 연인들의 사진을 언젠가 도서관에서 보았던 적이 있었다. 불과 몇십 년 전, 이곳에 그런 시절이 있었다. 서독으로 건너가기 위해서 필사적으로 강물을 지쳐 가던 동독 사람들. 목숨을 걸고 살얼음이 낀 강물을 건너는 일은 겨울에도 자주 일어났다. 엷게 흩뿌리는 눈. 완벽히 식어버린 여름의 열기 속에서 나는 아직도 수습되지 못한 베를린의 분단 흔적을 바라보았다. 계단을 따라 강가로 다가갔다. 단단하게 얼어 있는 물의 표면 아래 희미하게 꼬리를 움직이는 물고기가 몇몇 보였다. 얼음은 그저 외부를 둘러싸고 있을 뿐이야, 두터운 얼음이 지키고 있는 열 때문에 진짜 생명이 살아 있는 거라고. 얼음에 손을 댔다. 차가웠다. 바로 그 이유 때문에 늘 얼어 있는 인간의 마음 표면을 녹이고 그 속으로 들어가고 싶은 건데, 살아 있는 걸 보고 싶어서. 쉽지 않았다. 왜 답 없는 관계에 빠져 허우적대고 있는 건지. 몇 번 되지 않는 그 만남이 내 마음에 이렇게 오래 남아 장기적인 기억체를 만들고 있다면 이것을 실재적인 관계라고 부를 수 있을지 헷갈렸다. 왜 이렇게 그의 현실 안으로 들어가는 게 어려운 건지. 이렇게 얼어 있는 물에 빠져 죽어갈 거라면 차라리 멍청한 물고기가 되는 게 나을 것 같기도 했다. 살아 가는 데 에너지가 많이 필요한 항온 동물 말고 차라리 변온 동물이 된다면 주변 상황에 맞추면서 적응이라도 잘 하고 살 텐데. 그러면 모두가 아니라는 사람에 빠져서 허둥대다 죽진 않을 텐데.

2014년이 한 달도 남지 않은 날. 나는 크리스마스 마켓에서 무수한 글뤼바인을 마셨다. 다시 한 해가 가고 있었다. 아무 소득 없던 나날. 크로이츠베르크와 어학원에서 영어만 지껄이다 정작 중요한 나의 독일어 실력은 퇴화되고 있었다. 매일 수업을 나가는 것으로 이 어려운 언어를 배우기엔 한참 모자랐다. 독일어를 배우기에 베를린은 적합한 도시가 아니었던 걸까. 그런 후회를 하면서 글뤼바인을 홀짝이는데 니코에게 메시지가 왔다.

〈올해가 가기 전 한번 만날까. 시간 있니?〉

가슴이 쿵 내려 앉았다. 올해가 가기 전 그와 함께 글뤼바인을 마실 행복은 남아 있는 걸까. 우리가 파기한 무수한 약속들. 그는 늘 바빴고, 나는 우선 순위에서 뒤쳐져 있었지만 그 메시지를 봤을 때야말로 그해 가장 설레는 순간이었다. 얼굴에 배시시 웃음이 새어나왔다. 오랜만에 나는 명랑한 기분으로 나탈리와 수다를 떨었다. 집에 돌아와 잠에 들기 전, 불안한 생각이 스쳐 지나갔다. 결국 우린 못 만나겠지. 크리스마스처럼 바쁜 날에 그가 나에게 와줄 리가 없잖아.

추측은 다시 사실이 되었다. 그는 또 다시 약속을 취소했다. 나는 그가 결혼했다고 확신했다. 이제 다시는 그를 기다리지 않겠다고 다짐하던 연말, 나는 소매치기에게 현금 카드와 신용 카드가 모두 들어 있는 지갑을 털렸고 크리스마스 이브에 갑상선 수술을 받은 엄마 걱정에 밤을 샜다. 하필 수중에 있던 현금까지 모두 지갑에 넣어둔 마당에 유일한 친구 조지는 베를린에 없었다. 크리스마스에 돈 한 푼 없이 아무도 없는 텅 빈 거리를 혼자 걸었다. 십이월 말의 날씨라고 보기엔 지나치게 따뜻한 겨울비를 맞으며 냄새나고 더러운 구유에서 태어난 아기를 생각했다. 약하고 소외된 사람들을 구원하기 위해 태어났다는 예수. 헤롯왕은 크리스마스에 구원자가 태어날 것이란 예언을 부정하기 위해 예루살렘에 태어난 신생아를 모두 죽였다. 피의 희생을 피해 살아 남은 예수는 훗날 다시 대속을 치르며 피를 흘리고 죽었다. 피 속에서 피어나는 무수한 생명과 죽음의 사이클. 인간은 죽기 때문에 약한 거야. 그래서 약한 걸 감추는 건 아무 의미 없어. 그런다고 안 죽는 거 아니니까. 바로 그렇기 때문에 삶을 거쳐 다시 이어질 후세의 의미를 점하기 위해 서로를 죽고 죽이게 되지. 결국엔 그게 전부니까. 지금, 온 세상이 천한 곳에서 태어난 예수를 자신의 구원자로 인정하고 떠받드는 것도 피를 거쳐 완성된 그 의미를 받아들여서일 것이다. 내가 조금이나마 가치 있는 의미를 전달하는데 이바지하고 죽게 될지 아니면 태어나기도 전에 왕의 칼끝에 무력하게 죽어 나가는 신생아들 같은 운명을 살지 그야말로 한 치 앞도 보이지 않았다. 부디 무엇이든 희생을 하고서라도 이 도시에서 살아남고 죽게 되면 좋겠다고 생각하며 길 위에 서서 조지와 함께 12월 31일의 격렬한 불꽃놀이를 보았다. 같은 반에서 독일어를 배웠는데 혼자서 눈부시게 발전하던 조지. 나는 늘 그렇듯 또 속도가 늦었다. 연말의 불꽃놀이를 보러 온 힙스터로 가득한 크로이츠베르크의 인파 속에서 허무함을 느꼈다. 나의 생각의 지름은 끝없이 팽창하는데 어째서 그게 독일어는 아닌 건지. 우리는 불꽃 놀이를 따라 가며 포츠다머 플라츠를 향해 천천히 걸었다.

"힙스터가 소설 따위를 쓸 일이 있나. 소설은 자기 상처를 파먹는 일인데."

"왜. 힙스터도 소설 좋아하는데."

"조금 읽긴 하겠지만 진짜 쓰진 않지. 게다가 넌 거짓말에 익숙한 사람도 아닌데."

나는 길거리에 놓인 화장실로 뛰어가 오십 센트짜리 동전을 넣고 문을 닫았다. 폭죽이 터지는 소리로 화장실이 다 흔들렸다. 소설 따위 사실 절대 쓰고 싶지 않아. 쓰다 보면 다 새어 나가겠지, 숨기고 싶었던 사실들, 이런 저런 변명들. 다음 세상에선 제대로 돌아가는 머리를 달고 태어나야지, 아무도 보고 싶어하지 않는 상처 같은 거 포장 잘하고. 세면대에서 눈물을 씻어 냈다. 난리법석 속에서 이게 무슨 주책인지. 밖에 나오니 차가운 물에 젖은 얼굴이 얼어 터질 것 같았다. 조지는 그래피티가 가득 그려진 화장실 벽에 기대어 담배를 피우고 있었다.

"난 언젠가 자살할 거야. 오늘은 아니겠지만. 이게 바로 사민주의자의 인생관이지. 법이란 틀 안에서 정상적이고 건전한 방법을 강구하면서 점진적으로 자살을 지향하는 것. 이거야말로 진정한 진보 아냐."

"난 아나키인데 같이 죽으면 되겠네."

"아나키랑 같이 죽기 싫어. 너넨 타협이 없잖아. 죽을 때까지 너넨 펑크 락 들으면서 어느 날 갑자기 죽을 것 같은데, 난 윤이상 들으면서 죽을 거거든. 어쨌거나 그날이 오늘은 아니니까 그 전에 술이나 마시자."

날도 추운데 한 겨울에 자켓을 벗은 한 여자의 연약한 팔뚝에 그려진 검은 거미 문신이 곧 머리 위로 기어 오를 듯 꿈틀댔다. 팔뚝에 난자된 칼자국은 어둠 속에서 더 선명하게 보였다.

"그래도 나 죽기 전에 소설은 써. 내가 살 거니까, 독자 이벤트로

웨이브도 하고."

"웨이브야 클럽에서 맨날하는데. 맨날 보면서 뭐 새로울 게 있어?"

"하긴, 그럼 세미 누드? 약한가, 그럼 그냥 누드."

"내 책 표지는 무조건 등짝 사진이야. 오래 전부터 결정했어."

"뭐가 되든 누드 사진이 잔뜩 들어가면 두 권 살게. 책을 내길 좀 더 간절히 기다리게 되겠네."

바닥에 버려진 담배가 그의 발 아래서 짓이겨졌다. 다시, 나의 무의식에 묻힌 글자가 어깻죽지에서 꿈틀댔다.

"난 도대체 왜 이렇게 글자에 집착하는 걸까, 도대체 그 이유를 모르겠어."

불안한 입술이 움직였다. 담배를 든 맨손이 차가운 바람에 짓이겨 터져 나갈 것 같았다.

"여기 있어서 그래. 베를린. 여기선 우리 모두 맨몸으로 간신히 서 있잖아. 당연한 거야. 어리고, 여리고, 돈도 없고, 가진 건 그저 약간의 머리와 오기 밖에는 없잖아. 함부로 기댔다 실망하고, 그러면서 맷집 키우고. 내일은 절대로 아무도 안 믿겠다고 이를 갈면서 다짐해도 또 누군가를 사랑하면서 그렇게 계속해서 사는 거지, 별 수 있나."

저렇게 차가운 말을 막 뱉고 있어도 전쟁을 겪고 있는 가족이 보내는 돈을 받아서 약을 하다 다시 공부에 몰두하는 그의 정신력은 상상이 안 됐다. 레바논에서도 약 많이 했어, 거기서는 오히려 약을 안 하면 고통을 견딜 길이 없었지. 갑자기 폭탄 터지고 옆에서 사람 죽어 나가는데 무슨 수로 변수를 통제해. 그런 말을 들으면서 난, 멘탈 보수하려면 진짜 한참 멀었다고 생각했다.

"책 내기 전까진 살아 있을게."

나는 그의 왼쪽 어깨를 잡고 울기 시작했다.

"한 권 판매 예약 완료."

그리고 내 머리카락에 그의 입술이 닿았다. 와인을 마셔도 좀처럼 취하지 못하고 손끝까지 차가워지던 밤. 우리는 플랫폼에 서서 S반을 기다렸다.

"가장 멋진 글쓰기는 진실한 거래. 이거 헤밍웨이가 말한 건데. 알고 있는 것과 쓰이는 것이 등가인 글자들. 내가 볼 때 너는 그런 재능이 있어."

"웃기지 마. 글쓰기에 있어 가장 중요한 건 첫째도 둘째도 키플링이 가진 재능 같은 거라고 헤밍웨이가 단언했는데 무슨 소리야. 이거 봐. 이름에 Ernest 달면 다냐고. 거짓말 할 줄 모르는 작가라지만, 세상에 키플링만 작가야?"

"그러니까 난 키플링은 안 읽지만 네 글은 읽는다고. 어쨌거나 넌 지금 쓰고 있잖아. 쓰는 것 이외에 달리 뭔가 더 나은 것을 할 수 있다고 자신할 수 있어?"

누군가 내게 물었다. 페이스북처럼 공개된 곳에 네 이야기를 써대는 거 안 부끄럽냐고, 자신에 대한 부끄러움이 없는 거냐고. 차라리 네 생각을 잘 표현할 수 있을 때 글을 공개하면 되는 거 아니냐고. 잘 모르겠어, 내 글이 부끄럽지 않다는 의미는 아니야. 나도 내 수준을 아니까. 하지만 그 부끄러움을 말하는 것과 말하지 않는 것에는 큰 차이가 있는 것 같았다. 난 자신이 없었다. 과연 내가 결정적인 진실을 말할 수 있을 만큼의 용기가 있는지. 쓰는 것은 연습하면 돼, 글은 반드시 늘게 되어 있어, 하지만 용기는 완전히 다른 성질의 것이다. 잉크로 쓴 거짓이 피로 쓴 진실은 이길 수 없다고 루쉰은 분명히 말했다. 사실은 그게 거의 전부거든, 진실을 말하는 게 가장 강력한 거야. 나는 과연 말할 수 있을까. 그 부끄러움을. 우리는 집에 돌아와 와인 두 병을 뜯고 취했다. 이적이 그랬는데. 네가 보고 싶어서 울 줄 몰랐다고. 나도 그 밤에 그랬다. 누가 보고 싶어서 우는지는 몰랐지만. 혼자 빈 와인 병을 안고 욕조에 쪼그려 울었다. 조지가 어이없다는 듯이 날 내려다 보았다.

"물 틀어줄까? 그 속에서 자살할래?"

나는 고개를 끄덕였다.

그는 친절하게 물을 틀고, 배수구를 막고서, 손을 넣어 온도까지 맞추고, 물이 찰 때까지 기다리다 화장실 문을 닫고 집에 돌아갔다. 나는 따뜻한 물 속에서 혼자 울었다. 술이 깰 때까지. 물이 차가워져 이가 시릴 때까지. 맨 몸으로 차가운 물을 밟으며 일어섰다.

아무리 생각해도 이 세계는 나와 어울리지 않아.

Kapital 4

2018년, 서른 살 생일을 앞둔 시점, 나는 소설을 쓰기로 마음 먹었다. 수업에 가던 길, 버스 안에서 읽던 프루스트 에서 갑자기 그런 문장이 튀어 나왔다.

죽기 전에 이 대상을 만날 수 있을지 없을지는 순전히 우연에 달려 있다.

사람들이 남겨 놓은 기억에 관한 글을 길고도 집요하게 써낸 프루스트가 과연 제정신으로 한 말인지 기가 찼다. 이런 사람조차 우연 앞에서는 겸손해지는 것일까. 불명확한 수 앞에서 나는 절박해졌다. 그대로 버스에서 내렸다. 길거리를 조금 걸어 닿은 카페 안으로 들어가 나는 카푸치노를 한 잔 주문했다. 커다란 창으로 강렬한 오월의 햇빛이 쏟아졌다. 커피를 한 잔 마시고 호두가 두껍게 깔린 사과 타르트를 먹으며 나는 맥북을 켰다. 이 시점, 내가 가진 것은 나 자신과 오래된 맥북과 글자를 늘여 놓아도 한없이 단어가 모자랄 것 같은 기억 뿐이었다. 커다란 창, 햇빛이 걷히고 점차 흐려지는 회색하늘 아래 라일락 나무의 흰 꽃들이 부단히 흔들리고 있었다. 깊은 마음의 층에 묻힌 언어의 상기를 줄기차게 요구하고 있는 것처럼. 두텁게 쌓아올린 내 기억들이 타르트처럼 누군가의 입에서 다양한 맛을 느낄 수 있게 한다면 좋겠다고 생각하며 나는 거침없이 글자를 썼다.

다시 조깅을 시작했다. 내가 매일 조깅하는 곳은 이제 파리가 아닌 샤를로텐부르크 성 안의 공원이 되었다. 이곳을 달릴 때마다 나는 어김없이 삼 년 전의 기억과 마주치고 말았다. 저 공원은 내 기억의 보관함인가. 어항 속에 손을 넣고 물고기를 잡는 것 같았다. 그래, 복잡한 물고기. 작고 미끄러워서 잡았다 싶었다가도 내 손을 비집고 빠르게 사라지는 물고기. 코앞에 살면서도 나는 성 뒤에 공원이 있다는 것을 이곳에 산 지 일 년이 지난 후에야 처음 알았다. 성 그 자체보다 공원과 정원이 훨씬 큰 구조. 울타리를 친 잔디밭에는 양들에게 먹이를 주지 말고 그 앞에서 담배 피우지 말라는 표지판이 붙어 있었다.

양들은 매번 다른 곳에서 건초를 뜯어 먹곤했다. 공원 속에 들어가 달리다 보면 선명하게 떠오르는 기억이 내 뇌리를 뒤흔들었다.

바람에 몸을 눕힌 나뭇잎이 나부끼는 나무 사이를 스쳐 홀로 달렸다. 한없이 그에게 빨려들어가던 오월. 나는 다시 누군가의 무의식을 파고 들고 싶었다. 겁도 없이. 하여간 호기심이 문제야, 고양이를 죽이고 마는 그 호기심.

늘 그렇듯 나는 베를린에서 다시 집을 구해야했다. 살 만한 집은 이미 씨가 마른 도시. 살고 있던 집의 계약이 만료되는 시점은 2015년 삼월 말, 곧 여섯 번째 이사를 해야했다. 우울증으로 한 달 내내 술을 마시길 반복했다. 일월의 밤, 나는 맥주 세 병을 마시고서 발코니에서 뛰어내리고 싶은 충동을 망설이다 까무룩 잠이 들었다. 수연이에게 전화가 왔다.

"세희야. 너 제발 한국 잠깐이라도 오는 게 어때?"

죽고자하는 이 이유 없는 충동이 도대체 어디에서 오는지 알 길 없이 탱탱 부은 눈으로 창문을 열고 오층의 높이를 쟀다. 난간에 선 발끝이 바들거렸다. 팔 미터는 그럭저럭 넘는 듯 보였다. 추위 속에서 땀이 났다. 삶과 죽음의 경계가 흔들리고 있었다. 나를 지탱하는 중력을 반하는 방향으로 떨어져 내리면 내 발은 더 자유로워질 수 있을까. 꿈에서 처음 다이빙을 했던 순간이 튀어나왔다. 온 몸을 짓이기며 밀고 들어오는 그 압력을 밀고 나는 이십 미터 밑으로 가라앉았다. 생애 최고로 편안한 날. 척추에 접힌 아드레날린이 커다랗게 펼쳐지고 나는 그 속을 유유히 헤엄쳤다. 오선지의 음표처럼 물고기가 사방에 걸려 있었다. 모든 사물이 거꾸로 정지한 듯 그러나 천천히 움직이고 있었다. 해저 세계의 템포는 육지와 달랐다. 산소 통이 바닥날 때까지 나는 그 바닥을 유영했다. 보트 위에서 커다란 타월을 몸에 둘러싸고 살짝 덮치는 추위를 느끼며 바다를 보고 있을 때, 강사가 말했다.

"수영을 못 한다면서 어떻게 그렇게 다이빙을 잘할 수 있지? 사실 처음 봤어. 수영을 못해도 다이빙을 할 수 있다는 건 이론상 가능하지만, 그렇게 안정적으로 압력 속에서 움직이기 쉽지 않거든. 보통 버둥거리다 압력을 못 참고 금방 빠져나가고 싶어 하니까. 물이 잘 맞나 봐."

나는 수건으로 몸을 닦으며 웃었다.

"늘 죽고 싶어해서 그런가 봐요, 여기가 내 무덤이라고 생각해서 그러나."

다음 날, 눈 비비고 일어나자 열린 창으로 차가운 겨울 바람이 나부꼈다. 나는 한국으로 가는 비행기 표를 샀다. 이 겨울을 혼자 버티다 베를린에서 죽는 것보단 얼마가 되든 돈 쓰고 일단 한국에 있다 오는 게 낫다는 생각으로. 오랜만에 간 서울은 사람끼리 부딪히는 소리가 너무 커서 고통스러운 도시가 되었다. 잠들지 못하는 새벽, 잠깐 눈을 붙인 후 커피를 마시고 다시 책을 읽었다. 독일에선 일찍 일어나는 새가 되어 새벽부터 벌레를 잡더니 한국에선 완전히 야행성 동물이 되었다. 환한 햇빛을 피하고자 나는 창에 검은 종이를 붙이고도 암막 커튼을 치고 잤다. 이상하게도 베를린에서는 그렇게 그립던 햇빛을 이곳에선 피하고만 싶었다. 진짜 청개구리인가. 나는 또 시차 적응에 실패하고 베를린의 시간대로 살았다. 미세먼지가 잠식한 서울, 밖에 나갈 의욕이 없었다. 나는 하우스메이트를 찾는 사이트에 메일 뿌리기를 반복했다. 나중엔 프로필 사진을 보는 것도 귀찮아 사이트에 올라온 모든 글에 복사한 내용을 붙여 쪽지를 보냈다. 이름, 성별, 국적, 베를린에 거주하는 목적, 나의 성격, 취미. 망연자실했다. 난 베를린 네가 좋아서 이곳에 붙어 살려고 노력하는데 어째서 넌 내 자리 하나 만들어주지 않는 걸까.

"여자는 그래도 집 구하는 데 유리하지. 보통 여자들이 조용하고 깔끔한 편이니까 여자랑 살고 싶어 하잖아. 너도 긍정적인 성격이고 청소 좋아하고 한국 요리 잘 한다고 열심히 어필해 봐."

조지가 말했다. 거짓말. 나는 요리를 하는 것이 싫어 푸딩을 한가득 쌓아 놓고 청소는 일주일에 한 번 그마저도 대충하고, 날씨가 나쁜 날에는 누구와도 말 한 마디 없이 방에 틀어 박혀 음악만 듣고 있는 애인데. 그리고 내가 왜 주거 공간에서 쓰잘데기 없이 내 여성성을 어필해야 하는 건지 의문만 들었지만 결국은 목마른 자가 우물을 파기 마련이었다. 별다른 선택권이 없었다. 나는 열심히 설명했다. 요리를 잘하진 않지만 남에게 밥 해주는 것을 좋아하고, 더러운 걸 싫어하고, 사람들과 어울리는 것을 좋아한다고.

며칠 후, 답장을 하나 받았다. 가장 원했던 그 집에서. 메일을 오십 개도 넘게 보냈는데, 서너 개나 답을 받았나 싶은 상황에서 그 집의 하우스 메이트를 찾는 공고는 꾸준히 사이트에 올라왔다. 가격도 저렴하고 위치도 좋은 집인데 왜 계속 광고가 올라오는 건지 주인이 마음에 드는 사람을 찾지 못한 건가 궁금했는데, 그가 드디어 나에게 메일을 보내온 것이다. 나는 간절한 마음으로 서둘러 메일을 보냈다. 지금 서울에 있어서 바로 방문하기 어렵지만, 기회가 된다면 꼭 방을 보러 가고 싶으니 도착하는 즉시 그를 찾아가겠다고. 집주인은 한 시간도 지나지 않아 답장을 보내왔다. 우리의 만남은 열흘 후가 될 예정이었다.

한두 번하는 것도 아닌데 이상하게 이번 출국은 더 적응이 안 됐다. 이제는 독일이 집 아닌가 싶다가도 이 순간으로부터 도망가고 싶어서 출구를 찾았다. 늘 그렇듯 나 자신의 약한 점만 정면으로 돌파하면 상상한 초안보다는 순탄하게 풀렸다는 걸 아는데, 고통스러운 한 순간을 참는 건 왜 해도 해도 적응이 안 되는 걸까. 급하게 다시 비행기를 타려니 기분이 묘했다. 막판에 시차에 적응하려나 했는데, 한국에서 보낸 삼 주는 너무 짧았다. 밀린 잠을 자다 보니 시간이 다 간 것 같았다. 긴 종이의 가운데 부분을 뭉텅 자르고 그대로 이어 붙인 것처럼 한국에서 보낸 시간은 다 사라졌다. 혼자 비행기를 타러 공항에 가는 일은 지옥 같았다. 오랜만에 건강한 몸으로 비행기를 타나 싶었는데 아침부터 열이 났다. 아스피린을 세 알 먹고 잠에서 덜 깬 기분으로 비행기를 탔다. 중력이 없는 공간에서 무게를 잃고 심장이 추락하다 갑자기 알 수 없는 사물에 부딪혀 튕겨

오르는 듯한 귀의 압력, 기분 나쁜 꿈 속에서 허우적대다 간신히 깨는 듯한 순간. 여덟 시간의 시차를 그대로 끌고 오는 듯한 두통. 아무리 비행기를 타도 그 감각은 절대로 적응이 안 됐다. 지금부터 열네 시간, 출구 없는 감옥을 견디면 시차도 공간도 다른 곳에 도착할 테지. 나는 여전히 베를린을 집이라고 생각하기 어려웠다. 내 좌석은 엔진 바로 옆이었다. 한숨도 자지 못하고 비행기 날개가 스치는 구름만 보았다.

경유지 모스크바에서의 대기 시간은 너무 길었다. 면세점에서 산 향수 때문에 밖에 나가지 못하고 그대로 하루를 버텨야 했다. 이월의 한기가 공항 내부까지 덮쳤다. 추위로 한숨도 눈을 붙이지 못하고 유리창 사이 얼어 붙은 눈을 물끄러미 바라보았다. 예약해 둔 호텔은 환불도 못 받고 공항 바닥에서 이게 뭐하는 짓인지. 나는 수없이 러시아 놈들 다 죽어라 되뇌었다.

창 바깥 활주로에서 유도등이 깜박거렸다. 비행기가 날기 위해서 어느 정도로 바닥을 달려야하는지 처음 눈으로 확인한 순간이었다. 지금 내가 헤매는 것은 허공으로의 비상을 위해 단지 거리를 재고 있는 것이라 믿고 싶던 밤. 어둠 속 비행기의 날개 끝, 빨간 불빛이 깜박였다. 지금 여기에 존재하지 않는 것을 기다리는 마음이 내가 이 밤을 버티는 동력이라면 그것은 아직 완성되지 못한 나 자신일까. 좀 더 거리를 견뎌보자. 포기하지 말자. 뭐가 어떻게 될지 아직 아무도 모르는 거니까. 이륙과 착륙 시의 무게를 견디기 위해서라도 지금 이 밤을 버티는 거니까. 밤을 꼬박 새고 다시 비행기를 탔다. 뒷좌석에서 나는 정신을 잃고 잠들었다. 두 시간쯤 지나자 귀에 찬 압력이 빠지면서 빛을 품은 희미한 사물이 내 시야에 선명하게 펼쳐지기 시작했다. 드디어 공중을 건너 베를린과 다시 가까워졌다.

얇은 창문 커튼 사이로 비치는 빛 때문에 잠을 설쳤다. 지옥 같은 시차가 다시 시작되었다. 이럴 거면 그냥 독일 시차를 끝까지 유지하고 살 걸 뭐 하러 막판에 시차에 적응을 해서 이 고생인지. 잠을 자는 둥 마는 둥 침대에서 구르다 이불을 박차고 밖으로 나섰다. 이월 말인데 아직도 날씨는 한겨울 같았다. 도대체 몇 번째인지, 집 보러 가는 일, 셀 수가 없네 구시렁대며 그 집에 도착했다.

Schwarz.

벨 앞에 수두룩 빽빽 붙어 있는 교수 의사 칭호들 속에서 나는 그 이름을 찾았다. 검은색이라. 이거 진짜 사람 성인가. 마리우스도 Sorgenfrei라는 우스꽝스러운 가명을 쓰긴 했지만 이 사람은 그런 장난을 하기엔 나이가 너무 많은데. 긴장한 손으로 벨을 눌렀다. 잠시 후, 문이 열렸다. 사층. 삐걱대는 계단 소리를 밟고 올라갔다. 살짝 열려 있는 문. 괴상한 탈이 문고리에 걸려 있었다. 나는 그 문고리를 잡고 집 안으로 들어가 인사를 했다. 안녕. 바로 내 눈앞에 선 한 남자. 희끗한 머리. 키가 컸다. 사십 대라고 하길래 배가 나오고 머리가 벗겨진 늙은 아저씨인 줄 알았는데. 나이를 숨길 순 없었지만 이상하게 그 나이 그대로 멋있어 보이는 사람이었다. 뭐랄까, 어디서든 절대로 함부로 말 같은 거 먼저 걸 수 없을 것 같았다.

"늦었군, 원래도 그렇게 늦는 편인가."

시계를 보니 약속 시간에서 십 분 늦었다.

"미안. 길을 좀 잃어서."

나는 빠르게 사과를 하고 벽에 박힌 못에 옷을 걸었다. 그는 천천히 집을 보여 주었다. 대리석이 깔린 욕실, 널찍한 거실, 마호가니 책장. 그가 쓰는 공간에 비하면 세 놓은 방은 단출했다. 행거, 싱글 침대, 수신도 제대로 되지 않을 낡은 텔레비전. 커다란 창 너머 샤를로텐부르크 시청사가 한눈에 보였다. 벽에 붙은 몇몇의 사진. 아이를 안고서 활짝 웃는 여자.

"네 부인이야?"

"아니. 이 방에 살고 있는 사람이 지금 이혼 조정 중이어서. 아이 때문에 문제가 좀 있나 봐. 절차가 끝나면 다시 브라질로 돌아간다고 하는데."

그는 나에게 베를린에서 무엇을 하고 있는지, 뭘 하고 싶은지 물었다. 나는 독일어 시험을 준비하고 있는 어학생이라고, 독일 대학에 들어가는 것이 목표라고 말했다. 목표는 일단 시월 입학이라고. 그는 팔짱을 끼고 행거에 비스듬히 걸터앉았다.

"정말로 네가 독일어 시험에 붙을 수 있을 거라고 생각해? 그런 실력으로?"

당황한 나는 얼굴이 빨개졌다. 내가 독일어를 못하는 것은 사실이지만 그렇게 정곡을 찌르니 쥐구멍에라도 숨고 싶었다. 나는 더듬거리며 필사적으로 답했다. 지금 당장 합격할 거란 생각은 안하지만, 시월까지는 아직 시간이 있으니 충분히 가능할 거라 본다고.

"그래. 여기서 산다면 얼마나 살 생각이야?"

"육 개월?"

"왜 하필 육 개월이지. 일 년도 살 수 있고 그 이상 더 살 수도 있는 건데."

"보통 육 개월 정도 계약하고 살지 않나."

"보통이 뭐지? 네 기준에서?"

말문이 막혔다. 그러게, 그게 뭐지. 보통이라. 얼굴이 빨개지다 못해 폭발할 것 같았다. 쥐구멍에 숨는 정도가 아니고 그 순간으로부터 아예 사라지고 싶었다고. 긴장하면 실없이 웃는 내 버릇이 나왔다. 그는 나즈막히 말했다. 카오스.

"혼란스럽네, 너."

깔끔하게 정돈된 공간 속에 선 카오스 덩어리. 그보다 명확한 나에 대한 정의는 없을 것 같았다. 십오 분의 인터뷰 동안 나는 전부를 간파당한 듯 진이 빠졌다. 집에 돌아오면서도 알았다. 이 인터뷰는 망했다는 것을. 그래도 확답은 들어야 한다는 마음으로 나는 철판을 깔고 다음 날 메시지를 보냈다.

〈그래서 네 생각은 어떠니. 내가 마음에 드니?〉

〈한 번 더 널 만나 보면 좋겠어. 십오 분 동안 네가 어떤 사람인지 알기엔 너무 짧으니까. 혹시 우리 집에 와서 요리를 한 번 해줄 수 없겠어?〉

요리라. 밥도 제대로 못하는 나에게 요리를 요구하고 있는 남자라. 하지만 지금 찬 밥 더운 밥 가릴 때가 아니었다. 나는 데리야끼 볶음 재료를 들고 다음 날 당장 그의 집으로 찾아갔다. 비싼 주방 고장내면 안 되는데 살짝 긴장하며 도마에 야채를 올려 놓았다. 나는 칼을 쥐고 그에게 고백하듯 말했다.

"나 사실 요리를 못 해."

"알고 있어, 그렇다고 손가락 썰지 마."

조심스럽게 양파를 썰었다. 다행히 내 요리는 성공적 이었다. 제발 그의 맘에 들기를. 그 밤은 화기애애했다. 와인을 마시니 나는 좀 더 이완된 상태에서 그와 대화를 할 수 있었다. 뭔가 데이트하는 분위기인데. 나는 무심결에 그 사태를 막을 궁리를 하고 있었다. 난 집이 필요한 상황이지 데이트할 남자가 필요한 건 아니었으니까. 그래서 일부러 들으라고 니코 이야기를 꺼냈다. 삼 년 전부터 애매모호한 사이였던 우리. 처음엔 잘생겨서 좋았는데, 얼굴이 기억 안 나는 지금에서야 비로소 그를 좋아하게 된 것 같다고. 다시 만나고 싶은데 궁금하다고, 그도 날 좋아하고 있을지. 그는 잔을 돌리며 소파에 기대앉아 레드 와인을 마셨다. 저절로 감탄이 나오는 순간이었다. 어른의 여유는 밤과 와인에서 흘러나오는 건가 보다 싶었다.

설정이라면 저렇게 자연스럽진 않을 것 같은데. 나는 와인을 세 잔 마시고 집을 나섰다. 그가 계단 뒤에서 술기운에 휘청대는 나의 허리를 잡아 주었다. 그의 어깨에 기댄 십 초의 순간. 어른이란 냉정하게 자신이 어떤 때 가장 멋있어 보이는지 알고서 그 순간을 미리 준비하는 걸까 싶을 만큼.

나는 다음 날 메시지를 보내 그에게 물었다.

〈그래서 네 생각은 어때?〉

그가 나에게 보인 호감으로 미루어 보아 승낙할 가능성은 충분히 있어 보였다. 그런데 그는 예상 외의 긴 답장을 보냈다.

〈같이 사는 건 좋은 생각 같지 않아. 왜냐면 나는 너에게 진지하게 끌렸으니까. 물론 내가 네가 좋아하는 타입이 아니라면 기회가 없겠지만 혹시 가능하다면 너와 데이트를 해보고 싶은데〉

난 단칼에 거절했다. 집이 필요한 거지 데이트할 남자가 필요한 게 아니니까. 게다가 좋아하는 사람 있다고 말까지 했는데. 그가 사십 치고 깨나 멋진 남자임은 부정할 수 없지만 나에게 있어 그는 손이 닿지 않을 만큼 높은 곳에 서 있는 어른일 뿐이었다. 짜증났다. 잘 할 줄도 모르는 밥까지 했는데 밥은 얻어 먹고 황당하게 뒤통수나 치다니. 분한 마음에 수연이에게 전화를 했다. 그녀는 흐응, 하며 콧소리를 냈다.

"그런 정중함이라니. 보통 남자 같으면 흑심부터 품고 같이 살려고 할 텐데. 완전 상남자 아냐? 야, 이상한 남자 그물에 걸려서 헤롱

대지 말고 확실히 호감을 표현하는 그런 남자를 만나. 내가 누누이 말했지, 너 좋다고 하는 사람 만나는 게 인생 편하다고."

니코를 싫어하는 수연이에게 할 말이 아니었다. 화를 억누르고 다시 메일을 뿌려댔다. 계약 만료 시점까지 이제 딱 삼 주 남았다. 그 안에 무조건 집을 구해야하는데, 새 학기 시즌인 베를린에는 사람이 밀려 들어왔다. 나는 초조한 마음으로 메일을 뿌리고 답장을 기다리는 일로 하루를 보냈다. 라디오에서 매번 다루는 테마는 베를린의 부동산 문제였다. 수요와 공급의 차. 점점 올라가는 집세. 주택 공급 부족. 오 년 전만 해도 저렴한 집세를 자랑하던 베를린은 옛 말이었다. 젊은 학생들과 외국인들은 파티가 많은 베를린에 몰려들었다. 가난하지만 섹시한 도시라는 캐치프레이즈 아래. 집을 구하지 못해 발을 구르는 것은 비단 나만 겪는 문제는 아니었다. 얼마 전부터는 집을 보러 오라는 메일 자체가 뜸해졌다. 이러다 꼼짝 없이 길거리에 나앉는 건가 불안했던 찰나, 첼렌도르프에 사는 한 남자가 메일을 보냈다. 삼 일 후 나는 집을 보러 갔다. 자유대학교에서 법학을 전공하는 남자. 책장에는 제목만 읽어도 골치 아픈 법전이 가득했다. 키가 작고 배가 불룩한, 어울리지도 않는 수염을 달고 있는 남자. 크리스. 전 남친과 공교롭게 이름이 같은데 전혀 다른 사람이었다. 집이 일 층이라 창문을 열면 나뭇가지를 만질 수 있는 곳. 전에 봤던 집과 같은 세련미는 없었지만 수수하고 자연적인 공간이었다. 짧게 대화를 나누고 돌아오는 길, 그가 메시지를 보냈다. 계약을 하고 싶다는 말과 함께. 그런데 뒤에 붙은 문장이 도통 이해가 되지 않았다.

〈너 개방적이야? 나의 엑스트라가 되어 줄 수 있니?〉

엑스트라? 이게 뭔가 싶었다. 석연치 않은 맘에 니코에게 메시지를 캡처해서 보냈다. 그는 절대로 그 집에 이사 가지 말라고 노발대발이었다.

〈지금 걔 너와 자고 싶다는 뜻이라고〉

피식 웃음이 나왔다. 억만금을 줘도 저런 남자와는 잘 수 없어. 나는 거절 메시지를 보내고 집에 다시 돌아와 메일을 확인했다. 메일함은 텅 비어 있었다. 다음 날, 그가 아침부터 대뜸 메시지를 보냈다.

〈너, 레즈비언이야?〉

이건 또 무슨 뚱딴지 같은 전개인가. 알고 보니 그가 내 페이스북을 염탐하고서 던진 질문이었다. 장난삼아 페이스북에 수연이와 사귀는 것으로 상태를 설정해 놓았는데 그는 그게 진짜인 줄 알았나 보다. 해명을 하려던 내 머리가 번뜩였다.

〈응, 우리 사귄 지 이제 삼 년 됐어〉

〈근데 왜 독일에 온 거야 네 여자친구는 어쩌고〉

〈난 독일을 사랑 하니까, 내 여자친구만큼〉

〈내가 그럼 널 바꿔 보겠어 너의 최초의 남자가 되어보지〉

헛소리하고 있네, 죽었다 깨도 그럴 일 없다고 잘라 말하고 싶었지만 속마음을 간신히 억누르고 답했다.

〈그럴 일 없어 나는 내 여자친구 독일만큼 너무 사랑해서 절대 내 마음을 바꿀 리 없거든, 지금 공부하는 건 모두 개와의 미래 때문이야〉

〈대단한데, 여기가 맘에 든다면 이사 와〉

그 말을 전해 들은 수연이는 다혈질 성격답게 화를 실컷 내고는 굳지 않은 시멘트에 그를 몰래 묻어 버리자고 말했다.

"하지만 네가 거기서 어떻게 사는지 내 눈으로 확인하고 온 이상 그런 데 이사가지 말라고 뭐라고 할 수가 없네. 속상하지만 어떡해. 집 구하는게 별 따는 것보다 힘든데. 그렇다고 지금 돌아올 수도 없고. 난 그냥 널 믿어."

인터뷰는 다 망했는지 거절 의사를 밝힌 메일조차 오지 않았다. 너무 많은 메일을 받는 집 주인들의 사정도 이해하지만 기다리는 입장에서는 속이 탈 수 밖에 없는 노릇이었다. 일주일 후 나는 그에게 이사를 가겠다는 최종 메시지를 보냈다. 이사하기 삼 일 전, 니코가 베를린에 왔다. 저녁 버스를 타고서. 우리는 드디어 역에서 만났다. 피곤한 기운이 역력한 낯빛으로 그는 말했다.

"삼십 시간 근무를 했어."

그가 입고 있는 스웨터 셔츠에서 땀냄새가 났다. 확실히 그간 읽히지 않던 그의 나이가 보였다. 정확히 서른 중반의 얼굴을 하고 있는 니코. 그렇게 지친 얼굴을 하고 날 찾아올 줄은 몰랐다. 나는 그가 나이 따위는 먹지 않을 줄, 언제나 처음 보자 마자 내 시선을 강탈한, 나에게 선명한 욕망을 처음으로 일으킨 그 얼굴을 하고 있을 줄 알았다. 삼십 시간 동안 그는 비좁은 응급차에서 사이렌을 켜고 이리저리 떠밀리다 세 시간 거리의 버스를 타고 나에게 왔다. 떨떠름했다. 겨울, 그렇게나 그를 간절하게 기다렸는데 이제서야 오다니. 이것이 우리의 네 번째 만남이었다. 삼 년 동안 네 번 밖에 보지 않은 사람을 이렇게나 좋아할 수 있다니 좀처럼 믿기지가 않았다.

"머리 많이 자랐네, 계속 기를거야?"

나는 고개를 저었다.

"머리 따위 평생 길러 본 적 없는데. 지금은 추우니까."

"왜, 길러 보지, 잘 어울릴 것 같은데."

인도 음식을 먹고 싶다는 그의 말을 쫓아 동물원 역에서 가까운 레스토랑에 갔다. 난을 뜯어 커리에 찍어먹는 그의 소맷단이 낡아 있었다. 목이 늘어난 티셔츠. 비로소 왜 그가 자신을 그렇게 좋아하는 나에게 의아함을 느꼈는지 알 것 같았다. 확실히 시간은 흘렀다. 음식은 정통 인도 커리에 가까운 맛이었다. 그는 바닥까지 음식을 긁어 먹고 돈을 지불했다. 집으로 가는 길, 무심코 그의 신발을 바라보았다. 오늘도 그는 내 방에 신발을 놓아 둘까 궁금했다. 누가 볼지 모를 현관이 아니라. 그가 말했다.

"난 여전히 베를린이 맘에 안 들어. 이 역의 공사는 도대체 언제 끝날지 모르겠어. 삼 년 후에 와도 똑같을 걸. 오 년 전부터 이 상태었는데."

　나는 아무 말도 하지 않았다. 그의 맘에 들지 않는 베를린에 내가 있다. 내가 아니라면 오늘 그가 여기 올 일은 없었겠지. 언제부터인가 그가 창에 비추어진 내 모습을 보고 있는 것을 알고 있었다. 드문드문 스치는 그의 시선에 말하지 않은 긴 감정이 묻어 있었다. 그런 눈으로 나를 보는 사람인 줄은 전혀 몰랐다. 우리는 늘 어두울 때만 잠깐 만났으니까. 나는 그가 집에 들어가면 씻지도 않고 성급하게 나에게 키스를 할 것을 알았다. 먼저 양치를 하라고 해야 하나. 하지만 여분의 칫솔은 없었다. 커리 맛이 나는 키스라. 이틀 가까운 시간 동안 아무리 일만 했어도 양치는 한 번 했겠지. 버스에서 내리자마자 그의 자켓에 손을 넣었다. 내 자켓엔 주머니가 없었다. 그가 주머니 속의 내 손을 잡고 뚜벅뚜벅 걸었다. 네온사인이 없는 베를린의 어두운 밤이 좋은 것은 별을 쉽게 발견할 수 있다는 것이다. 고개를 빳빳이 처들고 금방이라도 떨어질 것만큼 차가운 빛을 내뿜는 별의 무리를 찾아 밤하늘을 자세히 살펴보았다. 눈이 소복하게 내린 밤, 유리처럼 사각거리는 눈을 밟으며 우리는 함께 걸었다. 넋 놓고 바라보고 싶을 만큼 네 눈을 좋아했는데, 그게 가장 가까이 다가오는 순간 난 늘 눈을 감게 되더라고. 왜인지 눈을 뜨고 네 얼굴을 보면서 키스하면 부끄러우니까. 꿈이 지나간 자리처럼 빛이 그의 어깨를 스쳤다. 그래. 넌 언제나 내 꿈 한가운데에 있었어. 처음 단 둘이 만난 날, 너의 집 언덕을 오를 때, 정말 내가 네 어깨에 손을 댈 수 있을까 믿기지 않아 설레기만 했었는데 너는 그런 내 마음을 알고 있었을까.

"난 네가 그 집으로 이사 안 갔으면 좋겠어. 너, 걔가 얼마나 미친 애인지 알고 있는 거지?"

"나도 가고 싶어서 가는 거 아냐. 집이 없는데 뭐."

내 손을 만지작대는 그의 걱정은 늘 따뜻했다. 그 걱정이 이곳을 버티는 데 큰 의지가 되어서, 누구보다 어른 같아서 그를 그렇게나 그 겨울에 찾았지만 그는 나보다 훨씬 더 그의 도움이 필요한 환자들을 돌보고 있었다. 다른 직업도 많은데 왜 하필 구급차에서 고생을 사서하는지 나야 모르겠다만. 피곤에 절어버린 니코의 코 고는 소리에 나는 뜬 눈으로 밤을 지새웠다. 잠이 들 것 같다가도 곧 깨기 일쑤였다. 낯선 사람과 숨소리를 공유하는 것은 힘들었다. 작은 소리에도 뒤척이는 나에게 고문이 따로 없던 밤. 새벽 내내 눈을 뜨고 그의 얼굴을 바라보았다. 진짜 너를 보고 싶어서 삽질을 마다하지 않았는데. 막상 그와 함께 있는 시간, 불편함을 견딜 길이 없었다. 아침 여덟 시가 넘도록 계속 침대를 뒤척였다. 먼저 깨워야 하나 서서히 고민할 때쯤 그는 눈을 떴다.

"아침 먹을까."

"먹을 거 별로 없는데, 나 요리 안 해."

"나가서 먹자."

대충 세수를 하고, 내 방에 놓아둔 신발을 신고서, 그가 밖을 나섰다. 이렇게 이른 시간에 연 데가 있을까 싶었는데, 한 군데 발견했다. 검은색 간판의 Da Capo라고 쓰여진 이탈리아 식당. 허름해 보이는 외부와 달리 내부는 정갈했다. 우리는 오믈렛과 샌드위치, 샐러드를 주문했다. 일반 독일 아침 식사. 우리는 다시 베를린에 대한 이야기를 시작했다.

"이 추운 날씨에 거리에서 자고 있는 노숙자가 너무나 많네. 대부분은 약에 찌들었을 텐데, 그러니 이 추위를 버티지."

"나도 베를린이 썩 맘에 드는 건 아니야."

그는 눈을 굴리는 날 보고 웃으며 빵을 씹었다.

"하지만 그러기에 너는 너무 베를린과 잘 어울리는군. 베를린이 아닌 다른 도시에 있는 네 모습을 상상하긴 힘든데."

"네가 뭐라고 생각하든 내가 여기에 있는 이유는 공부 때문이지 다른 거 없어. 다른 학교 붙으면 베를린 떠날 수도 있고."

"난 네가 베를린에 있는 게 좋을 것 같아. 가능하다면."

"왜?"

"라비린트 안에 갇혀서 머리 굴리는 너, 어떻게 여기서 살아 돌아갈까 고민하는 그런 모습 잘 어울려. 본연의 너 같아."

〈가끔, 네가 꿈에 나왔어. 그래서 보고 싶었어〉

일 년 만에 내게 연락하면서 그가 말했다. 나는 그의 얼굴도 제대로 기억나지 않았는데. 그저 나를 처음으로 성적으로 매료시킨 남자라는 사실로서 그를 기억하고 있었을 뿐, 구체적인 상을 남기기에 우리의 만남은 지나치게 짧지 않았나 했는데.

아니야. 그런 말을 듣고 싶었던 게 아냐. 나는 내가 미래에 가질 수 있는 백 명의 남자가 아니라 오직 그를 원했을 뿐이다. 왜 그는 나를 늘 자신의 현실이 아닌 바깥 영역에 세워 두면서 또한 끈질기게 날 원하는 걸까. 알 수 없었다. 어쩌면 왜라는 질문만 꼬리에 꼬리를 무는, 그러나 아무런 답이 없는 이 사이에 질려 버렸을지도 모르겠다. 네가 말한 대로 난 복잡한 물고기라 정말 마음 먹고 도망치면 절대로 날 못 찾을 텐데. 만약 정말 내가 사라진다면 그는 무슨 표정을 지을까. 릴케는 말했다. 예술가가 된다는 것은 시간을 재거나 계산하거나 셀 수 있는 일이 아니라고. 그저 나무같이 성숙해지는 거라고. 수액이 들어 오지 못하는 봄의 폭풍우 속에서 위로 하듯 서 있는 거라고. 여름이 오지 않아도 괜찮을 것처럼. 여름은 반드시 오기 마련이지만 그 순간은 기다릴 줄 아는 사람에게만 오는 거라고. 마치 영원이 그 앞에 펼쳐지는 듯한 인내심 속에서. 나는 예술가가 되고 싶었던 게 아냐, 단지 그가 나의 여름이길 바랐을 뿐이다. 그래서 그를 기다렸다. 긴 일월의 겨울이 떠올랐다. 절대 이 겨울이 지나고 여름이 오지 않을 것 같은데 어떻게 봄의 폭풍우 속에서 위로 하듯 서 있을 수 있을까 아득한 마음에 이파리가 모두 떨어진 나무를 오래 지켜 보았다.

하긴 이건 그렇게 나쁜 상황은 아니야. 만약 릴케가 봄이 아니라 겨울로 바꿔서 썼으면, 겨울의 눈 속에서 앙상한 가지를 드러내며 위로하듯 추위 속에 서 있는 인내심이라고 썼다면 난 분노했을 것이다. 위로가 되지 않으니까. 그건 슬픈 거야. 나무도 추워서 이파리 바닥에 다 떨구고 맨 몸으로 버티는 거니까. 독일을 피해 스위스에서 죽은 릴케도 그렇게 끔찍한 인내심을 요구하진 않았겠지. 어쩌면 나의 마음은 그때 한 번 죽었던 걸까. 그런 겨울을 보낸 것은 한 번이면 족하다.

빠져 나갈 거야. 이 그물에서.

나는 그 생각을 하면서 천천히 앞으로의 계획에 대해 말했다. 부다페스트, 생일의 밀라노 여행, 아직 시작하지 않은 공부, 글 쓰기 연습. 빨리 학위를 끝내고 한국으로 가고 싶다는 말과 함께.

"생일만은 베를린을 벗어나고 싶어서. 그리고 이탈리아 남자 궁금하기도 하고."

그를 도발하고 싶어서 일부러 한 말이었는데, 그는 되려 여유롭게 이탈리아 남자 잘생겼다고, 밀라노 남자는 특히 매너 좋고 키 크고 괜찮기로 둘째가라면 서럽다며 좋은 계획이라고 말했다.

"생일에 있기엔 밀라노, 최고지."

계산을 하고, 우리는 다시 길을 나섰다. 긴 다리로 걷는 그와 보폭을 맞추려 빠르게 걸었다. 출근으로 분주한 사람들 속에서 그는 아무 말 없이 나를 뚫어져라 쳐다봤다. 걱정도 오지랖도 그 어떤 말도 없이. 어느 순간, 어느 곳에 있든 절대로 니코를 속일 수는 없을 것 같았다. 그는 거리와 시간과 상관없이 정확하게 나의 마음을 꿰

뚫을 것이라고. 아무리 내가 잘 차려 입고 다리 꼬고 앉아 뻔뻔하게 나 잘 지낸다고 말해도 그는 단박에 나의 결핍을 파악하겠지.

"아직도 네가 꿈에 종종 나와. 무섭도록 현실적으로."

이 버스 안에서, 아무도 이해할 수 없는 한국어로, 머리를 넘기며 그가 말했다. 꿈. 그의 무의식 한가운데에 내가 서 있다고. 그의 꿈속의 나는 어떤 모습일까. 그를 처음 만났을 때가 떠올랐다. 잔에 따라지던 맥주. 그의 어깨를 둥그스름하게 적시는 불빛. 옆에서 슬쩍 보는 것만으로 설렜던 순간, 그 순간을 떠올리면 반드시 나는 매혹의 출발에 서고 말았다. 그가 나에게 매혹당한 지점은 어디일까. 다시, 우리는 역에 도착했다.

"마지막으로 물을게. 이런 어장 관리 패턴 지겨우니까. 나 좋아하면 좋아한다고 말해. 예나와 베를린은 멀지 않아."

그는 가방에서 볼펜을 꺼내 내 손바닥 위에 글자를 하나 써주었다.

S/

내 이름 써주는 건가 해서 조금 설렜는데 그게 다였다.

"이게 뭔 뜻이야."

"분열된 주체를 나타내는 코드야. 이상적으로 완벽한 주체로서의 자기 의식은 불가능하다는 것을 나타내는 건데. 결국 주체는 결코 자기 자신을 완전히 알 수 없고 자기 자신에 대한 지식으로부터 스스로 잘려 나가 있다는 뜻이지. 불완전한 인간은 늘 자신의 결핍을 채우기 위해 욕망을 쫓아가지만, 욕망이라는 것 자체가 불안정하게 변하니까. 어쩔 수 없어, 우린 우리에게 금지된 것만 원하는 거야. 절대로 채워지지 않아, 욕망이란 건."

그 말을 들은 순간 화가 났다. 왜냐하면 난 늘 증명하고 싶었으니까. 상상계는 절대로 쉽게 무너지지 않는다는 것을. 왜 상상계를 무시하는 거지? 상상계가 튼튼해야 억압된 욕망이 생겨나지 않는 거야. 그래, 네 말대로 난 어느 순간 너를 원할 수도 그렇지 않을 수도 있어. 그게 중요해? 삼 년이야. 무의식이 내 욕망을 이렇게 끈질기게 지탱하는데, 내가 진짜 널 쉽게 잊어 버릴 수 있을 것 같아? 이제서야 난 네가 어떤 사람인지 겨우 알게 되었는데. 그보다 절실한 이유가 많았다. 여기까지 오는 것이 쉽지 않았기에 나는 애써 분노를 참았다. 마지막일수도 있는데 아직까지 다른 단어를 빌려 자신의 얼굴을 숨기는 그가 야속했지만 나는 다시 간청했다. 널 간절하게 나의 실재계에 세우고 싶어. 서로 실체 없이 욕망만 하는 거 말고, 진짜로 너의 현실 속에 연결되고 싶으니까.

"너는 나의 꿈이야. 내가 처음부터 그렇게 정의했으니까. 네가 나이를 먹고 섹시함을 잃어도 욕망의 대상이 될 수 있어. 내 상상력을 무시하는 거야? 나의 상상은 절대 죽지 않아. 그러니까 날 믿어도 돼. 넌 내 인생에서 최고로 매력적인 남자가 될 거라고. 내가 그렇게 만들거야."

"생일 즐겁게 보내. 밀라노에서 잘생긴 남자 만나면 같이 사진 찍어 보내줘."

그가 탈 기차가 도착하는 순간, 직통으로 맞은 바람에 순식간에 머리카락이 흩어졌다. 길다고도 짧다고도 말할 수 없는 애매한 머리카락 길이처럼 우리라고 부르긴 어려운 사이. 우리는 꿈에서만 서로를 만났다. 언젠가 그와 내가 함께 타던 버스의 쓸쓸한 적막에 대해 쓰다 보면 그가 나를 고통스럽게 원했다는 것을 알 수 있을까. 훗날이라도 그의 얼굴을 기억하고 싶지 않아서 일부러 바닥만 쳐다 보았던 그 버스에서부터 그는 뚫어져라 내 얼굴만 바라보았다. 어쩌면, 넌 우리가 처음 만났던 날부터 나를 그렇게 무의식에 기록하고 있었을 거란 사실을 처음으로 자각한 순간.

Wo es war, soll ich werden.

분명히 너의 무의식은 나를 꿈꾸는데 어째서 우리는 현실에서 만나지 못하는 걸까. 무의식을 사유해야만 실재계에서 인간 존재가 완성 된다는 라캉의 말이 떠올랐다. 그런데 현실은 반대야. 어른들은 무의식을 지우기에 바빠. 욕구를 말하려고하지 않으니까, 그냥 묻어버리려 고만 하니까 자꾸 분열 되는 거라고. 합리적인 결론을 내리고 그걸 따르면 뭐해, 그래 보았자 원하는 건 따로 있는데. 그는 어른이니까 나처럼 현실성 없다고 여겨지는 꿈을 위해 고집부리지 않겠지. 다 알고 있는데도 또다시 진 것 같았다. 안 돼, 아직은 아니야. 물러서지 말자. 나는 입술을 잘근잘근 깨물며 돌아섰다. 신발끈을 고쳐 매는데 손이 떨렸다. 심장이 욱신거렸다. 여전히 꿈의 세계에 서 있는 나. 우리는 정확히 N극과 S극처럼 반대 방향에 서 있었다. 처음부터 끝까지. 힘껏 뛰었다. 그 순간에서 도망치지 않으면 꿈을 빼앗길 것 같았다.

Kapital 5

이사라고 할 것도 없이 짐을 옮기는 일은 간단했다. 작은 택시를 불러 이케아 박스 다섯 개와 캐리어를 넣고 이동했다. 새로 살 집은 일층이었다. 택시 운전사가 고맙게도 짐을 옮기는 일을 도와주어서 생각보다 일을 빨리 끝낼 수 있었다. 나는 테이프를 붙인 박스를 열고 책을 한 권 꺼내 가방에 쑤셔넣었다. 길을 버틸 수 있게 도와줄 내 책. 4월 1일, 거짓말처럼 눈이 내렸다. 부다페스트로 향하는 밤의 버스에는 사람이 별로 없었다. 내 옆 좌석은 비어 있었다. 나는 다리를 뻗고 흔들리는 버스의 유리 벽에 머리를 기대었다. 스멀스멀 추위가 몸에 기어 올라 왔다. 히터가 나오지 않는 버스 안은 추웠다. 아무것도 보이지 않는 어둠을 뚫고 버스가 달렸다. 읽고 있

던 플라톤의 『향연』에서 재미있는 우화가 하나 나왔다. 모든 인간
은 본래 모두 하나의 짝으로 붙어 있는 존재였다는 것. 남성-여성,
남성-남성, 여성-여성의 짝도 있었다. 그러나 이들은 네 개의 팔과
네 개의 다리를 가지고 기어 다니며 사방에서 천방지축 문제들을
일으켰다. 결국 보다 못한 신은 이들을 둘로 갈라 놓았다. 그때부터
이들은 자신의 잃어 버린 반쪽을 찾아 헤매는 에로스적 존재가 되
었다는 것이 이 우화의 골자다. 라캉은 인간 존재가 에로스적 존재
로 진입 하면서 무성생식에서 유성생식으로 진화 방향을 틀었다고
설명했다. 무성생식을 하는 아메바는 세포 분열을 통해 자신만을
무한 복제하기 때문에 사실상 무한히 살 수 있는 단지 증식할 뿐인
존재지만, 성별을 가지고 유성생식을 하는 부류는 좀 다르다고. 단
한 번의 결합 후 생명을 완성하고 죽어버리는 수많은 생물을 봐, 유
성생식은 위험하지만 특별한 존재를 만들지. 나는 그가 우스웠다.
그래, 너의 수준은 아메바 정도인 거야. 넌 어차피 날 원하게 되어
있어, 네 의식이 살아 움직이고 있는 한. 나와의 합일을 거부한다고
평생 죽지 않고 안전할 것처럼 생각하지 마. 네가 좋아하는 라캉이
그런 거 수준 떨어지는 짓이라고 정확히 말하고 있으니까. 나는 니
코에게 메시지를 보냈다.

〈만나보는 게 어떨까 그 사람. 나한테 데이트 신청한 집주인. 〉

평소와 달리 니코의 답은 빨랐다. 니코는 직업과 그의 나이를 물
었다. 컨설턴트, 마흔 한 살. 서베를린 출신. 나이의 앞자리 수가

4가 들어가는 사람은 처음이었다. 내가 서른을 넘어도 절대로 그의 앞자리 수에는 닿지 못할 텐데. 그래서 겁났다. 그저 니코를 도발해 보고 싶었을 뿐인데, 네가 베를린 사는 사람 만나라고 했으니까. 뜻밖에도 그의 답은 긍정적이었다. 늘 베를린에서 남자 조심하라고 말하기 바쁘던 니코가.

〈나이 너무 많지 않아?〉

〈베를린에서는 차라리 나이 많은 사람이 안전해. 나이가 그렇게 중요한 변수도 아니고.〉

나는 그의 대답을 듣고 결심이 섰다. 넌 평생 네 동굴에서 혼자 살아. 나는 곧바로 그에게 메시지를 보냈다.

〈어떻게 지내? 너를 한 번 만나고 싶은데. 다음주에 괜찮을까〉

〈왜 다음 주야? 지금 와도 돼.〉

이상했다. 십 분 만에 온 답변. 평소 독일 사람들 답변 늦기로 유명한데 당황스러울 만치 속전속결인 남자였다.

〈나 지금 부다페스트 가는 길이야. 다음 주에 베를린으로 돌아가. 너 부다페스트 가 봤어?〉

〈응. 부다페스트 아름답지. 꽤 오래전에 가봤는데. 좋은 사진 찍으면 보내 줘. 다시 보고 싶어〉

한참 아빠에게 맞고 울다 푸르딩딩 하게 부은 것 같은 새벽. 어둠 속에서 희미하게 동이 트면서 순식간에 하늘이 차가운 빛을 띠었다. 잠이 들었다 깨기를 반복하는 도중, 이윽고 버스가 프라하에 도착했다. 잠깐의 휴식 후, 버스는 다시 낡은 벽이 쩍쩍 갈라져 간신히 버티는 건물 사이를 지나 슬로바키아로 넘어갔다. 삼십 분 간의 휴식. 국가 간의 경계가 이렇게 낮다니 한국에서 태어나 비행기로만 타 국가로 이동할 수 있었던 나에게 그 밤은 신선한 충격이었다. 차가운 아침 공기를 들이마시며 카페 안으로 들어갔다. 다행히 매장에서 카드 결제가 되었다. 카푸치노의 맛은 제법 괜찮았다. 읽을 수 없는 전광판 속의 구불구불한 글자를 뚫어져라 쳐다보며 커피를 마셨다. 잠들었다 다시 눈을 뜬 것처럼 의식이 명료해졌다. 버스 기사가 담배 꽁초를 버리고 엉덩이를 툭툭 털었다.

부다페스트까지 가는 사람이 이렇게나 적었다니. 앞좌석에 앉은 사람들 머리 셋이 보였다. 뒷자석에 앉은 사람은 나 하나뿐. 버스가 목적지에서 멈추었다. 시계를 보니 오후 열한 시가 다 되었다. 정확히 열세 시간 지나 부다페스트에 도착했다. 짐을 들쳐 메고 터미널 밖으로 나갔다. 베를린에서는 눈이 왔는데 부다페스트로 넘어오니 이슬비가 부슬부슬 내렸다. 물기에 미끌거리는 핸드폰 액정을 쓱쓱 바지로 닦고 숙소의 주소를 검색했다. 아스토리아역 근처. 검찰원이 곳곳에 배치된 개찰구에 티켓을 체크하고 긴 에스컬레이터를 타고서 천천히 지하로 내려갔다. 런던과 같은 해 건설된 지하철. 거의 유럽 최초의 지하철임에도 현재의 베를린 지하철에 비할 수 없이 내부가 깨끗했다. 흡사 서울의 지하철이 생각날 만치.

호스텔에 도착하니 데스크에 앉아 있는 금발 머리 남자 아이가 콜라를 마시고 있었다. 체크인을 하려고 내 이름을 말하고 예약 확인을 부탁했다. 그가 발음하는 내 이름은 엉망진창이었다. 혹시나 했는데 역시 이 동네도 내 이름을 이상하게 발음하는군. 여기 오래 살려면 개명해야 하나. 데스크에 쌓여 있는 시티맵을 한 장 폈다. 지도, 잘 볼 줄도 모르면서. Welcome to Budapest라고 쓰여진 글자를 읽으며 강줄기 근처에 있는 관광 명소를 살펴 보았다. 열쇠를 받아 들고 방에 들어와 비어 있는 침대 위에 자켓을 던졌다.

어딜 먼저 가 볼까.

지도를 보니 긴 강이 하나 있었는데, 숙소 왼쪽으로 계속 쭉 가면 강이 나오겠지 싶었다. 별 의미 없는 지도는 백팩에 집어 넣고 나는 무작정 걸었다. 일주일 동안 여기서 혼자 뭘 할까 따위의 고민은 일단 밖에서 해도 늦지 않으니까.

강을 경계로 부다와 페스트 지역으로 분리되는 부다페스트. 두 도시는 원래 분할된 지역이었다가 1800년 후반 수도로 지정되면서 함께 통합되었다. 클래식하고 고상한 건축물과 인더스트리얼 디자인 계열로 새롭게 오픈한 카페와 레스토랑들의 조화가 신선했다. 곳곳에 자리한 독일계 기업의 간판들, 드로거리 샵부터 슈퍼마켓, 자동차 회사들. 이 도시는 이미 독일의 영향권에 있었다. 세피아톤으로 낡아간 낙엽처럼 책 속에 얇게 보관하고 싶은 과거의 흔적이 짙게 남은 건물들. 문이 열린 빈티지 샵에 들어갔다. 소비에트 연합 시절 사용 되던 물건들이 가득했다. 사회주의에서 자본주의로 체제가 이행되었어도 사회주의 시절 사용되던 물건은 어딘가에 그대로 남아 버젓이 유통되고 있었다. 스탈린의 초상화, 엽서, 우표, 유니폼, 군복에 사용되던 견장들. 알 수 없는 붉은 글자로 가득찬 포스터. 그림만 보아도 그 그림이 이데올로기와 관여된 것을 알 수 있었다. 가끔 훔볼트 대학 건물 앞에서 공산주의 시절의 향수를 담은 군복이나 모자를 파는 건 봤었지만 이렇게 실생활에서 사용된 물건을 직접 보는 건 처음이었다. 실제로 사람들은 집 안에 저런 초상화들을 걸어두고 사회주의가 영원할 것처럼 철석같이 정부를 믿은 걸까. 어떤 체제가 끝이 났다고 모든 것이 사라졌다고 말하는 것은 무의미할지도. 박물관보다 흥미진진한 그곳을 오래도록 돌다 밖에 나왔다. 비가 그친 후 잠시 해가 떠 있었다.

전통 마켓에서 기름기가 살짝 도는 짭짤한 빵을 샀다. 이십 센트도 안 되는 가격이라고는 믿어지지 않는 맛. 그저 감탄만 하며 빵을 씹었다. 잠시, 사월 날씨 같은 바람이 불었다. 봄이 바로 내 옆에서 걷고 있었다. 아침까지 감돌던 스산한 추위가 사라지고 주변 공기가 따뜻해졌다. 시티맵으로 얼굴을 가리고 벤치에 누워 있다 잠이 들었나 보다. 눈을 뜨자 국회의사당 건너 편에 무지개가 떠있었다. 소나기 속에 품은 물방울이 반사하는 빛의 스펙트럼. 프리즘으로 살펴보자면 일곱 가지 색으로는 절대 끝나지 못할 색의 향연. 햇빛의 색을 드러내는 것은 햇빛 그 자체가 아니라 공기 속 물방울이라는 엉뚱한 사실이 재밌어서 난 가끔 무지개를 오래 바라보았다. 이래서 인간은 혐오하면서도 타인을 필요로 하나, 진짜 자기 모습이 궁금해서라도. 멍 때리면서 무지개를 보는데 갑자기 핸드폰이 진동했다. 화면을 보니 수연이의 이름이 떠있었다.

"너, 지금 통화 돼?"

"잠깐. 나 바깥이라 연결이 좋지 않아서."

나는 서둘러 버거킹으로 뛰어가 와이파이를 잡았다. 그녀의 어두운 목소리가 마음에 걸렸다. 수화기 너머 떨리는 목소리, 그녀의 불안한 마음이 느껴졌다.

"나 헤어졌어. 어떻게 하지, 그렇게 사랑한 사람 처음인데."

한두 달, 길어 봤자 육 개월. 짧은 연애만을 하던 그녀가 이 년 넘는 시간을 함께한 남자였다. 수연이가 미니 스커트 입고 데이트 하러 왔다고 네 시간 삐져서 아무 말도 안 하길래 의처증인가 의심했다는 남자였지만 크리스마스에 엄마와 함께 시간을 보내라며 한강 유람선과 코스요리를 예약해 주던 남자였다. 한 번 헤어지고 다시 만날 때 수연이가 몹시 기뻐했는데 결국 오래가지 못해 다시 헤어졌나 보다. 잠수 이별이라했다.

"오빠 술 마시고 같이 통화했는데, 그때 이후로 연락이 없어. 삼일째 이래. 어떻게 하지."

잠수라. 남자들은 도대체 수면 아래 몇 미터 아래까지 잠수할 수 있는 걸까. 산소통은 들고 입수했나. 우리는 장장 두 시간을 통화했다.

"최악이야. 하루 이틀 본 것도 아니고 이 년 넘게 만난 상대의 감정을 이렇게나 무시하다니."

허리가 아파서 데이터를 켜고 밖으로 나갔다. 도나우 강을 따라 무턱대고 걸으며 그녀가 토로하는 말들을 들었다. 밖으로 나오자 데이터 연결이 불안정해서인지 갑자기 전화가 끊겼다. 시계를 보니 오후 일곱 시가 넘어 있었다. 슬슬 어두워질 때였다. 한국은 새벽이니 수연이도 곧 자겠지.

나는 슈퍼에서 맥주를 사들고 산중턱으로 발걸음을 옮겼다. 케이블카를 탈까 하다 눈대중으로 보기에 그리 높아 보이지 않아서 산책로를 따라 다른 관광객 무리와 함께 산 위를 올랐다. 숨이 찼다. 강 건너편 시청 청사로 노을이 막 산란하기 시작할 찰나, 흰색의 벽과 자주색 지붕이 붉은 노을 빛을 삼키고 뜨거워지고 있었다. 이 도시의 아름다움은 진짜였다. 퇴락한 도시가 간직한 사랑. 산 중턱에서 넋을 놓고 세치니 다리를 바라보았다. 살짝 떨어져 있는 두 다리 위의 빛 무더기가 어둠 속에서 네모 형태를 그리고서 막 반짝일 준비를 하고 있었다. 사랑을 맹세하는 결혼 반지인가. 저 빛을 손에 끼면 왜인지 사랑이 영원할 수 있을 것 같은데. 스물여덟, 좋아하는 남자한테 차이고 부다페스트 와서 아직도 사랑 타령이나 하다니 절망적인 로맨티스트군. 스스로가 우스워서 피식댔다. 나는 대충 사진을 찍고 다리의 전경을 바라보며 혼자 맥주를 마셨다. 갑자기 핸드폰 알림이 울렸다.

〈잘 지내? 부다페스트 어때?〉

오래 전에 부다페스트에 갔는데 그 모습이 생각 안 난지 오래라며 사진을 보내 달라는 그의 말이 떠올랐다. 나는 방금 찍은 야경 사진을 몇 장 전송했다. 그리고 그의 이름을 물었다.

〈잠깐만, 이름을 까먹었어. 뭐였더라?〉

〈David〉

작고 창백한 별이 반짝였다. 먼지에 더러워진 니코의 크고 하얀 운동화가 생각났다. 눈물에 젖은 목소리로 수연이가 마지막까지 물었다.

"걔 진심이 뭘까. 진심."

그런 거 물으면 더 모르겠더라고. 진짜 좋아했다고, 그래서 열심히 사랑했다고 말하면 나는 기필코 그 마음을 다시 의심하고 말았다. 정말 그럴까, 그게 최선이었을까 하고. 진심이란 단어는 날 위로하기 위한 단어일 뿐이지 남에게 강요할 성질은 아니라는 것을 알고 있으면서도 나는 번번이 궁금했다. 단 두 글자에 내재된 무한의 세계. 모두가 필사적으로 밀봉하고서 절대로 보여주지 않으려고 고집스럽게 닫고 있는 내면의 심상. 얼마나 그걸 드러내기 싫으면 잠수까지 하는 사람도 있겠나 싶지만, 나는 감히 똑바로 쳐다볼 용기도 없으면서 계속 눈길이 가는 상대를 힐끔힐끔 그러나 주야장천 바라보고 있는 것처럼 하나만을 바랐다.

마음.

다시 추적추적 내리는 비. 아직은 빛이 모자란 사월의 부다페스트. 나는 보슬비를 맞으며 다시 홀로 밤 버스를 탔다. 안부를 묻는 니코의 메시지를 무시하려고 애쓰며. 어차피 네가 아니라면 아무랑 만나도 상관없어, 쓸데없이 도끼 눈을 세우며 객기를 부리던 밤. 프라하에서 내린 나는 근처 슈퍼마켓에서 코젤 맥주를 잔뜩 샀다. 수연이와 신나게 술을 마시며 윤종신의 노래를 부르고 사랑 타령하던 그 밤의 패기를 잊지 않기 위해서라도.

겨울에 꽁꽁 얼어 갇혀 있던 빛이 꿈틀대며 길거리에 다시 스며들기 시작하던 사월의 베를린. 저기압이 점점 풀려가고 있었다. 어느덧 여섯 시가 지나도 해가 그대로 머물러 있는 봄이 되었다. 나는 버스 차창 밖으로 느지막이 지기 시작하는 노을을 바라보면서 그의 집으로 갔다. 약속 시간에 맞춰 도착하고서도 선뜻 벨을 누르지 못하고 뱅뱅 동네를 한 바퀴 돌았다. 뭘 심각하게 생각해, 그냥 독일어 한번 써먹으러 가는 건데. 그렇다. 일 년간 정체 상태인 독일어는 나를 더 조급하게 만들었다. 올해 학교에 입학하려면 여름까지는 시험에 합격해야 하는데 겨울이 다 지나가도록 내 독일어는 작년과 비교해 좋아지지 않았다. 이렇게 긴 학습의 답보 상태를 처음 경험한 내가 고민이 없을 리 없었다. 어학원에서 만나는 학생들의 어휘량과 문법의 수준은 나 정도로 극히 제한되어 있었다. 그래, 오랜만에 하루 독일 사람이 독일어하는 거 들어본다고 생각하고 가자. 연습이 실전에는 제일 좋으니까. 이렇게 계속 방에 혼자 있으

면 독일어 절대 안 늘어. 나는 키오스크로 달려 맥주를 샀다. 병맥
주를 삼키며 십 분을 기다렸다. 취기가 올라오기 시작한 얼굴, 나는
모자를 고쳐 쓰고 한달음에 뛰어가 그의 집 앞의 벨을 눌렀다. 기다
렸다는 듯 문이 열렸다. 긴장으로 흠뻑 땀이 흘렀다. 삐걱대는 나무
계단을 밟으며 맨 꼭대기층으로 단숨에 올라갔다. 도깨비 탈같은
손잡이가 달린 문이 빼꼼히 열려 있었다. 조심스럽게 문을 여니 바
로 앞에 그가 서 있었다. 나는 인사도 잊고 다짜고짜 물었다.

"화장실 어디 있어?"

그가 긴장될 대로 긴장된 내 눈빛을 바라보더니 손가락으로 통
로를 가리켰다. 화장실에 들어가자 마자 천천히 속으로 사십까지
숫자를 세고 물을 내렸다.

사십 살? 그거 아무것도 아니야. 남자는 다 애라고 수연이가 말
했는데 난 아직도 숫자 앞에서 쫄아있는 건가.

찬물에 세수를 하고 밖으로 나갔다. 채 마르지 않은 얼굴의 물
기가 바닥에 뚝뚝 떨어졌다. 몰래 물기를 발로 닦았다. 우리는 늦
은 인사로 가벼운 포옹을 했다. 훌쩍 큰 그의 어깨가 내 목에 간신
히 닿았다. 문이 열린 옆 방에는 아무도 없었다. 새 하우스 메이트
는 구한 건지. 소파에 앉았다. 그의 눈에 과연 내 긴장이 읽힐까. 그
가 코르크에 오프너를 꽂고 천천히 와인을 따기 시작했다. 붉은 와
인이 담긴 잔에 창가 너머 노을 빛이 비스듬히 담겼다. 나는 와인을
홀짝이며 그의 눈을 피해 지레 다른 곳을 바라보았다.

"사실 좀 놀랐어, 갑자기 연락 오길래. 별 기대 없었거든."

"차였거든. 한 번도 아니고 여러 번."

진짜 놀랐는지 와인을 마시던 그가 잔을 내려 놓았다. 나는 스트레이트로 잔을 비웠다. 뜨거운 열기가 가슴 속에서부터 끼쳤다.

"걔, 오늘 너 만나는 거 알아. 사실 걔한테 물어봤는데. 좀 겁나서. 너처럼 나이 많은 남자 만나는 건 처음이라. 근데 걔 말로는 베를린에서 어린 애 만나는 것보다는 훨씬 나을 것 같다고 하더라고."

"고마워해야겠군. 덕분에 다시 만났으니."

"그런가. 걔가 좀 후회했으면 좋겠는데."

"후회할 걸. 아마. 지금도."

"진짜?"

탄닌의 쌉쌀한 맛이 뒤늦게 밀려왔다. 그가 비워진 잔에 와인을 따라주며 말했다.

"응, 확신해."

잘 알지도 못하는 사람의 마음을 뭘 안다고 그가 확신까지 하는지는 모를 일이지만 그 말은 거짓말처럼 나의 긴장을 풀었다. 데이트하러 와서는 전에 만나던 남자 이야기나 하고 있는 나를 보면 수연이가 한 소리 할지 모르지만 난 그걸 알고 싶었는지도 모르겠다. 날 놓친다면 넌 조금쯤 아쉬워할 것인지. 천천히 그의 눈동자를 바라보았다. 잡지에서 얼핏 보았던 수트 모델 같은 인상이었다. 샤프하고 날렵한 본연의 얼굴 선이 아직 죽지 않은 나이. 니코 정도의 나이였을 때 그는 어떤 모습이었을까. 그때 만났다면 그의 발 밑에 있는 여자들에 가려져 우린 스치지도 못했을 것 같은데. 같이 사는 거 좋은 생각 아닌 것 같다고 한 그의 말이 맞았을 수도.

화장실에서 두 번째 세수를 했다. 선반에 즐비한 향수. 니코가 즐겨 쓰던 제품이 놓여 있었다. 투명한 회색 빛 떼르 향수의 뚜껑을 열고 조심히 향을 맡아 보았다. 남자들의 향수는 무엇을 베이스로 하길래 이렇게 후각을 후벼 파듯 깊숙이 찔러오는 걸까. 어른의 향. 아빠의 오토바이 뒤에 타고서 함께 배드민턴을 치러 다니던 초등학생 때부터 스킨과 향수, 땀 냄새가 뒤섞여 텁텁하고 알싸한 그 향의 정체가 궁금해서 코를 킁킁대곤 했었다. 마흔 초반의 아빠는 훤칠하고 운동을 잘하고 목이 길었는데, 아무래도 그 시절의 아빠가 내 뇌리 속에 강력히 박혀 있나 보다. 프로이트가 아주 틀린 소리만 한 것 같지는 않았다. 아빠 같은 남자 죽어도 안 만날 거라고 아빠와 싸울 때마다 소리 질렀는데 현실에서는 별로 효과가 없나 보네. 아직도 목이 긴 남자만 보면 홀린 듯 눈길이 가고 있으니. 불을 끄고 통로를 걸어가는데 거실 밖에 나온 그가 물었다.

"괜찮은 거야?"

고개를 끄덕이는데, 술김에 바보처럼 휘청댔다. 그가 내 허리를 잡았다. 내 앞에 자리한 거울 속의 내가 백팔십 도로 돌았다. 영화 속 연출도 이렇게 전형적이진 않을텐데 일부러 이러는 건가 싶을 만치. 그러나 그의 손이 내 허리에 감긴 순간 처음으로 알았다. 이러나 저러나 나도 무드에 약한 여자라는 것을. 머리와 달리 마음은 뻔한 스토리를 좋아한다는 것을. 그러니 『로미오와 줄리엣』은 셰익스피어의 작품 중 최고로 잘 팔리는 거고. 아무래도 자신이 언제 멋있어 보이는지 너무 잘 아는 사람이니까. 역시 모델을 했던 사람은 자신의 매력을 능수능란하게 이용할 수 있는거군, 그 의도를 전부 읽을 수 있음에도 어째서 철없이 심장이 뛰고 있는 걸까. 이래서 뻔한 러브 스토리는 재탕을 해도 계속 먹히나 봐. 나는 그 손을 잡고 몸을 일으켰다. 누가 봐도 멋진 어른이라고 할 만한 남자와 데이트를 하는 맛에 촌스럽게 신나서 들이켰는데 이 정도 마시고 휘청이다니. 이제 꿈에서 깨어 나야지 슬슬. 가방을 들었다.

"집에 갈래."

그가 스니커즈를 신고 열쇠를 찾았다. 데려다주려는 건가. 성큼성큼 그가 계단을 밟고 내려갔다. 희미한 등불, 뒤에서 천천히 계단을 걸어 내려가는데 다리를 또 삐끗했다. 그의 어깨를 짚고 무너지려는 균형을 간신히 잡은 순간, 그가 돌아섰다. 한 계단 위에 서 있는 나, 우리의 눈높이가 비슷해졌다. 누가 먼저랄 것 없이 서로의 혀가 엉켜 들어갔다. 나와 비슷한 감도의 혀. 키스만으로 이렇게 몸이 뜨거워질 수 있다니 나와 그는 비슷한 유형의 인간이었나. 줄곧 이런 감각을 찾았는데 역시 어른은 다른가 보다. 어깨를 간신히 떼고 떨어졌다가 몇 계단 밟지도 않아 우리의 키스는 다시 이어졌다. 그의 어깨에 기대서 키스를 해도 흔들림 없이 날 그대로 받쳐줄 것 같은 탄탄한 어깨에 기대. 뱀파이어에 물린 건가. 으슥한 밤. 그는 대담하게 내 목까지 파고들었다. 드디어 가장 뻔한 러브 스토리에 나 자신을 밀어넣을 수 있는 순간이 온 것을 알았다. 생각을 피하여 숨어 있던 욕망이 빼꼼히 고개를 들었다. 집에 돌아와 가방을 던지고 침대에 누워도 쉽게 자극된 몸의 긴장이 풀리지 않았다. 자꾸만 생각나는 키스에 비하면 그가 보내는 메시지는 느끼할 뿐이었다. 이상한 어른이네. 키스만으로 이렇게 몸을 뜨겁게 만들다니. 다음 날 아침, 수연이에게 전화가 왔다. 어땠어? 그녀가 물었다.

"어른은 뭔가 다른 것 같더라고, 나도 마흔 넘어서 와인잔 돌리면서 앉아만 있어도 근사한 여자가 되고 싶어. 분위기 확 휘어 잡으면서."

"네 소망을 말하지 말고, 데이트 어땠냐고."

"키스를 잘 했어. 진짜. 내가 해 본 남자 중 최고였어."

"그럼 빨리 거사 치뤄, 키스 잘 하면 보통 게임 끝이야."

"너무 빠르지 않아?"

"야, 너 몇 년을 니코한테 휘둘려놓고 아직도 망설여? 여자는 자기 좋다는 남자 만나야 돼. 헷갈리게 하지 않으니까."

전화를 끊고 곰곰이 생각했다. 사람 많은 중앙역에서 다 들으라고 짝사랑은 사랑이 아니라 자위일 뿐이라고 외쳐놓고서 아직도 계속 삽질하려는 건가. 핸드폰을 보니 그에게 다시 메시지가 와 있었다. 주말에 시간 되냐는 그의 물음에 나는 자고 가도 되냐고 물었다.

삼 일 후, 토요일 밤. 일찌감치 가방을 메고 나와서는 한참 버스를 타고 헤맸다. 썩 마음이 내키지 않다가도 키스 생각하면 가고 싶기도 하고. 결국 벨을 누른 것은 본래의 약속보다 한 시간 늦은 시각이었다. 모두가 다 등 떠밀어줘도 갈아 타는 건 쉽지 않군. 변명거리를 생각하면서 계단을 올라갔다. 굳은 얼굴의 그, 인사를 하고 옆방을 슬쩍 보니 아무도 없었다. 저 방에 누군가 살기는 사는 걸까. 밤 여덟 시가 넘은 시각, 어둑어둑했다. 집이 커서인지 쉽게 싸늘해졌다. 나는 그가 건네주는 와인을 빠르게 삼켰다. 키스는 좋았으니까. 게다가 내 앞에 앉은 이 남자, 누가 봐도 매력을 느낄 만한 대상인데 내가 지금 불법적인 일 벌이자는 것도 아니고. 진도가 너무 빠른 것 아닌가 싶다가도 지긋지긋한 어장 관리의 후유증에서 해방되고 싶기도 하고.

"그날 키스 좋았어. 사실 되게 오랜만이야. 키스만으로 반응이 온 게."

그가 바지 아래를 툭툭 건드렸다. 저런 말을 하고 뻔뻔하게 앉아 와인을 마시다니. 능글맞다는 뜻을 태어나 처음 알았다. 머리에서 흘러 나오는 경계 신호가 점점 흐트러져 갔다. 마음과 머리가 완전히 따로 노는군. 그가 슬금슬금 내 옆으로 다가왔다. 앞뒤가 맞지 않을 때 극단적으로 행동 반경을 변경하고 마는 증상이 나타난 건지 먼저 키스를 한 것은 내 쪽이었다. 이렇게 된 거 술김을 빌어 막나가 보자. 블라우스 단추를 풀어 헤쳤다. 그의 손이 능수능란하게 내 가슴에 들어왔다. 와인을 들이켜고서 한 섹스는 최악이었다. 일반적으로 처음은 별로라지만 이렇게 최악일 줄은. 스킨십이 나쁘지 않아서 기대했는데.

침대 위에 드러누워 공허한 한숨을 들이쉬었다. 후회가 밀려오려는 것을 간신히 참고 있었다. 그가 내 옆에서 와인을 마시며 물었다.

"사귈까."

누워서 숨만 쉬고 있는데도 사레가 들렸다. 만난지 세 번 만에 사귀자고 말하는 사람은 내 인생에 한 번도 없었다. 게다가 관계에 있어 진중하다는 독일인이 왜.

"내가 아는 독일인 중 세 번 보고 바로 사귀자고 한 사람은 단 한 번도 없었어. 무슨 생각이야."

"뭐 사귄다고 큰일나나. 내 나이가 몇인데. 아니다 싶으면 취소하면 되는 거고."

뭐가 급하다고 이렇게 밀어붙여. 집에 가서 자야겠다 싶어 핸드폰을 보았지만 이미 막차는 떠난 지 오래였다. 생판 모르는 남과 함께 쓰는 침대 위에서 한숨도 자지 못하고 새벽 내내 뒤척였다. 아침 여섯 시, 거실 발코니에서 서서히 떠오르는 일출을 보았다. 아쉬운 것은 사실이었다. 같이 사는 여자와 잘 생각만 하고 호시탐탐 기회만 엿보며 날 괴롭혀대는 내 동거인보다 이렇게 처음부터 확실히 선 긋는 남자랑 사는 편이 편한데 어쩌다 상황이 이렇게 되었는지. 소파에 웅크려 설잠이 들었다.

"들어가서 자."

눈을 떠보니 그가 머그잔을 들고 서 있었다. 커피 광고 속 장면 같았다. 눈을 비비고 다시 바라봐도 그 감상은 변하지 않았다. 나는 몸에 담요를 둘둘 말고 들어가 침대에 누웠다. 그는 내 옆에 앉아 신문을 펴고 커피를 마셨다. 그의 눈동자가 활자를 따라 움직이지 않는 것을 알고 있었다.

"사귈까?"

두 번째 질문. 나는 대답하지 않았다. 몇 번 더 만나고서 물어봤어도 똑같이 대답 못할 것 같았다. 침묵을 견디지 못하고 나는 주섬주섬 옷을 입었다. 또 말도 없이 사라지다니 이상한 애로 보겠구나 싶었지만 응수할 힘이 없었다. 스니커즈의 끈을 묶고 있는데 그가 내게 다가와 물었다.

"다음 주에 보는 건가."

나는 고개를 끄덕였다. 역시 키스가 좋았다고 섹스까지 좋을 거라고 생각한 건 어불성설이었다. 아침까지 시간을 견디지 못하고 일찍 돌아서고 싶게 만드는 이런 섹스는 다신 하지 않는 게 좋으려나 싶었지만. 어둡고 뻣뻣하고 미스테리한 남자, 그의 집에 들어갈 때마다 블랙홀에 빨려드는 것처럼 설레지 않았다면 거짓말이었다. 엄마가 알면 다리 몽둥이 부러질 일이지만. 진짜 인간은 금지된 것을 원하나 하면서도 아이러니하게 칼같이 정돈된 그의 공간만큼 내게 베를린에서 가장 안전한 공간이 있으려나 싶기도 했다. 그의 공간에는 날 중독자로 만들려는 약쟁이도 이래저래 나대는 어설픈 예술가도 나와 한 번 자보려고 추근대는 하우스 메이트도 없었다. 불안정한 변수가 모두 통제된 곳. 나도 베를린에서 이런 생활 공간을 갖고 싶은데 과연 베를린에서 원하는 것이 다 갖춰진 집 같은 게 내 손에 들어올 날이 오려나.

만날 때마다 화장실 거울과 바닥에 물자국이 튀었다고 세상 무너질 것처럼 그가 잔소리를 해도 나는 일주일에 한 번 규칙적으로 찾아오는 그와의 만남이 기다려졌다. 현관의 문을 열고 복도에 들어선 순간, 엘리베이터 없는 오 층까지 직접 올라가야만 닿을 수 있는 공간. 쥐도 미안해서 찍찍대지 못할 만큼 복도까지 조용했다. 이 공간에 누군가와 내가 연결 되어 있다는 것은 종종 나를 흥분 시키다가도 머뭇거리게 만들었다. 그는 내 시간 속에 존재한 바 없는 사람이었다. 그 전에 베를린에서 이런 사람을 모르고서 산 시간이 있었던 것은 그를 만나고서 한껏 고조된 내 기분과 분위기 속에 발을 내딛기 위해서가 아닐까 싶을 만큼. 우리는 성장 배경도 생김새도 세대도 직업도 하나도 통하는 것이 없었다. 이질적인 우리들. 그는 절대로 나를 떠받들거나 해달라는 걸 다 해주는 사람이 아니었다. 나이와 능력의 차이가 나는데, 그가 너무 심각하게 나와 모든 것을 동일한 선에서 보려는 것은 아닌가 싶다가도 그게 오히려 내 마음을 편하게 만들었다. 그가 만약 내게 모든 것을 다 해주거나 선물 공세를 하는 사십 대 였다면 나는 원조 교제를 하는 듯한 기분에서 벗어 나지 못해 그를 만나지 않았을 것이다.

난, 진짜 어른이 되고 싶었다. 어차피 겪는 이런 일, 아무렇지 않게 쿨하게 여기면서 그와 똑같은 눈높이에서 발을 맞출 수 있는 그런 여자.

토요일 한낮, 그의 집에 들어가니 그가 전등을 갈고 있었다. 그가 손가락으로 화장실 옆쪽의 문을 가리켰다.

"저 문 열고 위쪽 선반에 보면 전등 하나 있는데 갖다 줄래?"

나는 한번도 열어본 적 없는 그 문을 열고 먼지 쌓인 방에 들어갔다. 잡동사니를 넣어둔 공간에서 전등을 찾는 중, 〈1984〉라는 숫자가 쓰여진 박스가 눈에 들어왔다. 나는 홀린 듯 박스에 손을 댔다. 박스를 열어 보니 그 속에는 어린 시절 사용한 그의 여권과 사진이 들어 있었다. 역시 어릴 때부터 준수한 외모였군. 나는 궁금증을 이기지 못하고 그의 여권을 열어 보았다. 여권에 표기된 그의 출생지는 예나, 발급처는 DDR, 동독, 발급 년도는 1980년이었다. 혹시나 싶어 눈을 비비고 다시 여권 속 얼굴을 확인했지만 그 모습은 틀림없이 데이빗이 맞았다. 동독에서 서독을 오간 수많은 이동의 흔적이 고스란히 찍힌 스탬프가 누런 빛을 띠며 낡아 가고 있었다. 나를 재촉하는 그의 목소리가 바깥에서 들렸다. 나는 서둘러 여권을 박스에 넣어 두고 그 옆의 전구를 집었다. 그가 떨어지지 않도록 의자를 붙잡고 있는 동안 나는 별 망상을 하기 시작했다.

정말 그는 동독을 탈출한 걸까?

나는 평생 가도 그에게 이 사실에 대해 물어 볼 수 없다는 것을 알았다. 일단 몰래 내가 그의 여권을 봤다는 사실이 그를 기함하게 만들 게 뻔했다. 설령 내가 용기를 내어 물어본들 그가 원치 않는 과거의 자신에 대해 투명하게 답을 할 사람도 아니었다. 분명히 처음 만났을 때 그는 나에게 서베를린에서 태어나 줄곧 이 동네에서만 살았다고 말했었는데, 컴플렉스 하나 없을 것 같은 사람에게 이런 비밀이 숨겨져 있다니. 내가 경험해 본 바 없는 시공간 속에서 그는 어떤 사건을 살아왔을까. 언젠가 분단 상태였던 베를린의 모습이 궁금해서 그에게 물어봤을 때 그는 답했다.

"고립된 섬 같았어."

기대했던 대답이 아니어서 좀 놀랐다.

"서독의 수도는 Bonn이었잖아. 분단 이후 베를린은 수도 지위를 잃고 서독은 서쪽으로 치우쳐서 경제 개발을 시작했지. 서독 입장에서 베를린은 계륵이었을라나. 어디서부터 서독이고 동독인지 그 경계조차 명확하지 않으니, 베를린의 전후 복구는 힘들었어. 서베를린은 오히려 버려진 형태에 가까웠다고."

그 말이 베를린에서 어린 시절을 보낸 그의 경험에서 나온 사실인지 아닌지는 모르겠다. 그가 어떻게 삼엄한 경비를 뚫고 경계를 넘었는 지는 더더욱 모를 일이었다. 무겁고 둔탁한 어둠이 깔릴 무렵, 내 마음이 갑자기 눈을 떴다. 붉은 석양이 차오르는 거실. 노을빛을 등지고 서서 전등을 갈고 있는 그. 불현듯 그의 어두운 내면

속에 빛을 내고 싶었다. 어쩌면 저 사람은 빛을 찾고 있던 것이 아니었을까. 자신의 존재에 깃든 부피와 무게, 덩어리를 보다 입체적으로 펼칠 수 있도록 양감을 불어넣기 위해서. 그래서 두 번 보자마자 나를 원했던 것은 아닐까 하고. 그리고 나 역시 같은 것을 찾고 있었나 보다. 어둠이 있어야만 빛에도 깊이가 생겨나니까.

그래. 네가 동독에서 왔든 지옥에서 왔든 상관없어, 우리가 지금 여기서 만났다면 그걸로 된 거야.

그 여권을 시발점으로 나는 그에 대한 내 마음을 세차게 깨달았다. 강렬한 감정만큼이나 시작에 대한 모든 망설임을 가볍게 넘겨버린 채. 훅, 그의 내면에 잠식된 블랙홀로 빨려들어갔다. 우리가 처음 했던 열렬한 키스처럼.

1975년생, 내가 주구장창 듣던 밴드의 이름과 같은 그의 탄생년도. 난 다른 사람들이 보통 이곳에 오는 이유처럼 파티 하러 혹은 인류 동포애 느끼자고 베를린에 온 게 아니었다. 나의 눈을 이상하게 확 잡아 끌던 설명할 수 없는 그 음침한 상흔이 궁금해서 그걸 들여다보고 싶어서 견딜 수가 없었는데 역시 인간이야말로 가장 섬세한 기억을 지닌 화석일까. 그는 줄곧 내가 베를린에 대해 가장 궁금했던 시간을 지나온 사람이었다. 그의 단단한 육체부터 의식은 거꾸로 어디에도 드러내본 적 없는 비밀스러운 내면을 지키기 위한 것이 아닐까 싶을 만큼 모든 것은 정확하고 빈틈 없었다. 니코 말대로 난 진짜 복잡한 걸 좋아하는 물고기였나 보네. 아무도 관심 없는 이런 버려진 시간 속으로 뛰어 들고 싶어하는 거 보면. 내 마음은 사랑 이후 뒤따라올 참혹한 부재의 슬픔을 알아채지 못하고 마치 감미로운 감상이 영원할 것처럼 그를 생각하는 감정의 크기를 마구 키워댔다.

사랑이 만우절의 눈처럼 초현실적으로 내리던 그 해. 그 눈을 맞으며 혼자 이삿짐을 옮길 때만 해도 내가 그런 사랑에 빠질 것이라 생각해 본 적 없었다. 단 한 번도 띠동갑 이상으로 나이가 많은 남자를 만나 사랑에 빠질 거라고 생각한 적도, 어느 드라마 속 돈 많은 실장님에게 끌려 본 적도 없었다. 내 속에 이렇게 격렬하고 달콤한 파동이 내재되어 있는 줄은 나조차 몰랐는데. 아무리 생각해 보아도 내가 그를 좋아하게 된 특정한 계기나 순간은 기억나지 않았다. 정신을 차려보니 점점 그를 생각하게 되는 시간이 길어졌을 뿐. 주변의 반응은 좋지 않았다. 나와 친하게 지내던 남동생은 내게 전화해서 말했다. 한 번도 진지한 말투로 내게 말을 꺼내본 적 없는 장난기 많은 녀석이.

"누나, 아무리 생각해도 좋은 거 같지 않아. 안 만났으면 좋겠어. 그런 사람은."

그럴수록 나의 마음은 더욱 불탔다. 그의 마음이 딱딱하고 단단해서 누구도 한번도 뚫어본 적 없는 돌덩어리라면 내가 바로 그 돌을 흔들어 버릴 첫 번째 사람이 되겠어. 그가 세 번째로 사귈까라고 물었을 때 나는 활짝 웃으며 그의 품에 안긴 후 말했다. 그의 인생의 화양연화는 주름이 적었던 시기가 아니라 바로 지금이라고, 그의 아름다움을 볼 수 있어 행복하다고. 그 시기를 더욱 오래 볼 수 있다면 더더욱 기쁠 거라고. 내 말을 듣고 있던 그가 말했다.

"우선 그 엉망진창인 독일어를 고쳐야 할 것 같군."

최악이라고 생각했던 섹스는 점점 좋아졌다. 나는 가끔 섹스가 끝나고 소파에 앉아 혼자 생각했다. 진짜 사랑은 오르가즘으로부터 나오는 건가. 내 몸을 파고 헤치는 살짝 구부러진 페니스가 새겨넣는 쾌감의 형식은 매번 달랐다. 강약이 잘 조율된, 초장부터 절정의 순간까지 완벽한 그런 음악 같은 섹스. 깨작깨작 할 것도 없이 단 한 번으로도 충분한 그런 섹스. 그가 경험이 많아서, 단순히 잘해서 이런 감각을 느끼는 건가? 궁금한 마음에 그에게 대놓고 물어보았다.

"나도 이렇게 좋은 건 처음이야. 다시 태어난 것 같은데."

얼마 전까지도 모호한 타자였던 사람이 이런 쾌감의 영역과 이어질 수 있다니 알다가도 모를 일이었다. 나와 비슷한 환경이나 정서, 공통된 요소가 없는 사람과 육체적으로 이렇게까지 합이 맞는다는 게 아이러니했다. 사람들이 궁합 따져대는 이유를 알 것 같았다. 이런 요소는 정말 정해져 있는 건가? 내 욕망은 점점 다가오는 절정의 여름처럼 선명해졌다. 맞아, 이런 쾌감에 비교하면 진짜 짝사랑은 슬픈 자위일 뿐이야. 둘의 쾌감이 너무 다른 차원이라 비교도 어려울 것 같았다. 절대로 이 희열을 잃고 싶지 않은 마음이 컸다. 인생을 맘대로 꾸려나갈 수 있다면 이 쾌감만 줄줄 이어 붙이고 살다 죽고 싶을 정도로. 그를 맞대할 때 오는 모든 불쾌함과 복잡함, 까다로움을 상쇄시키는 단 하나의 샷은 바로 그거였다. 봄 기운이 물씬한 샤를로텐부르크 성의 정원을 걸으며 내가 말했다.

"빨리 너에게 걸맞은 어른이 되고 싶어."

조급한 나의 소망에 숨막혔다.

"글쎄. 그럴 거 없어. 어른들도 엉망진창이거든."

"네 부모님은 나 좋아하실까?"

그가 의아한 얼굴로 날 쳐다보았다.

"무슨 상관이야, 내가 만나지 부모님이 너 만나?"

사실 그 질문을 하면서도 난 그가 절대로 사실을 말해주지 않을 것을 알았다. 그의 부모님이 어디에 있는지, 살아 계시는지 나야 모를 일이었다. 그림자조차 보이지 않는 그의 가족들. 뭐 나쁘지 않지. 우리의 존재에만 집중할 수 있는 것도. 또 다른 부모님들의 마음에 들 자신도 없는데. 이렇게 치열하게 공부해놓고 남편 부모님께 난잡한 유학녀라고 욕이나 먹으면 슬플 것 같거든. 난 늘 궁금했다. 과연 우리는 있는 그대로 서로를 받쳐주는 결합 형태를 만들어 낼 수 있을까? 내게 그의 독립성과 강한 주체성은 꼭 필요한 성향이었다. 난 증명하고 싶었다. 바로 이곳에서. 내가 약하지 않다는 것을. 우리 부모님은 나중에 설득하지 뭐, 호적 파서 집 나가라고 하면 그래도 되고. 수업 시간, 시시각각, 그토록 지겹고 어려운 독일어를 뜯어먹듯이 읽고 쓰고 고치기 시작했다. 조금이라도 더 그에게 가까이 다가갈 수만 있다면 이 어려운 언어를 기어코 건너 버리고 말겠다고. 그의 정신 수준에 상응하고 그를 보완하는 사람이 되고 싶다고.

학원에서 돌아오는 길, 상점에서 파는 살구가 탐스러웠다. 어렸을 때 나무에서 굴러 떨어지는 살구를 줍느라 하루를 보내던 시간이 생각났다. 스페인산 살구를 잔뜩 사서 돌아오는 길, 그에게 메시지로 물었다.

"Aprikot 좋아해?"

"그게 뭐야."

살구가 살구지. 아프리코트. 혹시나 싶어 독일어 사전을 찾아보니 Aprikot가 아니네, 독일어로 살구는 Arikose였다.

"미안. Arikose였네. 잼 만들어서 주고 싶어서. 살구 좋아해?"

"안 좋아해. 제발 독일어 좀 똑바로 말해 줄래."

잼 주고 싶다는 사람을 이렇게 면박 줘도 되는 건가. 수연이에게 말했더니 그녀가 화를 냈다.

"뭐 그런 거지 같은 남자가 다 있어? 성정이 좋은 사람 같지 않아. 뭐 주고 싶다는 사람한테 단어 좀 잘못 말했다고 그렇게 화낼 일이야?"

순수한 마음이 거절당한 것보다 내 독일어가 짧아서 그와 자꾸 대화에 오류가 생기는 것에 대해 점점 스트레스가 커졌다. 고민 끝에 영어로 대화하자고 제안 했지만 그는 거절했다.

"독일어 배우러 와 놓고 뭐하는 짓이야. 독일어를 써야지."

크리스와는 서로에게 외국어인 영어로 대화했으니 틀린다는 것에 부담이 크지 않아서 이런저런 이야기를 많이 할 수 있었다. 마리우스는 쉬지 않고 말하는 타입이라 그가 하는 말을 일방적으로 듣는 상황이 많았다. 그러나 데이빗이 쓰는 언어는 내 또래의 독일인과의 대화 수준과 주제를 훨씬 웃돌았다. 그가 나의 실수를 용납하지 않는다는 것에 대한 압박감은 점점 커졌다. 나의 독일어는 하루아침에 나아지지 않았다. 갑작스러운 난이도 상승이 당황스러울 뿐이었다. 우리는 자주 싸웠다. 그날도 그랬다. 그는 내 발음이 분명치 않은 것에 짜증을 냈다.

"뭐라고 하는 거야, 독일에 살 만큼 살아 놓고 왜 이렇게 독일어를 못하는 거야."

비난인지 악담인지 모를 말들. 독일어 못하는 건 사실이니까. 그런 평가에 담담해지려고 노력해도 자꾸만 속으로 생채기가 났다. 마음. 물고기 주제에 마음이 있어서 그래. 자연산 되긴 틀렸나 보네. 나는 각오를 다잡고 그의 손을 다시 잡고 도로를 건넜다. 지금 그가 날 향해 던지는 돌을 모두 정면으로 맞으면서도 나는 몇 번이나 포기하지 말자고 되뇌었다. 나 자신을, 이 마음을. 매일이 싸움판에 가까웠고 일방적으로 나가 떨어지는 건 늘 나였지만 나는 치열하게 덤벼들었다. 페인트를 끼얹은 것처럼 거리에 가득 찬 노을을 밟으며 그를 따라 걸어 가는 중, 문득 의문에 찼다.

"도대체 넌 뭘 보고 날 사랑한다고 말하는 거야? 나는 네 입장에서 부족한 게 한두 개가 아닌데."

"너처럼 특이한 애 살면서 처음 봤어. 네 말투, 네 행동 하나하나 눈을 못 떼겠더라고. 신기해. 너처럼 웃는 사람 단 한 번도 본 적 없거든."

김이 확 샜다. 내가 예뻐서, 웃겨서가 아니라 특이한 애여서 사랑했다는 그 말에 난 화가 났다. 이게 뭐야. 거짓말이어도 좋으니까 좀 더 로맨틱한 말을 해줄 수도 있잖아, 나도 큰 맘 먹고 물어본 건데. 그는 단 한 번도 내가 원하는 대답을 해 준 적 없었다. 나는 발걸음을 멈추고 노을 속으로 걸어 들어가는 그의 뒷모습을 지켜 보았다. 심장이 뻥 뚫릴 것 같은 노을을 등지고 그가 뚜벅뚜벅 걸어가고 있었다. 크고 동그란 태양이 어둠과 적당히 결합하여 그 형체를 온전히 드러내고 있었다. 왜인지 그 어둠의 핵심에 손을 댈 수 있을 것 같았다. 파악되지 않는 온도. 손대는 즉시 땜납처럼 녹아내렸으면. 내가 죽는다는 불편한 의식이 끼어들 틈도 없이. 타인으로부터 사랑 같은 깊은 감정을 바라는 것은 무턱대고 태양에 손을 대는 것 같은 어리석은 일이었다. 내가 지금 마음을 내주었다고 다 되는 거 아냐, 상대의 마음을 받을 길은 사실 묘연한데.

우리 사이는 매끄럽게 흘러가지 않았다. 함께 사는 내 하우스 메이트는 늘 나에게 눈독을 들였다. 정작 내 앞에선 멀쩡한 척 하면서 밤이고 낮이고 가리지 않고 메시지를 써 보냈다. 남자랑 한 번도 자 본 적 없는지, 남자에게 성적인 관심을 느껴본 적 없는지. 집요하고 끈덕진 그의 질문 공세에 맞서 거짓말을 지어낼수록 그의 호기심은 커졌다. 그는 이런 몸으로 남자와 한 번도 자 본 적 없는 것은 남자들의 손해라고 말했다. 경찰에 신고를 할까, 나는 행여나 벌어질 일을 대비해 그가 보낸 페이스북 메시지를 지우지 않았다. 무슨 일 생기면 증거로 써야지 싶다가도 이런 내 사정이 처량했다. 밤마다 잠들기 무서웠다. 한 번은 그가 내 방에 들어와 나를 만지려는 꿈을 꾸다 내 악다구니에 놀라 스스로 깨어난 적도 있었다. 성희롱이 어떻게 여성의 정신을 갉아먹는지 알 것 같았다. 찬사를 빙자한 모독. 나는 조심스럽게 그에게 이 일을 상담했지만 어째서인지 그의 반응은 무덤덤했다.

"그래서 걔랑 잤다는 거야 아니란 거야?"

"그럴 리가 없잖아, 남자친구도 있는데. 게다가 걘 내 취향도 아닌데."

세상에 날 도와 주는 사람 따위 하나도 없는 것 같았다. 하루에도 몇 번씩 사이트를 둘러 보며 이사를 갈 만한 집을 찾았다. 계약이 긴 것도 아니고 여름만 버티면 다시 집을 구할 수 있겠지 그런 기대로 메일을 뿌렸지만 모두 헛수고였다. 그 사이, 그의 하우스메이트 구인 공고는 꾸준히 올라 왔다. 같이 사는 여자의 이혼이 매끄럽게 진행되지 않은 관계로 칠월까지 더 살기로 했다던데. 그의 집을 갈 때마다 자괴감이 심해졌다. 난 정말 그의 여자친구가 맞는 걸까. 아직 이런 안락함은 내게 과한 건 사실이야, 나 역시 그의 집에 올 때마다 매번 잔소리를 들어야하는 게 끔찍하게 싫었다. 목욕탕에 물 떨어졌다고 화를 내는 그 목소리를 피해 먼저 침대에 누웠다. 새벽에 일어나 보니 정규 방송이 모두 끝난 캄캄한 텔레비전 앞에서 그는 잠들어 있었다. 코 박고 소파에 누워 있는 그의 모습을 보니 헛웃음이 나왔다.

그는 몇 번이나 이런 새벽을 보냈을까. 마흔 살이 넘어도 남자는 똑같군.

텔레비전을 껐다. 죽음같이 거실이 어두워졌다. 왜인지 말년에 텔레비전을 보다 혼자 객사할 그의 모습이 그려졌다. 조금만 살이 쪄도 자기 뱃살이 붙었다며 보기 괜찮냐고 조급하게 묻는 주제에 내가 어디냐고 물으면 답은커녕 너 지금 나 컨트롤 하려는 거냐고 도리어 짜증 내는 그는 아직도 본인이 이십 대 청춘인 줄 아는 걸까. 나는 그의 얼굴에서 흘러가는 시간의 위태로움을 읽고 있는데.

"너, 여자친구랑 살아본 적 있어?"

"없어."

"왜?"

"자유가 보장 안 되니까. 굳이 그럴 필요성을 못 느꼈네."

"그럼 넌 지금까지 줄곧 여자 하우스 메이트랑 산 거야?"

"응."

"남자랑 살 생각은 없어?"

"여자가 편해. 깨끗하고 조용하고."

"내가 싫다면?"

"무슨 소리야. 이 집은 내 집인데. 네 생각이 뭐가 중요해."

그런가, 여자친구도 하우스메이트도 너는 다 따로 두는 건가. 자유라는 이름 아래. 너는 네 소유권을 그런 방식으로 써 왔군. 억지로 맘에 들지도 않는 남자들과 한 집에 구겨 살면서 남들이 상상하지도 못하는 온갖 꼴 다 보고 있는 나와 비교되었다. 그의 사십 년 인생 방식이 파노라마처럼 보였다. 그럴수록, 그의 인생의 유일한 여자가 되고 싶다는 소망은 점차 커졌다.

"너 요즘 여기서 유행하는 그 폴리아모리 인가 뭔가 그거야? 그렇게 여러 여자 만나고 다니는 게 편해?"

"전혀."

헷갈렸다. 그가 규정하는 여자친구라는 단어는 아무래도 내가 생각하는 것과 많은 차이가 있는 것 같았다. 그는 내게 쉽사리 내가 원하는 위치를 부여하지 않았다. 살아온 환경이 다를 수 있으니까 그렇다 쳐, 하지만 욕심 안 나는 건 아니야. 감히 그의 모든 것이 되고 싶었다. 습기 차다 썩어 들어가는 장마의 지하실처럼 내 마음에 계속 비가 내렸다. 한 달 넘게 그의 집을 오고 가면서 그의 옆방에 살고 있는 여자를 단 한 번도 보지 못했음에도 나의 마음은 늘 그 방을 향해 있었다. 비어 있는 채로 그러나 조금씩 물건의 위치가

바뀌어 있는 방. 누군가 분명히 오고 간 흔적. 우리는 여전히 동상
이몽이었다. 찬란한 오월 햇빛을 앞에 두고 맞은 생일. 시험을 앞두
고 초조해진 나는 밀라노에 날아 가는 표를 버렸다. 쿨한 생일을 맞
기에 나는 아직 한참 모자랐다. 제대로 한 것도 없는데 만 스물일곱
이나 되다니. 초코 케이크에 꽂힌 초의 불을 껐다. 27이라고 쓰여진
숫자의 의미를 좀처럼 알 수 없던 시간.

"벌써 스물일곱 이라니."

"이제 겨우 스물일곱 인데."

"나이 먹으면 좋아?"

"응. 남자는 나이 먹을수록 좋지. 봐. 마흔 넘었는데 스물일곱 살
여자친구도 있고."

케이크를 먹던 내 손이 잠시 멈췄다. 잘못 들은 줄 알았다. 그런
생각 전혀 안 하는 줄 알았는데 어린 여자 만나는 데 자부심 있었나.
나는 너 만난다고 친했던 동생과 절교까지 했는데. 사람들의 오지랖
생각보다 태평양이야, 다른 여자의 사정은 모르겠지만 난 네가 나이
가 너무 많아서 처음에 겁먹었어, 네가 아무리 잘생겼어도 네 얼굴
에 남은 세월의 흔적은 숨길 수 없다고 사실을 말하고 싶었지만 가
벼운 나르시시즘은 애교라고 생각해서 반박을 관뒀다. 좋아하는 사
람의 비뚤어진 에고를 보는 것은 그다지 유쾌한 일이 아니었다.

그래, 나의 스물일곱이 네 자부심을 1이라도 빛나게 한다면 나쁘
지 않은 거겠지. 애써 그렇게 생각하며 케이크를 퍼먹었다. 이제는

어깨에 내려오는 머리카락을 하릴없이 만지작대며.

"머리 잘라야겠다. 이제 슬슬 더워."

"자르지 마."

"나, 얼굴형이 동그래서 머리 자르는 게 더 나아. 다들 안 어울린 대, 머리 긴 거."

"그러니까 볼살을 가려야지. 완전 달덩이구만. 한국 애들은 도대 체 왜 뭘 가만히 안 놔두는 거야. 염색하고 자르고 피어싱하고."

얼굴이 빨개졌다. 달 같은 얼굴이란 말이 독일어에도 있었다니 전혀 몰랐다. 무엇보다 콤플렉스였던 내 동그란 얼굴형이 그의 눈 에도 달처럼 느껴졌다니. 그래, 넌 얼굴 갸름해서 좋겠다. 저런 얼 굴형을 가지고 있으니 내 얼굴이 그렇게 느껴질 법도 하다고 생각 했지만 속상한 것은 어쩔 수 없었다. 나는 어깨에 닿는 머리칼을 한 데 묶었다. 여름, 턱 밑에 머리카락이 내려오면 가위를 들고 매번 혼자 잘랐었는데. 머리칼이 어깨에만 닿아도 신경이 거슬려 싹둑 자르기 일쑤였다. 그런 내가 태어나 처음으로 그 길이를 참아볼 생 각이었다.

발작적인 더위가 시작되고서 나는 전방위로 그를 몰아붙였다. 함께 살자고. 가장 걸렸던 것은 그의 노출증이었다. 베를린 사람들 이 여름, 호숫가에서 나체로 수영하는 것은 몇 번 보았지만, 여자와 함께 살면서 맨몸으로 집을 돌아 다니고 잠을 자고, 아침마다 다 벗 은 몸으로 내게 커피를 건네주는 꼴을 더 이상 볼 수 없었다. 페니스 크기 자랑이라도 하고 싶나 했었지만, 다른 독일 남자와 비교해도 별다를 것 없는데 무슨 우월감을 느끼고 싶어서인지. 저런 버릇을 가지고 있으면서 집에 앉아 하루에도 열두 번 자신의 사진을 첨부한 지원 메일을 읽으며 누구와 함께 살까 고민하겠지. 섹슈얼한 의미를 배제한다고 해도 싫었다. 추궁해 보니 그가 함께 사는 사람들과 일절 성적인 접촉을 안한 것도 아닌 것 같았다. 어쨌거나, 여성적인 매력을 느끼는 사람과 함께 사는 모양인데. 나의 불안감은 더욱 증폭되었다.

"난 한국인이란 말야. 한국에 이런 경우 없어. 여자랑 무슨 이십 몇 년을 같이 살아. 그럴 거면 나랑 같이 살자니까?"

"거긴 한국이고 난 베를리너인데 뭔 상관이야. 너랑 난 생활 습관이 달라서 안 돼. 너, 화장실 한 번 쓰고 나면 난장판이야. 거울에 물 다 튀어있고. 집 오면 네 물건 정리도 안 하고 가방 그대로 팽개쳐 두고. 너도 남자랑 살면서 도대체 뭐가 문제야."

"살고 싶어서 사니? 어쩔 수 없으니까 그런 거고. 그리고 남자친구 있었으면 상황이 달랐겠지. 걔가 가만히 있지도 않았을 거고."

"난 신경 안 써."

목소리가 격앙되었다.

"이럴 바엔 헤어져."

나는 그 말을 외치고 일어섰다. 자켓의 소매에 막 넣으려던 내 팔을 그대로 그가 붙들었다. 빠져 나가려고 안간힘을 썼지만 그 힘을 이기기에 역부족이었다. 그의 악력에 질질 끌려가던 내 목을 추켜세우고서 그가 말했다.

"잘 봐, 지금 여기 누가 있어? 왜 날 믿지 못하는 거지? 여기서 설칠 거면 그냥 네 나라로 돌아가. 넌 북한에서 온 게 틀림 없어. 이렇게 애가 꽉 막혀서야."

그저 차가운 사람이라 보기엔 수위가 지나쳤다. 나도 알아, 같이 산다고 서로 갑자기 사랑하게 되는 거 아니라고, 나도 남자가 속옷 벗고 홀라당 까고 있어도 감정 없으면 아무 생각 안 들어. 근데 난 다시 만나자고 손가락 걸고 약속한 사람을 잃어버려 본 사람으로서 불안해. 넌 좀 더 생각해 볼 필요가 있어. 어째서 나는 같이 사는 놈을 이렇게나 증오해야 하고 너는 아직까지 혼자일까. 왜 너와 살던 여자들은 모두 제 발로 사라졌을까. 그래서 더욱 알아주기를 바랐다. 나로서도 이런 전력 투구는 힘든 거니까. 내 현실을 모르고서 나 보고 약하다고 탓만 하지 말라고. 그럼 정신 차리다 보면 난 한국에 있을 거야. 또 봐, 라고 말하고 결국 마지막이 되어 버렸던 만남처럼. 그러니 약간의 선의를 가져볼 순 없는 거야? 이유 없는 선의라는 것이 그의 본성상 불가능 하다고 해도 불가능한 일을 기어코 하게 만드는 것을 난 사랑이라고 말하고 싶었다.

"너는 왜 날 믿지 못하는 거야? 너, 독일에 오기 전 내 인생을 상상해 본 적 있어? 네가 조금만 날 도와준다면 나, 더 잘 할 수 있어. 네가 만약 한국에 처음 산다면 나 같은 문제 없을 것 같아?"

"그건 네 문제라고. 네 정신병을 내가 어떻게 고쳐. 병원을 가야지."

그 말을 하고서 알았다. 보지 않은 것을 믿지 못하는 것은 우리 둘 다 똑같다는 것을. 독일어 시험 전날까지 나는 그와 싸우고 시험장에 갔다. 평소에 잘하던 쓰기에서 실수를 범해 시험에 떨어졌다. 아까웠지만 마지막 시험에 올인하는 수밖에 없었다. 독일어 능력과 별개로 시험 공포증을 극복하는 것이 커다란 숙제였다. 일단 고민 끝에 베를린의 대학에 원서를 썼다. 전공이 문예창작과인 나는 석사에서 미술사를 전공하기 힘들었다. 학사 과정 중에 틈틈이 들어 놓았던 미술사 수업도 소용없었다. 다들 부전공 별 필요 없다고 해서 손 놓았는데 큰 실수였다. 독일에서는 석사 과정에서 학사와 연계된 전공 지식을 필요로 했다. 비교 문학이나 독문학으로도 전공을 바꾸기 어려웠던 나에게 우연히 훔볼트 대학의 카탈로그를 보던 조지가 추천해 준 전공, 인류학.

"인류학이 뭐하는 거야? Ethnology? 이런 전공 살면서 처음 들어 봤어."

"뭐 네가 하는 거랑 비슷한 거야. 사람들 말 열심히 듣고 글 쓰고 분석하고. 일단 교수 만나봐."

어쩐 일인지 힘들게 만난 학과 교수는 내 전공과 학사 과정 중에 들은 수업을 보고도 별말 없이 데드라인 넘기지 말고 빨리 지원하라고 고개를 끄덕였다. 인류학이 뭔지도 모르겠다만 독일에서 내가 선택할 수 있는 전공은 이를 제외하면 전멸이었다. 생판 들어본 적 없는 전공을 공부할지, 집으로 돌아갈지. 남은 선택지는 딱 두 가지였다. 지금 돌아갈 순 없으니까, 일단 프랑크푸르트와 베를린의 대학에 지원했다. 이 주 넘도록 그의 집에 가지 않았다. 우울한 주말, 하고 싶었던 공부는 이렇게 결국 멀어지는구만. 조지와 술을 마시다 울기도 했다. 황당해하는 조지를 뒤로 한 채 그의 집 앞까지 버스를 타고 한달음에 달려가 벨을 눌렀지만 답이 없었다. 우두커니 불 꺼진 꼭대기 창문을 바라보며 나는 그에게 연락했다. 세 시간을 그의 집 앞에서 기다렸다. 밤 열두 시가 넘어 그가 집에 돌아왔다. 늘 두통을 유발하던 그 방에 못 보던 일본도와 기모노가 걸려 있었다. 순간 분노로 눈물도 기어 들어갔다.

"다음 여자는 일본 여자야?"

그는 열쇠 고리로 맥주병을 따며 답했다.

"응."

털썩 주저앉았다. 그런 건가, 진짜 나는 너에게 세상에 존재하는 수많은 여자 중 하나의 옵션일 뿐이었던가.

"네가 프랑크푸르트로 떠나면 떠나는 거지. 베를린에 아시아 여자가 얼마나 많은데. 대체물이야 찾으려면 얼마든지 찾을 수 있어."

그 말은 내가 태어나 남자에게 들은 말 중 가장 아프게 내 마음을 찔렀다. 대답 없는 메시지를 하루에 몇 개씩 보내면서도 난 희망이 있었나 보네. 날 차단했다가 풀고 내 메시지에 답장하던 그의 오만보다도 그 선고가 날 더 비참하게 했다. 대체물이라는 말을 사람에게도 쓸 수 있는 건지 전혀 몰랐는데. 나는 망연히 어둠 속에 서 있었다. 한 발자국도 그에게 더 다가갈 수 없었다. 글 쓰는 한국 여자는 그에게 성악하는 일본 여자로, 크리스에게는 캐나다에서 온 중국 여자로 대체 될 수 있는 속성의 인간인가.

인간의 마음은 사시임이 분명하다. 절대로 앞에 있는 것을 똑바로 볼 줄 모르니까. 이런 말까지 듣고도 넌 아직도 그를 사랑한다고 설칠 수 있는 거야? 늘 차가운 내 머리가 마음에게 다시 물었다.

"넌, 나에게 있어 대체할 수 없는 존재야. 내 인생에서 넌 유일한 남자라고. 과거에도 지금도 앞으로도 널 대신할 수 있는 건 아무것도 없어."

"너는 일단 네가 원하는 것을 좀 확실히 할 필요가 있어. 왔다 갔다하는 거 보는 것도 귀찮아."

심장이 너무 미친듯이 뛰어서 한 마디 말도 나오지 않았다. 내가 원하는 건 이미 확실해, 문제는 원하는 게 손에 안 잡히는 거야. 팔월의 마지막 더위가 기승을 부리던 밤, 발코니의 문을 다 열어 두고 희미하게 부는 바람을 찾다 악몽으로 잠을 설쳤다. 세상 모르고 편안하게 잠든 그의 얼굴. 그 새벽, 불면을 감수하고 의식 속에 그를 내밀하게 기록하던 밤을 지나 어슴푸레 새벽이 왔다. 나는 재떨이 옆에 놓인 담뱃갑에서 담배를 꺼냈다. 발코니에서 담배 연기를 느리게 삼키며 떠오르는 일출을 보았다. 오랜만의 담배가 벗어날 수 없는 두통의 고통을 달래 주었다. 꽁초를 바닥에 집어 던질 때의 감각 때문에라도 나는 평생 담배에 유혹될 것 같았다. 그대로 바닥에 처박히고 싶은 욕구를 참기 위해서 담배라도 던져 보는 거지. 나는 줄담배를 피우며 혼자 새벽을 버텼다. 잠에서 깬 그가 내게 커피잔을 건네줄 때까지. 혀에 남은 쓰디쓴 담배 향이 커피와 함께 목구멍 너머 몸 깊숙이 넘어갔다. 자유로운 그가 좋아서 사랑했는데 거꾸로 그 자유가 이렇게 날 아프게 하다니. 도저히 받아들일 수 없을 것 같은 그의 자유라는 정의에 서슬 퍼렇게 날이 서렸다. 사랑과 미움이 팽팽히 양립한 그 순간, 무슨 용기에서 인가 뒤를 돌아 그에게 말했다.

"결혼할까? 나랑 결혼해 줄래?"

준비된 결혼반지 따위는 없지만 무릎 꿇을 패기는 남아 있었다. 이런 생각 아예 안한 거 아냐, 엄마 아빠에게 호적 파이고 한국에 있는 친구들과도 연락 끊고 살 각오도 했어. 양립 불가능한 감정이 동시에 내 목에 칼을 들이 미는 이때까지도 나는 도저히 이성적으로 설명할 수 없는 감정의 방향을 사랑이 향하는 쪽으로 바꿔 보기 위한 발악을 멈추지 않았다. 입고 있는 긴 셔츠 자락이 말없이 바람에 날렸다. 이제 쇄골을 넘어 가기 시작한 머리카락. 더위에 몇 번이나 잘라버리고 싶은 충동을 참아가면서 여기까지 왔다. 열 살 이후 단 한 번도 머리 따위 길러 본 적 없는데. 대학 다닐 때는 심지어 귀 밑 오 센티를 넘겨 본 적 없었어. 네 말 한 마디 때문에 세상에서 가장 싫어하는 짓까지 하는 건데. 이 인내심의 임계점을 넘으면 무언가 달라질 거라고 믿으면서.

그가 우습다는 듯 피식 웃었다. 그를 따라서 나도 쓴 웃음이 나왔다. 도대체 사랑이 내 뇌하수체에 무슨 짓을 했길래 이렇게 강력한 호르몬 효과를 동반하는 걸까. 어떻게 기쁨과 우울이란 상반된 감정이 한 인격체에서 나온 말과 행동 하나하나에 반응하면서 나를 미치게 하는 걸까. 태생적으로 내재한 세상과 나의 불협화음이 만들어 내는 감정의 잡음을 도저히 통제할 수 없었다. 늘 세상의 기준과 별개로 존재한 내 편이 세상에 하나라도 있다면 그 사람은 나의 기이함을 한 눈에 알아본 네가 되길 바랄 뿐이라고.

"살면서 단 한 번도 그런 생각 해본 적 없어."

"해, 그럼. 아무리 생각해도 네 유전자는 이렇게 폐기 처분되기 아까워. 그건 이 세상에 남아야 돼. 내가 만들거야. 널 사랑한 증거."

믿고 싶었다. 지금은 진통이 따르더라도 앞으로 내가 독일어를 잘하게 되고 그의 생활 패턴에 맞추어 점차 변한다면 우리의 관계는 달라질 거라고. 세상에 한 번에 이루어 지는 건 아무것도 없어. 만리장성도 완성되기까지 백 년이 넘게 걸렸는데. 베를린만 해도 아직도 사방에 분단의 흔적이 가득한데. 두고 봐, 침착하고 끈기 있게 운명의 룰렛을 돌리겠어. 내 시선의 정중앙, 지금 룰렛이 돌아가고 난 그의 에고의 정중앙에 총구를 겨누었다.

"난 너의 운명을 뒤집을 혁명가가 될 거야. 지금은 덜 떨어진 여자지만. 언젠가 네 스스로 안정을 집어 던지고 내 발 밑에 무릎을 꿇을 때까지 내가 할 수 있는 한 모든 걸 하겠어."

내 능력이 안 되어 끝까지 네 마음을 사로잡지 못한다면 어쩔 수 없겠지. 하지만 네가 목적이 되었으니 이젠 그 목표를 향해서만 인생을 던질 수밖에 없어. 그가 기가 차다는 듯 얼굴을 하고 있어도 상관없었다. 난 알고 있었다. 그가 자발적으로 날 인생의 파트너로 선택하지 않는 한 우리 관계는 절대로 이어질 수 없다는 것을. 그가 자유라고 이름 붙인 현재의 삶의 형태와 내 소망은 정확히 평행선을 긋고 있었지만 나에겐 그 방향을 기필코 바꾸고 말겠다는 오기가 있었다. 팔월의 더위가 막 식어 가는 여름의 끝에서 나는 아직은 먼 미래의 나를 보았다.

그의 집에 새로 이사 온 일본 룸메를 보고 싶지 않았던 나는 자연히 그의 집에 발길을 끊었다. 학교에서 날아온 조건부 입학 허가서, 시험에 합격하는 것이 관건이었다. 예술 전공하러 왔는데 생뚱맞게 인류학이라니 생각해 본 바 없는 전개였지만 내가 베를린에 있을 수 있는 길은 이것뿐이었다. 그러나 나는 시험에 또 떨어졌다. 긴장해 말하기 시험을 엉망진창으로 본 것이 원인이었다. 그렇게 싸워놓고서 말하기 시험에서 떨어지다니 뒤통수를 얻어맞은 것 같았다. 내 독일어가 진짜 이렇게 형편 없는 것일까. 나는 학과 교수가 내게 준 서류를 들고 시험 사정관에게 시험을 한 번 더 볼 수 있게 해달라고 간청했다. 그러나 원칙상 불가능하다는 답이 돌아왔다. 시험을 다시 치는 것 외에 별다른 방법은 없었다. 일주일 후, 나는 비자를 연장하러 비자청에 갔다. 새벽 다섯 시. 내 뒤에 서 있는 미국인 커플이 도대체 무슨 상황이냐고 비현실적이라며 혀를 내둘렀다. 베를린에 오는 외국인들은 해마다 늘었다. 나는 의욕 없이 줄 서 있었다. 이번에 비자 안 내주면 시험이고 뭐고 집에 가 버릴 생각이었다. 시월 초일 뿐인데 날씨는 벌써 겨울이었다. 새벽 다섯 시부터 줄을 섰지만 오후 한 시가 되어서야 겨우 담당자를 만날 수 있었다. 내 시험 결과를 본 비자청 직원이 고개를 갸웃거렸다.

"말하기 시험을 떨어졌다고? 네가?"

"긴장해서요. 원래 긴장해서 일을 많이 망쳐요. 비자도 얼마 안 남은 상태여서 시험 떨어지면 집에 돌아가나 불안했거든요."

"근데 너 왜 내 앞에선 이렇게 말을 잘 하니, 긴장 안 해? 일단 시간 줄 테니까 시험은 다시 쳐 봐. 학교는 다음 학기에 열리니?"

"네. 근데 베를린에서 집 구하기가 어려워서, 어디 있어야 할 지 모르겠네요. 시험까지…."

"뭐 어떻게든 되지 않겠어."

여권에 붙은 비자의 만료 기한은 내후년 이월까지였다. 나는 한 여자와 계약서를 썼다. 육 개월간 인도로 떠나는 그녀. 왜 인도인가 물어보니 그녀는 사건도 모험도 없는 독일이 지루하다고 말했다.

"공부 좀 해서 직장 잡고, 모든 것이 너무 안정적으로 굴러가니까 재미 없더라고. 너도 인도 여행 가 봐, 스릴 넘쳐, 독일과 딴 판이야."

그녀가 권했지만 난 고개를 저었다. 나에게 베를린은 인도와 별반 다르지 않다는 것을 그녀는 모르는 것 같았다. 곧 출국하는 그녀와 나는 같은 방에서 오 일간 시간을 같이 보냈다. 그녀와 나의 성격은 정반대였다. 함께 지낸 지 삼 일 후, 그녀는 나에게 방을 세 줄 수 없다며 다짜고짜 나갈 것을 요구했다. 우리가 쓴 계약서는 그녀의 변심 앞에서 휴지 조각이 되었다. 나는 아무런 권리를 보장 받지 못하고 그녀가 인도로 출발 하기 전 방을 빼야했다. 테이프도 떼지 못한 박스를 쳐다보며 길거리에 나앉아야 하나 고민한 밤. 이틀 안으로 베를린에서 지낼 방을 구하는 것은 무리였다. 나는 노아에게 메일을 보냈다. 아직 도르트문트에 살고 있는지. 한 달만 같이 지낼 수 있는지. 시험만 치고 곧바로 한국으로 돌아갈 생각이었다. 시험이라면 인이 박히도록 공부해서 이젠 눈을 감고 풀어도 될 것 같았다. 메일을 보낸 지 한 시간도 안 돼 노아에게 답이 왔다.

〈이미 학교는 졸업했지. 지금은 고향으로 돌아와서 지내는 중이야. 혼자 살고 있어. 베를린과 좀 멀어도 상관없으면 여기 와서 지내도 돼〉

오 개월 간 대여한 캐비넷에 이케아 박스 다섯 개와 작은 캐리어를 놓고 돌아오는 길, 나는 서둘러 데이빗에게 연락했다. 급하게 잘브뤼켄에 내려가게 되었다며 오늘 만날 수 있는지 묻는 메시지를 보내는 내 마음이 초조했다. 나는 저녁 일곱 시 반으로 그와 약속을 잡고 새벽에 잘브뤼켄으로 떠나는 표를 샀다. 베를린에 일 초도 더

붙어 있고 싶지 않았다. 이 도시에 미련이 남아있다면 오직 그 사람 때문이야.

장미 다발을 사들고 일곱 시부터 벨을 눌렀지만 답이 없었다. 너무 일찍 온 것일까. 삼십 분 후 다시 벨을 눌렀지만 여전히 답이 없었다. 끝까지 날 안 볼 생각인가. 그때였다. 머리가 길고 키가 작은 한 동양 여자가 긴 코트를 입고 밖으로 나왔다. 저 여자군. 나는 조심스럽게 그녀의 뒤를 따라 슈퍼마켓에 갔다. 대단한 미인인 줄 알았는데 평범했다. 아직 여성미가 전부 사라진 것은 아니지만 지루하게 나이를 먹어 가는 것에 틀림없는 여자. 그때서야 알았다. 사랑과 동거는 다른 문제라는 것을. 그도 어쩔 수 없는 남자라 본인과 비슷한 처지의 여자랑 살아야 편안함을 느끼는가 보군. 그것도 웃기네. 무수한 여자들에게 지원서를 받고 나처럼 관심 가는 여자와 데이트를 하면서도 정작 같이 사는 여자들은 자극적인 것과 거리가 멀잖아.

나는 아직 그런 사람이 될 수 없었다. 매번 지루함을 참지 못하고 다른 가능성을 향해 뛰어야 직성이 풀리고 마는데. 그때서야 알았다. 나 역시 그에게 스릴과 긴장을 주는 사람이었다는 것. 그의 집 건물에 살고 있는 남학생이 대문을 연 틈을 타서 그의 집에 잠입한 나는 한 걸음에 사 층까지 걸어 올라가 문을 두드렸다. 텔레비전 소리가 다 들리는 데도 그의 집 문은 한참 열리지 않았다.

해보자는 건가.

더욱 세차게 문을 두드렸다. 일본 여자가 빼꼼히 얼굴을 내밀었다. 체인을 채 풀지 않고서.

"여자친구인데요. 제가 오늘 밤 베를린을 떠나서 급하게 좀 보자고 했는데. 여덟 시가 넘도록 말이 없네요, 혹시 그 사람 어디 있는지 알아요?"

그가 집 안에서 우리의 대화를 다 듣고 있다는 것을 알고 있음에도 나는 그렇게 말했다. 여자친구. 그녀는 고개를 저었다.

"직접 연락하세요."

차가운 말투. 그의 집 앞에 장미 다발을 놓고 밖으로 나왔다. 어둑어둑한 밤거리. 코트에 맞은 비가 차갑게 식어 가던 밤. 나는 근처의 바에서 홀로 맥주를 마시며 그에게 메시지를 썼다.

〈우리 아직 사귀는 건가〉

〈네가 베를린에 머물지 않는 한, 우린 함께 할 수 없어〉

그를 만나지 못할 것을 알고서도 나는 쉽게 그 자리를 뜨지 못하고 불 켜진 그의 집 앞 창문을 바라보았다. 사랑은 일방향으로 쓰인 긴 소설 같은 거였나 보다. 내가 만약 언젠가 긴 이야기를 쓴다면 그를 기다리던 세 시간에 대한 독백 같은 형태가 아닐까 싶을 만큼.

역시, 그의 마음은 뚫어지지 않는 돌이었구나. 그 사실을 모르고 시작한 나야말로 돌이었다는 비참한 사실을 깨달으며 나는 역으로 갔다.

Kapital 6

비를 맞으며 캐리어를 끌고 나와 새벽 기차를 탔다. 아홉 시간 지나 나는 잘브뤼켄에 도착했다. 프랑스와 룩셈부르크 경계에 있는 작은 도시. 카페에 앉아 노아를 기다렸다. 삼 년 만에 만난 노아는 완전히 달라져 있었다. 검정 수트를 입고 내 앞에 뚜벅뚜벅 걸어오는 노아, 자세히 보지 않았다면 못 알아볼 뻔했다. 오른쪽에 새로 뚫은 귀걸이가 달랑거렸다. 그녀는 검은 머리를 한 채 남성적인 모습으로 탈바꿈해 있었다.

"오랜만이야, 머리 길렀네."

같이 살 때는 그렇게 네가 싫었는데 베를린에 있을 때는 그런 생각도 들더라고. 그래도 노아가 나았지. 걘 내가 자기 맘에 안 든다고 퍽하면 나가란 말은 안 했거든. 서로의 근황을 묻다 자연스럽게 크리스의 이야기가 나왔다. 간간이 메일을 보낸 노아를 쉽게 보러 오지 못한 단 하나의 이유. 반가움으로 상기된 노아가 재잘재잘 떠들었다.

"크리스 여자친구, 지금 프랑크푸르트에 있어. 크리스는 쾰른에 있고. 평생의 사랑이라는데. 나 같은 패배자는 말을 말아야지."

커피가 썼다. 알고 있었다. 크리스는 정확히 내가 원하던 사랑을 하고 있을 거라고. 나처럼 우왕좌왕하는 러브 스토리가 아니라 정확히 필요충분조건이 맞는 세계 속에서. 그곳이 네가 태어났던 출발점이었으니까. 그리고 이질적인 세계에서 태어난 노아는 내 편이었다. 한국행을 준비하는 짐을 쌀 때도 그랬다. 잡동사니가 꽤 많았는데 둘이 붙어 일해 보니 생각보다 짐정리가 빨리 끝난 날, 실수로 발등에 유리컵을 떨어 뜨렸다. 별로 아프지도 않았는데 갑작스레 눈물이 났다. 우리는 그날 약속했다. 다음 세상에선 반드시 헤테로섹슈얼 정체성을 가진 남자로 태어나자고. 노아는 삼 년 사이 끝내 성전환 수술을 했다. 미묘하게 남성성과 여성성이 섞인 얼굴과 몸을 타고난 노아가 자신의 의지로서 선택한 성은 결국 남자였다. 현생에서 그 맹세를 먼저 이루어 버리다니.

"난 너 우는 거 한 번 제대로 봤잖아. 페럿 죽었을 때. 뭘 그렇게 미미한 생명체 하나 죽었다고 진심을 다해서 슬퍼하나 했는데. 신선하더라고. 뭘 어떻게 하면 그렇게 세상 무너진 것처럼 울 수 있을까 해서."

"성격 탓이겠지. 다들 그러더라. 그렇게 약한 마음 가지고 독일 어떻게 사냐고."

"크리스랑 헤어졌을 때는 더 힘들었으려나? 네 성격에. 크리스가 너랑 연락 안 된다고 시무룩해 하던데. 너 여기 온다는 말은 굳이 안 했어."

나는 별 말 없이 고개를 끄덕이고 커피잔을 만지작거렸다. 크리스는 내게 있어 가장 아픈 손가락이었다. 헤어진 후 여름 내내 그에게 연락이 오길 바라는 마음을 차마 모질게 만들지 못하던 나. 차라리 손가락을 분질러 버리는 게 편할 것 같던 나날. 아무것도 답하기 싫은 이 마음을 노아가 빨리 알아채길 바라면서. 검은 머리에 포마드를 바르고 다리 꼬고 앉아 눈을 치켜 세우고 날 뜯어 보는 노아는 다른 사람인 것 같았다. 창백한 피부의 오드 아이. 방에 갇혀 하루 종일 게임하던 히키코모리는 이미 사라진 지 오래, 삼 년 사이 노아가 가진 독특한 아름다움이 폭발한 것 같았다. 그에게 이런 아름다움이 내재 되어 있다는 것을 누구도 쉽게 알아채지 못했을 것 같았다.

"생각보다 멋진데. 사실 보기 전까지 쉽게 상상하기 어려웠거든. 남자가 된 네 모습."

"어색하지 않아? 가끔 샤워하고 내 몸 보면 아직도 적응이 안 돼."

노아가 나를 빤히 쳐다 보았다. 순수한 의문. 나는 커피를 마시며 고개를 끄덕였다.

"진짜 멋있어, 내가 페니스 하나 새로 단다고 너 같은 멋 절대 안 나와."

그의 얼굴에 붉은 기가 올라 왔다. 그 모습을 보니 아직 내가 아는 사람 맞구나 싶었다.

"근데 왜 갑자기 수술한 거야? 너, 삼 년 전엔 딱히 남자가 되고 싶어 하는 것 같아 보이지 않았는데."

"결정은 오래 전에 했었지. 선택할 수 있는 문제가 아니었어, 이미 그렇게 태어난 거니까. 다만 돈 문제도 있고 주변 인식 때문에 망설인 거였지. 직장 생기고 바로 수술 계획 잡으니까 엄마도 그렇게까지 할 거 있냐고 하시던데. 나 레즈비언인 거 중학교 때부터 알고도 별 소리 없던 분이. 뭐 아직 수술이 다 끝난 건 아냐."

"대단해. 나라면 너처럼 생각을 했어도 실행에 옮기기 어려웠을 텐데. 선택보다 결정이 먼저라고 행동까지 하다니?"

"법이나 철학과 상관없이 우리는 이미 그런 입장으로 뇌에 접근하고 있지. 자유 의지란 없다고. 실제 내 뇌 구조도 일반 여자와도 레즈비언 과도 좀 다르거든. 그걸 눈으로 보니 더 확실해졌지. 나는 그냥 남자가 되는 편이 낫겠다고."

"그럼 내가 뭔가를 원한다는 감정은 사실 자유 그 자체와는 별 상관없다는 거네? 뇌가 봤을 때 최선이라 생각한 것을 순간적으로 선택한 것 밖에 더 돼?"

"그렇지. 사실은 선택이란 건 여러 변수들에 대한 뇌의 해석일 뿐이야. 소망이나 욕망, 여러가지 감정의 끈을 이용해서. 그렇게 해석된 정보 중에서 가장 감당할 수 있고 괜찮은 변수를 고르는 게 우리가하는 일반적인 선택이라고 보면 돼. 그래서 창의적으로 뭔가를 하는 게 또 어려운 거야. 뇌가 미친듯이 외부를 분석하다 보면 가끔 세상에 없는 존재를 만들어내기도 하는데 그런 짓을 또 아무나 하진 않거든. 말 그대로 그런 건 일반적으로 정해진 해석 기능을 거부하는 미친 사람들이 주로 하는 짓이라."

점심시간이 끝나가고 있었다. 나는 노아로부터 열쇠를 받았다. 뒤돌아서서 걸어가는데 그가 건너편에서 손을 흔들며 말했다.

"하고 싶은 대로 해, 대신 고통을 받아 들여, 너 같은 애들은 그러라고 태어난 거야. 넌 사물을 해석할 수 있는 감지 장치가 남들보다 많아서 생각이 많은 거니까."

남의 인생 함부로 말하는 버릇은 하여튼 여전했다. 한 시간에 두 대씩 오는 버스를 타고 산 중턱을 올랐다. 멀찍이 그가 연구를 하는 대학 병원이 보였다. 가을 햇빛이 그리는 깊은 그림자. 어둠이 끼어 있는 낙엽이 세차게 부는 바람에 흔들렸다. 햇빛 속에 미묘하게 감도는 그림자가 사물의 깊이를 파헤치고 있었다.

아무리 바라고 노력해도 손에 쥐어지지 않는 것. 바라지 말걸, 노력하지 말걸, 아무것도 원하지 말걸. 독일 어디를 가든 이 지독한 그림자에서 벗어 날 수 없을 것 같았다.

담백하고 특색 없는 이런 도시 속에 살기에 노아는 너무 튀지 않을까 싶었는데 오히려 그의 삶은 예전과 비교할 수 없이 안정적이었다.

"그때는 여자친구랑 헤어지고 제정신이 아니었지, 그래서 중국 여자들 안 좋아한다니까. 크리스도 언젠가 된통 당할 걸. 난 지금도 실험실에 있는 중국 여자랑 맨날 싸워."

그가 입술을 삐죽 내밀고 불평을 했다. 노아가 집을 비운 동안 나는 집에 혼자 남아 그가 보던 만화책을 읽었다. 미친듯이 산을 걸으니 폐활량도 커진 것 같았다. 노아와 함께 저녁을 먹고, 만화책을 보고 뒹굴다 아침에 일어나 노아가 출근을 하면 집 청소를 한 후, 낮에는 노아가 일하는 병원의 연구실에 가서 실험실에 있는 동물들에게 밥을 주었다. 이제 노아는 페럿 두 마리가 아니라 많은 쥐와 토끼들을 키우고 있었다. 커다란 연구실에 자리한 각종 머신들, 화이트 보드에 쓰인 빼곡 하게 쓰인 수학 공식들. 그의 사무실에는 철학과 전공 서적을 비롯한 온갖 책들이 빈틈을 찾기 어려울 만치 꽉 채워져 있었다. 어떤 책을 잡아 열어도 그 속은 꼬깃꼬깃 접히고 수없이 줄이 그어져 있었다. 이런 곳에 처박혀 책만 읽고 연구를 할 작정을 한 것인지. 노아는 잘브뤼켄 대학 병원과 협업하여 환자를 간호할 로봇을 개발하는 중이었다. 십 년짜리 프로젝트라던가.

"너, 지능이 뭔 줄 알아?"

밥 먹다 뜬금없이 노아가 내게 물었다. 그런 문제에 대해서는 딱히 생각해 본 적 없었다. 나는 심드렁하게 답했다.

"몰라. 생각하는 능력?"

"비슷한데 아냐. 실수에서 배우는 능력, 그리고 창의력."

다른 사람과 달리 그의 말에서 유독 자주 쓰이는 한 동사가 귀에 꽂혔다.

"Lernen이랑 zulernen이랑 뭐가 달라? 너는 자꾸 그 단어를 쓰네, zulernen."

"Dazu lernen과 비슷한 의미야. 어딘가에서 배우는 능력. 그 지점은 실수와 패배지. 너, 알파고가 어떻게 이세돌을 이겼는지 알아? 알파고는 실수를 반추한 후에 그간 아무도 생각해내지 못한 새로운 방식을 구사해서 이세돌을 이겼어. 1을 주면 1만 뱉는 차원을 넘어선 거야."

"AI가 인간을 따라잡을 날이 멀지 않은 건가. 잘못된 것을 교정하거나 그 속에서 새로운 길을 찾아내는 사람 자체가 드물잖아. 그런 인지 능력을 갖춘 AI가 개발된다면, 생각의 패턴만 보고 기계와 인간을 구분할 수 있을라나?"

"못할 걸. 너 내 머릿속에 들어 올 수 있어? 사실 인간에게 정신이 있다는 증거는 없어. 본인이 생각이란 걸 하고 사니까 남들도 그러겠거니 하는 거지. 근데 사실 개인이 할 수 있는 생각과 질에도 엄청난 차이가 있거든. 정신 능력이라는 거 절대 평등한 게 아냐. 의식과는 별개로 고차원적인 생각을 고르게 할 수 있는 AI들이 안정적으로 개발 되면 대부분의 인간의 능력은 폐기 처분 될 거야.”

“난 너와의 대화 패턴을 기억하고 있는데. 이런 대화는 너와만 할 수 있는데, 내가 AI와 널 구분 못할 거라고?”

“애초에 인지 구조가 나와 비슷한 AI 를 개발한다면 알아 채지 못할 수도 있어. 나중에 한 번 찾아봐. 네가 AI 사이에서 날 못 찾는다면, 난 성공한 개발자가 되겠군.”

나는 규칙적으로 병상에 누워 계신 노아의 할머니의 병실에 찾아갔다. 할머니의 간호를 도맡고 있는 노아에게 왜 이 힘든 일을 몇 년이나 혼자서 지속하고 있는 것인지 물었을 때, 노아가 말했다. 자기가 성전환 수술 했을 때 부모님조차 연락이 뜸했을 때, 오직 할머니만 자기를 간호해 줬다면서, 당연한 일이라고. 거의 끝에 다다른 인간이 신체에서 움직일 수 있는 것은 오직 눈과 손가락 몇 개뿐이었다. 내가 입에 떠드린 수프를 간신히 넘기고 식사를 끝낸 할머니를 다시 방에 옮긴 후 가방을 집었다. 갑자기 그녀의 희미한 목소리가 들렸다.

“뭐라고요? 할머니?”

“지금 버스를 타고 가고 싶어, 왜 나를 혼자 냅둬.”

처음 듣는 그녀의 목소리에 마음이 아팠다. 간신히 목숨줄을 붙잡고 있는 노인은 영원히 살 것처럼 술을 마시고 시끄럽게 목소리를 높이는 독일인들과 목소리가 달랐다. 나는 그녀의 손을 꼭 잡고 천천히 말했다.

"할머니는 이제 못 나가세요, 여기에 할머니의 삶이 있는 걸요. 여기가 집이에요."

"난 혼자야."

몸은 이미 거의 굳어서 잘 움직이지 않는데 눈물과 감정은 굳지 않았나 보다. 순간, 늙고 죽는다는 것이 무엇인지 잠깐이나마 현실을 본 것 같았다. 왜 할머니는 내가 매일 찾아옴에도 매일 새롭게 버림받은 것처럼 절망하시는 걸까. 죽어가는 순간과 삶은 절대로 부드럽게 이어지지 않았다. 할머니가 잠들기까지 기다리면서 나는 창가 너머 묽은 노란 빛을 띠고 나뭇가지에 대롱대는 잎사귀들을 바라보았다.

전엔 몰랐는데 낙엽은 가지에 매달리는 힘이 빠져서 바닥으로 떨어지는 거더라고, 인간이 잎사귀 같은 존재인 줄 난 몰랐어. 죽어가는 사람 앞에서 끝까지 마지막 잎새를 그려 주는 고결한 화가는 이 세상에 없다. 통장이든 지식이든 자식이든 차가운 병실에서 마지막을 버티는 순간에는 아무것도 닿지 못하니까.

노아가 출장을 간 주말 밤, 뒤척거리던 새벽, 잠결에 화장실 가려다 어둠 속에서 나는 문에 부딪혔다. 순간 머리에 엄청난 통증이 덮쳤다. 화장실의 불을 켜고 거울을 보았다. 오른쪽 눈썹 사이 칼자국이 난 것처럼 피를 흘리고 있었다. 지혈을 한다고 하는데 피가 멈추지 않았다. 통증이 전혀 없는데 피가 이렇게나 많이 나다니 이상했다. 월요일 아침, 문을 열자 마자 나는 약국에 갔다. 연고를 바르고 붕대를 감았는데 상처 속에 붉은 피가 잔뜩 고여 있었다. 어쩐 일인지 노아에게 연락이 되지 않았다. 저녁이 되어서야 노아가 고장 난 핸드폰을 들고 돌아왔다. 그가 내 얼굴을 보고 얼굴을 찡그렸다.

"병원을 갔어야 했는데. 이거 꿰매야 할 상처야. 이미 늦은 것 같은데. 상처 거의 닫혀 가는 중이라."

노아의 말이 맞았다. 붉은 가시처럼 상처가 흉터로 박혔다. 툭 튀어 오른 상처의 붉은 기운은 사라지지 않았다. 일주일이 지나도 열흘이 지나도 그대로였다. 안 좋은 일이 겹겹이 닥치고 있는 마당에 당장 한국으로 날아가고 싶었지만 삼 주 후 시험이었다. 이미 사둔 비행기 표의 날짜를 바꿀 수도 없었다. 시간이 흐르면 좋아질 거라는 노아의 위로는 소용없었다.

"야, 내 몸에 흉터가 얼마나 많은데."

그는 흉터를 보여주겠답시고 급기야 내 앞에서 옷을 벗었다. 십오 센티쯤 양쪽 가슴 옆에 자리한 긴 흉터. 밋밋한 그의 가슴. 나의 고통도 남의 고통도 보는 것은 질색이었다. 잠시라도 잊고 싶은 흉터가 가시처럼 얼굴 위에 박혀 다시 마음을 찔렀다.

"넌 내가 본 여자 중에 최고로 예뻐. 이런 거 평생 달고 있어도 세상에서 제일 예쁠 거니까 걱정하지 마."

그런 우스운 위로는 얼어버린 마음 사이로 모두 미끄러져 나갔다. 절대로 깨지 않을 것 같은 긴 악몽. 나는 밤과 낮을 구분하지 못했다. 불투명한 미래 그 자체를 보는 것 같은 어둠 컴컴한 하늘.

2015년, 그야말로 최하를 달린 기록적 일조량. 한 달 사이 생각치도 못한 사건들이 일어났다. 서울 바깥으로 나가본 적도 없는 내가 독일의 이런 작은 동네까지 기어와서 지내게 될 줄은 몰랐는데. 노아의 말이 맞았어, 고통을 느끼는 마음 때문에 인간은 비효율적인 기계가 될 수밖에 없어. 나처럼 나약한 마음을 지닌 인간은 모든 것에 밀릴 수밖에 없는 거야. 베를린 밖에서 밀리고 밀리다 여기까지 오게 된 건 우연이 아니라고.

"빨리 AI 만들어서 칩 같은 거, 내 머리에 좀 이식해 줄래. 마음을 제거하고 싶으니까, 제발."

"넌 가끔 사람 무리하게 만든다니까. 그런 말 막 하지 말라고. 평생 가도 그건 불가능하니까."

"어째서?"

"간단하게 말하기도 힘들어. 의견은 분분하지만 뇌가 의식에서 차지하는 부분은 그렇게 많지도 않고. 거칠게 보자면 뇌는 외부에서 들어온 정보를 처리하는 장치일 뿐이야. 근데 사람들은 그 정보를 시간이 지나면서 아주 개인적인 차원으로 인식하게 된단 말이야. 물질 작용일 뿐인 이런 과정이 어떻게 고유의 의식을 만들어내는지 아무도 몰라. 이성적인 장치 하나 더 추가한다고 그렇게 복잡한 마음의 구조를 통제할 수 있을 리가 없어. 포기해."

망했다. 믿었던 노아가 저런 말을 한다면 가능성은 전혀 없겠네. 시험 공부는 이미 접은 지 오래였다. 다시 독일에 올 엄두도 나지 않는데 시험 결과 따위 아무 상관없었다. 기한이 지나면 캐비넷에 있는 내 짐은 버려지겠지. 미련은 없었다. 좀처럼 밖으로 나가지 않는 내 손을 붙잡고 노아는 할머니 집을 보여 주겠다며 나를 끌고 자신의 할머니의 집에 갔다.

"우리 할머니 서재 진짜 멋있어, 너 나중에 진짜 작가가 되면 내가 그 서재에 있는 가구 아예 통째로 옮겨 줄게."

노아의 말에 따르면 한때 그 건물 전체가 할머니 소유였다고 했다. 나는 천천히 그녀가 기록한, 진부한 문장으로 점철된 일기장을 읽었다. 헤밍웨이나 쓸 법한 마호가니 책상 위에서 그녀가 하는 것이라곤 고작 내일 할 일 정도를 메모하는 것이었다. 일기장 사이에 소중히 꽂힌 사진 속의 사람들. 그들은 모두 사라졌고 사라지는 중이었다.

"좋은 책상에 앉아 있는 다고 좋은 문장 흘러나오는 게 아니라는 건 확실히 알겠어."

"하긴. 사방을 쏘다니면서 경험을 모으는 너에게 효과가 있는 호소는 아니었네. 맞아, 저 가구 처리하는 것도 사실 일이야. 어쩌면 비싼 가구 다 팔아서 처리 비용 대야 할 지도."

"그냥, 난 그래. 어떤 물건이 있어서 좋은 결과가 나오는 건 아닌 것 같아. 그리고 저렇게 많은 물건 쌓아 두고 죽고 싶지도 않고. 민폐 아닐라나. 확실히 이 점에 있어서 난 유물론자는 아냐. 책상이 문장의 가치를 규정할 수 있다니 그것처럼 지루한 발상도 없어."

"하지만 저런 책상에 앉아서 사진 찍으면 작가로서 느낌은 살지 않을까. 왜 헤밍웨이가 마호가니 책상 위에서 펜을 들고 있는 사진만큼 작가 로서의 그의 정체성이 살아 있는 모습도 없잖아."

"그럴수도. 하지만 그건 작가가 되고 난 후의 일이야. 헤밍웨이를 진짜 작가로 만들었던 문장들은 책상 위에서 탄생하지 않았을 걸. 전장이면 몰라도."

"그래? 그럼 넌 진짜 작가가 되겠네."

"왜 말이 또 그렇게 돌아가?"

"죽는 것과 사는 것에 대해서 너처럼 그렇게 열심히 생각하고 있다면 거긴 어디라도 전장이 될 걸."

그 말이 내 아킬레스건을 찔렀다. 사실 그런 말 많이 들었어, 넌 솔직한 듯 솔직하지 못하다고. 내 내면은 쉽고 얄팍하다는 말들. 내 말을 듣는 사람들은 늘 내가 타지에서 느끼는 당혹감과 우울을 너무 과장하고 있다고. 사실 그게 내가 느끼고 있는 전부인데 모두 실체가 없다고. 필터링 없이 그저 솔직하기엔 난 너무 나 자신에 매몰되어 있는 걸까. 난 계속 고민에 시달리고 있었다, 나의 내면과 외부 세상의 간극이 너무 커서 그걸 어떻게 다뤄야 할지 도저히 알 수가 없어서.

"아직 창창한 나이에, 가까운 가족의 죽음을 경험해본 적도 죽음이 뒤엎은 시대를 산 적도 없는 내가 이런 생각을 반복해서 하고 있는 거 시간 낭비라는 거 알아, 실체도 없고. 그런데 멈출 수가 없어.

진짜 뇌하수체 어딘가가 고장난 것 같아."

"글쎄. 사실 그게 정상일지도. 사람들이 생각을 안하는 거지 공포라는 건 원래 실체가 없어. 그 원초적 공포를 다루기 위해 사람들이 종교나 공동체를 만들면서 신을 섬긴 건데. 신까지 죽었다고 설레발 다 쳐놓았으니 인간은 더 이상 기댈 데가 없지. 까뮈가 맞다고 봐. 존재는 이제 의지의 문제가 아니라고. 죽음이 있기 때문에 부조리가 시작되는 건데. 부조리가 뭔지 어렵게 생각할 거 있어? 내일이라도 당장 아무 이유 없이 죽을 수 있다는 건데. 진짜 아무 이유 없어, 그건 더 이상 운도 신이 있고 없고의 문제도 아니야. 어쩌면 셰익스피어가 죽느냐 사느냐 그게 문제네 어쩌고 하면서 가장 빨리 이 문제에 접근했을 수도 있고. 어려운 문제지. 하여간 내 생각은 그래. 네가 여기 왜 있는지 그 이유를 찾고 싶다면 반대도 생각하는 게 맞지 않을까. 내일 죽을 수도 있는데 굳이 넌 왜 지금 여기 있는 건지."

"넌 나한테 너무 관대해서 탈이야. 너 자신에겐 전혀 그러지 않으면서, 나에겐 모든 생각을 용인하고 어지간한 질문에 다 대답해 주려고 애쓰고."

그가 어이 없다는 듯 허탈한 웃음을 지으며 계속 말을 이었다.

"그런 생각을 아예 하질 못 해서 용인조차 못 한다는 생각은 안 하나 보네. 이봐. 너처럼 밥 먹듯이 이런 질문 툭툭 던지면서 삶과 죽음의 경계를 흩트리고 개념 정확히 사용하면서 농담 따먹는 사람이 많진 않아. 보통은 그런 거 궁금해하지도 않지만 있는 척 하면서 열심히 말해봤자 그 속의 개념은 다 틀려 있거든. 혹은 너무 진지해서 지루하거나. 넌 독일인의 기준으로 봐도 상당히 예외적으로 미친 애라고."

"그런가. 근데 넌 왜 내 미쳐 있는 질문에 그렇게 따박따박 답해주는 거야?"

"재미있잖아. 난 독일인이니까. 독일인만큼 이런 주제 좋아하는 민족은 없을걸. 우리가 괜히 그리스 철학에 꽂혀 있는 게 아니거든. 이러나 저러나 프랑스 문학을 제일 많이 소비하고 있고. 난 한국에 대해 1도 모르지만 네가 말하는 스타일만 보자면 넌 한국보다는 독일 사람의 취향에 더 근접해 있을걸. 네가 싫어하든 아니든 넌 독일과 제법 어울려. 괜히 네 주변에 독일 남자들이 득실대는 게 아니라니까."

"뭐래. 어디서 찐따 같은 애들만 잔뜩 있는데."

"모르나 본데 원래 인간은 다 찐따야. 가까이서 보자니 멀쩡한 사람 난 한번도 못 봤어."

"넌 과학자라면서 왜 이렇게 인간에게 애정이 많아? 찌질한 인간이 싫지 않아? 나라면 새로운 인류 부류를 개척하는데 엄청나게 자부심을 느끼고 인간을 혐오할 텐데. 난 인간이 싫거든. 이성적인 선택과 청렴함을 보장하는 AI 정치인이 나온다면 난 망설이지 않고 AI 쪽에 투표할 거야."

"그런 생각 아예 안 했던 건 아냐, 그래서 학생 때는 시니컬 했는지도. 근데 인간의 미래를 바꿀 수 있는 중요한 연구를 시작하다 보니 나라도 그러면 안 될 것 같더라. 책임감 같은 게 생겼어. 기계와 비교했을 때 인간의 장점이 명확하게 보이니까 인간이란 부류가 새삼 재밌게 느껴지는 것도 있고. 고통스러운 감정과 경험을 승화시키면서 예측 불가능한 방향으로 인생을 살아가는 인간의 능력을 AI에게 부여하는 건 영원히 불가능할 거야. 어쩌면 고통만이 인간을 인간답게 하는지도. 니체는 나를 죽이지 못하는 것이 나를 더 강하게 만든다고 했지만. 글쎄, 꼭 강해지는 게 중요한가? 죽고 사는 건 정말 한끝 차이야, 그 순간을 단순히 고통이라고 말하기도 좀 그래. 오히려 낭떠러지에 서서 떨어질 듯 말 듯 한순간 느끼는 찰나의 공포와 비슷하지 않을까? 그제서야 비로소 알게 되는 거야, 무상함의 가치를. 아무리 애를 써도 시간은 절대로 다시 돌아오지 않기 때문에 가치 있는 거라고. 삶과 죽음의 경계에 서서 아슬아슬하게 죽음을 스쳐 본 순간 느낀 그 무언가가 자기를 자기답게 만들지 않나 해. 그래서 난 그렇게 말해, 나를 죽이지 못한 것이 그저 날 만들 뿐이라고. 지금의 나를."

그는 내가 그의 말을 다 이해할 수 있을 거라고 생각하는지 쉬지 않고 말을 이었지만 그 의미는 내 이해를 한참 벗어나 있었다. 그럼에도 지구상에 그의 말에 전적으로 공감할 수 있는 사람은 어쩌면 나를 빼면 없을지도 모른다는 생각으로 나는 그의 말을 마음에 담았다. 차곡차곡. 언젠가 그가 내 옆에 없을 때, 감당 불가능한 일을 겪고 있을 때, 그 말을 꺼내 보기 위해. 그가 지금하고 있는 말 한 조각이 언젠가 내 존재의 일부를 이루게 될 그날을 위해. 나는 낭떠러지에서 그가 한끝 차이로 밀려 바닥에 떨어지지 않게 그를 붙들었다. 파들거리는 손. 네가 그랬던 것처럼 나 역시 죽을 때까지 널 지지하겠다고 되뇌이면서.

"도대체 삼 년 간 무슨 일이 있었길래 갑자기 너, 이렇게 철학자가 된 거야?"

그가 빙긋 웃었다. 삼 년 전, 그와 함께 살던 겨울 내내 한 번도 보지 못했던 맑은 웃음.

"할머니 딱 한 명 보호자로 데려가서 혼자 수술대에 올랐을 때, 내 정체성에 대해 고민하고 그를 인정해야만 했던 지난 십 년의 시간보다 수술대에 누워 있을 때가 훨씬 두렵더라고. 절대로 알리고 싶지 않았거든, 내가 수술을 한다는 사실을. 목숨 걸고 하는 수술에 남들 위로나 동정 같은 거 받을 여력 없었어. 정체성에 대한 관념적인 고민보다 수술 후 육체를 회복시키고 새로운 정체성에 적응해 가는 과정이 좀 더 힘들긴 했어. 매일같이 호르몬 약을 투약하고, 때때로 독한 약에 부작용이 생겨서 머리가 아파지면 내 뇌에 무슨 일이 생기고 있는 건가 싶어서 때때로 불안해져. 난 내가 일반 남자가 되기에는 너무 이질적인 존재라는 걸 잘 알아, 그런 거 되고 싶지도 않고 주변의 이해도 필요 없어. 그냥 내 자신이 되고 싶어서 감행한 수술이야. 지금 이 순간, 살아 있는 일에 충실해지기 위해서 뚫어야 할 무거운 관문이 여럿 있지. 그 경험은 개인적인 거고 그래서 특별한 거야."

넌 나보다 훨씬 어른이었구나. 청소도 안하고 하루 종일 게임만 하던 노아의 내면에 그런 갈등이 있는 줄은 꿈에도 몰랐었다. 그때서야 그가 왜 나에게 자신의 수술 계획에 대해 일언반구하지 않았는지 알게 되었다. 고통은 언제나 스스로 일어서 뒤를 보지 않을 수 있게 될 때 비로소 이유를 묻게 된다고 하던. 당시에는 누구에게도 말할 수 없던 마음을 그는 이제 누군가에게 서서히 토로할 수 있게 되었다. 울지 않고 분노하지 않고 그저 환하게 웃으면서. 처음으로 보는 그의 잔잔한 명랑함에는 구원받은 듯한 편안함이 서려 있었다. 그러나 누군가의 안정된 마음은 전염될 수 있는 성질이 아니었다. 안정적인 노아의 현재 삶과 달리, 나의 감정은 최고조로 불안에 치달았다. 의문이 꼬리에 꼬리를 물고 이어지던 나날. 베를린으로 떠나기 십 일 전, 노아와 심슨을 보고 있을 때 문득 노아가 물었다.

"이번 주말에 비엔나 출장 가는데 너도 갈래? 더블룸 주더라고. 토요일 오전 일정만 빼면 별 일 없어서. 같이 돌아 다닐 수도 있고."

다음 날, 나는 노아의 연구실 사람들과 차를 타고 비엔나로 떠났다. 머리가 길고 키가 자그만한 중국 여자도 함께 였다. 몇 년 전 사진 속에서 보았던 노아의 전여자친구와 닮아 있었다. 연구실에서 자주 싸운다는 사람이 저 여자였나 보다. 삼삼오오 모두 즐겁게 떠드는 동안 나는 노아의 옆에 앉아 국경을 넘어가는 차창을 바라보왔다. 아침 일찍 출발했는데 도착하고 보니 해가 떨어졌다. 체크인을 하니 먼 발치 아래 스테판 성당에서 울리는 종소리가 들렸다.

다음 날 오후, 나는 에곤 실레의 작품을 보러 노아와 벨레데레 궁전에 갔다. 여성스러운 상아색 궁전, 샤를로텐부르크 성과 확연히 닮아 있는 외관이 눈에 들어왔다. 독일스럽지 않은 우아한 건축 양식은 도대체 어디서 왔나 궁금했는데 이 궁전을 모방한 건가. 세상에 독창성은 없나봐. 티켓을 끊고 박물관 안으로 들어갔다. 클림트의 〈키스〉 앞에서 우리는 멈추었다. 금박을 덮고 얼굴을 맞댄 남녀. 영혼까지 빨아들이지 않으면 견딜 수 없을 것 같아 그와 키스를 할 때면 저절로 뒤꿈치를 들었는데. 환희를 느끼는 만큼 반드시 고통스러워질 것을 알면서도. 모처럼 터진 햇빛, 청명한 하늘 끝까지 펼쳐진 정원을 바라보았다. 노아가 옆으로 다가와 내 손을 잡았다.

"키스해도 돼?"

대답을 듣기도 전에 그가 내 턱을 쥐고 입술을 대었다. 까끌한 수염이 없는 매끈한 그의 얼굴. 나와 눈높이가 엇비슷한 그의 눈을 볼 때마다 심리적으로 가장 편안함을 느꼈다. 노아는 나비의 날개 같은 사람이었다. 촘촘한 비늘의 층과 층의 결합으로 이루어진 나비의 날개. 먼지와 빗방울조차 미끄러워 바로 떨어져 내릴 수 있을 만큼 세밀한 구조를 가지고 있는 날개. 모든 더러움을 걷어 내고 언제나 깨끗함을 유지할 수 있도록. 아무도 예측할 수 없는 혼돈까지 정확하게 계산하고 목표한 지점을 향해 움직일 수 있는 너.

"섬세해서 그래, 그래서 날카로운 거야, 안 그러면 저런 애는 못 살아."

크리스가 노아를 두고 늘 말했다. 그런 노아의 마음을 몰랐다면 거짓말이겠지만 애써 모르는 척 했는지도 모르겠다. 방어력이 약해진 사이를 파고 드는 완벽한 그의 타이밍. 삼 년 만에 만나고도 여전히 친밀한 우리의 인사와 같은 키스였다. 짐 하나 들고 다시 찾아가도 너만은 아무것도 묻지 않고 문을 열어줄 것 같았어. 책상에서 고개나 까닥이며 네 방은 저기, 그런 말이나하고. 천천히 입술을 떼었다. 노아가 내 손을 잡고 홀을 오갔다. 죽음과 소녀, 에곤 실레를 찾는 그의 발걸음이 쓸데없이 분주했다. 조금이라도 빨리 그 그림을 보고 싶은 마음 때문인지.

"에곤 실레는 순수한 천재지. 붓질을 보면 알 수 있어. 오히려 에로스의 오명에 저평가되어 있다고."

이것만은 빼앗길 수 없다는 듯 소녀를 안고 생선 같은 빈 눈알을 번뜩이는 늙은 남자. 식어가는 육체의 심지에서 타오르는 삶에 대한 욕망. 채울 수 없다는 것을 알면서도 놓지 못하는 것, 그것은 욕망. 그 욕망이 꺼지는 순간 진정한 죽음이 오는 걸까. 트램을 타고 천천히 비엔나를 돌아보았다. 길거리는 휴지 조각 하나 없이 깨끗했다. 곳곳에 자리한 CCTV. 잘 관리 되다 못해 광이라도 날 듯한 클래식한 건물. 베를린과 닮은 듯 딴판인 깨끗한 도시. 십일월 초부터 성당 앞 중앙 마켓에 커다란 크리스마스 트리가 세워져 있었다.

연말의 설렘이 물씬 풍겨 나는 거리. 비엔나의 사투리를 따라하던 노아가 짐짓 진지한 어투로 말했다.

"사실 겁났어. 너 온다 길래. 나 보면 무슨 생각하려나 싶어서. 역시 넌 대단해. 눈 하나 깜짝하지 않는 거 보면."

"왜. 나도 진심으로 놀랐어. 생각보다 너무 멋있어서. 안 그랬으면 키스 절대 안 했어."

"또 해줄까?"

나는 변한 그의 모습이 좋았다. 삼 년 전이면 절대 상상 못했을 능글맞은 모습도. 아무것도 안 먹고 게임이나 하던 놈이 이렇게 쉴 틈 없이 말을 늘어 놓을지 상상도 못했다.

"너, 내 뇌 좀 꺼내서 검사 좀 해 줄래? 나도 내 머리 구조 좀 바꾸고 싶어."

왜인지 지금 내 머리를 자세히 조사해 보면 뇌의 어떤 피질이 타나토스 욕망과 맞닿아 있는지 알 수 있을 것 같았다. 아니라면 이렇게 시도 때도 죽고 싶은 욕망이 들 리가 없다고.

"웃기지 마. 어떤 돌팔이가 너 손 끝 하나 대면 가만 안 둬. 그런 건 과학으로 절대 개발 못 해."

쓸데없이 핏발 세우는 노아의 모습을 보니 미소가 나왔다. 세상에 절대적인 내 편이 하나는 남아 있었다. 생각치도 못한 곳에.

"나도 수학 같은 거 잘하면 내 지저분한 뇌 좀 정돈 되려나. 더 이상 사고 치기 싫은데."

조용히 중얼거리는 내게 노아가 말했다.

"사람들이 잘 모르는데. 수학을 둘러싼 주변은 현실과 똑같이 혼란스러워. 중요한 건 계속 질문하는 거야. 질서는 무질서 속에 이미 내재 되어 있으니까. 이거 내가 하는 말 아니야. 아인슈타인이 한 거야. 잊지 마, 코스모스는 카오스 안에 있어."

옅은 눈발이 흩날렸다. 차가운 내 손을 잡는 노아의 손. 이성적이라고 포장하지 마, 넌 그냥 싸가지가 없는 거야, 그 말을 남기고 데이빗과 싸우다 뛰쳐나온 밤, 몸이 발산하는 온기를 똑바로 말하지 못하는 인간도 불행하지만 그런 인간을 사랑하는 것도 죽을 맛이군. 무너지는 자존감에 어쩔 줄 몰랐던 그 밤. 그런 여름밤에 비하면 겨울은 오히려 따뜻했다. 호텔 방으로 돌아온 우리는 이불 속에 들어가 티비를 켰다. 알아듣기 힘든 오스트리아 억양의 아나운서가 공연장과 극장, 음식점, 경기장 등지에서 총기 난사 및 자살 폭탄 공격이 있었다고 설명했다. 평온한 주말 저녁, 이렇게 질서정연한 도시에서 최소 백 명 이상의 사망자를 낸 최악의 테러가 보도되고 있었다. 평온한 주말 밤에 이런 난리가 터졌을 줄 생각도 못했다. 노아가 티비를 껐다.

"네 표정이 너무 어두워서. 세상 멸망한 것 같은 표정 짓지 마."

마음에서 자꾸 물이 새어 나왔다. 일요일 아침 일찍부터 컨퍼런스장으로 가는 노아가 내 머리를 쓰다듬었다.

"울지 말고, 이따 봐."

문이 닫히고, 베개에 얼굴을 틀어 박고서 나는 울었다. 나와 아무 관련 없는 사람들의 고통이 트랜지스터처럼 확장되어 내 귀를 맴돌았다. 이렇게 낯선 곳에서 아무 이유 없이 즉사할 수 있다는 것이 무서웠다. 어느 날 친구와 밥 먹으러 간 곳에서, 영화 보러 간 곳에서 총 맞아 죽을 수도 있다고. 난 잘못 없는데. 삶과 죽음은 원래 기름 종이를 사이에 두고 얇게 맞닿아 있는 건가. 살아있는 나의 시간이 동전 위에 기름 종이를 대고 죽음을 모사하고 있었다. 테러리스트들이 프랑스 국경을 넘어 독일에서 차를 훔치고 남부 독일 소도시 지역으로 숨어 들어갔다는 보도가 연일 계속되었다. 작은 도시가 시끄러워졌다. 기차 역에 총을 든 군인과 경찰이 가득했다. 베를린으로 떠나기 전날까지 거의 울기만 했는데 노아는 내가 가는 것을 아쉬워했다.

"또 와, 언제든."

"울기만 해서 미안해."

거듭 사과를 하는데 또 눈물이 났다. 노아가 웃으며 내 얼굴에 따라 흐르는 눈물을 털어 냈다.

"우울증이 이래서 무서운가봐."

"맨날 울어도 되니까 네가 옆에 있으면 좋겠다, 내 욕심이겠지만."

그 말을 하는 그의 눈이 쓸쓸했다. 버스를 기다리는 사이 그가 조용히 속삭였다. 주변에 아무도 없는데, 아무도 듣지 못하게.

"있지, 나 수술하고 아직 아무와도 안 잤어. 다시 말하자면 체리 보이지. 원한다면 날 먹어도 좋아. 내 버진을 너에게 주지.”

“참으로 영광이네.”

한 시간에 두 대씩 오는 버스가 그날 따라 늦지도 않고 정각에 도착했다.

“또 보자.”

“그래, 다시 만나.”

노아를 다시 만난다면 그는 최신형으로 개발된 날개라도 달고 내 앞에 나타날 것 같았다. 어때, 내 날개 멋있지, 여지없이 잘난 척 하면서. 그것은 등에서 자라나려는 날개를 뽑아내다시피 고통을 참아내며 의지로 완성한 아름다움이라는 것을 난 알았다. 다시 만나기는 어렵겠지. 노아는 자신의 필드에서 손에 꼽힐 만치 촉망 받는 과학자였다. 그의 발목을 잡고 있는 할머니가 돌아가신다면 노아가 최고의 연구 조건을 보장하는 유명 연구소에 스카우트 되어 미국으로 가는 건 어렵지 않을 거라고 주변 동료들이 소곤대는 것을 들었을 때, 내 가슴은 밑바닥을 모른 채 쿵 내려 앉았다. 이제 독일에서 더 이상 도피처로 쓸 곳은 없겠군. 최후의 보루가 사라지려나. 다시는 이런 순간이 오지 않을 것을 알고서 그와 함께 보낸 두 번째 시간은 어쩐지 더욱 마음에 오래 남을 것 같았다.

다시 베를린과 가까워 지는 길. 무거운 캐리어 끌고 추운 겨울에 고생하고 싶지 않아 좋은 호텔을 잡았다. 마지막으로 이 동네에 머무르는 날일 수도 있으니까. 비수기인 덕에 별 네 개짜리 호텔도 비교적 싸게 잡을 수 있었다. 게다가 객실이 많이 비어 있다며 굳이 더 블룸으로 바꿔주기까지했다. 베를린에서 방 하나 못 얻어서 질질 짜던 게 두 달 전 일이었는데 더블 룸에서 대자로 퍼져 있다니 웃음이 나왔다. 나는 아이스 박스에 들어 있는 와인을 털어 마셨다. 혼자서 수축하고 범람하기를 반복하는 마음을 알코올로 틀어 막고 자버리기 위해서라도. 다음 날 아침 일찍 시험장으로 나서는 길, 한 아줌마가 진한 화장을 하고 내 앞에 앉았다. 짧은 미니 스커트를 입은 그녀의 덩치는 거대했다. 그녀가 다리를 벌린 순간, 나는 그녀가 속옷을 안 입었다는 것을 알 수 있었다. 허리를 늘어 뜨리고 살짝 다리를 벌리고 있는 여자. 사람 심리가 또 이상해서 고개를 돌리다가도 눈이 자꾸 갔다. 진짜 팬티 안 입었을까 눈을 의심 하게 되니 자꾸 확인하고 싶어지는 심리인가. 나는 지하철을 내리면서 말했다.

"자세 조심하세요."

그녀는 모른척하고 그대로 앉아 있었다. 한 남자가 그녀에게 추파를 던졌다. 의도가 뻔히 보였다. 잘 됐어, 베를린에 정 떨어졌는데 점점 더 떨어지고 있네. 이곳에서 만나는 사람들을 자꾸 경멸하게 되었다. 시험장이 아니라 바로 공항에 간다면 더 기뻤을 것 같은데. 일 초라도 빨리 베를린을 빨리 탈출하고 싶었다. 인생 빨리 끝나 버렸으면. 후회도 미련도 없으니까. 시험지를 받았다.

결과가 어떻게 되든 이제는 아무 상관없어.

말하기 시험 마지막 번호를 받은 나는 모두가 빠져 나가고 빈 교실에 혼자 남아 있었다. 공부를 그렇게 잘한 건 아니지만 멍청하진 않다고 생각했는데 시험 하나 못 붙어서 쩔쩔매고 있다니. 시험을 끝내고 호텔로 돌아가는 길, 나는 무슨 생각에서 흉터를 가리려고 눈썹에 붙여 놓은 테이프를 뗀 채 그의 집 앞으로 찾아 갔다. 거침없이 벨을 눌렀는데 내 목소리를 들은 그가 순순히 문을 열었다. 근 한 달 만의 만남이었다. 옆 방에서 일본 여자가 부르는 노래가 들렸다. 그는 노래나 들으며 한가하게 하루를 마무리하고 있었다.

"얼굴 어떻게 된 거야? 다쳤어?"

"응. 문에 부딪혀서. 반지하라, 집이 어두웠거든. 게다가 혼자 있었고."

"남자 다 만났네. 그 얼굴로."

"그건 아니던데."

"다른 남자 만났어?"

대답하지 않았다. 그런 것도 같고 아닌 것도 같고. 지금이 아니라고 나중에도 아니란 법 없고. 뭐라고 말해야 할지. 우리 관계는 끝났다고 단호하게 말한 건 너면서 이런 반응은 도대체 뭐지?

"넌 다른 여자랑 안 잤어?"

"안 잤어."

그런 답은 나 보라고 대놓고 일본 여자와 살고 있는 꼴을 처음부터 다 지켜본 나에게 별 의미 없는 답이었다. 내가 베를린을 떠난 사이 그가 아무랑도 안 잤다고 말해도 전혀 기쁘지 않았다.

"지금 네 앞에서 얼짱이는 애들 다 네가 어리고 하니까 한번 자
보려고 수 쓰는거지."

"너라고 다르니?"

그는 입을 다물었다. 별 생각 없이 한 말인데 찔리나 보네. 나는
그가 무슨 의도로 날 만나든 상관없었다. 그가 내게 진지해서 내가
그를 사랑한 건 아니니까. 네가 혼자 산다면 날 두고 무슨 생각을
하든 내버려 뒀을 텐데 나 보라고 굳이 일본 여자를 이 집에 들인
이상 이야기는 달라졌다. 대체물을 운운한 그에게 날 독점할 권리
는 없었다. 대체물. 잔인한 그의 정의 앞에서 나는 휘청거렸다. 잘
브뤼켄에서 보낸 한 달간 내가 처절하게 두려워한 것.

두뇌에는 시간을 느끼는 부분이 없어, 그저 시간을 추측해 낼 뿐
이야.

노아가 말했다. 아마 나의 시간은 죽음으로 밖에 흐르지 않을 거
야. 아니라면 자꾸만 죽고 싶어하는 내 욕망을 설명할 길이 없다고.
이 방향을 바꾸기 위해서, 나는 다시 손바닥을 뻗어 인간의 목을 감
싸 안았다. 삶, 손바닥으로 껴안지 않으면 온기가 통하지 않는 것.
인간. 이 감각이 통하지 않는 나는 죽음이었다. 나는 그가 주는 모
든 감정을 내 몸 안에 샅샅이 넣었다. 언제라도 눈을 감으면 그 감
각을 느낄 수 있도록. 바란다고 이루어 지는 건 아니지만 그럼에도
다시 한번 바랐다. 언젠가 만날 수 있기를. 내 소망은 차가운 현실
앞에서 좀처럼 꺾여 나가지 않았다.

Kapital 7

다음 날 쓸쓸하게, 그러나 묘하게 상쾌한 기분으로 서울로 향하는 비행기를 탔다. 비행기가 인천 공항에 착륙한 순간 살았다는 안도감에 눈물이 찔끔 났다. 서울에 도착한 나는 아무데도 나가지 않고 삼 주간 방에 틀어 박혀 있었다. 나에게도 가족과 집이 있다는 것을 세상에 항거라도 하겠다는 양. 유학 실패라는 용어가 이제 나에게도 적용되려나. 어리지도 그렇다고 그닥 많지도 않은 나이에 본 실패의 맛은 썼다. 통제할 수 없는 우울한 생각에 공격 받을 때 나는 늘 책 속으로 도피하곤 했었는데 그 버릇이 또 나왔다. 불안한 미래에 대한 걱정을 미루려고 더 집요하게 책을 읽었다. 시끌벅적한 연말의 서울과 멀리 떨어져 나는 집에서 대부분의 시간을 보냈다. 라디오에서 호두까기 인형이 흘러 나오던 어느 날, 곧 크리스마스가 다가오고 있다는 것을 알았다. 빠른 속도로 흐르는 바이올린 음률을 듣노라면 금방이라도 저 이야기 속으로 빨려들어가 주인공이 되는 착각에 빠지곤 했었는데. 집 밖으로 좀 나오라는 수연이의 닦달에 못 이겨 처음으로 한 외출. 그녀는 만나자마자 내 앞머리를 열고 붉은 기운이 채 사라지지 않은 눈썹의 흉터부터 확인했다.

"야, 이거 실선이구만. 이게 뭐라고 울고 불고 난리를 쳐."

"어쨌거나 기스 갔잖아. 병원에서도 흉터는 남을 거래."

"야, 인간이 기스 좀 가고 그러면서 굴러가는 거지. 뭘 그렇게 완벽하게 살려고."

"그래서 네 샤넬 가방에 기스 갔다고 빡쳐서 그렇게 나한테 카톡질을 해?"

그녀는 백화점에 나를 끌고 가 아이브로우를 사주었다. 눈썹 한 번 내 손으로 그려본 적 없는 내게 그녀가 준 선물이었다. 나는 수연이가 가르쳐 주는 대로 조심스럽게 붉은 기가 남아 있는 흉터 위에 눈썹을 그렸다. 내 나이 스물아홉, 흉터가 아니었으면 시작하지 않았을 늦은 화장.

"거 봐, 감쪽 같잖아. 나중엔 진짜 티 하나도 안 날 걸 가지고. 기지배."

서울에서 나는 베를린의 고생이 무색할 만치 빠르게 안정되었다. 부모님, 사랑하는 친구들, 마음이 통하는 세계가 이곳에 있었다.

2015년의 마지막 날, 나는 혼자 카페에 앉아 베를린에 있을 데이빗에게 긴 편지를 썼다. 백 명의 남자를 만나도 나는 너와 함께 보낸 그 밤을 절대로 잊지 못할 거라고. 너는 내게 있어 늘 최고의 남자일 거라고. 아직까지 내 마음이 생생하게 지니고 있는 정경과 감정. 서울에서라면 그를 그렇게 절대적으로 사랑하지 않았을라나. 나는 입술을 물어 뜯으며 초조하게 생각했다. 과연 그가 서울에 온다면 나는 그를 부모님께 소개 시키고 그의 손을 잡고 거리를 다닐 수 있을까. 그와 나의 얼굴에 드러나는 현격한 나이 차이를 뻔히 알면서도.

"그래도 만약 그가 전통 혼례복을 입고 나와 결혼이라는 것을 한다면, 난 그 자리에서 많이 울 거야."

"사랑이네, 남자의 심정으로 사랑이라는 걸 하는구나 넌."

수연이는 그렇게 말했다. 사랑이네. 2015년 끝자락에서 나는 술을 마시고 그에게 메시지를 보냈다. 해피 뉴 이어, 네가 보고 싶어. 왜 이렇게 멀고 먼, 베를린에 있는 사람을 이렇게 절망적으로 사랑할까, 알 수 없었다. 내 마음은 자꾸만 무를 지향하는데, 다 끝내고 혼자 죽고 싶어하는데 사랑을 향해 억지로 방향을 틀어 보았자 소용없지. 당연히 그 형상은 절망적으로 나타날 수밖에. 2016년을 목전에 앞두고도 난 끝까지 사랑 타령이었다. 현실을 잊고 싶어서였던지.

시험 결과를 확인하는 것이 몹시 겁났다. 차라리 이대로 시험에 떨어져 독일로 다시 돌아가지 않는 게 정신 건강상 더 좋지 않을까 생각도 들었다. 결과 발표가 나고도 삼 일이 더 지나서야 겨우 사이트를 열었다. 합격이었다. 끊겨진 운명의 선이 베를린과 다시 연결되었다. 자포자기 한 것이 오히려 긴장을 푸는 데 효과적이었던 건가. 나는 학교 지원 마감을 십 일 남기고 서류를 보냈다. 정확히 한 달 후 합격증을 받고 입학 수락을 하고서도 나는 여전히 베를린으로 돌아가는 것이 겁났다. 흉터의 붉은 기는 점점 사라지고 아예 해를 안 보고 산 탓에 내 피부는 하얘졌다. 두 달 남짓한 시간 사이 의문이 계속 자라났다. 결정을 내리지 못하고 끊임없이 회의에 시달렸다. 걸핏하면 자살하는 꿈을 꾸었다. 오 층 정도 높이, 창문을 열고 뛰어 내렸다. 옆에 누군가가 있었던 것 같기도 하고 아닌 것 같기도 했다. 바닥에 부딪히면서 목이 먼저 꺾여 들어가고 귀가 아파지면서 압도적인 중량감을 느꼈다. 뼈마디로 스며드는 고통, 눈꺼풀을 끌어 모아 눈을 감고 웅성거리는 사람들 목소리 속에서 엄마 생각을 안하고 빨리 죽으려고 노력했다. 이제서야 드디어 모든 것이 끝났다는 생각이 드니 엄청난 안도감을 느꼈다. 다시 눈을 뜨니 오히려 지옥 같았다. 조금 울었다. 그 고통을 느끼고도 왜 안 죽었지 싶어서. 다시 자고 싶었지만 이미 몸은 극도로 예민해졌다. 이 삶에서 도망치고 싶었다.

신이시여. 왜 제 삶은 점점 망가지고 있나요.

젠장. 우울한 것으론 백 번 모자란 아침이었다. 집에서 좀처럼 나갈 생각을 하지 않는 나를 수연이가 떠밀었다.

"야, 네가 그렇게 좋다는 체로키 온댄다. 이 몸이 친히 따라가 줄 테니 기분 좀 풀어봐."

이렇게 우울할 때는 억지로라도 나가 노는 것이 좋다고 배웠는 데. 삼월의 쌀쌀한 추위를 잊고 기모노 블라우스에 얇은 스타킹을 신고서 나는 일찌감치 이태원에 나갔다. 우울할 때는 차라리 얼어 죽을 각오로 얇게 입는 게 기분 전환에 도움 된다는 게 수연의 지론이었다. 클럽 안은 텅 비어 있었다. 아직 안 온 건가, 두리번 거리며 수연이를 찾는 사이. 고개를 푹 숙이고 구석에 박혀 있던 남자가 갑자기 나를 쳐다 봤다. 뭐야. 뭘 저렇게 넋 나간 듯 쳐다본대. 나이도 들어 보이는 게. 나는 그를 한껏 째려 보고 홱 돌아 나갔다. 한 시가 넘어서야 수연이가 왔다. 수연이와 술을 마시며 수다를 떨고 체로 키의 플레잉 타임을 기다렸다. 그날, 체로키의 플레이는 엉망이었다. 탄력적인 리듬과 스매싱은 온데간데없이 사라지고 그는 실수를 남발했다. 얼굴을 구기며 리듬을 타는 둥 마는 둥하고 있는데 그때 였다. 아까 날 쳐다보던 남자가 내게 다가와 영어를 하기 시작했다. 가지가지 하시네요 진짜, 톡 쏘아붙이려다 참았다.

"저 한국 사람인데요."

"미안, 대만 사람인가 했네."

기모노를 입고 있으면 일본 사람인가 생각을 해야지 왜 또 대만 인이야. 그의 옆에 서 있던 한 여자가 내게 인사를 했다. 일본인, 키가 크고 서글 서글한 미녀였다.

"몇 살이에요?"

"서른 네 살."

얼굴을 찡그렸다. 뺑도 정도껏 쳐야지. 내가 못 미더워 하자 그는 순순히 사실을 불었다. 서른아홉. 신기했다. 나보다 열 살이나 많은 남자도 이런 클럽에 오는구나. 이렇게 대놓고 날티 나는 사람이 내게 번호를 물어보는 것은 경험해 본 바 없었다. 보통 내게 관심을 보이는 부류는 범생 부류였는데 나도 이제 색기가 좀 분출되는 건가, 괜히 으쓱해졌다. 모처럼 번호를 주었지만 주말 동안 그의 연락은 없었다. 역시 나 따위 안중에도 없던 건가 싶어 약간 의기소침했다. 그리고 주말이 지나서 월요일, 그에게 연락이 왔다.

〈너 처음 보고 놈코에 보름달 이라도 뜬 줄 알았어〉

초면에 다짜고짜 그런 말을 하다니. 내 얼굴이 그렇게 큰가, 거울 앞에 뛰어가 얼굴을 확인했다. 하긴 체로키와 사진을 찍을 때도 그가 내 볼을 지긋이 눌렀었지. 광대가 좀 두드러 지긴 하지만 글쎄, 보름달 소리를 들을 정도까진 아니라고 생각했는데. 이런저런 신상 조사를 하던 그가 한마디로 날 정의했다.

〈독일어하는 보름달은 처음 보네〉

수연이에게 아무래도 광대를 깎아야겠다고 징징댔다. 체로키 그 놈 패러 가야겠다고 으름장을 놓던 그녀에게 사실 체로키 때문이 아니고 그날, 클럽에서 만난 남자 때문이라고 말은 하지 않았다. 간

만에 신기하게 말 잘하는 한국 남자를 만난 나의 호기심은 배가 되었다. 사랑으로 언어의 한계를 극복한다는 것은 거짓말이었다. 언어의 역할이 얼마나 큰데. 우리는 이틀 후 홍대에서 다시 만나기로 약속을 정했다. 저녁 일곱 시 반, 비오는 수요일 저녁. 나는 홍대 거리 한복판에 자리한 카페의 창가에 앉아 그를 기다렸다.

〈수업이 좀 늦게 끝날 것 같아〉

첫 만남부터 늦나. 나는 차를 마시며 하릴없이 손 잡고 쌍쌍이 지나가는 어린 커플들을 구경했다. 우산 하나에 기대어 서로 어깨를 부딪히고 걸어가는 남녀. 그 사이를 비집고 자리한 사랑. 찬 기운이 걷히지 않은 쌀쌀한 날씨에 얇게 입고 나온 것을 후회했다. 손 잡아줄 남자도 없는데. 커피를 홀짝이며 비 내리는 홍대의 거리를 바라보았다. 저 밑에서 헐레벌떡 뛰어오는 그가 보였다. 뭐 대단한 만남이라고 셔츠에 타이까지 매고 나온 그가 우스웠다. 허리에 셔츠 다 삐져 나왔는데.

"늦어서 미안, 밥 먹으러 가자."

우리는 자리를 옮겨 레스토랑에 갔다. 말 잘하는 줄 알았더니 와인을 앞에 두고 그는 내 앞에서 땀만 삐질삐질 흘리고 있었다.

"더워요?"

"아니, 그게 좀 긴장을 해서. 사실 진짜 만나고 싶었거든. 내 이상형이라."

속으로 웃음이 나왔다. 눈웃음 살살 치면서 저런 말 하면 여자들이 속아 준다는 거 본능적으로 알고 있는 건가. 미리 전개를 알고 있는 뻔한 책을 보는 것 같은 기분이었다. 그래도 이야기는 좀 재밌게 할 줄 알았는데 그는 혼자서 와인만 삼키고 있었다. 맛이라고는 좀처럼 찾아볼 수 없는 프랑스 정식.

"어떤 남자 좋아해?"

"마이클 파스빈더요."

"남성적인 스타일 좋아하는 건가."

그런 것 같기도하고 아닌 것 같기도하고. 머릿속에 생각나는 남자 배우 아무나 갖다 댄 건데. 성의 없이 고개를 끄덕였다. 섹시하고 위험한 남자인 줄 알았는데 하는 짓은 영락 없는 바보였다. 그의 몸에서 나는 바닐라 향이 좀체 맘에 들지 않았다.

"제훈 오빤 제 스타일은 아닌 것 같아요. 취향이 좀 여성적이시네요."

"그런가, 넌 완전 내 스타일인데."

날카로운 말에 사람 좋게 웃으며 답하는 것이 왜인지 나와 닮아 있었다. 나와 같은 차원의 연약함을 보고 싶지 않았다. 그런 따뜻함을 보기 싫어서 쓸데없이 날카로워지고 마니까.

"오빠는 형제가 어떻게 돼요? 부모님은 뭐하시나요?"

할 말이 없어 의례적인 질문을 던졌는데 그의 입에서 나온 말은 뜻밖이었다.

"난 엄마랑 살아, 아빠는 사이비 종교에 미쳐 있었는데, 나 스무 살 때 결국 집 나갔어. 바람나서. 형은 결혼하고 연락 안 돼."

첫 만남부터 이렇게 솔직할 일인가 모르겠다만 나도 그냥 가감없이 말이 튀어나왔다. 우리 둘 다 사적인 일을 숨기는 스타일은 아니었다.

"신기하네요. 우리 집은 여호와의 증인이었는데. 나 성경책으로 글자 배웠어요. 지금도 성경 구절 꽤 많이 외우고 있는데. 이게 머리 속에서 안 빠져 나가요."

"여호와의 증인은 사이비라고 하기 좀 그렇지. 그거 미국에서 시작된 거잖아. 우리 아빠는 진짜 사이비였어. 종교 때문에 전 재산 긁어서 바치고. 스무 살 때 아버지를 만나러 그 집에 갔는데 문을 안 열어 주더라고. 문 틈으로 봤지. 아버지와 같이 사는 그 여자를."

미국에서 시작되면 사이비라고 하기는 어려운 건가. 영 납득하기 어려운 소리였다. 그는 초장부터 자신의 내면을 보여 주는 데 거침없었다. 계산을 하고 밖에 나왔다. 아직 따뜻하다고 말하기 어려운 초봄의 날씨. 순간적으로 그가 길거리에서 내 허리를 잡았다. 그의 첫 키스는 길고 집요했다.

"사실은 보기 전부터 키스하고 싶었는데."

그가 열심히 말발 살리면서 분위기를 잡고 있어도 그에게 빨려든 것은 시간이 좀 지난 후의 일이었다. 사회적인 성공에 실패한 그가 여자에게 먹히기 위해 내세울 요소는 많지 않았다. 돈도 없고 나이는 먹을 대로 먹은 그에게 남은 것은 이제 수컷의 매력 뿐. 그는 내 앞에서 과외하러 간 집의 학부모 아줌마가 자신에게 추파를 던졌다는 일화를 거들먹 거리며 자신이 아직 끝나지 않았다는 것을 보여 주고 싶어했다. 질투심은 1도 들지 않았다. 전에는 그럭저럭 먹혀들었나 보지만 그 매력마저도 서서히 사라져 가고 있는 순간, 히스테리로 발버둥 치는 삶은 드라마에서만 나오는 줄 알았다. 남자들도 여자들처럼 나이를 먹고 자신의 성적 매력이 떨어지는 것에 스트레스를 받고 불안해 한다는 것을 그전엔 전혀 몰랐는데. 비엔나에서 보던 죽음과 소녀의 그림이 실제로 나타난 줄 알았다. 죽음으로 형상화된 남자가 굳이 노인의 나이일 필요는 없었나 보다. 하기야 그 그림을 그릴 적에곤 실레도 이십 대 중반 밖에 안 되었는데. 생각보다 그 그림이 보편적인 남자의 심리를 담고 있나.

사이비 종교 단체에서 교주 비슷한 것을 하던 아버지의 외도. 평생을 외롭게 살던 어머니. 그는 이십 대 중반, 장학금을 받는 조건으로 프랑스로의 유학을 준비하던 중, 건강이 나빠진 어머니를 책임져야 하는 상황에 몰려 수학 강사를 시작해야 했다. 결혼한 형과 형수는 그의 어머니와 왕래를 거의 끊다시피했다. 그는 자신의 직업을 싫어했다. 자신이 한국이 가진 모순을 재생산하는 데 일조하고 있다는 것이 그 이유였지만 직업은 그의 모순에서 아주 작은 부분을 차지하고 있었다. 그는 자신의 정신적 조국이 프랑스라고 생각했다.

"개가 돼도 난 프랑스에서 살고 싶어."

그의 말을 들으며 난 웃었다.

"실제로 안 살아 봤으니까 그런 소리하는 거야. 표면적으로 보는 것과 현실은 다른데."

하지만 나라도 국가에서 주는 장학금 놓치고 혼자 엄마를 책임져야 하는 상황을 겪어야 했다면 정상적으로 살기 힘들었을 것이다. 그는 자신이 처한 복잡한 상황을 나름 갈고 닦은 반골 기질과 남자 특유의 허세로 타파하는 것 같았다. 그의 허풍을 백 퍼센트 믿을 리가 없지만, 그저 난 내 피부 트지 말라고 일 리터짜리 크림을 사다 주는 한국 남자 특유의 정을 오랜만에 발견해서 기뻤을 뿐이었다. 그는 내 피부를 예술품처럼 만지며 칭찬했다. 그런 친절이 세상 귀하다는 것을 알게 되었다. 그래서 더더욱 독일 남자 만나, 한국 남자 쓰레기니까라는 막말을 아무렇지 않게 하는 그의 멘탈 상태가 안쓰러웠다. 진짜 내가 원하는 것을 모르는 건지 무시하고 싶은 건지.

"난 내가 좋아하는 사람 만날 거야, 그게 독일인이든 한국인이든 네가 무슨 상관이야."

내가 아무리 반발 해도 그는 막무가내였다. 남자는 다 똑같으니까 돈이라도 많아야 한다는 것이 그의 지론이었다. 제훈의 일장연설을 묵묵히 듣던 내가 한마디 했다.

"오빠, 솔직히 말하면 난 오빠처럼 될까 너무 두려워."

뼛속부터 반골 기질을 타고 난 그와 나. 공통점이 없다고 말할 수 없는 우리들. 사이비 종교 안에서 유년 시절을 보낸 그와 강압적인 종교 생활을 유지하던 나. 나 역시 기존의 인간 관계를 등지거나 가정까지 버리고서 종교를 택하는 사람을 많이 보았다. 사람들은 절대로 기존 사회의 질서나 정해진 규칙을 따라가지 않고 제각각의 신념에 의해 다른 선택을 했다. 그 선택을 정당화하는 신념의 장치는 강력하고 얼핏 이성적으로 보였다. 세속적이라는 일반의 질서와 멀리 떨어져 오랜 시간 관념에만 의거한 생활을 유지하던 어린 시절의 기억을 공유하고 있는 그가 내 두려움을 모를 리가 없었다. 여전히 다른 사람들이 의심하지 않고 따라가고 있는 질서와 정의를 거부하면서 휘청거리는 날.

"너는 절대로 나처럼 안 돼. 지금도 예쁘고 앞으로도 예쁠텐데 잘 써먹어서 좋은 남자 만나야지. 그때 놈코에서 봤던 일본 여자애 기억나지? 걔 지금 아베랑 밥 먹을 삘이야. 엄청난 물주를 물었거든. 그 정도만 생겨도 남자만 잘 만나면 인생 풀리는 거 순식간인데 우리 세희는 정신 차리면 어떻게 될지."

하여간 황당했다. 그가 사교육이 가장 활발한 지역에서 활동하고 있는 것을 알고 있었지만 이렇게 대놓고 속물적인 가치를 따라가고 있는지는 몰랐다. 아베의 측근인 남자를 만나서 아베와 밥을 먹어야 인생이 좀 봐 줄만 해진다는 식의 논리는 불과 몇 달 전 독일에서 죽네 사네 하고 있던 내가 소화하기엔 무리가 있었다. 그럼에도 내가 피하지 않고 그의 말을 가만히 듣고 있던 단

하나의 이유.

"오빠한테 도대체 돈은 뭐야?"

"돈은 내 생각 안하는데 나 혼자 그게 뭐지 생각 해도 아무 소용 없어. 세희 아직 순진하네."

"오빠 혼자 열심히 돈 쫓아 가도 돈이 오빠 생각 안 해주면 다 소용 없는 건 마찬가지야. 나, 돈이 가치를 표현한다 그런 말 잘 안 믿어."

"이거, 처음엔 완전 육체파인 줄 알았는데 완전 속았네. 세상에 이런 관념녀가 있나. 그러니까 데이빗이랑 잘 해볼 생각을 안 하지. 그 정도면 괜찮은 남자인데. 네가 잘 모르는데 한국 남자 완전 썩었어."

"오빠도 한국 남자잖아. 왜 오빠 자신을 낮춰?"

"그러니까 아는 거지. 다 너 잘 되라고 하는 말이야. 세희는 도이치 방크 다니는 독일 남자 만날 거야. 결혼 잘 하고서 가끔 나 찾아오면 좋겠네."

"꿈 깨. 그런 남자 만났는데 오빠를 왜 보러 와."

"그건 모르는 거야."

세상을 쥐락펴락한다는 강자가 취하는 입장과 그 논리에 대해 강의하는 그의 모습을 볼 때마다 나는 세상의 모순에 대해 생각했다. 처음엔 주류와 거리가 먼 인생을 살아 온 그가 여전히 사람의 급을 나누며 성공을 선망하는 게 상당히 아이러니해 보였다. 제도

권 교육의 수혜자로서 한국 교육이 지향하는 방향을 정확히 파악하는 그의 능력은 헛된 것이 아니었기에 시장에서의 쓸모와 우월감은 아직까지 유지 되었지만 그의 애정 결핍과 자존감의 결여를 보충해 줄 수 있는 수준은 아니었다. 외부적 조건들이 실질적인 능력과 결부된 것이 아니라는 것을 잘 알고 있음에도 그가 여전히 껍데기에 집착 하는 이유. 나는 서서히 그가 권력을 원하는 사람이라는 것을 알게 되었다. 돈과 외모 같은 요소로 마음을 끄는 것이야말로 가장 쉽고 빠르게 권력을 획득할 수 있는 길이라는 것을 머리 좋은 그가 모를 리 없었다.

어떤 사람은 의도적으로 내면의 선과 악의 경계를 흐리고 그 기준을 스스로 부숴 버린다. 이성으로든 의도적으로든. 그것을 자유라고 말하는 사람이 있을지도 모르겠다. 주어진 시간을 보내는 방법은 제각각이라지만 이렇게 이드에 충실한 방식으로 세상을 사는 사람이 있다니. 사랑이라고 철석같이 믿은 사람의 얼굴이 이렇게 쉽게 잊히고 저런 쓰레기 하나 만나 같이 웃고 있다고 마음이 편해지는 것은 아이러니한 일이었다.

불과 두 달 전, 백 명을 만나도 너와 보낸 그 밤을 잊을 수 없을 거라고 데이빗에게 보내는 편지에 분명히 썼었는데. 생생해서 잊을 수 없을 것 같던 그 밤에 느낀 감정은 그저 관념적으로 움직이는 개념과 다를 바 없이 머릿속에 남아 있었다. 눈에 보이는 현실의 강력함을 다시 한 번 느낀 순간, 나는 그에게 점점 빨려들어가는 마음을 어떻게든 붙들어 보려고 계속해서 데이빗에 대한 감정을 살려보려 애썼다. 내가 사랑하는 건 그라고, 내가 원하는 인생의 파트너는 그와 같은 사람이라고 믿고 싶었지만 눈 앞에 있는 것에 이미 홀려버린 내 마음이 내 머리가 보내는 메시지를 들을 리가 만무했다.

잠깐 만나는 거야, 재밌으니까.

출국날이 다가올수록 초조해졌다. 제훈의 말대로 나도 모르는 사이, 남자 하나 잘 물어서 베를린에 안전한 거처 하나 둘 생각이 앞서 데이빗에게 그토록 안달이 났던 건가 의심이 들었다. 고개를 세차게 저었다.

다른 사람이면 몰라도 내가 그럴 리 없어. 난 너와 달라.

스스로를 사회의 낙오자로 낙인 찍는 남자. 나 역시 독일에도 한국에도 속하지 못하고 이렇게 불안정한 모습으로 사십 대를 맞게 되려는지. 이상하게 나는 그를 만날 때마다 내 속에 내재한 불안을 읽었다. 그 불안이 대부분 질문의 형태를 띠고 있다는 것을 처음 알게 되었다. 내 육체가 두 곳에 동시에 속할 수 없는 이상, 나는 앞으로 어느 곳에 있어야 할지 선택 해야 했다. 이분된 나의 욕망. 평생 변덕스러운 제훈과 농담 따먹기나 하며 살 수는 없다는 것을 잘 알고 있으면서도 내 마음은 더 이상 멀리 가고 싶지 않다고 말하고 있었다.

"너, 글 완전 잘 써. 그거 모르는 사람이 멍청한 거야."

갑자기 제훈이 하는 말에 놀라서 마시고 있던 물이 코로 나올 뻔했다. 의아한 눈으로 그를 쳐다봤다. 뭔 개소리야, 또.

"긍정하라고. 긍정이 두 가지 의미로 쓰이는 거 알아? 단순히 사람들 생각처럼 포지티브 하란 의미가 아니고 Affirmative적인 뜻도 있어. 너 스스로 확신하지 않으면 아무것도 안 돼. 네가 확신이 없는데 남들이 너를 믿어줄 것 같아?"

어쩌면 그의 자조와 달리 그는 꽤나 자질 있는 선생이었을지도 모르겠다. 그에겐 그런 재능이 있었다, 새로운 것을 머리에 밀어 넣는 능력. 나는 그의 말 속에서 나 스스로 인식하지 못한 또다른 모습을 들여 보았다. 나는 당황스러운 마음을 감추려고 일부러 차가운 목소리로 말했다.

"무슨 소리야, 내가 쓴 거 하나도 안 읽어 봤으면서."

"페이스북에 네가 쓴 거 읽어 봤지. 처음부터 끝까지. 너는 네가 가진 재능을 좀 더 믿어야 돼. 어떻게 너 자신을 스스로 그렇게 모를 수가 있니. 그러니까 바보란 소리를 듣는 거야."

언제 그걸 검색해서 읽어 봤을까. 내 얼굴이 빨개졌다. 엉망진창으로 써 댔던 글을 읽었다니. 쥐구멍을 찾았지만 헛수고였다. 내 빨간 얼굴 앞에서 그는 확신에 찬 웃음을 띠며 말했다. 그 순간만큼은 확실히 그는 선생처럼 보였다. 나와는 다른 현실을 살아 본 전세대의 여유 같은 것.

"넌 나에게 최고의 작가야."

"오빠가 뭘 알아. 모두가 한 목소리로 그러는데. 페이스북에 똥글 그만 쓰라고."

"사람들이 뭘 안다고 그런 얼빠진 소리를 진지하게 새겨 듣고 있어. 규칙 지키고 정밀하게 그림 그리는 것도 어렵지. 근데 창작에서 중요한 건 그거야, 하던 대로 하는 게 아니라 거꾸로 뼈대를 세우고 새로운 방식으로 건축물을 지어 보는 거. 새 포도주를 기존에 사용하던 부대에 담을 수 없잖아. 형식부터 표현까지 모든 게 다 달라야 하는 거야. 어차피 네가 나중에 글을 써서 외부에 공개를 한다 해도 대부분은 네 글 제대로 읽지도 않고 비난할 게 뻔해. 그러니까 그런 말은 한 귀로 듣고 한 귀로 흘려 버리는 게 좋아. 어차피 나중에 끝까지 살아 남을 건 너인데, 살아 남는 쪽에서 의연해져야 하지 않겠어. 어쩌면 난 네 글 속에 드러날 내 모습이 싫어서 나중에 네가 글 쓰겠다고 날 찾아 와도 아무것도 답 안 해줄지도 몰라. 내가 그런 적이 어디 있어, 하면서 한없이 부정하고 싶을 지도."

아직 덜 성숙한 내 마음은 그 말을 믿고 싶어 하는 듯 보였다. 그는 내가 버린 감정 쓰레기 속에서 다른 것을 보았다. 문자 속에서 끈질기게 살아남을 나의 감성을. 수많은 실패를 진정한 힘으로 바꾸는 것이 작고 작은 시도의 총체뿐이라면, 끝까지 마음에서 그리는 것을 지지하고 시도하는 수밖에 없을지도. 세상을 살아가려면 속물적인 가치를 무시할 순 없겠지. 하지만 돈으로부터 사람의 가치와 쓸모를 재단하고 그를 좇기 시작하면 최악이다. 쉽지는 않았지만 나는 냉탕과 온탕을 오가는 그의 말을 최대한 냉정하게 보려고했다. 그러면서 천천히 나름의 결론을 내리게 되었다.

이 뜨거운 감정의 불길이 지나가면 이 사건은 삼류 소설 감도 안 될 일로 남을 거라는 걸.

마음이 우리 사이의 약간의 공통점을 확대 해석하고 감정을 키워 보았자 앞으로 우린 길거리에서 우연히 스쳐지지도 않을 만큼 멀어질 거라고 냉정하게 분석 때려버린 머리의 결론을 이길 수는 없었다. 확실히 사랑이라는 정의를 내리기에 우리의 상황은 복잡했다. 언젠가 시간이 지나간다면 그가 변할지도 모르겠지만 나는 그것을 지켜볼 인내심도 시간도 아무것도 없었다. 내 마음은 점점 급해지면서 그를 위한 마음은 쉽게 전달되지 않고 짜증과 초조함으로 변질되었다. 그럼에도 나는 그의 인생의 방향을 다른 쪽으로 틀어 보고 싶어 노력했다. 지금까지 그를 타박하고 혼내준 사람 아무도 없었을 거니까. 나에겐 날 위해서 영혼도 팔아 줄 엄마가 있었지만 그에겐 아무것도 없었다.

세희야, 기운 빼지 마, 내 인생 이미 끝이니까."

그는 내게 팔백 원이 든 계좌 내역을 캡처로 보내 주었다. 말해서 고쳐지는 것도 엄청난 재능이란 것을 그때 알았다. 스스로 유전자를 남기길 거부하고 엄마와 단둘이 사는 남자. 자신의 엄마를 불쌍하다고 말하면서도 혐오하는 남자. 그럴수록 그는 자신이 만나는 여자들의 매력에 집착했다. 남자들의 페니스란 복합적인 사연을 가진 심리적 활동이라는 것을 알게 되었다.

독일로 떠나기 삼 일 전, 수연이와 함께 간 클럽 앞에서 다시 그를 만났다. 서로 좋아 하는 음악이 겹치니 또 그런 우연이 생겼다. 그가 수연이에게 따뜻한 녹차를 건넸다.

"이거 드세요."

수연이가 날 힐끔 보고서 녹차를 받아 뚜껑을 땄다. 쓱 사라지는 그의 뒷모습, 또 셔츠가 삐져나와 있었다.

"너 요즘 쟤 만나?"

"몇 번 만나긴 했는데. 별 사이 아냐. 아니고 싶대."

"솔직하지 못한 게 너랑 많이 닮았구만. 실없이 쪼개기나하고."

"안 그래도 나보고 자꾸 자기 남동생이라고 싸고 돌아서 미치겠어."

"웃기는 놈이네. 얼마나 봤다고 가족 타령이야. 애정 결핍인가? 또 쓰레기 만난 거야 너?"

나는 고개를 끄덕였다. 쯧쯧하는 수연이의 목소리가 낯설지 않았다.

"넌 똥인지 된장인지 굳이 먹어 봐야 아는 거야?"

"그러게 말이야. 똥인지 된장인지 다 먹어 봐야 직성이 풀려."

"하여간 기구한 인생의 유형도 가지가지야."

너도 좋은 남자 만나, 나도 프랑스 여자 만나서 프랑스 국적 딸 거니까. 그가 그런 미친 소리를 밥 먹듯이 할 적에도 난 슬프지 않았다. 꿈 깨, 프랑스 여자가 미쳤다고 너랑 결혼을 해주니라고 거칠게 쏘아 붙였을 뿐. 택시를 타고 사라지는 그의 뒷모습을 보고서도 우리는 그저 다른 길을 갈 사람들 이라고 생각했다. 텅 빈 홀을 빠져 나와 편의점에 갔다. 컵라면을 뜯어서 물을 붓고 테이블에 앉아 라면이 익기를 기다리는 그때, 핸드폰이 울렸다. 화면에 뜬 제훈의 이름. 술기운이 깨지 않은 채 전화를 받으려다 칠칠치 못하게 컵라면을 툭 쳤다. 뜨거운 물이 그대로 바지에 쏟아졌다.

"병원 가야 하나. 너무 뜨거워."

"일단 바지 벗어야 할 것 같은데."

"야, 이태원에서 바지를 어떻게 벗어, 아무리 새벽이라도."

나는 택시를 잡아 바로 집으로 갔다. 청바지 아래 뜨거운 기운이 전신에 퍼졌다. 참을만하다가도 아팠다. 이십 분 만에 집에 도착한 나는 화장실로 들어가 차가운 물로 허벅지를 한 시간 정도 적셨다. 참을 수 없는 따가움에 눈물이 저절로 흘렀다. 내 상처를 확인한 엄마는 화상은 원래 다친 그 순간이 가장 아픈 거라며 별로 심각한 건 아니라고, 내일 아침 병원에 가자고 말했다. 일요일 아침, 진통제를 먹으니 아픔이 조금 가라앉았다.

"응급실에 갈 정도까지는 아닌 것 같은데."

엄마는 고개를 갸웃했다. 월요일에 본 상처는 더욱 심각했다. 그제서야 상황이 안 좋아지고 있다는 것을 인지한 나는 병원에 달려 갔다. 당장 내일 출국인데 이를 어쩌면 좋지. 의사는 내 상처를 보더니 백 퍼센트 흉터가 남을 거라고 말했다.

“화상은 원래 다친 순간에는 판단이 안 되거든요. 치마는 물기를 바로 쳐낼 수 있어서 상처가 좀 덜 심해지는데 청바지는 열을 붙잡고 있어서 천천히 열기가 살 속으로 파고들었을 수도 있어요. 며칠 경과를 지켜봐야 돼요. 지금 육안으로 상처의 깊이를 판단하기는 힘들어서.”

고름이 부풀어 오르는 상처. 사타구니 안쪽까지 흘러 들어간 물. 안쪽은 표면만 살짝 짓물린 채 끝나 다행이었다. 이 몸으로는 절대 독일에 돌아가고 싶지 않았다. 나는 엄마에게 물었다.

“표 다시 사면 안 될까.”

엄마의 답은 냉정했다.

“가, 가서 치료 받아. 꿈 쫓아 가는 사람은 뒤 보는거 아니야.”

나는 그 순간, 공포와 분노로부터 멀어진 세계에 있었다. 꿈 쫓아 가는 사람은 이런 고통도 각오해야 하는구나. 출국 전 날, 제훈이 우리 집 앞까지 찾아 왔다. 사진으로 내 상태를 확인한 제훈이 헛웃음을 지었다.

“가지 마, 이건 아니야.”

그의 말 앞에서 나는 날카롭게 쏘아 붙였다.

“난 너처럼 살기 싫어. 베를린 갈 거야.”

“치료 잘 받아, 안 그럼 너 평생 남자 앞에서 다리 못 벌릴 수도 있어.”

이런 천박한 말 지껄일 거면 왜 온 거지, 그의 앞날을 걱정하는 나의 연민이 증오스러웠다. 지금 이 순간, 누가 내 연민을 도려낼 수 있다면 그에게 영혼이라도 팔 수 있을 것 같았다. 입술을 깨물다 피가 났는지 떨어진 눈물에서 피 맛이 났다. 그에 대한 분노와 애증이 섞여 밤새 잠을 이루지 못했다. 줄곧 한국에 남고 싶었던 내 비뚤어진 욕망이 만들어 낸 아름다운 결말. 돼지에게 진주 목걸이를 걸어줘 보았자 그 목에 어울리지도 않는데 왜 난 쓸데없이 또 진심을 내던진 걸까.

아침 아홉 시 비행기를 타기 위해서 새벽 다섯 시 반부터 공항을 향해 길을 나섰다. 아직 해가 떠오르지 않은 밤, 가장 깊은 어둠 속에서 다시 혼자 선 나. 부재중 전화에 줄줄이 떠 있는 제훈의 이름을 지웠다. 버스 안에서 천천히 떠오르는 일출을 바라보았다. 고뇌로 바짝 타오른 남자의 검은 얼굴에서 마지막 광기를 발하는 눈동자, 유독 초점 없이 흐려지는 눈동자. 마지막 순간을 영원처럼 기억하겠다는 그 눈동자의 의지가 기억나서 작년 겨울, 벨베데레 박물관에서 찍어 둔 〈죽음과 소녀〉를 찾아 보았다. 왜 지금껏 죽음으로 형상화 된 남자가 노인이라고만 생각했을까. 자신의 애인과 헤어질 적, 마지막에 어째서 실레가 이런 그림을 그려 놓았는지 비로소 이해가 되었다. 백 번 생각해도 이런 결론 밖에 날 수 없다는 것을 서로 알고 있었다.

체념과 미련이 섞여 있는 그의 마음, 그러니 나에게 좋은 사람과 결혼하고서 자기 찾아오라는 말이나 하고 있는 걸 테지만. 너에게 다시 돌아가느니 차라리 이 자리에서 죽어버리겠어. 다시 태어나도 그가 꿈꾸는, 그의 인생을 구제할 수 있는 부잣집 마나님이 될 수 없는 나. 좋은 남자 만나라는 그 말 속에 자리한, 사실 나야말로 그에게 좋은 여자가 될 수 없다는 반어적인 의미를 내가 모를 리 없었다. 실레가 선택한 것은 자신의 예술을 지지하고 뒷받쳐 준 발리가 아니라 자신의 출생 지점과 비슷한 출신의 양갓집 규수 였다. 그런 여자를 찾고 난 후, 그는 발리와 결혼하지 않을 수 있어 다행이라고 안심했다. 결혼 후에도 관계를 유지하자고 헛소리를 하는 실레와 헤어지고 간호사가 되어 전장으로 가서 죽어버린 발리의 마음이 절실히 이해되었다. 그를 알게 된 시간이 짧다고 무시하지 말았어야 했는데. 마음이 다치는 건 순식간이거늘 또 호기심을 이기지 못하고 까불다 이렇게 다쳐버렸다는 것을 알게 된 순간, 나는 다시 꿈에서 깨어났다. 차라리 지금 비행기를 타게 되어서 다행이야. 그 전장이 베를린이라니 과연 내 인생의 흐름과 어울린다는 생각에 자조적인 웃음마저 흘렀다.

비행기는 만석이었다. 비행기 안에서 한숨도 자지 못했다. 다시 열이 올랐다. 승무원을 불러 진통제를 더 받아 먹어도 통증이 사라지지 않았다. 화장실에 가서 급히 바지를 내리고 화상의 상태를 확인했다. 화상 부위에 붙여 놓은 거즈 사이로 염증이 흘러 나왔다. 비좁은 화장실에서 상처를 건드릴 수 있는 상황이 아닌 것 같아 다시 바지를 입고 밖으로 나왔다. 지퍼 달린 후드를 머리 끝까지 채우고 그 속에서 울었다. 통증 때문에 이것저것 되는대로 섞어 먹은 약이 들어서 다행히 후반 네 시간 정도는 큰 통증 없이 비행기를 탈 수 있었다. 비행기가 서서히 하강하기 시작했다. 순간 고성을 질렀다. 비행기를 이십 번쯤 탔는데, 귀에서 이런 압력을 느낀 것은 처음이었다. 벌어지지 않는 작은 귓구멍에 무언가가 억지로 쑤셔박혀지는 것 같았다. 물을 마시고, 코를 막고 가압을 해도 아무 소용이 없었다. 폭력적인 통증으로 기침을 하다 헛구역질까지 했다. 비행기와 나는 그냥 악연인가봐. 눈물 범벅이 된 채 지옥 같은 비행을 견뎠다.

아직도 봄이 멀고 먼 베를린. 이곳은 여전히 춥고 침착하고 조용했다. 사월 중순까지 도통 겨울의 맹렬한 추위가 물러나지 않는 베를린이 나에겐 서울보다 현실적이었다. 절대 집 같지 않은데 처음 봤을 때부터 왜 이곳이 이렇게 익숙한지 알다가도 모를 일이었다. 도저히 더 걸을 수가 없어 택시를 잡아 타고 두 달간 빌린 플랫이 있는 노이 쾰른에 도착하니 저녁 열 시가 넘었다. 친구의 집에 작년에 한 번 다녀간 터라 집은 쉽게 찾을 수 있었다. 스피커의 앰프, 사진 작업 도구, 공장에서 그대로 가져 온 조명. 조심스럽게 그가 작업한 사진을 보았다. 마른 나뭇잎이 생선 뼈처럼 선명하게 말라 비틀어져 가는 순간을 촘촘하게 기록하고 있는 흑백 사진들. 한국 출신으로 독일에 입양된 그는 한국에 자주 찾아가서 작업을 했다. 봉길이라는 다소 촌스러운 이름을 고집하는 까닭은 그가 한국에서 받은 유일한 것이기 때문이었다. 그는 한국에서 작업하는 동안 비어 있는 자신의 스튜디오를 두 달 간 내게 빌려주기로 했다. 열쇠를 받기 위해 홍대에서 그를 만났을 때 나는 물어 보았다. 이곳이 그에게 집 같은지. 그는 집이 어디 있는지는 잘 모르겠다고 답했다.

"사실 그 답을 찾고 싶어서 이번 전시를 고향으로 정하긴 했는데, 독일에서든 한국에서든 똑같이 외로움을 느껴. 부모님과 특별히 사이가 나쁘지 않은데도 그래. 집이란 게 없는 것 같아."

상처를 댄 거즈 밑에서 고름 냄새가 났다. 자고 일어나서 소독할까 싶었지만 비린내 때문에 잠들 수 없을 것 같았다. 피곤과 진통제로 범벅이 되어 잠든 밤, 새벽 여섯 시에 목이 아파 깼다. 새벽의 여명이 꿈틀대는 시간, 꽤나 오랜 시간 떨어져 있었는데도 푸른 새벽빛은 바로 어제 본 것처럼 친밀했다. 발바닥 밑으로 얼음을 밟고 선듯한 냉기가 흘렀다. 사월 중순에 날씨가 이렇게 추울 수가 있다니 이 동네는 봄이 사라진 건지. 아무것도 먹은 것 없이 새벽부터 소독약으로 진물을 닦아 내려니 속이 다 울렁거렸다. 양쪽으로 삼 센티 정도 둥글게 뚫린 화상은 동공 없는 눈동자와 같은 모양이 되었다. 물을 흘렸다고 물방울 같은 형태가 되었다니. 이 정도 크기의 구멍이 인간의 정신을 온통 갉아먹을 수 있다니 놀라웠다.

〈베를린이야? 우리 안 만나는 건가, 확실해?〉

데이빗에게 밤 늦게 메시지가 와 있었다. 이제 우리는 자연스럽게 언제 보냐고 묻는 사이가 아니라 더 이상 안 보는 게 맞는지 확인하는 것이 필요한 사이가 되었나 보다. 답하지 않았다. 일일이 내게 닥친 상황을 설명하는 것도 귀찮을 뿐이었다. 한국에서 가져온 약은 금방 바닥났다. 급한 대로 약국을 돌며 내가 한국에서 가져온 약과 비슷한 제품을 찾아 봤지만 있을 리 만무했다. 수소문 끝에 친구가 화상을 치료했다던 병원에 찾아갔다. 진료를 본 이란인 의사는 내 화상의 상태를 대수롭지 않게 생각했다. 도무지 믿기지 않는 진단이었지만 다음 주면 샤워를 할 수 있을 거라고, 상처가 심각한 것은 아니라는 의사의 말에 일단 안심이 되었다. 별달리 먹는 것이 없는 나의 체력은 눈에 띄게 저하되었다. 체중계가 거짓말을 하나 싶었지만 이미 체중계 바늘은 오십 킬로그램 아래로 떨어져 내렸다. 소독약을 매일 만지다 보니 식욕은 저하되고 장을 보러 나가기도 힘들었다. 내 몸뚱아리 상처라도 매일같이 나는 염증과 고름 냄새를 맡는 건 힘들었다. 두 시간 간격으로 상처에 붙여 놓은 습윤 밴드가 염증을 빨아들이며 희게 부풀다 떨어져 버리기 일쑤였다. 독일 오기 전, 제발 연락하지 말라고 당부한 제훈에게 매일 카톡이 왔다.

"그래, 너 대단해. 그 몸을 하고 기어코 비행기를 타니. 나라면 절대 못했을 거야."

칭찬과 찬사를 빙자한 모독. 어쩌면 만 킬로미터 거리가 나를 보호하고 있는 건지도. 불과 열흘 만에 내 상황은 한국에서 지내던 것과 완전히 달라져 있었다. 몸 상태도 좋지 않은데 독일어 수업이 제대로 이해될 리 없었다. 주어진 텍스트를 꿰뚫고 진행되는 토론 형식인 독일의 세미나를 내 독일어 실력으로 소화하기는 무리였다. 미친듯이 책을 파도 될까 말까 인데 내 몸은 약해질 대로 약해져 있었다. 기진맥진한 몸을 끌고 수업을 들으러 갈 때마다 바보가 된 기분이었다. 간신히 시험에 붙은 독일어 실력으로 독일에서 인문학을 한다는 것은 택도 없는 일이었다. 게다가 인류학은 문학을 전공한 내게 생소한 학문이었다. 훔볼트 대학에서 인류학은 철학 분과 아래 자리하고 있어 인문학과 관련이 있을 것이라 여겼는데 착각이었다. 이곳에서 인류학은 사회 과학이었다. 심지어 사회학과와 같은 건물을 쓰고 있었다. 사회학은 공부해 본 적 없는데. 전제부터 다른 새로운 학문 체계를 이해할 체력이 없었다. 식은 땀을 흘리며 집으로 돌아오는 길, 불어를 쓰는 커플이 나란히 머리를 맞대고 베를린의 지도를 보고 있었다. 그들의 대화 중에 파리와 베를린이라는 단어가 번갈아 섞여 들렸다. 파리에 가고 싶다고 했던가, 얼토당토않게 파리 출신 여자와 결혼해 일평생 거기서 살고 싶다고 말하던 제훈이 생각났다. 도대체 파리가 뭐길래 여기저기서 난리인거지? 한국에서 헛된 꿈을 꾸고 있는 그보다는 아무렴 내가 파리에 가는 편이 더 쉽겠지만.

화상 증상에 차도가 없었다. 다른 병원으로 가봐야겠다는 생각에 나는 작업 중인 친구에게 메시지를 보내 근처에 괜찮은 병원이 있는지 물어보았다. 다음 날 아침 여덟 시, 친구가 가르쳐 준 노이 쾰른 역 근처의 병원에 갔다. 테어민이 없어도 아침 일찍부터 급하다고 아파 죽겠다고 하면 불쌍해서라도 진료를 봐주지 않을까 해서. 아무리 벨을 눌러도 아무런 답이 없어 머뭇대는데, 갑자기 현기증이 돌았다. 다리에 힘이 풀려서 주저앉다 잘못해서 발목까지 삐끗한 상황, 한 여자가 자전거에서 내리며 내게 물었다.

"괜찮아요?"

고개를 끄덕였다. 그녀가 열쇠로 문을 열었다.

"환자야, 바로 진료 준비해."

나는 십 분 후 안경을 쓴 늙은 의사가 있는 방에 들어갔다.

"흉 안 생긴대요, 다른 의사 말로는 제 화상 별로 심하지 않다는데."

"내 생각에 그 진단은 틀린 거 같은데. 상처가 덧나고 있거든. 깊은 화상이야. 다음주 화요일에 다시 와서 상태를 보자고."

상처 안쪽으로 노란 염증이 보였다. 식염수로 상처를 닦고 살살 가피를 떼어 보았다. 노란색의 얇은 막이 때처럼 떨어져 나갔다. 엄마는 예상보다 훨씬 더 오래 혼자서 앓고 있는 나를 보며 미안해했다. 상황을 잘 몰라서 날 보냈다며 자책하는 엄마에게 나는 알고 보낸 것도 아니지 않냐고 담담하게 답했지만, 부모 자식 사이에도 공짜가 없다는 사실을 자각했을 뿐이었다. 생각보다 내 욕망에는 엄마의 욕심도 강하게 개입해 있는 모양이었다. 유학에 실패한다면 엄마 얼굴을 볼 수 있을까. 나도 어쩔 수 없이 부모님이 중요한 한국 여자군. 이런 내가 마리우스처럼 베를린의 아무나에게 시집가서 나하고 싶은 대로 막 사는 상상을 했다니 우스웠다.

"우리는 절대 독일인이 될 수 없어. 죽었다 깨도."

조지가 자조적으로 한 말이 기억났다. 혼자 방에서 꾸역꾸역 이해되지 않는 논문을 읽는데 제훈에게 메시지가 왔다.

〈지금 공부하기에 늦지는 않은 거지? 너처럼은 못 해도〉

늦었어. 그 뒤에 엄청, 이라는 부사를 붙여야 하나 고민하다 그만두었다. 공부 좀 더 할 궁리를 하느니 차라리 자신의 존재가 어떻게 이로운 방식으로 쓰일지 고민하는 편이 자기를 위해서든 세상을 위해서든 훨씬 좋을 텐데. 지식 몇 조각 머리에 더 넣는다고 변할 건 하나도 없을 테니까. 나조차 학문이라는 것을 잘못 생각한 것 같았다. 같은 수업을 듣는 학생들이 읊는 사실과 규칙, 정확한 개념 적용을 독어로 표현하는 일에 나는 서툴렀다. 김나지움부터 다시 다녀야 하나. 독일의 대학 진학률이 이십 퍼센트 정도 된다는데. 졸업생의 칠십 퍼센트는 대학 나온 부모 밑에서 자랐고, 대학 안 나온 부모 밑에서 성장한 학생 중 일 퍼센트만 박사 논문을 딴다고 하니 이곳의 교육 체계가 평등하다는 것도 망상인 듯했다. 치료가 더뎌지고 공부로 스트레스가 가중 되면서 체중이 심각하게 줄어들었다. 계단을 오르다 휘청이며 바닥으로 고꾸라지던 날, 아무래도 다음 학기를 기약하는 것이 좋겠다는 판단이 들었다. 그날 밤, 조지에게 연락이 왔다.

〈너 베를린에 있어? 왜 연락 안하는 거야?〉

〈네가 하도 놀자 놀자 하니까.〉

〈그래도 그렇지 베를린에 온 지 열흘 넘은 마당에 너무한 거 아니야?〉

〈나 심하게 다쳐서 기운이 없어.〉

〈만나자. 노이 쾰른 우리 집에서 가까워.〉

〈알았어, 지금 갈게.〉

언제 겨울이 지나가나 했는데, 손에 쥔 얼음이 체온에 녹아 흐르듯 순식간에 겨울이 꺾였다. 드디어 봄기운이 매서운 바람을 굴복시켰나 보다. 두툼한 옷을 입고서 잔뜩 웅크리고 걷던 사람들의 표정이 확 달라져 있었다. 더운 날씨, 공기가 잘 통하는 원피스를 입고 나갔다. 자전거를 끌고 걸어오는 한 남자가 날 스쳐 지나가더니 다시 내가 있던 자리로 돌아와 말했다.

"네 몸 정말 예쁘네. 아름다워."

새로운 플러팅 방식인가, 원피스 아래 난자된 내 화상 상처를 보지 못한 남자가 아이러니한 말을 던졌다. 고개를 끄덕이고 고맙다고 말했지만 마음이 복잡해졌다. 아름다움 아래 가려진 내 복잡한 사정이 눈에 안 보여서 다행이려나. 한 달 하고도 일주일 더 지나면 친구가 다시 베를린으로 돌아오는 마당에 나는 지금부터 베를린에서 살 집을 구해야 했다. 그러나 내 몸은 베를린을 쏘다니면서 새로운 사람을 만나고 집을 구하러 다니기에는 턱없이 지쳐있었다. 과거를 사는 사람은 우울하고, 미래를 사는 사람은 불안하고, 현재를 사는 사람은 평온하다고 하였던가. 거처가 불안정한 나는 과거와 현재, 미래 셋 다 제대로 살 수 없었다. 내 시간은 베를린에서 더욱 뒤죽박죽 흘러 갔다. 하나도 변한 게 없어. 나도, 베를린도. 한국으로 돌아가서 여름을 보내야 하나.

이렇게 된 거 그냥 벗어나 볼까, 이 도시를.

베를린이 세상의 전부는 아닐텐데 다른 도시도 이렇게 베를린처럼 살기 힘든 건가. 뭐가 그렇게 대단해서 이렇게 외국인에게 갑질을 해대는 나라인가. 나는 지하철 안에서 파리 유학생들이 쓰는 사이트에 접속해 급하게 글을 썼다.

〈집을 구합니다〉

파리는 베를린보다 부동산 시장 상황이 나은 건가 궁금한 마음에 충동적으로 올린 글이었다. 지금 상황에 파리로 가든 런던으로 도망을 치든 차이는 없을 것 같았다. 베를린만 아니면 돼. 이렇게 우울한 상황에 이번 여름을 이곳에서 보내기는 싫었다. 이러다 베를린을 세상에서 제일 싫어하게 될 것 같았다. 아예 다른 것, 새로운 것을 보자. 새로 이사한 조지의 집은 찾기 쉬웠다. 베어크하인 코앞이라니. 테크노에 미쳐있더니 아예 클럽에 상주하려는 생각인가. 조지가 나를 보자마자 한 걸음에 달려와 안아주었다.

"너 팔다리가 이렇게 길었어? 왜 이렇게 살이 훅 빠진거야. 근데 가슴살도 같이 빠졌어. 아쉽네."

그는 내 생각보다 훨씬 열심히 공부하고 있었다. 역시 머리 좋은 놈이 이기나 보다. 모두 똑같이 놀았는데 혼자만 시험에 붙더니. 느슨하고 자유분방한 스타일의 조지가 독일 대학의 엄격한 규율을 따라갈까 싶었는데 기우였다. 히터 틀고 옷장 안에 몰래 마리화나를 키웠다고 자랑하던 모습은 이제 사라진 건가. 다음 세상에서는 꼭 물리를 전공해야지. 돈 될 길은 없는데 어려운 공부만 죽어라 해야 하는 인문학과는 가지 않을 거야. 머리의 이해력이 닿는다면 내 눈에 보이는 세계를 넘어 무기질과 유기질로 이루어진 세계의 질서를 파헤쳐 보고 싶다. 그럼 왜인지 빠르고 정밀하게 우주 저편까지 적용될 보편적인 사물의 본질을 알 수 있을 것 같거든. 조금씩 걷는데 다리에 통증이 다시 올라왔다. 주말을 맞아 클럽에 가면 좋을 날씨에 난 좀비처럼 걷고 있었다. 입술이 파래졌다. 집에 일찍 가야겠다고 말하니 조지가 짜증을 냈다.

"넌 꼭 이래."

그는 집에 가지 말고 같이 놀자며 한사코 잡던 작년과 똑같았다. 조지에게 핸드폰으로 찍어 놓은 상처의 사진을 보여 주니 얼굴을 찡그렸다.

"그래도 몇 년 지나면 흔적도 안 남을걸."

"그럴까?"

"응. 정말 그래."

조지가 담배를 말고서 불을 붙였다. 그리고 팔뚝에 남은 자신의 상처를 보여 주었다. 울퉁불퉁 지네처럼 올라온 흉터.

"나 시리아 내전이 일어난 날, 총알에 맞았어. 살갖에 총알이 박혀서 몸에서 안 떨어질 줄 알았는데. 뜨거운 쇳덩어리가 그대로 몸을 파고 드는 느낌을 잊을 수가 없어. 그래도 살아 남았는데 뭐."

이미 지나간 조지의 생일을 위해 나는 그에게 하이젠베르크의 책을 건네주었다. 수학을 잘 몰라서 구체적으로 이해하기 힘들었던 그 세계를 조지가 대신 이해해 주었으면 하는 마음으로. 조지는 나와 다른 머리 구조를 가지고 있으니까 더 상세하게 그 이론의 아름다움을 깨달을 수 있겠지. 조지는 내가 자신의 생일을 잊지 않았음에 고마워하며 책을 꼭 읽어 보겠노라고 말했다. 우리는 서로 만나지 못한 지난 기간 동안 일어난 사건에 대해 이야기했다. 그는 크리스마스에 집에 다녀왔다고 말했다.

"하여튼 갈 때마다 스트레스야. 시리아에는 더 이상 미래가 없는 것 같아. 완전히 폐허가 되었어, 이번엔 내가 다니던 초등학교 건물이 폭삭 무너진 것도 보고 왔어. 중학교 때 생각이 나더라고. 갑자기 수업 듣는데 폭탄이 터졌지. 같은 반 친구들은 피 흘리면서 건물 밖으로 뛰어 나가고. 내 친구 하나는 그날 다리가 잘려 나갔는데."

여행 금지가 풀리면 꼭 다마스쿠스에 가고 싶다. 세계에서 가장 오래된 도시. 아라비안 나이트와 성경의 배경이 되었던 유서 깊은 도시. 그곳이 무너지지 않았으면 좋겠다. 가서 아랍 음식도 잔뜩 먹고 유엔에서 일하는 조지의 부모님과 캐나다에서 공부하는 여동생도 만나 봐야 하는데. 조지는 늘 자랑스럽게 말했다. 본인도 똑똑하지만 자기 동생은 레벨이 다르다며. 그런 종류의 똑똑함은 뭘까 새삼 궁금했다.

"너의 마인드는 그대로군. 하나도 안 변했어. 이런 대화가 난 늘 그리웠는데."

"난 내가 변한 것 같은데."

"아냐, 난 너 안 변했으면 좋겠어. 일단 파리를 가. 거기서 글을 쓰던가. 그럼 진짜 뭔가를 쓸 수 있겠지. 지금이 아니더라도 언젠간."

글을 올린 지 사흘 후, 파리에서 패션 디자인을 전공한다는 한 여자가 내게 메일을 보냈다. 원래 세 명이 쓰던 방인데 지금 사정이 마땅치 않아 두 명 사는 플랫이 되었다며 평소 베를린에 관심이 많았던 터라 나와 살면 재미있을 것 같다고. 막상 그녀로부터 메일을 받으니 망설여졌다. 잠시라도 편하게 서울에서 쉬고 올까 싶기도 했지만 허벅지에 난자된 상처를 볼 때마다 숨이 막혔다. 내가 가장 좋아하는 계절, 여름. 이번 여름, 나는 어디에 있을까. 파리, 베를린, 아니면 서울. 세 가지 선택지에서 망설였다. 지하철을 기다리는데 한 남자가 내 옆에 섰다. 얼굴에 자리한 커다란 갈색 흉터가 보였다. 여름의 생기가 다 식어 버린 낙엽 같은 어두움이 그의 얼굴에 묻어 있었다. 내 허벅지의 흉터도 저렇게 검은 잿빛으로 변할 날이 오려나. 엄마가 한국에서 쓰는 약을 두 번이나 더 부쳐 주고서도 화상은 별 차도가 없었다. 다치고 나서 이 주가 지나고 데이빗에게 겨우 메시지를 보냈다. 독일어가 부족해서 정확히 어느 정도 치료가 되고 있는지 파악이 되지 않는 게 아닐까 해서. 혹시 그가 좀 도와줄 수 있을지도 모르겠다. 내 일 아니라고 알아서 잘 해보라는 식의 매몰찬 답을 예상했는데 그는 아침 일찍 역 앞에서 만나자고 답했다.

이십 도가 넘어가는 봄, 우리는 다시 베를린에서 만났다. 순식간에 봄을 스치고 여름으로 달려간 오월의 베를린. 그와 병원에 갔다. 침착하게 의사와 대화한 그가 내게 완치까지 이 주쯤 더 걸릴 것 같다고 말했다. 커피라도 한 잔 사고 싶었는데 그는 바로 집으로 돌아가야 한다고 했다. 어색한 침묵을 간신히 견디며 내가 말했다.

"이 흉터, 흰색으로 변하면 좋을 것 같아. 보통 화상 흉터는 희게 변한다던데."

"흰색이라면 섹슈얼하긴 하겠네."

아파 죽겠는데 남이 겪는 일이라고 저런 얘기나 하고 있는 그의 공감 능력이 이해되지 않았다. 남자들이란 모든 사태를 결국 섹슈얼한 감각과 연관짓는 건가.

"넌 진짜 하나도 안 변했어."

"그런가. 하나도 안 변한 건가. 그렇다면 우리 지금 무슨 사이이지."

"글쎄. 친구?"

"난 사랑하는 여자랑 친구 따윈 못 해."

내가 그를 반만 알았어도 지금 이 말에 분명히 가슴이 뛰었을 텐데. 그런 단호함을 사랑했으니까.

"그거 알아? 난 널 만나서 좋았던 기억이 별로 없어. 널 볼 때마다 내 감정은 통제가 안 돼."

"그게 너니까. 다시 말하지만 그건 내 문제가 아니라고. 탓하지 마. 넌 도대체 왜 그렇게 불안정한 거지?"

보증금 제도가 마땅치 않은 베를린에서는 보통 정직원 계약서가 있어야만 집을 구할 수 있었다. 베를린에서 직업이 없는 외국 학생 신분으로 혼자 사는 건 거의 불가능했다. 집에 가만히 앉아서 같이 살 사람 구한다고 공고만 올려도 하루에도 몇십 건은 넘게 여자들로부터 쏟아지는 연락을 받는 사람이 그 사실을 모를 리가 없었다. 그가 의도적으로 나와 비슷한 사정의 여자들만 찾는 것을 알면서도 그 사실을 바라만 보고 있는 나는 뭘까. 말하기 시작하면 한없이 비참할 것 같았다. 왜 베를린의 내부적 사회 문제의 희생자인 나는 늘 불안정하다는 소리만 들어야만 하는지. 너라면 이런 위치를 감수하며 낯선 곳에서 사서 고생하지 않겠지. 그것이 나와 그의 결정적인 차이일지도.

허벅지를 다치고 난 후 사 주가 지나서야 나는 혼자 처음 샤워를 시도할 수 있었다. 귀부터 목까지 흐르는 물이 이렇게 부드럽고 상쾌한 것인지 미처 몰랐다. 앙상한 쇄골부터 가슴 뼈까지 선명하게 드러나 있었다. 기념비적으로 마른 몸. 따스한 물이 더러움을 씻어 내렸다. 새 살이 다 들어찬 흉터에 손가락을 대고 천천히 마사지를 했다. 민감하고 부드러운 허벅지 안쪽에 생긴 이질적인 새 살에 죽어 버린 생선의 눈알처럼 흰 빛이 감돌았다. 오랜만에 여름 원피스를 입고 나선 금요일 밤. 찬란한 오월의 베를린에서 나는 다시 생일을 맞았다. 시간은 착실히 흘러가고 있었다. 화이트 와인을 사서 조지를 만나러 브란덴부르크 토어 앞으로 가는 길, 한 달 만의 외출에 나는 들떠 있었다. 항생제를 복용하면서 쓰린 속만 참았는데 간만에 마시는 와인은 다디달았다. 강아지처럼 방방 떠있는 내게 조지가 존 듀이의 책을 선물해 주었다.

Reconstruction in Philosophy.

"이 문장을 좋아해, 시간과 기억은 진정한 예술가다, 그들은 현실을 마음의 소망과 가까운 형태로 재창조한다. 형광펜으로 그어 놨어."

"너 진짜 누드 사진 보고 싶어서 이러는 거야? 진짜 끈질겨."

"야, 내 사심 채우자는 게 아니고. 유물론이 판을 치는 세상에 그래도 누군가는 관념 실재론 증명해줘야 하지 않겠어? 이제 여행지처럼 우주를 가게 될 마당에 무슨 낭만이 남아 있다고. 기술이 세상의 모든 상상의 가능성을 정복해버리면, 재미없잖아. 자유로운 정신이 창조하는 미친 정념의 세계도 꿋꿋하게 버텨 줘야 살 맛 나지."

"너는 물리 한다는 애가 왜 이렇게 낭만 타령이야?"

"뭔 소리야, 물리학이야 말로 낭만의 꽃이야. 사건의 지평선 이런 용어만 봐도 뭐. 그니까 너랑 이러고 놀고 있지."

따뜻한 날씨에 더해진 화이트 와인이 밤을 감미롭게 바꾸었다. 더 이상 열이 오르지 않는 밤, 다시 되찾은 생기. 데이빗 보위의 모던 러브를 들으면서 신나게 사랑을 냉소하며 집으로 돌아오는 길, 보이스톡이 왔다. 혹시 내 생일인지 아는 걸까. 설레는 마음으로 받은 전화 속의 제훈이 술에 취해 신나게 떠들어댔다. 불안정한 통화 연결음 사이로 내가 그리워하는 하우스 음악이 들려 오고 있었다.

우리는 어째서 이렇게 슬프게 충돌해야만 하는 걸까.

나도 알고 있어, 내가 너의 지속적인 욕망의 대상이 되지 못할 거란 걸. 그 사실을 뻔히 알고 있으면서도 발작적으로 내 마음은 그의 부재를 기억하고 그의 흔적을 찾아 헤맸다. 한 달 만에 다시 나타난 그의 존재가 내 심장에 놓인 소리 굽쇠를 때렸다. 지독한 공명. 떠들썩한 금요일 오후의 이태원 밤 전경이 내 눈앞에 선명하게 그려졌다. 백발이 되어도 그를 이태원의 클럽에서 찾을 수 있을 것 같았다. 그리고 난 이 강력한 주파수를 감당하지 못하고 허무하게 무너져 버리고 말겠지. 어쩌다 난 이런 사람으로 태어났을까. 이렇게 상대의 모든 것을 받아들이고서 그 고통을 이기지 못해 스스로를 파괴시킬 수 있는 사람이라니. 마음 속에서조차 사람 하나 죽일 줄 모른다니.

"나 저번 주에 더치 여자랑 잤어. 나, 백팔십 센티미터 여자도 만족시키는 남자야, 너도 좋은 남자 만나. 그 몸뚱아리 가지고 싶어하는 남자 밖에 깔려 있으니까.”

그는 오늘이 내 생일이라는 것을 몰랐다. 집에서 하루 종일 열두 번 넘게 그늘졌다 비 오는 거리만 보며 상처를 치료하다 한 달 만에 겨우 밖에 나왔는데. 밖에 서서 문틈으로 우두커니 다른 여자와 함께 있는 아버지를 지켜 보았던 그의 기분이 어땠을지 비로소 알 수 있었다. 그렇게 싫어하던 자신의 아버지와 그가 저렇게 닮아 있을 수 있다니 인간이란 놀라웠다. 분노로 가득 차서 나는 길거리에서 한국어로 소리 쳤다. 시뻘겋게 타오른 내 얼굴을 본 한 남자가 가던 길을 바꾸어도 아랑곳하지 않았다. 끈질기게 내 마음을 붙잡았던, 그러나 차마 반문하지 못한 말. 나는 필사적으로 우리의 공통된 고유 진동수로부터 벗어날 방법을 찾기 시작했다.

“난 너랑 달라, 피 한 방울 안 섞였는데 너와 내가 닮았다니 무슨 소리야. 엄마 팔지 마, 넌 기회가 됐어도 와서 공부 똑바로 못 했을 거니까. 난 네 욕망의 배출구가 아니야. 사랑이라고 말하지 마, 난 사랑을 모르겠으니까.”

No confessions

No religion

Don't believe In Modern Love

정신 없이 뛰었다. 사랑이라는 망령이 다시 내 마음에 따라붙지 못하도록. 눈물이 땀에 엉겨붙어 흘러내려서 천만다행이었다. 그런 새끼 때문에 눈물 흘리는 것도 아까우니까. 제훈은 내 성격을 좆같다고 표현했다. 독일어를 해서 여자가 그렇게 거칠어진 거냐며. 내가 살아서 본 것 중 그의 페니스만큼 최악인 것은 없었다. 어디 가서 한 번이라도 더 여자를 어떻게 해 볼 생각이나 하는 그의 페니스. 이래서 사람들이 최악일 때 좆같다는 말을 하는구나. 처음으로 알게 되었다. 보위가 맞았어, 현대인들은 진작부터 이런 사랑을 하나 봐. 실체 없는 대상에 자기 욕망을 투영하고 실컷 대상화시키다 귀찮아지면 상대를 깔아뭉개고 짓밟아버리지. 욕망의 대상만 바꾸며 시간을 낭비하는 사람들, 순간적 충동을 사는 것을 재미라고 포장하고 사랑을 기만하는 모든 이율배반적인 행각에서 그저 멀어지고 싶었다. 궁서체로 쓰건대 안정을 구하는 대상이 남자라면 그냥 자살하는 편이 낫지 않을까. 자살과 상응하거나 그보다 더한 고통만 얻을 게 분명하니까. 나는 드디어 그들이 나와 같은 마음을 가지고 있는 대상이라고 함부로 전제하는 것을 멈추었다. 내가 사랑한 남자보다 길거리의 고양이를 동정하는 것이 지구 전체로 하여금 훨씬 생산적일 것 같았다.

<h1 style="text-align:center">Kapital 8</h1>

나는 곧바로 파리의 집 보증금을 보냈다. 여기나 저기나 집 구하는 건 힘든데 차라리 지금 당장 비어 있는 집으로 들어가는 것이 나을 것 같았다. 모든 감정이 다 타오른 나는 시체처럼 늘어져 책을 읽었다. 하루에도 일곱 번은 비가 내렸다 개는 유월의 날씨. 아무리 노력해도 또 이렇게 베를린 밖으로 밀려 나가나 보다. 이 도시는 절대로 내 집이 될 수 없겠지. 우울한 여름, 처음으로 칸트를 제대로 읽었다. 이런 이성적인 사람이라면 마음을 제거하는 방법을 알려 줄 것 같았는데 칸트는 내가 예상한 것과 다른 소리를 하고 있었다. 이성은 객관적인 외부 세계를 파악할 때도, 주관적인 인식을 정렬하고 의지를 다지는 데도 동일하게 사용된다고. 칸트는 그 둘의 이

성은 사실 다른 것이 아니라고 말하고 싶어하는 것 같은데 왜 나의 경우 칸트가 통하지 않는 걸까, 깊은 의문이었다. 이성이 멱살 잡고 하드캐리하려고 해도 마음은 절대로 그를 따라가려고 하지 않는데.

파리로 가는 발걸음이 무거웠다. 파리만은 진짜 남자랑 가고 싶었어, 윤지가 그랬잖아, 파리는 사랑의 도시라고. 그런 곳에 혼자 말라빠진 생쥐 꼴로 커다란 짐 덩어리를 들고 갈 줄은 진짜 몰랐다. 라데팡스 역에 도착한 지 한 시간이나 지나서야 겨우 이곳에서 한국의 정 씨를 찾아낸 나의 길 찾는 솜씨에 탄복이 나왔다. 평생 고통 받을 길치의 운명, 일단 살고 보자. 숨을 가다듬고 벨을 눌렀다. 나보다 한 살 어린 여자, 패션 디자인 전공생이라고 했었나. 누군가 위층에서 내려오는 소리가 들렸다. 문이 열렸다. 검은 기모노 스타일 가운을 입고 있는 여자가 서 있었다.

"안녕, 기다렸어. 올라와."

잦은 이사로 몸이 단련되었는지 그녀의 도움 없이 혼자 짐을 들고 사 층에 올라갔다. 열려 있는 문을 밀고 입구부터 협소한 방에 들어갔다. 이렇게 작은 집에 어째서 화장실이 두 개나 있어야하는지. 지금껏 살았던 집 중 가장 낡고 작은데 세금을 제외한 월세만 천오백 유로를 내고서 이 집에 사람이 살고 있다니 놀라웠다. 이층 침대가 놓인 방에 창문이 열려 있었다. 뿌연 구름을 뚫고 저 멀리 에펠탑이 보였다. 거리를 두고 보면 미니어처로밖에 보이지 않는 아무것도 아닌 탑 때문에 이렇게 다 비싸진 거겠지. 하얀 책상 위에 잔뜩 늘어진 화장품. 책상에는 한 권쯤 있어야 할 책이 하나도 보이지 않았다. 그녀는 다시 책상에 앉아 남은 한 쪽 아이라인을 빼는데 집중했다. 화장을 끝마친 그녀가 기모노의 허리띠를 매고 옷 매무새를 만졌다. 양쪽 눈 밑으로 큐빅이 네 개씩 박혀 있었다. 눈에 저런 거 붙이는 사람은 살다 살다 처음 봤는데. 쏟아지는 내 질문 세례를 차단하려는 듯 그녀는 유유히 밖으로 나가며 내게 한마디 던졌다.

"점심 약속이 있어서 먼저 나가 볼게. 열쇠는 부엌 테이블 위에 있어."

혼자 덩그러니 집에 남겨졌다. 삼십 분 정도 위층 침대에 누워 있는데도 잠이 오지 않았다. 버스에서 구겨지듯 열두 시간 버텨 파리까지 왔는데도 눈은 말똥말똥했다. 나는 부엌에 놓여진 열쇠를 들고 밖으로 나갔다. 발걸음이 닿는 대로 걸어 볼 생각 이었지만, 길치인 내가 갈 수 있는 곳은 많지 않았다. 고민하던 나는 아까 버스를 타면서 지나쳤던 역 근처의 큰 쇼핑몰에 가보기로 했다. 베를린과 별반 다를 것 없이 차가운 사람들. 독일어로 길을 물어봐도 굳이 영어로 답하는 베를린이 오히려 친절하다고 느껴지는 건 기분 탓인지. 아무 준비 없이 왔는데 이렇게 사람들이 영어를 못할 줄은 상상도 못했다. 전혀 말이 안 통하는 나라를 오니 답답했다. 산뜻한 여행객의 기분으로 베를린을 탈출하고 싶었는데 내 꿈은 또 다시 허사가 되었다. 괜히 비싼 돈 들여 여기까지 온 건가 하는 생각에 후회가 밀려 오는 순간.

도착한 지 하루도 못 가 나는 악몽을 꾸었다. 꿈까지 쫓아온 제훈이 질펀한 말을 지껄이자 내 속에 쌓인 혐오감이 폭발했다. 나는 이층 침대 위에서 발길질을 하며 무의식적으로 소리를 질렀다. 꺼지라고. 악다구니 쓰는 내 비명에 잠에서 깬 룸메이트가 일어나 서둘러 불을 켰다.

"무슨 일이야, 너?"

무의식까지 쫓아온 그의 얼굴이 기가 막혀서 헛웃음이 나왔다. 본의 아니게 서로 알게 된 지 얼마 되지 않아 나의 개인적인 상황을 길게 설명 하게 되었다.

"뭐 그래서 한국 안 가고 여기까지 오게 된 거지. 그 새끼 다시 만나서 인생 꼬이기 싫으니까."

"너도 참 별난 애네. 그런 애를 만나서 꿈에서까지 치를 떨고 있니. 애. 쓰레기는 분리수거감도 못 돼. 쓰레기는 쓰레기통에 버려야지 무슨 인류애로 그걸 마음에 거둬들여 줘?"

나는 쓰레기통에 던져진 내 마음을 물끄러미 바라보았다. 여름이 다가오는 지금, 습기 찬 쓰레기에서 서서히 악취가 났다. 지금 마음을 그 속에서 빼내지 못하면 같이 썩어나갈 거야. 이제는 마음도 분노만 자아내는 이 상황에서 벗어나고 싶은 것 같은데 아직도 거기 처박혀 혼자서 발길질하고 소리나 지르고 있는지 기가 찼다.

다음 날, 나는 가장 먼저 동네 도서관을 찾아 갔다. 명확한 계획이 있던 것도, 이 동네를 관광하고 싶어 몸살난 것도 아니었으므로 평소에 하던 거나 계속하는 게 좋지 않을까 싶은 마음에 찾아 간 도서관. 책으로 꽉 찬 서재는 내게 늘 안정을 주었다. 나는 초급 프랑스어 책을 펴고 의자에 앉아 있었다. 오후의 빛이 커다란 창문에 난사되고 있었다. 고층 건물이 즐비하게 들어선 라데팡스 지구. 블랙 정장을 입고 셀린느 가방을 멘 채 저런 건물로 일하러 가는 게 꿈일 때도 있었는데. 현실이 꽉 조여 매고 있던 끈이 풀려 나가는 순간, 심장이 다시 뛰었다. 언제까지 쓰레기통에서 굴러 다닐까 싶던 마음이 기어나와 빼꼼히 햇빛을 향해 고개를 들었다. 머리가 조용히 마음에게 다가가 대화를 시도했다.

'어쩌면 너는 그냥 현실과 상상의 괴리를 좋아하는 거 아니야? 꿈이 이루어지든 말든 사실 아무 상관없이지? 현실과 상상의 틈에 발이 푹푹 빠져서 허우적대도 현실 원칙만 존재하는 세계가 네 목을 조여 버리면 넌 결국 미치고 말 거잖아. 그러니까 고집 부리는 거 아니냐고. 상상 만은 네 거니까 제발 냅둬 버리라고. 문제는 네가 자꾸 상상을 현실 밖으로 끌어내려고 하는 데 있단 말이야. 모두가 그러잖아. 네가 하고 싶은 대로만 하고 살 수 없다고. 너, 그렇게 당하고서도 내가 말하는 포인트를 모르겠어? 내가 하는 말을 들어볼 생각은 없는 거야?'

늘 그렇듯 마음은 뒤돌아서서 말이 없을 줄 알았는데 그날은 달랐다. 며칠 새로운 곳에 적응하느라 꾀죄죄한 꼴로 이리저리 굴러

다니던 마음이 깊이 숨겨둔 말을 하기 시작했다.

'말만 그럴 듯 하게 하지 말고, 그럼 넌 어떻게 내 영역을 보장할 건데. 나는 현실 원칙을 뒤엎는 가능성에 대한 상상이 없으면 못 견디는 거 알잖아. 그래서 난 늘 너에게 위협이 되는 것처럼 보이는 거라고.'

마음이 이렇게 고차원적인 권리를 주장할 줄 전혀 몰랐던 머리가 한숨을 쉬었다. 한 번도 그런 문제에 대해 숙고해 본 적이 없었다. 현실이면 몰라도 상상의 영역을 보장하는 문제에 대해 내가 따질 게 뭐가 있어? 앤 멍청해 보이는 게 왜 매사 이렇게 복잡해? 살살 달래 보았자 이미 생존 위협을 느낀 마음에 먹혀들 전략은 아닌 것 같았다. 난감해진 머리가 설득을 멈추었다. 논리가 필요한데. 가방에 넣어둔 칸트의 『실천 이성 비판』 책을 뒤적거려 봤지만 그에 대한 답은 찾을 수 없었다.

이십 일 넘게 도서관에 꾸준히 나가니 도서관에 매일 앉아 있는 사서 아저씨와 친해졌다. 그는 내게 영어로 된 프랑스어 교재를 갖다 주고 일요일에 여는 도서관을 알려 주겠다며 내 앞에서 손수 지도를 그려 주었다. 도서관에서 처음으로 발견한 『어린 왕자』의 초판, 내 목표는 1943년 전쟁의 막바지에 출판된 이 책을 프랑스어로 읽는 것이었다.

〈양을 원했다는 것은 우리가 존재했다는 증거이다. 그는 소행성 B612에서 왔다.〉

이거 봐, 내가 틀린 게 아니라니까. 어린 왕자가 그러잖아. 뭔가를 강렬하게 원했다는 것 자체가 우리가 살았다는 증거라고. 그걸 손에 넣고 말고가 중요한 게 아니고 한 번이라도 양을 원해서 그를 위해서 살아 봤다는 게 중요한 거야. 대단한 증거라도 발견한 듯 의기양양해진 마음이 머리에게 마구 따졌다. 난 그저 구십구 마리의 양이 아니라 한 마리의 잃어 버린 양을 소중히 여기는 거라고. 그게 그렇게 잘못된 거야?

'머리, 너, 착각하는데 모두가 생각하는 것처럼 내가 특별히 돈 많고 멋있는 양을 원하는 것은 아니라니까? 그 사실을 모르는 너 같은 꼰대들이 제일 멍청해.'

고개를 뻣뻣이 세우는 마음 앞에서 제훈이 한 말이 기억났다. 씁쓸하면서 여유로운 그의 웃음을 난 좋아했다. 내가 부리는 객기가 그의 가오만큼이나 얼마나 덧없는 짓인지 느낄 수 있어서.

"너는 너의 예술성과 속물성을 동시에 이해하는 남자를 만나야 해."

갸우뚱했다. 물론 제훈답게 돈 많은 남자를 만나는 것이 장땡이라고 강조하고 이야기를 끝냈고 난 그 말을 끝까지 정정했지만 그가 한 말은 내 마음 구석에 깊이 박혔다. 그 말을 처음 들었을 때 둘의 속성은 철저하게 모순되기에 어울리지 않는다고 생각했다. 그런데 파리에 와 보고서 알았다. 세상에 그렇게 모순적인 조합이 어울리는 도시가 진짜 있다는 것을. 시각적인 자극으로 충만한 세계. 눈에 보이지 않는 관념적인 문학이나 철학, 음악이 발달한 독일과 파리는 그야말로 하늘과 땅 차이였다. 정치인들이 모여 사는 동네조차 비교적 검소한 차림으로 평범하게 살아가는 베를린과 달리 파리의 빈부격차는 눈으로 명백하게 확인되었다. 그의 말대로 돈은 열심히 세상의 질서를 만들어 내고 그 결과물을 시각으로 증빙하고 있었다. 이런 현실을 뻔히 알고 있음에도 나 혼자 입으로만 돈이 중요하지 않다고 말해 보았자 소용없는 거겠지. 이래서 사람들이 나 보고 웃기다고 하나 본데. 자꾸 세상의 질서를 무시하고 헛소리 하면서 망상을 멈추고 있지 않으니.

"야, 너 알바 할래?"

솔깃했다. 가뜩이나 생활비도 비싼 동네에서 가뭄의 단비 같은 소리였다.

"뭔데?"

"구매 대행 알바. 가서 말만 잘 하면 돼. 너 카드 있어? 한도 얼마야."

"있긴 한데 한도 별로 안 높아."

"한도 못 올려? 직접 물건 구매하려면 네 명의로 된 카드랑 신분증이 필요해서."

"그게 왜 필요해? 급한 거면 네가 사면 되잖아."

"내 이름으로 나올 물건은 이미 다 받았지. 난 대기 더 타야 돼."

돈이 모자랐던 나는 린이 시키는 대로 열심히 정보를 외웠다. 생전 처음으로 에르메스의 역사와 에르메스가 생산하는 부류, 가죽 종류, 가방 라인, 스티치 형태를 다 알게 되었다. 디자인의 차이를 세밀하게 이해하는 사람이 바로 옆에 있으니 암기는 어렵지 않았다. 회색이면 회색이지 뭐하러 에르메스는 에토프라는 색의 이름을 따로 붙이고 코드를 아는 사람에게만 가방을 판다는 건지 나야 그들의 의도를 알 수 없었지만, 이런 가방을 위해 누군가는 기꺼이 몇천만 원 넘는 돈을 내는구나 싶어 놀랐다. 나와 비슷한 또래의 그녀가 어떻게 수입이 널뛰는 프리랜서로 일하면서 이 비싼 월세를 충당하고 파리에 혼자 사는지 이해가 되었다. 이거 괜찮은 부업이구만.

"외워서 달달 읊거나 하면 안 돼, 그 사람들 이런 거 알아보는 데 프로란 말야. 자연스럽게 연기해, 긴장하지 말고."

"비싼데 사기도 힘든 가방을 힘들여서 왜 사는 거야 도대체?"

"남자랑 똑같은 거야, 괜찮은 남자 만나려고 공 들이는 것처럼. 남들은 네가 만나는 남자와 네가 메고 다니는 가방으로 널 평가한다고. 명품 밝히는 게 꼭 한국에서만 적용되는 코드라고 생각하지 마. 여기도 똑같이 사람 사는 데니까."

방학을 맞아 켈리 백을 구입하러 파리에 온, 뮌헨에서 경제학을 공부하는 한국 유학생, 그녀가 새로 나에게 부여한 역할은 그러했다. 나는 그녀가 꺼내준 그녀의 옷을 입고 아침 열 시부터 에르메스 매장 앞에서 문이 열리기를 기다렸다. 그녀가 큰 맘 먹고 손에 들려

준 에르 백은 캔버스 소재임에도 엄청 무거웠다. 거저 줘도 안 들고 다닐 것 같은데, 내 기준에선 가방 열고 닫는 데만 한 세월 흘러갈 법한 최악의 가방이었다. 하여간 오늘 뭐라도 하나 건져가서 저녁엔 좋은 거 먹고 싶다는 생각을 하면서 린이 카톡으로 보내 준 단어들을 다시 들여다보았다. 열 시 반, 문이 열렸다. 나는 내 여권을 보여주고 셀러를 기다렸다. 다행히 가방 제일 안 주기로 유명하다는 중국인 셀러를 피해 프랑스어 억양이 섞인 영어를 구사하는 아시아계 남자 셀러가 배정되었다. 프랑스어로 간단한 인사를 나눈 후, 우리는 이 층으로 함께 올라갔다. 오렌지 주스 한 잔을 부탁한 나는 최대한 긴장을 억누르고 일부러 느릿느릿 영어를 뱉었다.

"프랑스에는 얼마나 있었어? 난 이번이 세 번째 방문인데 파리는 올 때마다 신나. 뮌헨과는 다른 매력이 있어."

"어라, 뮌헨에 있는 건가? 나도 뮌헨 매장에서 일하다 파리에 온 지 이제 한 오 년 됐나."

일상적인 대화를 나누면서 나는 넌지시 내가 원하는 가방 조합을 이야기했다. 곧 생일이 다가와서 나 자신을 위해 선물을 하고 싶은데 파리에서 미니 켈리나 포쉐트를 받을 수 있다면 잊지 못할 생일이 될 것 같다고, 튀는 것을 그닥 선호하지 않으니 최대한 중성적인 컬러라면 좋겠다고 말을 덧붙였다. 그는 재고가 있는지 확인해보겠다며 사라졌다. 한참 동안 혼자 소파에 앉아 나는 그를 기다렸다. 셀러는 쉽게 모습을 드러내지 않았다. 맞은편 소파에는 명품을 휘두른 중국인, 핫팬츠를 입은 딸을 둔 미국인 가족들과 히잡을 두른 아랍인들이 앉아 있었다. 저렇게 많은 나라의 사람들이 한두 푼도 아니고 이렇게 비싼 가방 사겠다며 셀러에게 애걸복걸하는 것도 웃긴 일이지. 약 이십 분이 지나 셀러가 작은 주황색 박스를 하나 들고 나타났다. 초조한 마음으로 종이 포장을 열었는데 가로 길이가 몹시 긴 가방이 툭 튀어 나왔다. 일단 린에게 연락을 취했다. 그녀는 켈리 컷에 은장은 죽어도 안 팔린다고 다른 제품을 시도해 보라고 말했다.

"켈리 컷은 오피스 룩에나 어울려. 난 아직 학생이잖아. 귀여운 가방이 있으면 좋겠어."

"일단 다시 한번 찾아 볼게. 작은 가방은 뉴트럴 보단 화려한 색이 많이 나오니 그건 감수해."

두 번째로 사라진 그가 이번에는 조금 빨리 나타났다. 포장을 벗기자 파란색 미니 켈리가 나타났다. 첫 방문에 보통 켈리 라인을 바로 꺼내 주진 않는다고 들어서 부탁을 하면서도 기대 안 했는데 운이 좋았다. 금장에 짙은 파란색의 조합은 문외한인 내가 봐도 충분히 고급스러워 보였다. 계절을 좀 타겠지만 부자들이 가방 하나만 쓰는 것도 아닐 테고 이런 작은 가방은 차라리 돈 좀 썼다고 자랑하기 좋도록 눈에 확 튀는 것도 나쁘지 않을 것 같았다. 실물 사진을 보내 주니 린은 당장 결제하라고 말했다.

〈구머 초반에 블루 이즈미르 그것도 켈리 라인을 받다니, 운인지

재주인지. 너 좀 인정해야겠는데〉

　나의 첫 흉내내기는 성공적이었다. 무사히 결제까지 마치고 나는 에르메스 쇼핑백을 들고 밖을 나섰다. 소매치기가 드글드글한 지하철을 타면서 내 손이 땀으로 흠뻑 젖어 있다는 것을 알았다. 사람들이 가지고 싶어하는 가방의 권력은 어디서 나오는 걸까. 여자에게 꿈과 환상이 결합되지 않은 가방이란 한낱 시시한 대상일지도. 유럽 사람들은 다들 명품 같은 거 신경 안 쓰고 사는 줄 알았는데 내 시선이 닿지 않는 어떤 곳에서는 이런 가방을 들고 사교계의 끝자락을 밟아 보려고 하는 여자들이 있다는 게 놀라웠다. 아직 초조한 생을 버티는 기술을 습득하지 못한 우주의 먼지 같은 내가 있을 수 있는 가장 근사한 우주는 어디일까. 그곳이 파리라면 대환영이려나. 속물적인 세계부터 예술성에 달하는 모든 것을 살아볼 수 있는 유일한 곳. 그냥 잠시 이 공간을 빌려 보는 거야, 놀러 왔다고 생각하면서. 물끄러미 창 너머 평생 가도 내 가방이 되지 못할 주황색 쇼핑백을 바라보았다. 이걸로 두 달치 월세는 해결되겠다는 안도감이 몰려왔다.

　불안한 정신을 다스리기 위한 자구책으로 나는 인생 처음으로 조깅을 시작했다. 동네는 한산했다. 내가 사는 동네가 지대가 다른 곳보다 높은 곳이라 에펠탑을 보면서 따라 달릴 수 있는 길이 죽 나 있었다. 단거리 달리기의 빠른 호흡과 근육의 움직임에만 익숙했던 나는 천천히 달리면서 시간을 타고 움직이는 법을 익히기 시작했다. 달리기에 익숙해질수록 자세와 호흡법은 조금씩 변했다. 달리는 길목 멀찍이 에펠탑의 조명이 반짝였다. 이 길을 따라 다니며 매일같이 에펠탑을 보는지라 나는 파리에 오고서도 한동안 탑을 보러 가까이 가보지 않았다. 나는 내가 달릴 수 있는 최장거리를 재며 탑 주변을 뛰다가 한 걸음도 나아가지 못할 것 같으면 그 자리에 멈추어 탑을 바라보았다. 저게 뭐라고 다들 로맨틱하다고 입을 모아 칭송하는 걸까.

가까이서 보면 실망하려나.

그렇게 한 탕 길거리를 뛰고 난 후 천 원도 안하는 쫄깃한 바게트를 뜯어 먹는 아침. 우유에 찍어 먹으면 시리얼처럼 곡물 내음이 확 풍기는 빵이 식욕을 당겨댔다. 일 유로 오십 센트짜리 푸딩 네 개 묶음을 사서 순식간에 다 먹어 버리는 일은 독일에서는 한 번도 일어난 적 없던 일이었다. 야채에 수분이 가득 차면 단단해질 수 있다는 것을 처음 알았다. 야구공만한 버섯을 조물딱거리며 이걸로 맞으면 멍들겠다 싶었다. 도대체 이 나라엔 뭐 이렇게 맛있는 게 많은 거지?

〈물만 마셔도 맛있을 걸, 독일 있다 프랑스 가 봐, 공기만 마셔도 달달할 거야〉

먼저 파리에 가봤던 수연이가 재차 말했는데 사실이었다. 독일에서 굶고 온 것도 아닌데 나는 하루 종일 뭔가를 주워 먹느라 바빴다. 나와 린은 같이 지낸 지 얼마 지나지 않아 절친마냥 친해졌다.

아침마다 다리를 벌리고 흉터 연고와 오일을 챙겨 바르는 나를 보고 그녀가 놀렸다.

"내가 눈 뜨자마자 아침부터 너 다리 벌리고 약 바르는 거 봐야 하니. 그렇게 다쳐서 여기까지 기어온 네가 안쓰럽다가도 웃겨서 원."

"야, 나 진짜 화장실에서 하고 싶은데 흉터 연고 바르는 거 의외로 오래 걸려. 습기도 차고. 그렇다고 네 작업실에서 하긴 좀. 딱 육 개월만 하면 되는데 네가 좀 참아."

한 달을 꼬박 앓던 아픔이 한 줌의 웃음 거리가 되어 흩날렸다. 이 아픔이 어서 증발해 버렸으면, 그래서 아무것도 아닌 일에 더 치열하게 웃었다. 다시 누군가의 얼굴을 마주하며 웃을 수 있는 일상이 돌아온 것이 기적 같았다. 나는 죽음의 목소리가 아니라 삶을 붙잡아 보려고 했다. 우울이라는 마왕이 따라 붙지 못하게. 너 따위는 내 찬란한 삶에 흠 하나 남기지 못할 거라고 오기를 부리면서. 우울을 폭파시켜 버릴 웃음에 기대어. 부디 고통이 웃음 속에서 한 줌의 재로 남기를.

칠월 초까지도 오락가락하는 파리의 날씨는 베를린과 비슷했다. 여름인데 바람이 깨나 불어서 자켓을 사야했다. 볼수록 파리는 베를린과 비슷했다. 오페라에서 시떼 섬까지 걷는 동안 나는 베를린으로 돌아온 듯한 묘한 기시감에 사로잡혔다. 아무리 생각해도 브란덴부르크 토어에서 운터 덴 린든 길로 이어지는 구획 스타일이 닮아있는데. 연유가 궁금해진 나는 때아닌 역사까지 찾아 보았다. 파리 대사였던 비스마르크가 프로이센 수도로서 베를린을 정비할 때 파리를 많이 참고한 것 같았다. 세상 자기 혼자 사는 것 마냥 도도하게 굴던 베를린도 한때는 남 따라 하기 바쁜 도시였던 걸까. 베를린도 지독한 짝사랑에 시달리던 때가 있었나 보군. 늘 베를린은 유럽의 다른 도시들과 뚝 떨어져 이질적이면서 개성적인 면을 구축한 도시라고 상상했는데 모두 내 착각에 불과했다.

개성이란 모방도 하고 흉내도 내고 여러 가지 실험을 하면서 완성되는 어떠한 과정을 가리키는 걸까. 오르세 미술관에서 인상주의 그림을 보면서 19세기부터 구체화되기 시작한 개성의 확립이 무엇을 의미하는지 느낄 수 있었다. 나는 여러 번 그림 속으로 들어가 주변 풍경을 화가가 어떤 눈으로 보았을지 감히 상상해 보았다. 어둠의 막이 닫히기 시작한 햇빛이 마지막 빛을 발할 때의 미묘한 떨림, 빛의 고점이 최고도를 찍은 쨍한 날의 파리, 귀족들의 화려한 소풍, 물랑루즈에서 춤을 추는 여자들의 속옷, 고전주의의 엄격한 화풍을 무너뜨리고 주관이 객관을 이기기 시작한 인상주의의 화풍은 그 자체로 개성적이고 직관적으로 이해가 쉬웠다. 과장된 색과 분명하지 못한 형태 속 녹아 내린 빛. 객관의 세계가 무너지고 주관적인 인상과 감정이 중요해진 시기에 나온 그림들. 빛을 표현하는데 미쳐있던 터너의 그림을 오랫동안 좋아했던 내게 이들의 그림은 특별했다. 이런 그림을 내가 쉽다고 느끼게 되기까지 이들의 투쟁 과정은 지난했다. 당시의 이들이 보수적인 예술가의 권위에 가려져 별 주목을 받지 못하고 중요 컬렉션에서 밀려나가다 20세기가 지나서야 비로소 인기를 끌게 되었다는 것은 누구나 알고 있는 사실이겠지만, 왜 하필 이때서야 예술에서 주관적인 관점이 객관적인 세계를 이기기 시작했을까. 객관적인 세계의 허구성을 간파한 미술가들의 선견지명이었을까. 예술가의 힘이든 제도가 받쳐 주든 제각각의 방식으로 오랜 시간 걸려 쟁취한 관념적 구조의 승리는 권위를 인정받아 가격으로 증빙되었다. 큐레이터들은 예산 안에서 좀 더 가치 있는 작품을 들여오기 위해 오늘도 소더비 옥션을 기웃대겠지. 사회 밖에 존재하는 예술적 구조나 감성이라는 것 또한 아무 가치가 없는 허상이려나.

삼 층 위에 올라가 세느 강변 맞은 편을 바라보았다. 먹구름 속에서 갑자기 광선이 뚫고 나왔다. 루브르 박물관에 걸쳐진 무지개. 공기 중에 매달린 물방울이 공기와 물 사이를 지나치며 마구 반사되는 빛의 스펙트럼. 각기 다른 빛이 지닌 속도가 빗방울 속을 지나치면서 만들어 내는 색의 향연. 아쉬웠다. 내가 그토록 원한, 전도유망한 작품을 찾을 수 있는 기회를 잡지 못해서. 기회가 없다면 그냥 내가 그런 작품을 만들어야 하나, 호기롭게 상상을 하며 거리에서 머무른 오후의 시간.

나는 오르세 미술관을 나와 충동적으로 에펠탑을 향해 방향을 틀었다. 그토록 보고 싶던 그림을 보고 나온 지금 바로 에펠탑을 보고 싶었다. 빗방울이 굵어지는 새, 나는 바람막이의 지퍼를 올리고 세느 강변을 쭉 내려가 걸었다. 왜 하필 비바람 부는 날 에펠탑을 보러 가는지 모르겠다는 생각이 들면서도 궁금했다. 도대체 에펠탑은 어떻게 생겼길래 사방에서 사람들을 오게 만드는 걸까? 십여 분 걷자 서서히 에펠탑의 전경이 눈에 들어왔다. 무겁고 둔탁한 철골에서 저렇게 부드러운 선을 뽑아낼 수 있다니 감탄이 나오면서도 가까이 다가갈수록 위압감이 들었다.

실제로 보니 에펠탑은 파리 주변에 깔려 있는 낭만적인 바로크나 로코코 건축물과는 천지 차이였다. 왜 탑을 건설한 후에도 그토록 많은 사람들이 이 탑의 형체를 쉽게 받아들이지 못하고 싫어했는지 알 것 같았다. 당시에는 아무 쓸모 없는데 엄청난 기술력과 자본을 필요로 하면서 당대 미적 의식과 적을 두고 새로운 시대 정신을 실현하는 데만 투신하고 있는 이 탑의 존재를 의문시하던 사람들이 많았을 것이다.

나는 천천히 21세기까지 이어지는 파리의 명성을 쌓아오는 데 크게 이바지했던 도전의 아이콘을 마주했다. 탑 위에 낀 물안개. 나는 삼백 미터 넘는 철골을 목 빠져라 바라보았다. 파리는 생각보다 훨씬 아웃사이더들이 많은 동네였나 봐. 이 사람들, 주변 말 안 듣고 주관을 밀어붙이는 데 천재적인 것 같은데, 반골 정신이 생활화된 곳인가. 아름다움을 보는 관점을 두고서도 타협 불가능한 싸움이 필요한가 보다. 결국 누가 승자인지는 시대가 결정할 문제니까.

끊임없이 기존의 관념에 도전하고 뒤엎고 싸우고 때론 피를 흘리며 변화한 도시. 과감한 변화만이 변혁을 가능하게 만든다는 사실을 확인시켜준 이 도시가 깊숙이 마음에 박혔다. 새로운 낭만을 구체화하기 위해서 얼마나 많은 기술력과 현실적 구상, 힘이 필요한지 눈으로 확인한 순간. 나는 에펠탑 앞에 서서 한참 동안 비를 맞았다.

아무래도 나는 파리가 맘에 든 것 같았다, 그것도 엄청. 머릿속으로 상상하던 것과 딴판인, 전혀 낭만적이지 않은 모습이라서 더더욱.

7월 7일, 프랑스와 독일이 유로전에서 만났다. 린의 친구들과 함께 축구 경기를 보러 나간 날, 독일은 프랑스에 패배했다. 거리는 순식간에 축제 분위기가 되었다. 자동차 위에 올라가 독일 국기를 불태우고 만세 삼창을 하는 사람들. 한일전 버금가는 프랑스 사람들의 열정. 왜인지 기분이 썩 좋지 않았다. 똥 씹은 표정으로 집에 돌아오는 길, 린이 물었다.

"넌 독일 져서 기분 나빠?"

"응. 프랑스 졌으면 너도 기분 나쁠걸."

"난 잘 모르겠어. 안 그럴 것 같은데."

프랑스에서 태어난 것처럼 말하더니 아직 그렇게까지 강한 소속감은 없나보네. 가뜩이나 화나는데 눈치없이 한 달 반만에 제훈에게 메시지가 왔다.

〈파리 갔더라, 난 너 존경해, 잘 지냈으면 좋겠어〉

앤 또 왜 새벽까지 안 자고 이런 개소리를 하는 거야, 내가 파리 간 건 어떻게 안 거고. 메시지를 읽자마자 분노로 얼굴이 붉게 달아올랐다. 그렇게 천박하게 말 다 해놓고 날 아프게 했으면서 이제 와서 존경이라니. 내 얼굴이 불타는 고구마가 되어가는 모습을 보던 린이 말했다.

"꼴값하네. 왜 저렇게 센 척이래."

무능력보다 자기 연민에 빠져 있는 것이 더한 민폐라는 것을 모르는 건지. 난 그 밤, 남자에 대한 분노로 정신을 잃을 뻔했다. 가만히 내가 하는 말을 듣고 있던 린이 물었다.

"너 꼴페미야? 메갈 읽니?"

"메갈이 뭐야?"

"남혐 사이트. 유명해."

"처음 들었는데 그런 거. 글쎄. 페미라. 그런 것도 아닌 것도 같고."

"네가 심적으로 상처 받아서 정신 못 차리는 거 아는데. 지구상에 반이나 되는 남자를 두고 이를 갈 건 없잖아. 똑같은 사람들인데. 예전에 나랑 같이 살던 애가 메갈 사이트 맨날 읽고 남자 다 쏴 죽여야 한다고 설쳤는데 나중에 자기보다 나이 한참 많은 남자한테 빠져서 방 빼더라. 같이 산다고. 그 남자라고 걔가 혐오하던 보편적인 남자들과 다를 건 또 뭐니. 웃기잖아."

〈수연아, 나 페미니?〉

다음 날, 무심코 던진 내 질문에 수연이는 답했다.

〈글쎄, 그러기에 넌 마음이 너무 약해서. 차라리 페미라도 되는 게 네 영혼을 위한 길일 지도 모르겠다만 이번 생에서는 힘들 것 같은데.〉

잘 지냈으면 좋겠다는 그의 메시지를 뚫어져라 쳐다보던 오후의 도서관. 나는 답을 하지 않았다. 그냥 메시지 읽지 말걸, 철저하게 씹어 버릴 걸 후회해도 소용 없었다. 다신 연락하지 말라고 매섭게 답장해볼까 생각도 들었지만 감성 팔이의 이유를 뻔히 알고 있는 마당에 굳이 그럴 것도 없었다.

넌 멀쩡할 줄 알았나 봐, 나를 그렇게 보내고.

굳이 네 입으로 초를 칠 것도 없었어. 네 말대로 아픔이 사라지고 네가 마음에서 빠져 나가면 알아서 남자한테 다리 벌리고 잘 살 텐데 그 상황에서 꼭 그런 말을 했어야 했니? 발리가 전장에서 죽은 것처럼 실레도 결혼 후 얼마 못 가 죽었다. 자신의 부인을 모델로 한 지루한 작품만 남기고서. 죽어가는 과정은 이렇듯 각자의 일이다. 그간 나는 그가 던진 불쏘시개의 뜨거운 온도를 견디기 위해 열심히 죽었을 뿐이다. 쓰레기통에서 마음을 수거해 온 게 불과 며칠 전의 일이야, 이제 너 알아서 죽어나가 봐. 필사적으로 마음을 냉각시키기 위해 노력하던 날.

격렬한 내면과 달리 칠월의 여름은 순조로웠다. 함께 사는 룸메이트는 내가 사회화가 덜 된 애라는 것을 일찌감치 알아채고 있었다. 그녀는 나와 달리 파리의 속성을 백 퍼센트 사랑하고 파리가 살아가는 방식을 잘 따라가고 있었다. 이름까지 완벽한 파리지앵 같은 린.

"그거 진짜 네 이름이야?"

보통 피하지 않고 내 질문에 답을 해주던 린은 그날 대답을 회피했다. 맑을 린, 그 한자에 담긴 이름 속 에피소드를 난 알지 못했다. 전 남친이 써준 서툰 연애 편지를 보여 줄 때, 나는 우연히 원영이라는 한국 이름을 발견하고서야 그녀가 개명을 하고 파리에 왔다는 것을 알았다. 이름까지 고치고 올 정도면 보통 독한 각오로 온 것은 아닐 텐데 무슨 사연이 있어 서울에서 파리까지 와서 이렇게 한국과 등을 지고 사는 걸까.

"여기서 태어난 줄 알더라고, 사람들이 나 보면."

치렁치렁한 옷과 화려한 악세사리를 걸치고 독한 샤넬 향수를 뿌리는 그녀가 나보다 한 살 어리다는 것을 믿기 힘들었다. 프리랜서로 일하는 그녀는 보통 집에서 시간을 보냈다. 나이가 엇비슷한 우리들은 아침에 일어나서 저녁까지 하루 종일 수다를 떨었다. 개인사를 숨기지 않는 나는 지금껏 겪은 사연을 그녀에게 쏟아냈다.

"나 진짜 이 나이에 너처럼 복잡한 사연 가진 사람 처음 봐. 사람이 이렇게 힘들게 살 수도 있나 싶다니까. 아니, 왜 그렇게 혼자 잡생각이 많아. 너 보면 그냥 간단하게 해결 될 수도 있는 일을 두고 굳이 미로를 만들고 말겠다는 듯 일을 꼬아대고 있는 거 같아. 세상 밖으로 나오기 싫어?"

나가고 싶다. 근데 어떻게 이 미로에서 탈출할 수 있는지 모르겠다고.

"내가 볼 때 네가 말하는 남자들 너한테 진짜 하등 도움 안 돼. 매력 1도 없다고. 그런 사람한테 목숨걸지 말고 여기서 일단 네 마음의 평화를 찾아봐. 넌, 너 자신부터 찾는 게 우선이야. 자기 자신도 못 찾아서 허둥대는 애가 무슨 남자의 마음을 잡겠다고. 지나가던 개가 웃겠어."

그녀는 비 맞은 쥐새끼 꼴로 파리에 기어 온 내가 불쌍해 보였는지 마음을 썼다. 햇빛 가려 보겠다고 시스루 스타일의 짧은 원피스에 버켄스탁 질질 끌고 다니는 나와 그녀는 옷을 입는 스타일조차 완전히 달랐다. 그녀가 빤히 내 옷차림을 쳐다보며 말했다.

"너 여기서 이러고 입고 다니면 사람들이 그 직업군 가진 여자로 봐."

"그게 뭐야?"

"창녀. 몸 파는 애들. 진짜 몰라서 물어?"

"베를린에선 더 까고 다니는데. 에어컨도 없고 날씨는 더워 죽겠는데 어떻게 살아. 이게 노출이 심하다고?"

"네가 베를린에서 와서 아직 상황 잘 모르나 본데, 파리는 좀 달라. 여기 중국인 창녀 진짜 많다고. 옷 잘못 입고 돌아다니면 오해

받기 딱 좋아. 한국이 어디 있는 줄도 모르는 무식한 사람들, 아시
아 여자만 보면 다 중국인인 줄 아니까. 현지인인 나도 조심하면서
다니는데."

그래서 기모노로 아예 가리고 다니는 건가. 린은 내 스타일을 고
쳐 주겠다며 쇼핑에 끌고 다녔다. 칠월 초, 본격적인 마감 세일 시
즌에 돌입한 파리. 나는 그녀를 따라 다니며 어떻게 하면 세일 품
목을 싸게 살 수 있는지, 내 몸에 어떤 옷이 어울리는지 처음 배웠
다. 같이 사는 린은 프리랜서로 일하는 패션 디자이너였다. 디자인
을 직접 하기도 하고 패션 위크에는 공방으로 서브 작업을 하러 가
기도 하는 것 같았다. 집도 작은데 못에 망치, 클립 같은 공구를 왜
저렇게 가지고 있는지 알 수 없었는데 그 공구를 이용해 만든 그녀
의 패션 작업물을 보니 이해가 갔다. 나는 책상 위에 어지럽게 놓인
그녀의 그림과 작업물을 눈여겨 보았다. 그림이라면 괴발개발로 그
린 것보다 못한 수준의 나와 달리 그녀에게는 시각적 감각을 다루
는 분명한 미적 재능이 있었다. 신기했다. 똑같은 손을 달고 태어나
도 서로 이렇게 다른 결과물을 낼 수 있다니.

그녀는 부모님에게 손을 벌리지 않고 본인이 벌어서 이 비싼 파
리의 생활비를 충당하고 있다고 말했다. 그녀에겐 내게 없는 생활
력과 잔머리도 있었지만 금수저들이 판을 치는 필드에서 일하는
그녀의 고민은 깊어 보였다. 자신이 기준 삼고 있는 곳에 도달하는
것은 똑부러지고 세상 물정 잘 아는 여자에게도 힘든 일인 것 같았

다. 고질적인 불면증을 앓던 그녀는 수면유도제를 오래 복용하고 있었다. 최근에는 약을 먹고도 잠을 잘 못 자는지 새벽 네 시가 넘어도 걸핏하면 책상에는 불이 켜져 있었다.

"너나 나나 부모에게 받은 기반 하나도 없잖아, 남한테 기대할 것도 없고. 출발선부터 다른 사람들 여기에 정말 많아. 보다보면 현타 많이 오지."

아침 일찍 비자를 받으러 나가던 린의 가방에 든 서류 목록은 엄청났다. 전문대 패션학과를 졸업한 린은 아티스트 프리랜서 비자를 받으려고 시도하고 있었다. 독일에서 비자를 받을 때 수업 등록증, 슈페어 콘토, 주거 등록 서류 정도 들고 가서 삼 년짜리 비자를 받던 나는 프랑스에서 번역된 출생 신고서까지 들고 다니며 비자를 받아야 한다는 데 놀랐다. 그렇게 몇 번을 관청에 들락날락해서 얻어낸 비자는 겨우 육 개월, 길어야 일 년짜리였다. 일 년 지나 이 짓을 또 반복해야 한다니 얼마나 시간 낭비인지. 독일 사회도 편견 없다는 말은 못 하겠다만 이건 좀 너무한 거 아닌가 싶을 정도였다. 독일도 느리다고 참을성을 잃는데 이런 나라에서 살면 내 성질을 못이겨 암이 빨리 찾아오지 않을까.

나는 가을부터 새로 살 베를린 집도 보러 갈 겸 잠시 베를린에 다녀오기로 하고 표를 끊었다. 프랑스 독립 기념일 전날, 린은 에펠탑 앞에서 불꽃놀이를 보러 나간다고 꽃단장을 했다. 아쉬웠다. 그날이 그런 큰 휴일인 줄도 모르고 티켓을 사다니. 나는 가방을 들고 일찍 밖으로 나섰다. 인파가 늘어난 파리의 교통은 마비되었다. 가뜩이나 연착이 많은 프랑스의 지하철, 버스 출발 시각을 지키지 못할 것 같아 급한 마음에 택시를 잡아 탔다. 사방으로 막힌 도로를 우회해 골목을 돌아 간신히 버스 터미널에 도착했다. 겨우 정시에 도착해서 가슴을 쓸었건만 이번엔 버스 출발이 연착되었다. 다시 한 시간 반을 더 기다려야 했다. 이럴 거면 택시를 왜 탔는지. 나는 출력한 티켓을 기사에게 보여 주었다. 기사는 고개를 저었다. 매표소에서 이 티켓을 보여 주고 번호표로 바꿔 와야 한다는 것이었다. 급하게 매표소로 뛰어갔다. 직원은 이미 출발한 버스라고 내 표 받기를 거절했다. 프랑스의 비효율적인 행정은 기가 막혔다. 기사가 직원에게 상황을 설명한 끝에 나는 번호표를 받아 버스를 탈 수 있었다. 벨기에로 가는 버스 안, 니스의 테러 소식이 헤드라인으로 떴다. 다행히 파리에는 아무 일 없었다. 하기야 도서관 사서도 말했지, 독립 기념일에 아무 데도 안 나갈 거라고. 그런 날 테러범들이 일 벌이기 딱 좋다면서. 일상적인 공간을 자꾸 침범하는 위험들. 한 달 반 만에 다시 온 베를린. 나는 조지의 집에 놀러 갔다. 조지와 둘이서 포켓몬 잡겠다고 온 베를린을 쏘다니며 보낸 하루의 끝, 내 포켓몬은 여전히 하나뿐이었다. 조지가 내가 가진 잉어킹을 보며 말했다.

"야, 어서 갸라도스로 진화를 시키라고. 얜, CP율이 높은 S급이야."

"뭘 어떻게 진화시켜. 내가 가진 사탕은 이백 개뿐이야. 사백 개가 있어야 진화시킬 수 있는데. 더러운 자본주의 세상 같으니."

지갑엔 딱 십 유로뿐이었다. 우리는 되너를 사서 피카츄가 있는 것으로 보이는 공원으로 갔다. 피카츄를 잡고 싶은데 성공할지, 과연.

"요즘 데이빗이랑 연락해? 그러고 보니 네 드라마퀸 기질이 좀 사라졌어. 어떻게 된거야."

"가끔 해. 이번 하우스메이트 나가면 나보고 그 집 들어오래. 같이 살자고 말하더라고. 잘 모르겠어. 싸우면 나가라고 할 것 같거든. 공부하고 있는 마당에 한국으로 갈 수도 없고 다시 캐리어 들고 쫓겨나는 상황이 생기면 곤란하잖아. 집을 구해야 되는데 걱정이네. 데이빗이랑 같이 살면 편할 것 같긴 하거든. 일단 내일 다시 얘기해 보려고. 혹시 모르니까 집 하나 더 보고."

"하긴. 애인이랑 살면 그렇게 되더라고. 하우스메이트한테는 음악 좀 줄여달라고 간단하게 부탁하고 끝낼 것을 나부터도 여자친구면 감정 싸움 하거든. 음악 뭐 그런 거 듣고 있나 성질 긁고."

다음 날, 나는 데이빗의 집에 갔다. 파리에서 쓰는 방은 린의 옷으로 넘쳐났다. 고민 끝에 나는 데이빗의 집에 책을 두기로 했다. 그의 서재에 책을 꽂아두고 일본 여자와 데이빗과 함께 저녁을 먹었다. 막상 대화를 해보니 그녀는 생각보다 유쾌한 여자였다. 별로 재미도 없는데 데이빗이 하는 말을 잘 들어주는 것을 보니 마음이 넓은 사람인 듯 보였지만 같이 산 지 일 년도 안 돼서 나가려고 하는 거 보니 그와 사는 것은 역시 쉬운 일은 아닌 것 같았다. 즐겁게 대화하는 둘의 모습을 보면서도 예전같은 질투심이 생기지 않아 이상했다. 그가 하는 썰렁한 개그들은 그럭저럭 참아줄 수 있다지만 뉴스를 볼 때마다 더는 난민이 넘어오지 못하도록 경계선을 향해 총을 쏘아야 한다는 말을 밥 먹듯 하는 것은 실망스러웠다. 여전하네. 외국인 둘을 앞에 두고서 저런 말을 아무렇지 않게 하다니.

"전쟁도 아니고 총을 쏘라고? 사람 죽으라고?"

"지금 저게 전쟁 상황이야."

맞은 편에 앉은 일본 여자는 입을 다물고 있었다. 같이 살려면 그의 신경을 거스르는 말을 하면 안 되는 건가. 순간 잠재된 불안이 삐걱거렸다. 두 달 지나면 다시 베를린으로 돌아와야 하는데 린에게 의지하는 마음이 생각보다 큰 것 같았다. 아무래도 이 집에서 그와 함께 평생을 하기를 꿈꾸던 마음은 이미 지나간 것 같았다. 불과 몇 달 전까지 프러포즈를 불사하던 마음의 불씨가 이렇게 순식간에 꺼질 수 있다니 스스로 믿어지지 않았다.

"파리는 어때? 좋아?"

뻔한 그의 질문에 나는 심드렁하게 답했다.

"응, 뭘 굳이 물어? 너도 와봤을 거 아냐."

"안 가 봤어."

"뭐? 파리에 한 번도 안 와봤다고? 도대체 왜? 코앞이잖아."

"워낙 유명해서 빛 좋은 개살구 아닐까 싶더라고. 호기심이 안 들었네. 비엔나는 네 번을 갔다 왔는데."

사람들이 좋다는 데는 이유가 있는 법이란 것을 나는 파리에 가서 직접 보고 처음 알았다. 로마와 이탈리아의 고전주의를 이토록 개성적으로 해석하고 끊임없이 현대 양식을 흡수하며 변화하는 이런 역사적인 도시를 한 번도 보지 않았다니 말도 안 돼. 멀리 사는 것도 아니고.

"한 번 와 봐. 파리는 파리야."

테러 걱정을 하며 손사래를 칠 줄 알았는데 그는 곧바로 비행기 표를 검색했다. 늘 아쉬웠다. 우리에게 즐거운 추억이 하나도 없다는 것. 기껏해야 연애 초반 궁 앞을 거닐다 봄기운을 만끽한 것 빼곤 맨날 이 집에서 싸우고 울다 지쳐 집에 돌아가기 일쑤였던 나날. 그가 파리에 온다면 무언가 다른 일이 생기려나. 좋은 기억 하나는 있어야 그를 알고 지낸 시간이 아쉬울 것 같지 않았다. 무엇보다 베를린이 아닌 다른 도시에서 그를 보면 어떤 기분이 들지 궁금했다.

베를린에서 파리의 국경을 넘어가는 오랜 시간, 서로 다닥다닥 붙은 네덜란드와 벨기에의 경계를 거치며 난 왜 인연이 끝난 사람과 다시 이어질 수 없는지 생각했다. 파리에서의 내 시간이 빠르게 흘러가는 만큼 그의 시간도 독립적으로 흘러가고 있었다. 우리의 시간에 다음이란 순간이 있을까. 결말을 뻔히 알면서도 엔딩 크레딧을 내리지 못하고 계속 천막을 쥐어잡고 있는 꼴이었다. 도대체 뭘 기대하고서 이 뻔한 결말을 바꿔 보겠다고 노력하는지. 도착 지점을 코앞에 두고 버스 바퀴에 고양이가 깔려 죽었다. 경찰 두 명이 와서 한 시간 넘게 사고 조사를 했다. 고양이가 죽어서 슬프지만 그 때문에 경찰 인력과 많은 사람들의 시간이 낭비되고 있다니 우스웠다. 버스가 어서 출발하길 바랐지만 경찰은 기사를 놓아줄 생각이 없는 것 같았다. 마음이 길거리에 벌러덩 누웠다. 다소 시간 낭비라고 여겨지는 이 순간도 지나가버리면 끝인데 좀 더 고집 부리고 시간을 붙잡고 있는 것도 나쁘지 않을지도. 아직 여름은 한창이고, 방학은 끝나지 않았으니까. 오전 아홉 시 반, 나는 선글라스를 끼고 햇빛 한 가운데에서 한없이 멍청한 기분으로 헤밍웨이를 읽었다.

며칠 사이 경비가 더 삼엄해졌다. 집에 오는 길에 스쳐가는 쇼핑몰 안, 사람 하나 없는 한산한 화요일 아침에 경찰관이 쫙 깔려 있고 심지어 총 든 군인까지 들어와 있었다. 부디 이 나라는 효율성과 행정력에 대해 좀 더 연구하면 좋겠는데 그마저도 답 없는 논쟁으로 빠져들어 또다른 혼란을 야기할 것 같았다. 집은 개판이었다. 수연이가 우편으로 보내준 라면은 다 사라졌다. 한 개 밖에 못 먹었는데. 어수선한 집에서 린은 그대로 외출복을 입고 침대에 쓰러져 있었다. 그녀는 보드카를 스트레이트로 마셔서 목소리가 나갔다며 양파 달인 물을 마시고 콜록댔다. 내 라면을 먹었다는 짜증은 이내 사라졌다.

새로운 사랑에 빠졌나.

양파 조각을 넣은 손수건을 목에 둘둘 말고 자는 그녀의 얼굴이 귀여워 보였다. 이곳에 돌아오니 다시 생기가 돌았다. 파리 도심에 내리 쬐는 한낮. 어쩌면 까뮈가 썼던 혼란스러운 시대는 아직 진행 중인지도. 바로 이곳에서. 파리는 칠 월 혁명 기념일의 테러 이후 더욱 신경질적으로 변했다. 그런 위기 의식과는 반대로 나는 파리에서 지내는 나날이 점점 편해졌다. 어차피 길거리에 나가서 갑자기 비명횡사할 수 있는 인생인데 오늘이 마지막인 것처럼 모든 기쁨을 샅샅이 털어내 하루를 사는 것이 좋지 않으려나. 토마스 만을 패러디해 파리에서의 죽음 같은 작품을 쓰는 것도 나쁘지 않겠지. 자다 깨기를 반복하는 열대야 속에서 나는 린과 창문을 열어 놓고 새벽 바람을 맞았다. 비라도 내려서 이 미친 열기가 식기를 바랐다. 며칠 후, 또다시 도르트문트에서 총격 사건이 일어났다. 기사 사진을 보니 내가 아는 곳이었다. 바로 그 거리 앞 맥도날드에 크리스가 매일같이 햄버거를 사 먹으러 갔었는데. 패스트푸드라면 질색하는 나, 크리스가 감자튀김이라도 먹으라고 권하는 것을 두고 한사코 거부했었다. 너나 몸에 해로운 그런 음식 많이 먹고 빨리 죽으라고 말했더니 그가 아무렴 담배를 그렇게 피우는 너보다야 빨리 그럴 일은 없다고 답해서 티격태격 싸우곤 했는데. 그런 일상적인 공간에서 총격이라니. 나는 기사를 다 읽고 내 임종 순간을 곰곰히 상상하며 린에게 말했다.

"난 요즘 이런 소란이 묘하게 편해. 뭐랄까, 아무래도 인류 종말이 가까워온 것 같은데. 넌 죽기 전에 뭐하고 싶어?"

"난 사랑하는 사람을 만나고 싶은데."

"나도. 아. 한서연도 참 대단해. 사랑 때문에 가진 거 다 버리고 유부남에 게다가 한참 할아버지를 선택하고. 한창 커리어 잘 나가던 때에. 한서연 연기 진짜 못했는데 이제야 좀 늘어서 앞으로 볼 게 많겠구나 뿌듯했는데. 아무리 생각해도 한서연이 너무 아까워. 팬이어서 더 짜증나."

"나도 한서연 좋아하는데, 난 이해해. 사랑은 자유 아냐? 설령 그게 불륜이라고 해도 뭐 어쩔 건데. 형식이 마음을 제어할 순 없어.

무슨 짓을 해도 사람 마음은 못 막는 거야."

"그 사랑이 한 평생 자기 어머니 수발 들고 헌신한 부인의 마음을 아프게 하는데 잘 될 수가 있나?"

"어쩔 수 없지 뭐. 사랑이 윤리적이어야 한다는 것도 하나의 프레임일 뿐이야."

"너 진짜 네 남편이 바람 피워도 그런 소리 할 수 있어?"

"응. 난 그냥 보내줄 거야. 네가 왜 자꾸 남자들한테 까이는 줄 알아? 집착해서 그래. 남자는 옆에 못 잡아두는 거야. 그걸 하려고 기를 쓸수록 넌 지는 거라고."

문득 파리에 처음 왔을 때 만났던 린의 썸남이 기억났다. 영화를 전공하는 훤칠한 청년. 집에 두세 번 왔었나. 둘이 뒤엉켜서 매트리스 아래에서 아침까지 자곤 했었는데. 잘되고 있는 건가 싶었는데, 어느 날 린은 내게 그 남자가 틴더에서 만난 여자를 만난다고 칸으로 가버렸다는 말을 했다. 초연해 보이던 모습과 달리 그 밤, 린은 매일 복용하는 수면제를 먹고도 쉽게 잠을 이루지 못했다.

현실을 초월 하기는 참 어려운 거야. 그 대상이 남자의 마음이어야 한다면 더더욱.

"아니 근데 바캉스 딱 시작되니 도서관도 삼 주간 문 닫더라. 한국이라면 추석 때 한 삼 일 닫나? 여기 사는 사람들은 다 어디론가 떠나고 도시가 그냥 텅 비어 있어. 파리에 지금 관광객만 있는 것 같아. 휴가 기간 동안 도시를 아예 바꿔 치기라도 하나. 아, 모르겠어. 천지에 손을 잡고 지나가는 연인들로 가득하던데 온통 사랑이 점령한 도시에서 진정한 사랑을 하지 못하는 건 비극이야."

"야, 그래 봤자 없는 남자 안 생겨. 꿈 깨."

없으면 만들어야지, 내일 죽을지도 모르는데. 제훈이 그랬잖아, 남자한테 다리 벌리고 열심히 살라고. 그 다리 더 벌려 보지 뭐. 몸 닳는 것도 아니고. 나는 눈 앞에 보이지도 않는 제훈 앞에서 오기를 부리는 심정으로 틴더 플레이에 돌입했다. 솔로의 천국 틴더. 날 지켜보던 린이 플레이에 참여했다.

"야, 나 슈퍼 라이크 떴어 또."

린은 틴더 안에서조차 인기녀였다. 나는 동물원에 사는 동물을 구경하듯 프랑스 남자들의 프로필을 보았다. 아무리 봐도 얘네들은 내 취향은 아니야. 길거리에 돌아다니는 프랑스 남자들의 외관을 유심히 관찰해 보았지만 좀처럼 끌리지 않았다. 스타일이 좋아서 눈길이 가긴 하는데 역시 난 키 크고 쿨내 진동하는 차가운 남자를 좋아하는지 귀엽고 아담한 스타일이 압도적으로 많은 프랑스 남자가 딱히 눈에 들어오지 않았다.

"너 그럴거면 차라리 동양인을 만나봐. 여기 이민 온 동양인 3세 남자 많아. 베트남이나 중국계. 왠지 너랑 더 잘 맞을 것 같은데. 너, 코스모폴리탄인 척 외국어하고 이리저리 돌아다니면서 실상 내면은 완전 백 프로 한국러잖아. 개네들도 비슷하거든. 데이빗 얘기 그만 좀 하고. 정신 차려. 세상에 네가 남자를 만날 수 있는 경우의 수가 얼마나 많은데 이렇게 날 좋은 때 침대 위에서 구르고 있니. 네가 가슴 작고 마르고 그래도 어차피 입 다물고 치마 두르고 있으면 게임 끝이야."

런이 갑자기 내 손이 멈춘 한 동양인 남자의 프로필에 라이크를 눌렀다.

"야, 너 뭐야?"

얼굴을 찡그리는 나에게 그녀가 어깨를 으쓱였다.

"야, 네가 눌러도 저 쪽이 안 누를 수 있어. 김칫국 마시지 마."

십 분 후 알림이 떴다. 틴더에서의 첫 번째 매칭.

"야, 매칭 됐는데?"

"역시. 내가 볼 때 넌 안정을 원하는 게 같은 동양 사람 만나는 게 딱이야. 유럽 남자 독립적이고 자기 감정이 세상에서 제일 중요한 애들인데 그래도 동양 남자가 상대에 대한 책임감이 좀 더 있는 편 아냐. 당장 만나 봐."

내가 치는 팔 할의 사고 중 반은 어쩌면 그녀가 부추겨서 일으킨 일이었을 지도 모른다는 생각이 들면서도 궁금했다. 우리는 다음 날 저녁 오페라 앞에서 만나기로 했다. 저녁 일곱 시, 초조하게 거리에서 그를 기다렸다. 약속 시간에서 십오 분쯤 더 지났을까. 집에 갈까 망설이는 그때, 전화벨이 울렸다. 그는 아직 주차할 곳을 찾지 못했다며 오페라 역 앞 쪽 스타벅스 앞으로 오라고 말했다. 삼 분 정도 걸어 도착한 스타벅스 앞에 서 있는 벤츠가 보였다. 문이 열리고 그가 재빠르게 나를 픽업했다.

"미안해, 파리는 주차가 너무 힘들어서, 주차할 곳 찾다 한 시간 기다리게 할 것 같아서."

보슬보슬 내리는 빗방울 사이로 하나둘씩 불이 켜지는 도로의 전경이 눈에 들어왔다. 그간 책으로 배운 프랑스어를 더듬더듬 시전해 봤지만, 내 프랑스어 실력은 원어민과 대화를 하기엔 턱없이 부족했다. 프랑스어를 배우고 있다는 나를 그가 귀엽다는 듯 바라보면서 몇 가지 단어와 표현을 가르쳐 주었다. 친절하기도 하지, 여기서는 프랑스어 못 한다고 남친에게 매섭게 까일 일은 없는 것 같았다.

"네 이름 여자 이름 같은데. 한자 뭐 써?"

그가 미러에 붙은 한자를 가리켰다. 美. 이렇게나 남성적인 그가 여성적인 이름을 가지고 있는 게 특이했다. 아버지와 함께 프랑스에서 여러 베트남 레스토랑 체인점을 경영하는 중국인. 생긴 건 섬세하고 센스있어 보이는데 돈 쓰고 노는 거 보면 딱 인스타그램에서 보던 중국인 같아 보였다.

"이상하네, 중국인이라면서 왜 중국이 아니고 베트남 음식점을 경영하는 거야?"

"정확히는 중국계 베트남인이지. 얘네들은 우리가 어디서 왔는지 관심 없어. 중요한 건 내가 아시아 음식을 팔면 되는 거니까."

그의 대답에 집중하지 못하고 주홍빛으로 넘치는 비 내리는 파리의 전경이 진짜 인상파들이 그린 그림 같아서 창문 너머를 빤히 바라보고 있었다. 그가 혼자 생각에 빠진 나를 보면서 웃었다.

"생각이 많은가 봐."

고개를 끄덕였다. 사실이니까.

"생각이 심연이라면, 나는 진작 익사했을 거야."

"저런. 네가 침침한 베를린에 산다니 참 안 어울리네. 파리에 사는 게 잘 어울리는데. 그런 시적인 표현 독일 사람들 싫어하지 않아? 독일어는 도대체 어떻게 배웠대? 난 옆에서 독일어 듣기만 해도 머리 아픈데."

"글쎄, 뭐가 뭔지 알고 갔겠어. 나도 파리 와 보고서 알았어. 내가 독일이랑 진짜 안 맞는다는 거.”

간만에 전형적인 매너남과의 데이트. 본인이 운영하는 레스토랑에 가서 밥을 먹지 않을까 했는데, 그는 중국 음식 레스토랑에 날 데려갔다.

“그냥 너네 가게 가도 되는데.”

“체인점이라 맛은 그냥 그래. 돈 벌려고 장사하는 거지.”

한사코 사양하는데도 내가 사는 집까지 기어코 차로 데려다주려고 하는 걸 보자니 여기가 프랑스인지 한국인지 헷갈렸다. 독일 남자들은 절대 여자한테 안 이러는데. 데이빗 집을 왔다갔다 하면서도 그가 내가 가는 길을 배웅해주는 일은 한 번도 없었다. 그에게 뭘 얻어먹은 적이 없어서 한참 나이 많은 사람 만나면서도 나는 사랑해서 만나는 거라고 당당했는지도.

“야, 재야? 좀 먹고 사나 보네. 벤츠 타고 다니는 거 보면.”

내가 방금 내린 차를 창문으로 지켜보았는지 집에 들어가자마자 상기된 린이 나에게 물었다.

“그런 것 같아. 대학 졸업하고 바로 사업했대. 공부 오래하고 싶다고 하니까 좋아하더라.”

“완전 좋네, 너 공부 오래할 거라며. 공부 오래 한다고 뭐라하는 남자 얼마나 많은데.”

“응, 석사 졸업하면 프랑스 와서 박사 하래. 등록금 내준다나 뭐라나. 파리에도 영어 과정 박사 자리 꽤 있으니까 원하면 알아봐 준다는데 웃기잖아, 지금 석사도 졸업 할까말까인데."

"뭐 여자 꼬시려면 초장에 별 소리 다하는 게 남자라지만 그래도 호감은 있나 보네. 야, 갈아 타. 난 너 앞으로 파리에 있으면 좋겠어. 빨리 석사 졸업하고 파리 오자."

특유의 눈웃음을 치면서 실실 쪼개는 린이 의아했다.

"너 왜 이렇게 과하게 좋아해. 이런 애 아니면서."

"뿌듯해서 그래. 이제 내 강의가 좀 효과를 발휘하나 싶어서. 야, 제발 쓰레기 다 갖다 버리고 산뜻하게 리셋해 보라고. 내가 삽질하는 데만 오만 시간 쓰는 네 삶의 방향 바꿔보겠다고 이렇게 신경 쓰는데 이제는 좀 변화를 보여 줘야 할 때 아니니?"

두 번째 데이트, 나는 그의 집에 갔다. 린의 기를 받은 나는 평소보다 더 속전속결로 데이트에 임했다. 파리 중심가, 고급 새 아파트에서 혼자 사는 삼십 대 남자. 한 번도 사용한 흔적 없는 색색의 중국 도자기부터 여러 그림을 장식품으로 놓아 둔 것을 보니 확실히 재력은 있는 것 같았다. 이런 남자와의 만남을 기대하고 틴더를 한 건 절대 아니었는데 도대체 무슨 공통점이 있다고 우리가 매칭이 된 건지 알다가도 모를 일이었다. 거실 테이블 위에 소더비 컬렉션 잡지가 놓여 있었다. 잡지를 뒤적이며 한참 가격표만 보던 내게 그가 와인잔을 건넸다.

"중국 손님이 구매 시 통역을 부탁해서 자료 좀 읽고 있었어."

"그림 좋아해?"

"어느 정도. 모르진 않지. 관심 있으면 같이 가도 되고."

거실은 책으로 가득했다. 그 흔한 텔레비전도 없이. 아무래도 부르디외가 사실이었나 보다. 유럽 부잣집 거실에는 책으로 가득 차 있다더니. 그가 중국 가정 출신이라는 것을 자꾸 까먹고 있었다. 중국인이 저런 문화 자본에 목숨 거는 스타일도 아닐 텐데, 저 남자도 좀 이상한 부류려나. 와인을 마시며 잘 이해하지 못하는 프랑스어 책의 제목을 눈으로 훑어 보았다. 아는 이름이 하나 눈에 들어왔다. 플로베르의 『마담 보바리』. 나는 책을 꺼내 들었다. 줄이 그어져 있거나 필기된 흔적이 보였다. 나는 뒤를 돌아 그에게 물었다.

"이거 읽어 봤어?"

"봤지. 바칼로레아 시험 문제로 나왔었는데. 넌 봤어?"

보다 마다. 내가 진지하게 덤비지 않을 거면 글 쓰는 건 때려치우는 게 낫다는 생각을 하게 된 시발점이었는걸. 이런 건 따라해도 안 되는 거니까. 나는 그가 이 책을 어떻게 읽었는지 궁금했다. 프랑스인이 읽으면 뭐 다른 감상이 나오려나.

"별생각 없긴 했는데. 자기가 읽던 로맨스 인물이 되어 보겠다고 말도 안 되는 이상한 남자들과 사랑에 빠지면서 인생 파멸행 고속 기차를 타는 불쌍한 여자가 하나 나오지. 몽상을 현실로 살지 않으면 못 견디는 사람도 있지만. 나쁜 남자 골라 만나면서 불행을 자초하고 그런 자극이 없으면 심심해 죽는 여자들과 같은 심리 아닌가?"

갑자기 뼈를 맞은 기분이었다. 술기운 때문에 얼굴이 빨개진 거라고 믿고 싶었지만 이미 심장이 빠르게 뛰고 있었다.

"아니, 사랑에 빠진 자기 자신을 사랑하는 게 큰 잘못이야? 인생이 지루하면 그럴 수도 있지. 원래 사랑을 하는 게 자기 자신에 대해 가장 잘 알아 가는 방법이라고 하는데 그게 틀린 소리는 아니거든. 사랑을 해서 감정이 커지는 만큼 자기 자신과 가장 깊이 만나는 순간이 어디 있어? 왜 이런 감정을 느끼는지 그 이유에 대해 가장 깊이 생각해 볼 수 있잖아. 플로베르가 이 소설 쓸 적 엠마에 이입되어서 내가 엠마라고 설치고 다녔다고 하는데 착각은 아닐걸. 플로베르는 단순하게 엠마를 비판하거나 비난하기 위해서 이 소설을 쓴 게 아니라고. 엠마가 망한 건 애초에 여자들보고 기숙 학교나 간 다음 안정적인 남자 만나서 시집이나 잘 가라고 말하는 사회에서 비롯한 거니까. 그런 사회에서 엠마의 비극은 어쩌면 결정된 것과 다름없는 거지. 여자에게 실수와 경험, 허영심을 모두 살아보면서 스스로를 다듬어 갈 기회는 주지 않고 집 나가면 인생 망할 테니까 집에서 얌전히 애나 키우라고하는 게 시대적 아젠다였으니까. 당시 프랑스 사회에 대한 비판은 안 할게, 이 문제는 네가 더 잘 알고 있으니까. 난 이 소설을 읽고 오히려 미숙한 인간에게 경험이 더 중요하다고 느꼈어. 로맨스에 속아서 쉽게 애 낳지 말고 빚져서 자살하기 싫으면 그 전에 현실의 한계를 인식하고 통제해야 한다고. 사랑에 빠진 자기 자신을 끔찍하게 들여다봐야만 사랑에 빠진 자기 자신을 경계할 수 있는 거겠지. 물론 환상 속에서 진정한 자기 자신을 만나고 미친듯이 다른 세상을 쫓아가 볼 수 있는 경험의 기회를 모두가 가지고 있진 않다는 게 현대의 또 다른 비극이라면 비극일 수도 있겠지만."

내 영어 표현이 얼마나 맞는지, 그가 얼마나 내 말을 이해했는지는 전혀 모를 일이었다. 잘 모르는 상대에게 이렇게 길게 말을 해본 적이 없었는데 갑자기 방언이 터진 건지. 내 대답을 듣고 있던 그가 말했다.

"너, 일반적인 한국 여자라고 하기엔 로맨스를 너무 안 믿는 것 같은데. 오늘 나랑 잔다고 해도 내일 지나면 넌 핑계를 대면서 열심히 도망가지 않을까. 신기하네, 그렇게 감정적이면서 감정이 현실을 못 이기다니. 너도 쉬운 인생 살지는 못하겠어. 그 감정을 통제해야 하는 이성이 얼마나 강해야 할까 잠시 생각해 보자면."

정답이란 말은 못하고 와인만 홀짝이다 갑자기 또 말이 후두둑 쏟아졌다. 마치 그는 다 익은 열매로 가득한 사과나무를 흔들어 보는 것 같았다.

"어쩌면 화려한 겉모습만 보고 누군가에게 막연히 호감을 가지거나 아무도 관심 없는 이상한 사연 가진 사람에 끌려드는 건 같은 이유일지도. 날 절대로 사랑하지 않을 것 같은 사람을 사랑해야만 이 사랑이 위험하게 다음 단계로 이어질 일이 없을 테니까. 아무리 좋은 사람을 만나서 안정적인 관계를 지향해 본대도 끝은 다 똑같이 고통스러울 것 같거든. 누구보다 불신에 시달리는 건 바로 나 자신일지도 몰라. 그런데 그런 내 성격이 암시하는 파국에 왜 이렇게 진심으로 임하는 건가 생각해보면, 몰라. 그 이유를 알고 있으면 파리에서 내가 너 같은 남자를 눈 앞에 두고 이런 대화를 하고 있겠어?"

자, 이제 가장 지루한 전개가 시작되는 걸까. 책장에 서 있는 그가 내게 다가와 키스를 하기 시작했다.

"그래서 지금도 결말은 다 뻔하다는 말을 하고 싶은 건가, 그런 결론을 냈다면 굳이 말 안 해도 돼."

삼 초 만에 브래지어를 벗기는 능숙한 솜씨에 감탄이 나왔다. 얼마나 반복해야 이렇게 동물적인 감각으로 몇 초 안 되는 시간에 사람을 무장해제 시켜버릴 수 있는지. 세상은 넓고 고수는 많다는 사실을 체감했다.

"나 사실 말할 게 있는데, 허벅지에 화상 흉터가 있거든. 얼마 전에 다쳐서 보기 안 좋을 것 같아."

"상관없어."

제훈의 오지랖은 그저 오지랖일 뿐이었다. 세상엔 이런 흉터를 달고 다리를 벌려도 괘념치 않는 남자들이 있는 것 같았다. 그걸 확인하고 싶어서 굳이 이런 짓을 벌이는 지도 모르겠다. 오랜만에 하는 섹스치고는 나쁘지 않았다. 가끔 파리에 놀러 온다면 그가 생각날 것 같았다. 비행기 타고 파리에 놀러 와서 이런 좋은 집에서 와인 마시고 섹스하는 인생이라. 그것도 꽤 괜찮을지 모르겠지만 문제는 그가 생각보다 날 진지하게 대했다는 데 있었다. 나이도 있고 돈도 있고 많이 놀아 본 만큼 정착을 원하는 삼십 대 남자. 이런 남자가 다른 곳에 있는 여자 좋아하는 게 합리적인 선택은 아닐 텐데 도대체 나 같은 여자가 왜 갑자기 그의 맘에 들었던 건지. 세 번째 만남에서부터 나와 사귀자고 말하는 그를 보니 작년 일이 오버랩되었다.

"너랑 대화할 때 헷갈려, 내가 남자랑 말을 하는지 여자랑 있는 건지 모르겠어. 생긴 건 분명 여성적인데 네가 생각을 하거나 감정을 느끼는 스타일은 일반적인 여자들과 동떨어져 있어. 넌 어쩌면 오랜 시간 네가 사회적으로 여자로 규정지어진다는 걸 자각하지 못하고 멋대로 살다 이제서야 무언가가 되어 보겠다고 분투하는 것 같기도 해. 그 모습이 아직 결정나지 않은 것 같고. 거기서 친근함을 느끼면서도 별나다 싶은 거지. 난 네가 쓰는 걸 읽어 본 적은 없지만 분명 사람들에게 보이는 네 외모, 분위기와의 괴리감이 엄청날 거야. 이런 말 들어본 적 없어?"

"없어."

"몰라, 어쩌면 내가 미친 건지도. 난 너랑 진지해지고 싶거든."

"제정신이야? 난 곧 베를린에 가야 돼. 파리에서 사는 것도 아니고. 너랑 내가 서로 뭘 안다고 지금 이런 관계를 논해?"

"알아가면 되는 거지. 감정이 그렇게 됐는데 이유가 중요해?"

나는 관계 시작 전에 늘 나왔던, 토씨 하나 다르지 않은 말을 똑같이 내뱉어야 했다. 파리에서 이런 말을 하는 게 몹시 어색했다. 밤낮을 가리지 않고 노래를 부르는 사람들과 길거리에서 키스를 하는 커플로 넘쳐나는 이 도시에서 내 마음은 오히려 더 차가웠다. 이렇게 낭만적인 파리에서 내가 생전 만나 본 적 없는 돈 많고 지적인 사람을 찾아내어 설령 사랑을 하게 되었다 해도 결과는 다 똑같을 것 같았다. 물론 내가 느끼는 오르가즘은 거짓말이 아니었다. 지적인 상상력과 여유로 넘치는 그와 보내는 시간도 즐거웠다. 하지만 나는 베를린에서 해야 할 일이 산더미처럼 쌓여 있는 마당에 이 이상 파리를 더 좋아하게 되거나 무리해서 이곳에서 사는 것을 갈망하고 싶지 않았다. 그가 멀리서든 가까이서 보든 언제나 색다른 느낌을 주는 에펠탑 같은 남자일 수도 있겠지만 그와 정서적 동질감을 느끼기에 그는 내 기준에서 너무 완벽했는지도 모른다.

문학에 대한 열정을 무시하는 아버지의 뜻에 따라 전공한 경영학, 일곱 살에 겪은 부모님의 이혼, 어머니의 이른 죽음, 네 번에 걸친 아버지의 잦은 결혼조차도 프랑스 상류층의 전형적인 사연처럼 느껴졌다. 이상한 일이었다. 나와 다르다고 생각한 데이빗에게는 그렇게 쉽게 빠지고서 왜 내 마음은 갑자기 정신을 차리며 이 사람은 나와 다른 세계에서 사는 사람이라고 선을 긋고 거리를 두는 걸까. 어쩌면 돈도 있고 예술을 제대로 이해하는 남자의 집에서 글이나 쓰는 게 내 미래를 위해서 더 나은 선택일 수도 있을 텐데. 눈 뒤집혀서 데이빗에게 청혼할 때는 언제고 결혼이란 제도에 훨씬 더 부합한 사람이 진지하게 다가오니 뒤로 물러서는 건 또 무슨 변덕인지.

내 거절에도 불구하고 그의 호의는 사그라들지 않았다. 계속된 연락과 선물 공세. 덕분에 나는 돈 없이 파리의 좋은 레스토랑과 샵을 다녀 볼 수 있었다. 뒤늦은 여성으로서의 사회화를 도와주려고 하는지. 나는 린이 알지 못하게 포장을 다 뜯어버리고 그에게 받은 명품 가방과 화장품들을 캐리어 안에 넣어 두었다. 어차피 아무 사이도 아니게 될 우리들, 나는 그의 재력과 성격에 대한 언급을 일절 삼갔다.

여성 인권이 발달한 진보적인 동네인 줄 알았는데 프랑스는 한국과 크게 다른 점 없는 도시였다. 어떻게 보면 한국 여자 살기엔 베를린보다 파리가 편할 수도 있겠지만. 이 도시의 여자들은 남자를 유혹하고, 자기보다 더 나은 조건의 남자를 만나는 데 혈안이 되어 있었다. 누군가와 데이트를 한다고 하면 그 사람이 무슨 직업을 가지고 있는지 어디 사는지 가장 먼저 물어보는 도시. 썸 타던 남자와 끊임없이 간을 보고 헤어진 남자가 보내는 지질한 긴 편지에 마음 아파하면서도 신나게 다른 남자 만나러 나가는 이 도시 사람들은 사랑의 불연속성과 가변성을 자연스럽게 받아들이고 있었다.

불륜과 바람 사이 열심히 로맨스를 찍던 프랑스 영화와 소설이 진짜 현실에서 탄생했을 줄 나야 몰랐지. 베를린에 남아 있는 사회주의 영향 때문에 표면적으로 여성성에 대한 집착이 덜한 건가 싶기도 하다만 그렇다고 베를린 남자들이 파리 남자들에 비해 열심히 일부일처제 고수하는 것도 아니고. 남자들의 이상형은 새로 만난 여자래. 하늘 아래 어딜 가도 다 똑같은 놈들뿐인데 뭘 기대해. 머리 아프게 생각하지 말자, 남자들이 예쁘다고 하면 그냥 그런가 보다 하면 되지 평생 여기 살 것도 아닌데 진지하게 분석하고 있어. 오늘부터 내 이상형도 오늘 만난 남자다, 한창 지하철에서 신나게 망상에 젖어 있는데 한 노인이 내 옆구리를 툭툭 찔렀다. 시선을 돌리니 그가 핸드폰 속의 자기 페니스 사진을 보여 주었다. 뭐 이렇게 변태 같은 남자들이 문화 도시란 곳에 깔려 있는 건지.

"할아버지, 페니스 그닥 크지도 않으신데 뭘 그걸 자랑이라고 보여 주세요."

일부러 남들 들으라고 크게 말했는데 영어를 알아 들었는지 그의 얼굴이 빨개졌다. 어딜 가든지 병신미 넘치는 남자들이 넘친다는 사실이 묘하게 날 안심시켰다. 나는 노트르담 성당 앞 벤치에 앉아 린을 기다렸다. 십 분 후, 그녀는 내게 메시지를 보내 급한 일이 생겨 올 수 없다고 말했다. 날도 더운데 헛걸음했다는 생각에 벤치에 드러누워 와인이나 한잔 마실까 고민하던 그때, 흰색 셔츠를 입은 목이 긴 남자가 보였다. 뭐지. 나도 모르게 자리에서 일어나 급히 뛰어갔다.

혹시 파리 온 건가, 그렇게 파리 노래를 부르더니.

하고 싶은 말이 목까지 튀어 나왔다. 비행기 타기 하루 전 그를 봤던 때가 마지막이라는 건 알고 있었지만 마음은 그걸 진짜 믿고 싶어하지 않았던지 내 달리기 속도는 평소보다 훨씬 빨랐다. 눈 앞에서 그 환상이 잡힐 듯 가까워진 순간, 그의 목덜미에 내 가쁜 숨이 닿을 듯했다. 나는 급하게 그의 어깨를 잡았다.

"오빠."

자동적으로 한국어가 튀어 나왔다. 닮아도 너무 닮은 얼굴. 당황스러운 기미가 역력히 스치는 그의 얼굴을 보고서야 천천히 나는 현실로 돌아왔다. 황망했다.

"죄송해요, 제가 아는 사람이랑 너무 닮아서."

"내가 맘에 든 게 아니고요?"

"그런 거 아니에요, 죄송합니다."

힘없이 돌아 서는데 그가 나를 저만치에서 불렀다.

"술 한 잔 할래요?"

우리는 근처 마레 지구를 향해 걸어갔다. 프랑스로 이민 온 지 이미 십오 년 지난 베트남 출신의 남자. 목이 길고 뼈대가 가는, 식물의 잎사귀 같이 살이 말랑말랑할 것 같은 남자. 닮아도 너무 닮았다. 괜히 네가 프랑스 보고 정신적 조국 타령한 게 아닌가 봐, 여기에 너랑 비슷하게 생긴 사람 참 많이 보인다는 말은 못해 줬는데.

"근데 내가 누굴 닮아서 날 그렇게 쫓아와요? 깜짝 놀랐잖아요, 다프네를 쫓는 아폴론도 그렇게 빨랐으려나."

"제가 좋아했던 사람이라. 근데 그 사람은 저보고 맨날 다른 사람 만나라고 그러더라고요."

"저런, 사람 잘 못 잊는 성격 손해 많이 보는데. 그리움 심하잖아요. 그런 사람들."

와인 속에서 얼핏 제훈의 목에서 나던 것과 같은 바닐라 향이 났다. 왠지 『어린 왕자』를 주구장창 읽고 싶은 밤이었다. 의자를 놓고 마흔세 번 옮겨 다니며 지는 해를 바라보고 싶었다. 사랑보다 더한 사기, 겹겹이 쌓인 향에 뒤섞여 기억의 뇌리를 흔드는 프랑스 와인의 맛. 가장 깊은 미각의 차원이 궁금하다면 프랑스 와인을 마셔야 한다, 그건 추억 자체가 될 거니까. 우연히 마레 지구에서 마신 그 와인과 비슷한 향을 어디선가 한 모금 입에 물면 갑작스레 훅, 모든 추억이 닥쳐들 거야. 대뇌와 직통으로 연결된 후각을 자극하며 정신없이 몸을 후벼파는 세상에서 유일한 매개체, 와인은 늘 아무리 원해도 다시 돌아갈 수 없을 그리움이었다.

향에 취해 버린 입술 끝에서 복구될 기억. 와인이 다 사라지고 말아도 알코올은 끝까지 몸에 발화되어 무의식의 저변에 깔린 가장 강력한 기억을 환기시키고 마니까. 그건 바로 내 현존재를 떠받치고 있는 무언의 각인이니까. 나는 와인 잔을 쓸데없이 빙빙 돌리며 뜨거웠던 봄을 떠올렸다. 가장 지적이면서 천박한 방식으로 해석되던 나체를. 나 자신에 대해 가장 내밀하게 이해할 수 있던 밤을. 잠시나마 육체와 관념이 빈틈없이 합치된 순간, 난 그 순간에 한 번이라도 더 닿기 위해서 오늘을 사는 거야. 그것이 내가 신이 없는 세계에서 신을 보는 방식이라고. 흔들리는 와인의 표면처럼 뒤죽박죽 엉망진창 섞이는 시간. 듣자마자 이름도 까먹은 남자와 입술이 뒤엉켰다. 집에 돌아오는 길, 트램 운전 반대 방향에 앉아 느린 음악처럼 흐르는 경관을 넋 놓고 바라보았다. 입 속에 아직도 와인의 잔향이 남아 있었다. 내면의 시간은 천천히 과거로 초점을 맞추었다. 같이 있던 밤, 제훈이 내 볼을 쓰다듬으며 말했다.

"난 네가 봄 옷 입은 것 밖에 못 봤네, 여름 옷 입은 네가 보고 싶은데. 봄 방학 같은 여자네, 그래서 그렇게 금방 떠나는구나."

그 말을 들으면서 생각했다. 방학은 무언가를 제대로 하기엔 너무나 짧아. 파리에서 보낸 나만의 여름 방학. 네가 그렇게 개똥 철학 하면서 내게 가르쳐 주고 싶어 했던 것, 내 지구는 엄청나게 넓고 기회는 널려 있다는 사실. 아무도 사랑하지 말고 모두를 사랑하라는 지독한 역설. 알아, 너도 그러지 못하고 살면서 왜 나한테 그걸 굳이 시키려고 했는지. 그러지 않고선 이 험난한 세계를 살 수 없으니까. 하지만 너 그거 알아? 내 마음은 아무리 구부리려고 해도 좀처럼 구부러지지 않아. 칸트를 이해하는 이 머리가 마음을 못 이겨.

난 마음을 일방적으로 굴복시켜 보려는 시도를 포기했어. 내 마음은 결과를 예상하고 변수를 미리 골라 버리는 머리가 싫은가 봐, 뻔한 걸 참지 못해. 그런 미련한 마음을 타고났다면 차라리 모든 차원을 다 살아 보는 것도 나쁘지 않겠지. 그러니까 난 사랑 속에서 살고, 죽고, 그 모든 것이 지나간 이후를 쓰겠어. 그 글자가 바로 내가 구원하고 새롭게 구축한 파토스가 될 거야. 나도 사실 잘 몰라, 이렇게 따로 놀고 있는 머리와 마음이 합치되어서 그 정도를 할 수 있을지. 그걸 해냈을 때 네가 보낸 존경 기꺼이 받을게.

죽어서도 그에게 전하지 못할 말을 마음에 한참 쓰면서 천천히 집으로 걸어왔다. 언젠가는 감상에 젖어 누군가를 한없이 그리워하다 별다른 방법이 없으니 술이나 마시자고 밖으로 뛰쳐나가는 이 시간이 그리워 몸서리칠까. 지금의 그리움은 여름의 열기 속으로 모두 증발되고 남은 건 새로운 기억뿐일까. 이 도시에서는 감상이나 생각보다는 삶이 먼저 다가왔다. 베를린으로 돌아가기 싫다는 생각이 하루에 백 번도 넘게 들었다. 하루 종일 한숨만 푹푹 쉬는 나를 보고 린이 깔깔댔다.

"너, 진짜 베를린 가기 싫어하는 게 온몸으로 느껴져."

"나 아무래도 파리랑 사랑에 빠졌나봐. 와, 나 못 말릴 금사빠네."

팔월 초 다시 시작된 우중충한 날씨. 이틀 간 엄청난 우울감이 덮쳤다. 린과 나는 며칠 간 밖에 나가지 않았다. 나는 메이의 여름 여행을 기점으로 그와 연락을 멈추었다. 아직 데이빗에게 마음이 있어서 이러는 건지 계속 갈팡질팡하고 있었다.

나는 전 남친이 팔월 중순에 파리에 오기로 했다고 그에게 이실직고했다. 애초에 우린 아무 사이도 아니니까 이런 말 해도 그에게 별 상처가 되지 않을 거라고 믿고 싶었다. 사람 마음 참 이상했다. 진짜 우린 아무것도 아니라고 생각했는데 그건 또 아니었나. 자기가 파리에 오는지 마는지 관심이 뜸해진 내게 데이빗은 몇 번 메시지를 하다 어느 날 말했다.

〈파리행을 취소해야겠어〉

이번 만남이 이 복잡한 상황을 다르게 전개시킬 돌파구가 될지도 모른다고 기대했었는데 우리는 결국 이렇게 될 운명인가 보다. 이층 침대에서 나라 잃은 표정으로 노트북만 뚫어져라 쳐다보며 데이빗의 메시지에 어떻게 대답을 해야 할지 고민하고 있던 내게 린이 물었다.

"야, 비 맞고 밥까지 굶은 쥐처럼 보여. 뭐라도 좀 먹어."

하루 종일 침대에서 내려올 생각을 하지 않는 내게 린이 다가와 물었다.

"너 진짜 그 사람이 왔으면 좋겠어?"

고개를 끄덕였다. 제발, 우리가 이렇게 힘겨운 사이로만 끝나지 않길. 행여나 끝이 나도 인생 최고로 아름다운 내 모습을 그에게 보여주고 싶었다.

"그럼 아무 말도 하지 말고 그냥 가만히 있어. 그 사람 생각하지 말고 네 마음에 집중하라고. 걔, 자기 말 하나하나에 민감하게 반응하는 네 심리 이용하고 즐기는 거야. 넌 지금 오히려 화를 내야 할 상황이라고."

심한 감기에 걸린 린은 밤새도록 콜록대며 잠 못 들고 뒤척였다. 린의 기침 소리 때문에 나 역시 새벽에 깨는 일이 부지기수였다. 그녀와 한몸이 되어 기침을 하는 것 같은 착각까지 들었다. 우울한 나와 감기 걸린 린은 집에 처박혀 책을 읽고 하루 종일 수다를 떨었다. 그리고 정확히 삼 일 후, 데이빗에게 메시지가 왔다.

〈갈게. 티켓 취소가 힘들군〉

메시지를 읽은 나는 놀라서 침대에서 뛰어내려 작업 중인 린의 책상에 핸드폰을 놓았다.

"와, 너 진짜 용하네. 나 지금 감탄이 멈추지 않아."

린이 어깨를 으쓱하며 말했다.

"내가 그랬지. 전전긍긍하지 말라고. 그럴수록 올 사람도 안 와. 그 사람은 특히나 그런 타입 더 싫어한다고. 너, 그 사람의 마음을 잡고 싶으면 바이브를 쿨하게 바꿔 볼 필요가 있어."

"좋아하니까 그렇지. 감정 없으면 이러라고 해도 안 해, 못 해."

"그 감정의 폭풍 속에서도 네 중심을 지키는 게 중요한 거라고. 남자 마음 하나 못 잡고서 무슨 소설을 쓰겠다고 작가를 꿈꿔? 어떻게 그렇게 많은 캐릭터가 나오는 복합적인 세계의 혼란을 통제하겠다고. 지금이라도 때려 쳐."

그녀는 스카프를 매고 차를 마시며 작업을 하고 있었다. 맑은 상송이 울려 퍼지는 집 안. 아무리 날씨가 갑자기 쌀쌀해졌다지만 도대체 한여름에 왜 스카프를 매고 이런 음악을 듣고 있어야 하는지.

프랑스 감성 이해하기 참 어렵다는 생각이 들었다.

"집에서 뭐하는 짓이야."

"난 이런 날씨의 우울을 즐겨."

그녀는 상송을 흥얼거리며 도도하게 그림에 몰두했다. 한여름에 씹는 사과에서 가을의 맛이 났다. 우두커니 앉아 말없이 그녀가 그리는 그림을 구경하던 날 보며 린이 물었다.

"그렇게 목 빠져라 기다리던 사람 온다더니 왜 이렇게 또 시무룩해."

"몰라, 막상 온다니까 마음 복잡해."

"이랬다저랬다 하여간. 정신 차린 너를 볼 날이 있을까."

베네치아까지 갈 것도 없으려나. 내 안의 낭만은 파리에서 죽게 될지도. 파리에서의 죽음. 토마스 만은 베니스에서 환상이라도 찾고 그 속에서 죽었는데 내 미래는 어떻게 되려나. 린이 입맛을 다시며 말했다.

"나 떡볶이 먹고 싶다. 너, 제일 좋아하는 음식이 뭐야?"

"순대."

"왜?"

"나 어렸을 때 순대를 못 먹었거든. 아빠가 여호와의 증인이라 거긴 피로 만들어진 음식 못 먹었는데. 순대 볼 때마다 궁금한 거야. 도대체 저게 무슨 맛일까. 그래서 초등학교 4학년인가, 하굣길에 몰래 순대를 샀어. 집에 오는 길에 혼자 순대를 먹는데, 엄청 맛있더라고. 가끔씩 몰래 순대 먹다가 한 번 걸렸지. 그날, 아빠한테 비 오는 날 먼지 털 듯 맞았는데. 순대 먹을 때마다 감격해. 이 맛을 위해서는 모험을 감수할 만했다고. 순대를 먹을 수 있는 자유, 그건 내가 획득한 거야."

"감동인데. 이건 진짜 너만 할 수 있는 얘기잖아. 네가 순대 맛이 평범하다거나 별로라고 말하지 않아서 더 좋은 것 같아. 그만큼 너는 경험을 소중하게 생각하는 사람이니까. 나중에 소설 쓸 때 이 대화는 꼭 넣어. 내가 이 이야기에 감명받았다고 써 줘."

내 이야기를 이상하다고 말하기보다 재미있다고 말해주는 린이 파리에 있어서 좋았다. 데이빗이 파리에 오기 삼 일 전, 나는 잠을 설쳤다. 어쩌면 오지 않는 편이 나았을지도. 괜히 데이빗을 여기에 불러 헛발질하는 건 아닌지. 간만에 원하던 대로 일이 돌아가는 와중에 내 마음은 다시 번뇌했다.

일주일 넘게 가을 날씨처럼 쌀쌀하더니 갑작스레 폭염이 몰아닥쳤다. 도대체 올해 날씨는 왜 이렇게 종잡을 수 없이 이랬다저랬다 하는지 지구 종말이 머지않았다 싶던 나날. 멍한 정신으로 빵 쪼가리를 씹으며 하늘을 쳐다 보던 새벽 다섯 시의 정적. 하늘에 별이 많았다. 다정이 병인 양 하여 잠 못 들던 밤. 새벽빛이 꿈틀거리는 어둠 속에서 움직이는 비행기 하나가 보였다. 차라리 밖에 매트리스를 놓고 자고 싶은 그런 바람이 불었다. 한밤 내내 땀 흘리며 잠 들던 여름밤을 지나, 자신있게 평생 너만 사랑할 거라고 호언장담

하던 작년 여름으로 나의 시계추가 움직였다. 데이빗이 보내 준 숙소의 주소는 몽파르나스 지역이었다. 긴장으로 한참 주변을 돌다가 삼십 분 후 겨우 벨을 눌렀다. 계단 위, 문에 몸을 기대고 삐딱하게 그가 날 바라보았다.

"넌 평생 만나도 절대로 정각에 도착할 것 같지 않아."

파리에서 그를 만나다니. 기다리지 않았다면 거짓말이었다. 동분서주 하면서도 그를 어떻게든 한 번이라도 더 볼 생각에 골머리를 앓았던 것은 늘 나였으니. 사랑한다는 그의 말을 사실로 확인한 순간이었다. 진짜인가, 그를 보면서도 믿기지 않았다. 그는 내가 입은 옷이 잘 어울린다며 날 칭찬했다. 린이 골라준 옷이 마음에 들었나 보다. 나는 그와 나란히 걸으며 에펠탑에 갔다. 생각보다 그는 흥분해 있었다. 아이처럼.

"뭐야, 파리 처음 온 티 내지마. 너 유럽 많이 다녀 봤잖아."

"나도 그럴 줄 알았는데 생각보다 굉장한데. 보존이 잘 됐네. 베를린에는 이렇게 클래식한 것들이 없거든. 전쟁 때문에 다 폐허가 되어서."

그는 비르하켐 지하철 역의 벽, 천장 하나하나 꼼꼼하게 들여다보고 사진을 찍었다. 밖에 아직 나가지도 않았는데 지하철 역 하나 가지고 호들갑이라니. 베를린은 파리보다 자본도 부족했고 발전 시기도 짧았으니 이렇게 몸바쳐 화려한 문화유산을 만들 수 없었겠지. 그나마 가지고 있던 것도 전쟁으로 폐허가 되었을 테니 본인들이 소유하지 못한 전통에 대한 동경이 크려나.

"내가 그랬잖아, 파리는 파리라고."

프랑스는 독일을 싫어하는데 독일인은 프랑스를 좋아하네. 아는 만큼 보이는 거라지만. 하여간 지독한 짝사랑이군. 에펠탑 앞에서 한껏 신난 그는 평소같지 않게 내 사진을 찍어댔다. 그가 사진을 찍으며 감탄했다.

"너무 예쁜데. 이거 완전 내 이상형이네."

에펠탑은 베를린에서 온 저 차가운 남자도 현실 감각을 잊고 들뜨게 만드는 건지. 갑자기 그가 내 손을 잡더니 물었다.

"우리, 함께인 건가."

계속된 질문, 나는 답하지 않았다. 아직 답을 내지 못했으니까.

"너, 결혼하자면서. 아이도 낳고 이것저것 해 보자고."

그런 말을 들어도 내 표정은 변하지 않았다.

"잘 모르겠어."

그렇게 답하고 화이트 와인만 홀짝였다. 지독한 길치, 나는 계속 길을 헤맸다. 진땀을 흘리며 같은 장소를 뱅뱅 돌다 겨우 흑인 판매상에게 길을 물어 역을 찾아냈다.

"믿어도 되는 건가, 네 가이드."

"나 완전 길치인데. 그리고 가이드 해준다는 말한 적 없어."

아침 열한 시부터 삼십팔 도에 육박했다. 이 더위에 어딜 가야 하는지. 그와 함께 가려고 지금까지 루브르 박물관에 안 갔는데 그는 내 제안을 단칼에 거절했다.

"박물관만 아니면 어딜 가도 상관없어."

나는 또 다시 땡볕 더위 아래 뤽상부르크 공원으로 가는 길목에서 한참 헤맸다. 벤치에 앉아 다리를 꼬고 그가 유유히 말했다.

"더우니까 가장 빠른 길을 찾아 보라고."

벤치에 앉아 여유롭게 부채질이나 하며 내 옆에서 그런 말이나 하고 있다니 화가 치밀었다. 하필 데이터도 다 써서 구글 맵도 작동되지 않았다. 답답함을 꾹 참고 세느 강을 따라 걷는데 강을 바라보던 데이빗이 내게 물었다.

"넌 파리에서 어딜 제일 좋아해?"

"바스티유 광장? 아마도. 그곳에 있으면 자유와 혁명이란 단어가 전혀 추상적인 것이 아니라는 걸 느낄 수 있어서, 사실 그 둘은 늘 같이 오는 것이란 생각이 들어서 말이야."

자유는 피를 흘리며 완성되는 것이 아닐까. 물론 짧게 보자면 뒤로 가는 듯한 행보로 비추어질 때도 있지. 하지만 길게 보자면 스스로 피를 밟고 일어선 사람은 절대로 뒤로 가지 않아. 모든 반항에는 나름의 타당한 이유가 있으니까. 그 사실을 몸으로 기억하고 싶어서 라데팡스에서 바스티유 광장을 향해 먼 길까지 가서 바스티유 혁명을 기념한 상을 보며 자주 책을 읽었다. 이 장소에서 아직도 진지하게 혁명의 역사를 생각하고 있는 건 바보 같은 나 하나뿐이라는 것을 잘 알고 있음에도.

"넌 파리를 정말 좋아하나 보군."

나는 고개를 끄덕였다. 더위가 식은 밤, 와인을 사들고 우리는 다시 세느 강에 갔다. 언제 봤는지 그가 파리 플라쥬를 찾아 내려갔다. 인공미가 물씬 나지만 세느 강 아래에서 모래를 밟고 있는 건 꽤 신선한 일이었다. 파라솔 아래에서 와인을 마시며 셀카를 찍고 영상을 만드는 내 꼴을 보며 그가 혀를 끌끌 찼다.

"한국 애들은 도대체 왜 그런 표정을 지으면서 셀카를 찍는 거야?"

날선 그의 말에도 아랑곳하지 않았다. 숙소로 돌아가는 길, 루브르 박물관 앞에 바로 보이는 역도 못 찾는 내 모습을 보고 그가 화를 냈다. 린이 있는 집으로 돌아가고 싶었다. 삼십팔 도 더위에 서서 세상에서 가장 못하는 짓을 하고 있으려니 힘들었다. 팔짱이나 끼고 서서 나한테 길이나 찾으라는 남자와 여행 따위를 하려고 생각했다니. 지하철을 기다리는 동안 우리의 언성이 높아졌다. 나도 모르게 그의 정강이를 세게 걷어찼다. 화가난 그가 내 어깨를 쳤다. 순간, 내 주먹이 그의 얼굴을 강타했다. 그것도 온 힘을 실어서. 절묘한 순간 지하철이 도착했다. 나는 손잡이를 열고 지하철에 탑승했다. 그의 얼굴이 붉게 달아 올라 있었다. 서둘러 미안하다고 말은 했지만 말뿐이었다. 여행 수발 들어 주려고 여기까지 오라고 한 건 아니었다. 나한테 의존적이라고 매일 화내더니 외국에서 무지로 허둥대는 것은 본인도 똑같군. 린이 있는 집에 가 버릴까 싶었지만 너

무 늦은 시간, 지하철은 전부 끊겨 있었다. 나는 혼자 거실 소파에
서 잠들었다.

아침에 일어나면 당장 나가라고 소리칠 줄 알았는데 어쩐 일인
지 그는 가만히 있었다. 오늘만은 제발 싸우고 싶지 않았다. 마지막
이 될 수도 있으니까. 나는 아무 일도 없었던 것처럼 행동했다. 우
리는 노트르담 성당 앞 에스메랄다 카페에서 더럽게 맛없는 커피
와 크레페를 먹고, 더위를 피해 숙소에 있다가 해 질 녘 즈음 몽마
르트르 쪽으로 이동했다. 언덕을 오르는 길목에서 그가 손에 들고
있던 와인을 깼다. 길거리에 흐르는 붉은 와인. 그가 겸연쩍게 웃었
다. 와인 샵에서 새로 와인을 구입하며 의아한 듯 그가 말했다.

"단 한 번도 이런 일이 없었는데 이상하네, 이상한 여행이야."

멋있는 척 하면서 필사적으로 감추려 하는 것, 스스로 자신을 완
벽하다고 정의내리면 주변 사람이 힘들어진다는 것을 알았다. 사
크레쾨르 맨 위 자리에 앉아 우리는 세 번째 와인의 코르크를 땄다.
파리의 전경 앞에서.

"사실 생각도 못 했어, 전 여친이 파리에서 공부하고 있을 땐 사실
단 한 번도 올 생각을 안 했거든. 걔 생각보다 여기 오래 있었는데.
이렇게 좋은 도시일 줄 상상도 못 했는데 네 덕에 왔네. 고마워."

"그건 나도 그래. 네가 여기 와줘서 고마워. 한이 될 뻔 했으니까.
너와 좋은 추억이 진짜 하나도 없다는 게."

매일 고집 부리고 단 한 번도 베를린 주위를 벗어나려고 하지 않

는 너. 이곳에 와서 보니 알 것 같았다. 왜 그가 그토록 자기 집에서만 나를 만나려고 했는지. 자신의 권력이 가장 강한 공간, 거기서만 날 찍어 누를 수 있으니까. 그곳을 이탈한 나는 알게 되었다. 베를린은 세상의 중심이 아니라는 것을. 그는 재차 말했다. 베를린에 오면 같이 살자고. 나는 끝내 가을에 베를린에 돌아간다는 말을 하지 않았다. 우리는 숙소 근처 맥주 집 테이블 앞에서 또 싸웠다.

"도대체 파리에서 뭘 하고 사는 거야? 무슨 계획을 하고 있는 거냐고."

화가 났다. 도대체 내가 뭘 하는지 왜 저렇게 관심이 많은 거야. 우리 엄마도 나한테 그런 거 안 묻는데. 나는 한 번 더 주먹을 날릴 태세로 말했다.

"내 인생이야, 내가 지금 뭘 하든지 간에 너랑 관련 없어. 난 내가 내 돈 쓰면서 만든 경험으로 결국 작가가 되고 말 거야. 다른 얘기는 쓰고 싶지 않아. 아무도 흉내내고 싶지 않아. 작가가 되면 내 책, 너네 집 문 앞에 던져 버리고 나올 거야. 다른 사람은 이해 못해도 넌 내가 뭘 구현해냈는지 알아볼 거야. 그제야 알게 되겠지, 내가 어떤 사람인지."

거칠게 그 말을 뱉으니 그의 비판이 쏙 들어갔다.

"아무래도 넌 이제 더 이상 날 사랑하지 않는 것 같군."

그 말을 들은 순간 내가 계속 부정하고 있던 현실이 발각된 것 같았다. 그와 함께 있는 삼 일 내내 쉬지 않고 싸우다니 최악이었다. 모두가 말하는데, 우린 안 어울린다고. 그런데 왜 그렇게 나는 네가 간절 했던 건지 모르겠어. 그 간절함이 진심이었음을 세상에 증명하고 싶어서 이렇게 노력했는데 결국 마음이 지쳐버렸나. 침대에 누웠는데 눈물이 멈추지 않았다. 일 년만에 이렇게 상황이 변해 버린 것도 이상했다. 잠이 오지 않는 새벽, 나는 책장에서 어제부터 읽던 책을 다시 뺐다. 문장을 읽다 보니 더 가슴이 쓰렸다. 천천히 엽서에 글자를 썼다.

〈어제 이 방에서 책을 하나 읽었어. 그 책에서 그러더라고. 잃은 것이 없다면 혁명이 아니라고. 난 그 문장이 마음에 들더라. 어쩌면 내 혁명은 성공했겠지, 널 잃었으니까. 아마도 이 사랑은 내 전 생애를 두고서도 가장 혁명같던 순간이었을 거야. 여전히 널 사랑하고, 항상 널 기억하겠어. 내 혁명은 그렇게 완성될 거야〉

세기말 1899년에 건설되어 수많은 논란과 오명에 시달리고도 결국 파리의 상징이 되어버린 에펠탑처럼 난 그에게 유일무이한 존재가 되고 싶었다. 자신을 치고 올라가는 신흥 국가에 대한 지독한 컴플렉스 속에서 가장 개성적인 아름다움을 구현한 그 탑처럼. 그래서 더욱더 내 앞에서 대체물을 운운한 네 오만함을 꺾어 버리고 싶었어. 아침에 일어나자마자 괴상한 철골 구조를 바라보며 커피 마시는 것이 경악스러웠다는 모파상의 시대가 아니라 나는 지금 에펠탑 앞에서 사진 한 장 찍자고 비행기 타고 날아 오는 시대를 살고 있으니까. 그래, 끝은 아무도 모르는 거잖아. 그렇게 생각하면서 나에 대한 가혹한 비판을 버텼는데 묘한 일이었다. 우리는 역 앞에서 헤어졌다. 새벽에 쓴 엽서를 그에게 건네주었다. 다시 그를 볼 수 없겠지. 시원섭섭했다. 집에 오는 길, 그에게 메시지가 왔다. 비행기 출발 한 시간 전, 사랑한다는 그의 말을 보니 이상했다. 그렇게 삼 일 내내 격렬하게 싸우고 나에게 주먹으로 맞기까지 해놓고 지금 무슨 소리인지.

〈진심이야? 나는 끝이야. 너와 함께 보낸 시간 너무 힘들었어, 에너지가 바닥 났거든. 삼 일 내내〉

〈나는 지금 이 순간 너를 가장 사랑하는 것 같은데〉

믿어지지 않는 말이었다. 린이 혀를 끌끌 찼다.

"그 남자 진짜 기센 여자 좋아하나 본데, 그러니까 오래 못 가고 다 헤어졌겠지. 그런 남자 멘탈을 눌러야 하는데 힘이 남아나겠니."

"됐어. 로맨스 한 번 찍어 봤으면 됐지. 적어도 싸구려 삼류 소설 정도의 이야깃거리는 되지 않겠어. 어쨌거나 오늘부로 내 이상형 진짜 확실해졌어. 나한테 절대로 길 찾으라고 명령 안 하는 사람. 미친 거 아냐? 길치한테 길 찾으라고 하는 게."

"또 휘둘릴까봐 이러지, 너 이제 곧 베를린 가니까. 그런 남자 다신 보지 마. 넌 하지 말라는 데도 맨날 하잖아."

"애, 나만 그러니? 프시케 봐. 에로스라는 희대의 미남을 남편으로 두고도 불신으로 그렇게 삽질을 했는데. 원래 정신은 늘 호기심에 넘치고 사고를 쳐대는 거야. 사랑이란 모험을 필요로 하니까. 난 확신해, 프시케가 불빛 속에서 에로스를 발견한 순간 에로스를 제일 사랑했을 걸. 그러니까 지옥길 마다하고 그렇게 사방으로 에로스 찾아 헤매고 다닌 거야."

"야, 너만 그래. 혼자 그렇게 평생 사고 치면서 불지옥 영접하고 살아. 나한테 말만 하지 말고."

"자꾸 그러기야, 너?"

베를린으로 돌아갈 시간이 멀지 않은 나날, 나는 다시 지겨운 독일어를 공부하고 남는 시간에 여러 책을 읽었다. 몇 달 간 내 손에 계속 붙잡힌 한 책, 철학의 재구성. 우연히 페이스북에 철학에 관한 에세이를 연재하는 한 남자가 파리에 있다는 포스팅을 보았다. 그가 쓴 존 듀이에 관한 몇 가지 포스팅을 읽고 호기심이 생긴 나는 그에게 페이스북으로 메시지를 보냈다. 책에 대해 궁금한 점이 있는데 혹시 개인적인 질문도 받아주실 수 있냐는 내 메시지에 그는 흔쾌히 연락처를 내주었다.

절대 끝나지 않을 것 같은 여름의 폭염 끝, 오후 다섯 시가 넘어도 더위는 사라질 기미가 보이지 않았다. 오페라 역에 출구가 여럿 있는데 다행히 한 번에 그를 만났다. 우리는 방돔 광장을 걷다 리츠 호텔 정문에 나열된 화려한 긴 회랑을 걸어들어갔다. 통상 헤밍웨이 바로 불리우는 곳, 작가들은 자신이 있던 곳에도 이렇게 화려한 존재감을 남기고 죽나. 칵테일 한 잔에 삼십 유로씩이나 하다니. 헤밍웨이 정도의 작가가 되면 이런 곳에서 헤비 드링커가 되어 술만

퍼 마셔도 간지날 거야. 그는 전에도 이곳에 와본 듯 바텐더와 즐겁게 인사를 나누었다. 영어를 잘하지 못하는데도 그의 매너와 친화력은 어딜가도 다 통할 것 같은 수준이었다. 신기한 사람일세. 나는 그가 추천해 준 칵테일을 골랐다. 맛은 기가 막혔다. 이곳의 칵테일은 눈으로 한 번, 코로 한 번, 입으로 한 번 마신다더니 과찬이 아니었다. 칵테일을 입에 한 모금 머금은 순간, 그 달콤함에 혀가 빨려 들어가는 것 같았다.

"진짜 궁금한 게 있는데, 주변에서 답을 해줄 사람이 없어서요. 철학 전공 하셨으니까 잘 아실 것 같은데. 궁금한 게 존 듀이가 말한 지성의 활용과 칸트가 말한 실천 이성이 비슷한 개념인가요? 전 둘이 비슷하다고 느꼈는데 듀이는 칸트를 엄청 비판하던데."

"아니죠, 듀이는 경험론의 연장이라고 보는 게 맞아요."

"경험론과 칸트의 가장 큰 차이가 뭐예요?"

"경험론이 직접 어딜 찾아서 가는 거라면 칸트는 이미 목적지가 정해져 있는 거죠. 선험이란 말 자체가 경험하기 전에 이미 아는 어떤 것을 상정하는 거니까요."

"그럼 칸트는 일단 구글 맵에 정보를 담아 놓고 정해진 목적지를 찾아가는 거고, 듀이는 이렇게저렇게 헤매다 어라 저런 게 있네 하면서 안에 들어가 보는 것에 가까운 건가요?"

"그것보다 칸트는 목적지가 확실히 있는 거죠. 거길 가야만 한다는 의무가 있으니까, 길은 이미 정해져 있다는 거예요. 거길 가야만 한다는 어떤 운명에 가까울 수도 있고."

저절로 한숨이 나왔다. 그가 의뭉스러운 얼굴로 나를 들여다 보았다.

"저는 제가 칸트주의자라고 생각하는데 애초에 칸트처럼 되긴 글렀네요. 아까 보셔서 아시겠지만 일단 심각한 길치라서 길을 못 찾는데요. 이리저리 헤매다 엉뚱한 데를 가거나 아니면 아예 다른 길로 가다가 목적지에 가는 경우도 있고. 저는 칸트처럼 살고싶긴 한데 그게 안 될 것 같아요."

"뭐 그럴 수 있죠, 착각은 비일비재해요. 이거 봐요, 전 칸트 싫어하는데 칸트같이 살았거든요."

"어떤 면에서요?"

"결혼 안 한 거?"

"왜 안 하셨는데요?"

"글쎄, 일부일처제는 남녀 서로에게 불가능하다고 봐서요."

"그게 왜 불가능한데요?"

그와 있으니 내 질문이 끊이질 않았다. 그는 천천히 자신의 이야기를 시작했다. 그도 처음부터 그런 생각을 한 것은 아니었다고 했다. 『로미오와 줄리엣』, 『젊은 베르테르의 슬픔』과 같은 문학 작품을 읽으며 어설프게 사랑이란 관념을 머릿속에 그려보던 사춘기 시절. 그가 고등학교 시절부터 좋아한 첫사랑과 맺어질 즈음, 그는 자신의 정체성을 확립하고 그녀에게 이 세상에서 너만 사랑하겠다는 약속은 할 수 없다고 말했다고 한다. 그녀는 울면서 현실을 부정했지만 그의 입장을 받아들이고 잠시 그를 만나다 결국 헤어졌다고. 나는 그녀의 입장에 심각하게 감정 이입이 되어 그에게 따졌다.

"아니 그럼 만나는 순간만이라도 너만 사랑하겠다고 거짓말하시면 되잖아요, 하얀 거짓말이란 말도 있는데. 왜 그렇게 여자한테 상처를 줘요. 너무한 거 아냐 진짜."

"지키지 못할 약속이 될 게 너무 확실하니까, 그런 건 안 하는 게 좋죠."

"그럼 그냥 단타로 연애하고 또 다른 사람 눈에 들어오면 그냥 헤어지면 안 돼요? 그게 나을 것 같은데."

"저는 어쨌거나 제 틀 안에서 관계의 안정성을 지향해요. 폴리아모리라고 아무랑 막 자고 아무나 좋아하고 관계 맺고 그런 건 아니에요. 세희 씨는 아이러니하네요. 칸트 좋아한다면서 생활은 이미 포스트모던이잖아요."

"제가 그러고 싶어서 그렇게 됐겠어요? 이런 동네니까 어쩔 수 없는 거라고요. 제 남친이라던 사람 보세요, 저한테 뭔 짓을 했나."

"그러니까 제 신념도 그런 고민에서 출발한 거예요. 각자 처한 상황과 감정이 다른데, 차라리 그 개별성을 받아들이고 인정하는 게 오히려 진짜 사랑 아닐까 하는 거죠. 괜히 자기 이상 세워놓고 고집 피우면서 나만 사랑해달라고 해봤자 안 되는 건 안 되는 거예요."

그는 타고난 주당인 듯 와인 한 병을 거의 혼자 다 마시고도 멀쩡했다. 진실하고 성숙한 사람이었지만 그 진실의 무게를 감당할 여자는 딱히 많지는 않을 것 같았다. 그래서 또 혼자인가. 저렇게 사회성 좋아 보이는 사람의 내면에 누구도 침범하지 못하는 신념이 있다니. 우리는 팔레 로얄 근처의 그가 잘 안다는 와인 바로 향했다. 그는 와인에 대한 내 취향을 묻고서 능숙하게 와인을 주문했다. 이런 것도 자주 마셔본 사람이 아는 건지 그가 주문한 와인은 내 취향에 백 퍼센트 부합했다. 기분 좋은 취기가 올라왔다.

"선생님이 진짜 모르셔서 그러는 거예요. 저는 한 사람만 사랑하고 결혼하고 그러다 죽고 싶다고요. 그런 상황이 되면 진짜 그렇게 살다 죽을 거예요. 저 한국에선 나름 장기 연애도 하고 별 탈 없이 잘 살았어요, 베를린 가서 드센 독일 남자 만나고 별일 다 겪으면서 사는 거지."

나도 알아, 내 젊음과 에너지가 누군가를 끊임없이 불안하게 만든다는 거. 그리고 나도 나 좋다고 내게 잘해 줬던 남자들에게 성실히 다 보답한 거 아니고. 나 자신에게 진실하다는 건 정말 힘든 일이다. 내가 믿고 싶어하는 나 자신은 언제까지나 도덕적이고 떳떳한 사람일까.

구월 중순, 삼 개월 조금 넘는 시간을 파리에서 보내고 베를린으로 가기 전, 나는 막 여행에서 돌아온 메이를 만났다. 그가 한 달간 포르투갈로 여행 간 사이, 우리는 아무 연락도 주고받지 않았다. 이렇게 헤어지는 건 좀 아닌 것 같아 비행기를 타기 이틀 전, 나는 그에게 연락했다. 그는 메시지를 받고 세 시간 후에 집 앞으로 왔다. 그의 차를 타고 가는 길, 신호를 기다리던 도중 라디오에서 새로 발매된 앨범의 수록곡이 하나 흘러나왔다. 내가 올해 여름 가장 많이 들었던 프렌치 디스코, 신스팝을 더한 아련한 음악.

Pour espérer trouver le mieux que tout

Les yeux rivés direction mieux que tout

Fais le best of du mieux, du mieux que tout

Garde le mieux, le mieux du mieux que tout

이제서야 아주 조금 익힌 프랑스어가 귀에 박혔다. 그가 첫 만남에 가르쳐준 몇 마디 프랑스어 문장이 기억났다. 아쉬웠다. 향수처럼 몸에 뿌리고 다닌 프랑스어, 이제 조금 익숙해진 아름다운 이 언어를 잊기란.

"넌, 모토가 뭐야?"

그는 내 질문에 당황한 듯 웃었다.

"그런 거 물어보는 사람 태어나 정말 처음인데."

한동안 생각하던 그가 답했다.

"라디오에서 흘러 나온 노래가 방금 말했잖아. 최선의 최선을 다한 노력. 물론 이 가사에서 말하는 것처럼 최고의 자리를 지키려고 그러는 건 아니고. 그저 최선을 다하지 않으면 직성이 풀리지 않아서 말이야."

그런 대답을 하는 사람도 내 인생에 처음이었다. 아무리 생각해도 저런 남자가 왜 날 좋아한다고 하는지, 저렇게 바쁜 사람이 왜 연락하자마자 세 시간 만에 내게 달려오는 건지 알 수 없었다. 난 지금 넝쿨째 굴러 들어온 호박을 걷어차 버리는 거겠지.

"네가 『보바리 부인』에 대해 얼굴 빨개져서 열심히 말하던 게 임팩트가 컸지. 사실 그 책 내가 제일 좋아하는 소설이거든. 읽으면서 나도 너랑 비슷한 생각을 했어. 근데 일부러 내 생각과 반대로 말해 본 거야. 네 얘기를 듣다 보니 넌 정말로 그 소설이 말하는 바를 실제로 살았고 그 결말을 바꾸려 하는지도 모른다는 생각이 들더라고. 본문 보면 그런 말 나오지, 남자로 태어나면 적어도 자유로울 순 있다고. 근데 여자는 언제나 욕망에 끌리지만 체면에 발이 붙잡혀 있다고. 난 여자가 아니니까 이 말에 동의한다고 섣불리 말하진 않을게. 어쩌면 이건 모두 근거 없는 추측일지도 몰라.

우리가 관계를 시작해도 네가 말한 대로 결말은 뻔할 수도 있겠지. 근데 너와는 일반의 예상과는 다르게 전개될 것 같아서, 그 전개가 궁금해서 너에게 끌린 건지도. 굳이 가 보고 싶었어, 그 길을. 『안나 카레니나』 스토리를 요약해 보면 그보다 뻔한 이야기도 없지. 세 줄까지 갈 것도 없어. 하지만 그 안의 무궁무진한 번뇌와 대화, 구성을 어떻게 몇 줄로 압축하고 그게 전부라고 말할 수 있겠어. 그건 직접 읽어 보지 않으면 모르는 거니까. 흥미로워, 널 보면 지금 막 쓰이고 있는 새로운 글을 읽는 느낌이야. 자살하지 않은 엠마가 스스로 자신의 환상을 깨고 글을 썼다면 아마 네가 쓰는 글과 비슷할지도. 어때?"

"그건 맞네. 마음에 잘 저장해 두고 있어, 네가 하는 말들. 언젠가 내 소설 프랑스에 출판되면 그 속에서 네가 한 말 찾아봐."

"좋지, 그 대신 미화는 하지 말아 줘."

"나도 그러기는 싫은데 내가 너의 찌질한 점을 딱히 찾지 못해서 말야. 베트남 음식점 경영하는 사람이 정작 중국 음식만 먹으러 다닌다는 정도? 굳이 없는 흠 만들 거 있나."

우리는 그 밤에도 중국 음식을 먹고 플로베르 얘기를 하다 헤어졌다. 그는 나에게 전 남친과 있었던 일에 대해 묻지 않았다. 전개가 어떻게 되었는지는 말 안 해도 이미 다 알고 있었겠지만.

Kapital 9

베를린으로 떠나던 날, 린은 아쉬워했다. 겨우 세 달 같이 지냈는데 벌써 가기도 전에 내 빈자리가 느껴진다며.

"야, 그냥 파리에서 통학해."

"그럴까. 버스에서 자고 수업 듣고 여기 와서 하루 쉬고 또 학교 가고. 열세 시간 통학이라. 비행기 타면서 학교 다니면 파업 때문에 수업 얼마 가지도 못할 것 같은데."

아침부터 밤까지 클래식을 틀어 놓던 가을. 베를린에 돌아왔지만 나 역시 그녀의 빈자리가 크게 느껴졌다. 린과 함께 즐겨 듣던 멜랑꼴리한 여름의 프렌치 하우스로는 허전한 방의 크기가 좀처럼 채워지지 않았다. 사방에 떨어지는 색색의 낙엽. 잎사귀는 엽록소가 사라지면서 영양소를 공급받던 나무 줄기와 분리되어서 하늘 하늘 떨어지는 것이라던가, 마지막에서야 비로소 자기가 가진 본래 색을 드러내는 이파리. 그렇게 낙엽을 밟고 지나다니던 십일월, 노아 할머니의 부고가 날아왔다. 사망 후 바로 장례가 치뤄지는 한국과 달리 독일의 장례 과정은 조금 더뎠다.

부고를 들은 지 일주일 후, 나는 잘브뤼켄으로 내려가기 위해 기차를 탔다. 처음 참석한 교회 장례식. 금요일 저녁 일곱 시 반, 늘상 있던 예배가 합쳐진 형태의 장례에 약 이백 명 넘는 사람이 왔다. 병원에서 혼자 외로워하시던 할머니의 모습을 보았을 때는 그녀와 관련된 인연이 이렇게 많을 줄은 생각도 못했다. 작은 마을의 공동체가 이렇게 크고 단단하다니. 내가 죽으면 몇 명이나 장례식에 오려나. 처음으로 본 노아의 가족. 의사라는 그의 아버지는 한눈에 보아도 예민하고 보수적인 사람이었다. 까탈스럽게 생각하고 조목조목 따지면서 세계를 고안하려고 애쓰는 노아의 결벽이 어디서 나왔나 늘 궁금했는데 피는 정말 못 속이는지 노아는 가족 중에서도 가장 아버지와 닮아 있었다. 노아는 직계 가족석과 멀찍이 떨어져 앉았다. 그가 가족들과 어떤 벽을 두고 있는지 대충 느껴졌다. 나는 검은 수트를 입은 노아 옆에 나란히 앉았다.

"우리는 언젠가 천국에서 쉬고 있는 그녀와 다시 만날 것입니다. 그때까지 그녀와 잠시 떨어져 있는 것일 뿐입니다."

신부의 말을 듣고 있는 그때에도 누군가 죽었다는 게 전혀 실감이 나지 않았다. 할머니, 어디 그냥 멀리 가신 것 아닐까 하는 망상에 시달렸다. 그냥 지금도 요양원에 가서 병실 문을 열면 할머니가 누워계실 것 같은데. 언젠가 다시 만날 거란 헛된 희망이 위로가 된 시간. 신부가 하는 말을 멍하니 듣고 눈물만 뚝뚝 흘리고 있던 노아가 조용히 말했다.

"난 지옥에 갈 게 뻔한데 할머니랑 평생 다시 만날 일은 없겠네."

"그러게 말이야, 내가 의사가 되어 오지로 나가 평생을 봉사하면서 살아도 천국행 티켓은 내 손에 안 들어올 텐데. 망했어."

"다행이네, 너라도 지옥에서 다시 만나게 된다면."

노아가 만에 하나 일반적인 남자로 태어났다면 아버지의 신임과 총애를 듬뿍 받으며 완전히 다른 인격으로 성장했을 것이다. 자신의 정체성에 단 한 번도 의문을 제기하지 않으면서 쓸데없이 세상과 날 세우지 않고 좋은 머리 잘 써먹으면서 완벽한 주류 인생을 걸어갔을 테지. 수없이 본 다른 일반적인 남자들처럼. 그럼 여기서 나와 이런 바보 같은 대화도 할 일 없었을 테지. 조금 고마워해야 할지도, 국적도 나이도 성별도 생김새도 다른 나와 한 번 인생의 교차로를 긋게 만들어 준 너의 비뚤어진 선택을.

장례식이 끝나고 교회 앞에 삼삼오오 모여 노아와 가족들에게 위로의 말을 전하는 방문객들. 사람들은 손을 잡고 각각 마음에 담고 있는 죽은 자를 향한 감정과 애도를 표했다. 그 무리 속에서 오랫동안 보지 못했던 사람을 발견했다. 마음이 기어코 다시 보겠다고 만 킬로미터 떨어진 곳까지 질질 끌고왔던 너. 난 환상 같은 거 보는 재주는 없는 사람인데 그때의 시각적인 환상은 아직도 생생해.

"오랜만이네, 잘 지냈어?"

크리스와 도르트문트역에서 헤어지던 시점이 떠올랐다. 앞으로도 시간은 많다고, 나중에 말하자고 했던 너. 그 시간은 우리의 인생 속에 다시 없었다. 어쩌면 한 번 흘러간 시간은 아무리 기를 써도 다시 돌아오지 않는다는 아픈 사실을 깨달은 이후 이렇게 내가 미치게 된 걸 지도 몰라. 결국엔 그 한 번이 마지막이 되어 버리고 마니까.

"응, 그럭저럭. 넌?"

"나도 잘 지냈어, 너, 베를린에 있다며. 결국 갔네."

노아에게 전해 들었다. 중국 여자와 결혼해서 뮌헨에서 살고 있다는 그의 근황. 학사 하나 따고 모두가 선망하는 폭스바겐에 곧바로 취업해서 잘나가는 개발자가 된 크리스. 노아가 미리 언질을 주었는지 그의 부인은 모습을 드러내지 않았다. 푸릇푸릇하고 귀여웠던 그의 얼굴에 어느덧 나이가 보였다. 안경을 쓰고 배가 좀 나온 그의 모습을 보니 나만큼이나 그의 시간도 지나갔다는 사실이 느껴졌다. 어떻게 흘러가는지 그 속도를 가늠할 수 없이 매섭게 얼굴을 긁어버리고 휙 사라지는 독일의 바람처럼. 만약 현재 이 모습으로 우리가 서로 만났다면 그렇게 미친 내 열정은 나올 수 없었을 것 같았다. 그가 잘나가는 개발자가 되어 이렇게 내 앞에 모습을 드러내도 그때 맥도날드에서 후드를 뒤집어쓰고 걸신들린 것처럼 햄버거를 먹던 스물한 살 크리스처럼 매력적이진 않았다. 현재와 과거는 그렇게 내 속에서 분절되어 이어지려고 하지 않았다. 나야말로 어쩌면 그의 장례식에 참석하고 왔는지도. 헛기침을 하며 다가오는 노아에게 조의를 표하는 크리스를 피해 나는 교회 뒷편으로 갔다. 나를 찾아 한참 돌아다니다 결국 방향을 틀어 버린 크리스가 사라지는 모습을 지켜보면서 나는 그를 잃고 오일 간 담배를 피워댄 밤처럼 그 자리에서 잠시 담배 연기를 산소처럼 들이켰다. 노아가 내 손에 들린 담배를 빼앗을 때까지.

"넌 의사가 담배 피우지 말라고 경고했다면서 이렇게 담배를 또 피워?"

"가끔은 이런 식으로 생명을 단축시켜야지, 너무 긴 인생은 살고 싶지 않아."

내게서 뺏어간 담배에 노아가 불을 붙였다. 들이마시는 숨과 함께 담배의 심지가 다시 빨갛게 달아올랐다. 무수히 사랑을 부정하다가도 결국 다른 사랑에 빠지고 마는 간사한 마음처럼.

"그래서 오랜만에 사랑했던 사람 보니까 어때?"

"감정 없어. 그냥, 사랑은 비극이란 진리를 잠시 본 것 같아."

"좋은 거지 뭐. 그래서 크리스가 너 많이 그리워하잖아. 살면서 너랑 만나던 그때 희로애락 제일 크게 느껴본 것 같대. 네 얼굴, 셀로판지 같다나 뭐라나. 어떻게 감정이 그렇게 투명하게 드러나나며. 난 너랑 연애 안 해 봤지만 그게 뭔지 알 것 같더라.”

“그런 말 들어도 별로 안 기뻐.”

“너 기뻐하라고 하는 말 아닌데. 긍정적으로 생각하라고. 너 같은 사람이 있으니까 셰익스피어가 열심히 비극 썼던 거 아니겠어. 살아 있는 동안 제대로 느껴 봐. 인생의 비극.”

수없이 상상했다. 만약 그의 옆자리에 중국 여자가 아니라 내가 있었다면. 내가 조금만 더 차분하고 독일어를 잘하고 모든 나라에서 통할 좋은 학사 학위를 가지고 있었다면 나도 그녀처럼 별문제 없이 독일에 와서 회사에 취업해 그와 함께 안정된 미래를 설계했겠지. 그런데 그렇게 놓쳐서 아쉬웠던, 간절하게 내가 원했던 미래였던 그의 모습을 지금 눈앞에서 보자니 감흥이 없었다.

뮌헨 같은 도시에서 회사 생활을 하며 통장에 쌓일 돈과 생활비를 계산하며 죽을 날의 안정을 계획하는 건 아무래도 내가 갈 길은 아닌 것 같았다. 죽어서 끝나는 건 차라리 다행이다, 진짜 비극은 지금 누군가에게 무릎을 꿇고 죽을 때까지 사랑할 것이라 무모하게 맹세를 하고서도 어느 날 갑자기 다른 사람과 자 버릴 수 있는 것에서 출발하는지도. 그것을 누군가는 무책임으로 누군가는 자유로 해석하는 데서 서로 다른 이해가 생겨나는 걸까. 마음 속에서 그를 일방적으로 나쁜 놈 만들어 버리는 일을 그만두기로 했다. 파도를 일으켜 내 눈 앞에서 너를 기어코 쓸어 가 버린 시간이 내게 말했으니까. 좋은 일은 추억이, 나쁜 일은 경험이 된다면 그는 죽을 때까지 생각날 추억과 경험을 동시에 안겨준 사람이라고. 자의와 상관없이 너와 분리되어 다시 혼자 독일에 던져진 나는 너의 부재를 견디기 위해 계속해서 세계 속에 날 집어던진 건지도 몰라. 네가 규정한 내 모습에 한정되지 않고 새로운 날 창조하기 위해서. 이게 바로 내 자유의 모습이려나. 어쩌면 난 하루라도 빨리 비극을 맞대하게 만들어 준 너에게 고마워 해야 할지도.

베를린에 돌아온 이래 끊임없이 데이빗의 연락이 이어졌다. 도대체 왜 이제 와서 사랑에 목을 매는지 알 수 없었다. 여름에 그의 집에 두고 돌아온 책들을 어떻게 해야할지 고민되었다. 그는 내가 베를린에 돌아왔다는 것을 전혀 알지 못했다. 십이월의 길목에서 결심했다. 그를 한번 보기로. 책은 핑계였을지도. 이 사랑이 희극인지 비극인지 결말을 제대로 마무리짓지 않으면 안될 것 같았다. 그렇다고 누가 살고 있을 지 모를 그의 집에 다시 가고 싶지는 않았다. 잠깐 베를린에 들를 일이 있다고 다른 곳에서 만나자고 말하니 그가 호텔을 잡겠다고 말했다. 긴

밤에 걸쳐 겨울비가 내리는 날, 그와 공항 근처의 호텔에서 만났다. 그가 가지고 온 초에 불을 켰다. 호텔 방을 비추는 작은 촛불. 그와 처음 한 섹스가 기억났다. 재즈 음악을 틀고 초를 키며 분위기를 잡아대길래 어색해 미칠 뻔 했는데 아직도 저렇게 분위기 잡는 것을 좋아한다니. 성급하게 이어지는 그의 키스, 감정이 부재한 섹스가 이렇게나 공허할 수 있다는 것을 처음 알았다. 착각했다. 지금까

지 섹스가 사랑을 만들어 내는 줄 알았는데, 이 순간이 좋아서 그렇게 목을 매는 줄 알았는데 전혀 아니었다. 되도록 빨리 끝났으면 하는 마음에 나는 허공을 바라보고 숫자를 셌다. 저녁 식사까지 이어진 건조한 대화. 지금 도대체 어디 있냐는 그의 질문에 나는 퉁명스레 물었다.

"알면 뭐, 따라오려고?"

"그럴 수도 있겠지."

반발감이 불쑥 올라왔다. 파리에서 그렇게 허둥대던 게 어딜 따라와. 베를린만 아는 넌 그냥 짐 덩어리일 뿐이야. 대단해 보였던 네 경험은 내가 새롭게 쌓아 올릴 것에 비하면 하찮을 거야. 드디어 그를 향한 상상이 멈추었다. 다정이 병이어서 잠 못 드는 밤은 오히려 달콤했다. 서로 화가 나서 물고 뜯지 못해서 안달인 때도 있었는데 그것조차도 감정이 있어서 가능했다는 것을 알게 되었다. 감정이 있고 없고가 만드는 마음의 풍경의 차이가 이렇게 클 줄 몰랐다. 증오도 애정이 만드는 부산물이란 사실을 뼈저리게 깨달은 순간. 세 번째는 아니 만났어야 좋았을 것이라고 쓴 피천득의 문장에 담긴 뜻을 비로소 이해할 수 있던 밤.

호텔에서 먹는 조식, 건조한 빵을 씹어 대며 맞은 아침. 피곤에 절은 모습을 감추고 싶어 화장을 두껍게했다. 무미건조하게 이어지는 대화, 의례적인 반응. 빨리 밖으로 나가 버리고 싶어서 나는 나갈 준비를 서둘렀다. 정해진 체크아웃 시간보다 삼십 분 이른 시간에 나와 버린 우리들. 함께 지하철을 기다리던 그 순간, 그가 마지막까지 말했다.

"사랑해."

한번 궁금한 것이 생기면 어떻게든 답을 찾아내는데 익숙했다. 며칠, 몇 달, 몇 년이 걸려도 결국 답을 찾아냈다고. 그 말은 평생 산더미 같은 책을 들여다보아도 절대로 풀 수 없을 것 같은 의문이었다.

"그 말, 좀 더 빨리 말해주지 그랬어. 너무 기다렸는데. 작년에 내가 그렇게 같이 살자고 한 거 잊었어?"

"그땐 네가 이렇게 주체적인 여자인지 몰랐어."

"여자가 꼭 주체적일 필요가 있어?"

"응. 반드시라고 해도 좋을 만큼. 여자는 해방되어야 하는 존재야."

나는 독일어의 '해방하다'는 동사가 담고 있는 어감을 수동형으로 해석해야 할지 능동으로 받아들여야 할지 가끔 헷갈릴 때가 있었다. 그가 그 단어를 꺼내자 난 다시 헷갈렸다. 도대체 누가 무엇으로부터 해방되어야 한다고 이런 식으로 굳이 조동사까지 쓰고 있는지 어처구니가 없었다.

웃기지 마. 나는 처음부터 너의 인정 따위 필요 없는 자유로움 그 자체야.

21세기에 고리타분하게 여자의 해방을 의무화시키는 넌 도대체 어떤 시대를 살고 있는 거야? 네가 주체적이라고 지칭한 나는 그저 처음으로 보여준, 너와는 좀 더 다른 세상을 오가며 신나게 사는 여자의 모습이려나. 그것이 그가 말하는 해방이라면 나는 그를 우습게 여길 수밖에 없었다. 연민에서 출발한 내 사랑은 완전히 끝났다. 난 새벽에 텔레비전을 틀어놓은 채로 소파에 고개 박고 혼자 잠든 네 운명을 조금 더 따뜻하게 만들어주고 싶었을 뿐이었는데. 나는 그제야 내가 그에게 원하던 것이 뭔지 알 수 있었다. 구심점이 확실하면 내 행동 반경의 지름이 안정적으로 팽창할 수 있을 줄 알았다. 네가, 베를린이 내 집이 되길 바랐다. 잘 모르겠어, 네가 날 감당할 그릇이 못 된다는 것을 알고 내 마음이 돌아선 건지 아니면 이제 더 이상 베를린에 집 같은 곳을 만들기 싫어진 마음이 변덕을 부리고 있는지는.

"넌, 아무래도 그 집에서 혼자 살 운명 같아."

우리는 정반대 방향인 지하철을 타고 제 갈 길을 갔다. 그것이 그를 본 마지막 순간이었다. 포기하긴 뭘 포기해, 여자 인생 서른부터 시작이지. 객기를 부리면서 그저 늘 혼자였던 나 자신으로 돌아갔을 뿐.

〈그러니까 그의 이상형은 자기를 사랑하지 않는 여자였던 건가. 너네, 어쩐지 좀 그건 닮아 있네.〉

수연이의 정의는 그러했다.

연말, 나는 다시 집을 구하러 다녔다. 약속 네 시간 전, 나는 동물원 역에서 조지와 삼십 유로를 주고 튀긴 학센을 먹었다. 조지는 화를 내다 칼질을 그만두고 손으로 다리를 뜯어 먹으며 말했다.

"내 인생 최악의 학센이야."

아까운 돈을 내고 레스토랑을 나왔다. 아직도 지붕의 반은 파손된 카이저 빌헬름 교회의 크리스마스 마켓에 모처럼 사람들이 드글거렸다.

"글뤼바인 마시고 싶네. 한잔 마실까."

"너 집 보러 간다며. 차라리 그 집 근처 샤를로텐부르크 성 앞 마켓에 가서 한잔 마시자."

연말까지 집 구하려고 이렇게 아등바등이라니. 불 켜진 성 앞 마켓에서 마시는 따뜻한 글뤼바인과 달리 내 현실은 차가웠다. 나는 약속한 시간에 맞추어 집을 보러 갔다. 남자의 말발은 현란했다. 얼굴도 반반한데 저렇게 말을 잘하다니 무언가에 홀린 기분이었다. 모처럼 독일어로 집 보는 것도 잊을 만큼 즐거운 대화를 하고 나왔다. 추위에 대문 앞에서 삼십 분 넘게 혼자서 나를 기다리고 있던 조지가 물었다.

"어때? 괜찮았어?"

"응, 느낌은 좋은데. 집 보러 다닌 것 중에 처음 만난 사람이랑 이렇게 오래 말해본 적 없거든. 일단 두 명 정도 더 만나보고 연락 준대."

"근데 여기 데이빗이 사는 데랑 너무 가깝잖아, 한 정거장 차이인데, 너, 울컥해서 또 술 마시고 거기까지 뛰어가는 거 아냐?”

“그럴 일 절대 없어. 그 사람 길거리에서 마주치기라도 하면 전속력으로 도망갈 거야.”

돌아오는 길, 핸드폰에 속보가 떠 있었다. 베를린 크리스마스 마켓을 덮친 차량, 열두 명 즉사 추정, 약 오십 명 정도의 부상자. 니스 테러와 비슷한 방식의 테러가 베를린에서 재현된 순간이었다. 조지에게 곧바로 전화가 왔다.

“까딱하다간 우리 죽었겠는데, 사건 발생 시간 딱 십 분 전까지 우리 거기 있었잖아. 와인 마시고 수다 좀 더 떨고 있었으면 골로 갔을 수도.”

새벽까지 잠을 잘 수 없었다. 눈앞에서 죽음을 피해 간 것 같았다. 중앙역으로 가는 길, S반에서 내리기 직전 열차 안에서 어디선가 타는 냄새가 나는 것 같았다. 순간, 테러가 아닐까 하는 생각이 스쳤다. 나는 심호흡을 했다.

‘지금 만약 여기서 죽는다면, 넌 후회 없니?’

머리가 마음에게 물었다.

‘없어. 하고 싶은 게 좀 더 있긴 하지만, 후회는 없어.’

‘후회가 없으면 된 거야, 멋진 인생 이네.’

머리가 마음에게 해준 첫 칭찬이었다. 승강장에 다다른 열차의 문이 열리고 나는 공포에서 빠져 나왔다. 나는 뚜벅뚜벅 걸어나가 바르샤바로 떠나는 기차를 탔다. 다섯 시간 넘게 걸려 도착한 바르샤바. 먼저 역에 도착한 노아가 카페 앞에 서 있었다. 딱 일 년 만의 재회였다.

"크리스마스 나랑 보내도 돼? 가족들 화 안 내?"

"알잖아, 우리 아빠 내 수술 이후 나랑 잘 안 보려고 하는 거. 보수적인 분이라서. 평생 너랑 크리스마스 같이 보내야 할 수도 있어."

할머니가 돌아가신 후, 그는 미국행을 택했다. 모두가 예상하고 있었기에 놀랍지 않은 그의 선택. 독일에서의 최종 논문 마무리가 남아 있기는 하지만 박사 논문 주제와 연관된 연구를 미국에서도 진행할 예정이라 별걱정 없다고 했다.

"그 자리도 사실 지도 교수가 추천해서 들어가는 거야. 지도 교수가 그 연구소 랩 다니면서 박사 논문 썼거든. 그곳이야말로 내 연구 분야에 올인하고 있는지라 새로 배울 게 많을 거래. 맘에 안 들면 일 년 있다 돌아와도 되고."

"미국 가면 좋은가, 똑똑한 애들은 전부 다 미국 갈 생각만 하네."

"몰라, 나도 안 가봐서. 궁금하면 와 보든지. 독일에서 미국 가기 생각보다 가까워, 그러니까 19세기에 많이들 넘어 갔지. 배 타고 대서양 넘을 것도 아닌데 왜 그렇게 멀리 가는 것처럼 얘기해."

"아쉬우니까 그렇지. 거리가 문제가 아니고 마음이 문제야. 너같이 잘생긴 남자가 독일 뜨는 게 싫은가봐."

저렴한 폴란드 물가, 겨울 비수기인 덕에 우리는 별 네 개짜리 호텔을 잡고 좋은 와인을 마실 수 있었다. 이런 호사라도 없으면 절대 유럽 안 살지. 마지막 이십 대의 시간을 초라하게 보내고 싶지 않았다. 지어진 지 얼마 되지 않은 고층 건물들, 감각적인 인테리어, 베를린에 비할 수 없이 깨끗한 지하철. 구질구질함 없는 산뜻한 크리스마스를 보내고 싶었던 내게 폴란드는 적합한 곳일지도. 우리는 호텔에서 캐롤을 들으면서 하릴없이 이불 위를 굴렀다.

"너, 어렸을 때 산타 할아버지 믿었어?"

내 질문에 노아가 고개를 저었다.

"아니, 난 조숙했지. 넌?"

"나는 그런 상상을 할 가능성도 없었어. 스무 살 전까지 크리스마스에 선물 한 번 못 받았는데. 사실 크리스마스에 이렇게 놀아 본 지 얼마 안 돼. 가끔 꿈 같고 그래. 어렸을 때는 혹시나 싶어 몰래 양말도 걸어 봤는데. 아침에 일어 나서 빈 양말 보고 시무룩한 내 모습 본 아빠가 그러대. 이교도인 말 믿는 거 아니라고. 사탕 정도는 넣어줄 수 있는 거 아냐? 자기 딸인데."

얼어 죽어도 크리스마스에 창문을 열고 산타클로스가 올 거란 상상을 믿을 자유를 달라고. 코카콜라가 만든 상술이라고 비난만 하지 말고. 그 꿈, 깨도 내가 깰 거니까.

"네가 받고 싶은 선물이 뭔데?"

노아가 물었다. 나는 잠시 고민했다. 받고 싶은 선물이라.

"사실 누드 사진을 찍어 보고 싶었는데. 이번에 허벅지 다치고 매일같이 연고 오일 바르고 알았지. 내 몸은 내 것인데 내가 그 속에 없었다는 거. 어떤 몸을 가지고 살았나 확인 좀 해보고 싶어. 누구한테 예뻐 보이려고 운동하고 사진 찍어서 포토샵하고 그러는 거 말고, 살아 있는 내 몸을 보고 싶은 거야. 있는 그대로.”

내 말을 조용히 듣고 있던 노아가 DSLR의 카메라 렌즈를 갈아 끼웠다.

“내가 찍어 주면 되겠네.”

“네가?”

“뭘 그렇게 놀라?”

그가 취미로 사진을 찍는 건 알고 있었지만 갑작스러운 그의 제안에 놀랐다. 그가 카메라의 초점을 맞추는 사이, 나는 남은 와인을 털어 마시고 그의 모습을 바라보며 우두커니 침대 위에 앉아 있었다. 라디오에서 흘러 나오는 노래를 따라 부르며.

I just want you for my own

More than you could ever know

Make my wish come true

All I want for Christmas is you

처음으로 데이빗 집에 데이트하러 간 날이 생각났다. 이게 맞는 걸까 한없이 고민하다 없는 용기 쥐어짜려고 동네 키오스크에 뛰어가 맥주를 사서 마시고 십 분 동안 취기를 기다렸던 그날. 결국 취기를 이기지 못해 그의 품 안에 자빠지고 말았던 밤. 어차피 크리스마스에 동네방네 지금 나 벗은 모습 보러 구경 올 것도 아니고 내가 어디 가서 말 안 하면 누가 알 건데. 내 인생 최고로 아름다운 시절, 이 시간이 기록된 내 모습이 궁금했다. 나는 바닥 밑에 깔린 용기를 부추겼다.

'찍어 봐, 안 죽어. 뭘 망설이는 거야?'

입고 있던 셔츠를 벗어 보니 생각보다 일은 간단했다. 우리의 촬영은 느리고 건조하게 이어졌다. 노아는 눈 하나 깜짝하지 않고 카메라에 집중했다. 그의 차가움에 겸연쩍어진 것은 나였다. 바보같이 혼자 오만 상상을 다하던 내 마음에 실소가 나오던 순간.

"촬영 소감이 어때? 사진 좋아하는 사람들 한번씩 꿈꿔보지 않아? 누드 사진 찍어 보기 뭐 이런 거."

"감상은 네 몫으로 남겨 둘게. 내가 말해 보았자 아무 의미없어."

흩날리는 크리스마스 이브의 옅은 눈발. 희미하게 화이트 크리스마스가 되었다. 노아에게 받은 사진을 확인하면서 제삼자의 눈으로 처음 내 몸을 바라보았다. 아무런 보정 없는 맨 몸의 나를.

"글쎄, 나는 별 생각 없는데. 감정 없으니까. 뭐 어디 작품전에 걸리면 꽤 분위기 있다고 생각은 하겠지만. 근데 누군가는 이 몸에 사로잡혀서 그렇게 열 받고 빡치고 화내고 그랬던 거잖아. 내 눈에 별거 없다고 남의 눈에도 하찮은 건 아닌가 봐."

"당연하지. 욕망은 환상과 다를 게 없어."

"그런 거야? 진짜? 나만 혼자 환상 타령하는 줄 알았어. 왜 난 걔네들이하는 말 그대로만 믿었을까."

"그러니까 바보란 거지. 계속 경험 쌓이다 보면 너도 변할까. 사실 혼돈과 악을 다루려면 직접 미궁 속에 들어가서 경험해 보는 것만큼 좋은 게 없긴 한데."

"그래서 내가 죽자 사자 책에 나와 있는 단어를 현실에서 실험해 보는 거 아냐. 책은 내 아리아드네의 실이야. 난 이게 죽어 있다고 느껴본 적 단 한 번도 없어."

"그럼 미노타우로스는 뭐지? 미노타우로스가 없는 미궁은 재미없는데."

"그러게, 남자들?"

저녁을 먹으러 올드 타운으로 나갔던 우리는 당황했다. 문을 연 레스토랑이 한 군데도 없었다. 바람과 눈보라가 덮친 크리스마스. 추위를 이기지 못하고 우리는 택시를 타고서 호텔 레스토랑에 갔다.

"이럴 줄 알았으면 밖에 나가지 말걸."

입에 부르고뉴산 와인이 들어가니 불평은 곧 사라졌다. 크리스마스랍시고 노아가 비싼 와인을 시켰는데, 과연 그 맛은 환상적이었다. 혓바닥에 찰싹 붙는 달짝지근한 레드 와인을 마시고 호텔 방에서 열심히 캐롤을 부르며 창문을 열고 담배를 피웠다. 마지막 이십 대의 객기를 남김 없이 써버리고 싶었다. 차갑고 어두운 그림자가 감도는 폴란드. 칼바람이 부는 동유럽 겨울 여행은 힘들었다. 모피 재킷과 모자, 목도리를 둘둘 말고 다녀도 몸으로 파고드는 차가운 공기를 막을 수가 없었다. 밖을 좀 걷고 나면 손과 다리는 아주 쉽게 얼어 버리고 말았지만, 겨울 여행의 낭만은 추위에 있었다. 옆에 있는 사람의 체온을 가장 필요로 하는 때니까. 정신없이 흘러간 2016년 끝에 그가 있어서 다행이었다.

우리는 크라쿠프를 지나 체코로 길을 나섰다. 울퉁불퉁한 도로 때문에 멀미가 심하게 생겼다. 체코에 진입하니 열악한 도로 상태가 한결 나아졌다. 귀에서 흐르는 슈만의 피아노 콘체르토 A 마이너. 시간이 지나면 이 여행의 추위도 멀미도 전부 잊히고 지금 귀에 흐르는 이 음악 같은 대화만 남게 될까. 나는 책을 읽고 있는 노아의 귀에 이어폰을 꽂아 주었다.

"이거, 내가 세상에서 젤 좋아하는 곡이야. 태어나서 제일 많이 들은 것 같아."

"알고 있어. 같이 살 적 겨울 내내 이 음악만 틀어 놓는 널 보니 미친 사람들끼리는 말 안 해줘도 통하나 싶더라. 네가 특별히 클래식에 조예가 깊은 것도 아닌데. 계속 듣다 보니 왜 네가 이 음악을 유독 좋아하는지 알겠더라고, 이거 너 같아."

그런 생각 한 번도 해 본 적 없는데 슈만과 내가 어디가 닮았다는 건지. 나는 의문이 섞인 표정으로 그를 쳐다보았다.

"정신 없이 사람 깜짝 놀래키고 열심히 질서 쌓다 결정적인 순간다 무시 때리고 너 하고 싶은 대로 하잖아. 뭐 그게 매력이다만."

"도대체 어디가 정신 없다고 그래? 이렇게 구조적으로 완벽하게 아름다운 음악이 어디 있어? 게다가 슈만은 비평가였는데. 독일 비평 수준 몰라?"

내 말을 듣던 노아가 조용한 버스 안에서 갑자기 박장대소했다. 진짜 웃긴 말을 들은 것처럼. 뭐지, 감상을 얘기했을 뿐인데 이게 이렇게 과민반응할 일인가. 평소 차분한 노아와 달리 웃음 소리가 지나치게 컸다. 노아는 벙찐 나를 바라보며 눈물까지 흘리고 웃다 말했다.

"음악에서 구조를 갖다 대려면 바흐를 데리고 와야 하는데, 슈만은 바흐와 대척점에 서 있지. 슈만은 갑자기 독일 스타일로 꽝꽝대다 서정적이다 혼자 꿈 속에 있고 난리법석이잖아. 아니야, 슈만은 구조주의자가 봤을 때 위법자에 가까워. 용납 불가야."

"그래서 독일 사람들 나 싫어하나 봐. 이제 이해가 되네. 파리 있을 때 프랑스 애들이 나 보고 그랬거든, 네가 있어야 할 곳은 여기 아니냐고. 아무래도 나라 잘못 찾아간 것 같다나 뭐라나."

노아의 웃음 소리가 점점 커졌다. 제발, 얘 도대체 왜 이래.

"오히려 그래서 더 재밌는 거 아냐? 나라 잘못 골라가서 개고생 하는 너. 너 같은 애가 프랑스 가면 이야기가 너무 뻔해. 어쨌거나 이런 사람도 독일에서 하나는 나왔고 메이저는 아니지만 마니아는 있으니 너도 포기하지 마. 하기야 혼돈을 읽고 이해한다는 것 자체가 구조를 제대로 알아야 가능하다만. 그래서 내가 맨날 그러잖아, 오히려 독일인이 널 더 잘 이해할 거라고. 물론, 이해와 수용은 다른 문제인 것 알지?"

노아가 미국으로 떠난다면 그가 더더욱 그리울 것 같았다. 이런 발견은 노아가 아니라면 쉽게 하기 힘드니까. 그 누가 와도 절대 쉽게 흉내낼 수 없을 것 같은 대화. 네가 그리워서 기어코 너의 의식 체계를 모사한 AI를 만들어서 나 혼자 하루 종일 기억을 돌려도 이 순간, 미친듯이 웃다 빠르게 펼쳐지는 생각을 따라 잡으려고 급해지는 네 목소리, 사전을 뒤져 봐야 나올 법한 라틴어 범벅인 언어, 책 위로 환하게 비치며 잠시 글자를 공중에 띄워 올린 햇빛까지 완벽한 이 순간을 재현할 순 없겠지. 그래, 평생 일해도 크리스가 태어났던 집 같은 건 사기 힘들지도 몰라. 그렇다면 돈 안 드는 집을 한번 지어볼까. 내 불안한 인생 속 유일하게 안정을 주는 집은 여러 사람들을 거쳐간 언어 속에 지은 책이 될 것이란 생각이 희미하게 지나가던 순간.

"정말 신기해, 나는 크리스를 통해 널 알게 됐지만, 당시엔 전혀 몰랐어. 우리가 이렇게 가까운 사이가 될 줄. 같이 살 때 나 너 엄청 싫어했잖아. 근데 영원히 함께할 줄 알았던 크리스는 흔적도 없이 사라지고 지금 너만 남았네. 도대체 인연이라는 게 뭔지 모르겠다니까. 이러나 저러나 난 독일에서 널 만났어야 했나 그런 생각도 들어. 이런게 필연이려나."

"한 번은 우연이겠지만 두 번은 더 이상 우연의 영역이 아니지. 독일어 뜻 그대로 해석해보면 필연은 위험이나 불안의 방향을 틀어버리는 거야. 사실 아무 관계 없는데 둘이 연결되어 있다는 생각을 하면 새로운 것을 받아들일 때 머리에서 거부 반응이 좀 덜 일어나게 되니까. 머리가 그런 짓을 한다니까. 그렇게 관련 없던 것을 연결지어 가면서 불안과 고통을 조금씩 상쇄시키는 거지. 만나야 하는 사람은 어차피 다시 만나게 되어 있어. 서로 불안을 줄여주는 요소를 가지고 있으니까. 서로가 서로의 인생을 좀 더 견딜 만한 것으로 만들어 주니까."

"그 말, 한국 시인이 썼는데. 우리는 만날 때에 떠날 것을 염려하는 것과 같이 떠날 때에 다시 만날 것을 믿는다고."

"그 사람 뭘 좀 아네."

브루노에 도착한 나는 짐칸에서 꺼낸 캐리어를 끌고 버스 역 앞에 위치한 작은 환전소로 향했다. 지갑을 꺼내려는 순간, 가방을 잃어버렸다는 것을 깨달았다. 잠시 앉아 있던 벤치로 뛰어가 주변을 샅샅이 뒤졌지만 가방은 보이지 않았다. 괜히 멍 때리면서 음악 듣고 있었나봐. 연말, 30일, 게다가 수도 프라하도 아닌 작은 도시에서 여권과 비자를 한꺼번에 잃어버리다니. 일단 경찰서에 가봐야 할 것 같아 서둘러 택시를 잡았다. 경찰서는 굳게 닫혀 있었다. 1월 1일까지 휴무라고 쓰여 있는 것을 보니 하늘이 노랗게 보였다.

"일단 분실물 센터를 가보자. 혹시 알아, 있을지도."

"그 안에 든 돈이 얼마인데 그게 남아 있을까. 나 베를린에서 지갑도 두 번 도둑맞았는데."

우리는 터미널로 다시 돌아갔다. 나는 화장실에서 청소를 하시는 분을 붙잡고 분실물 센터가 어디 있는지 물었다. 여자가 나를 한 초록색 패딩 조끼를 입은 남자 앞으로 데려갔다. 그가 따라 오라며 어디론가 나를 데리고 갔다. 작은 사무실에 앉은 한 여자가 옷걸이에 걸린 내 가방을 꺼냈다. 다행히 두 시간 만에 내 손에 돌아온 가방. 지갑을 열어 보니 돈은 그대로 남아 있었다. 안도의 한숨을 쉬며 우리는 저녁을 먹으러 갔다. 긴장이 일순간에 확 풀린 내가 신나게 말했다. 노아가 고개를 절레절레 저었다.

"내가 미국에 오십 년을 살고 돌아와서 어느 날 갑자기 너 보러 가도 넌 변한 게 없을 거야. 어떻게 하나도 변한 게 없니."

"끝이 좋으면 다 좋은 거야. 역시, 별자리는 과학이라니까. 이번 주 운세에서 그랬단 말이야. 소란 속에서 내가 본질적으로 구하던 것들을 발견할 거라고. 돈이랑 비자만큼 이 땅에서 나한테 중요한 게 어디 있어?"

"대관절 저 하늘 위에서 벌어지는 일이 너랑 무슨 상관이라고. 넌 사회 과학 한다고 설치면 안 돼."

나는 담배를 피우며 하늘 위의 별을 셌다. 촘촘히 박힌 별, 저렇게 반짝 이는 별을 보면서 누군가는 도덕률을, 누군가는 운명을 그려 보다니 인간의 상상력이 참 대단하다는 생각이 들었다.

"말이 그런 거지. 인간이란 게 그런 거 아냐, 멀리서 일어나는 나와 관계 없는 일들도 한번 상상해 보고 내면적으로 받아 들이고 싶어하는 거. 그래, 내가 태어난 게 민들레 홀씨가 공중 위에 떠다니다 구석에 처박혀 아무데서나 피어난 것과 한낱 다르지 않은 일일 수 있겠지. 근데 그런 생각만 하면 도대체 누가 이 우연 뿐인 세상을 살고 싶어 하겠냐고. 그러니까 난 주말에 한 번씩 별자리를 보면서 내 머리 위의 하늘 조차 사실 나와 무관하지 않다는 걸 생각해 보는 거야. 상상 하는 데 돈 드니?"

담배를 문 노아가 피식 댔다. 그의 귀에 걸린 십자가 귀고리가 별처럼 반짝였다. 그의 외관에서 유독 매끈하고 가녀린 목선만이 그가 한때 여자였음을 나타내는 미미한 표식이 되었다. 연구소에서 일만 하는 차가운 독일 여자들이 그를 볼 때만은 유독 과하게 웃어 대기 바쁜 것만 보더라도 그가 어느 정도 매력을 지닌 사람이 되었는지 짐작할 수 있었다. 까짓거 진짜 남자 아니면 어때, 본능적으로 여자들은 그렇게 반응 안 하고 있는 걸.

"너, Sternstunden라는 단어 알아?"

"몰라. 처음 들어 봤는데."

"이 단어, 슈테판 츠바이크가 쓰면서 유명해졌거든. 인간 역사에 지대한 영향을 끼친 순간적인 결정을 두고 하는 말이야. 좀 더 살아 보자고. 뭐, 우리가 역사에 남을 인물이 될 건 아니지만 미미한 현실에서도 별빛은 찾아오지 않겠어? 그니까 별을 잡아 보려고 손을 뻗어 보는 일, 멈추지 말라고. 혹시 알아. 그렇게 설치고 다니다가 운 좋게 네가 별을 잡을지. 민들레든 별자리에 관해서든 너, 네가 쓴 소설로 유명해져서 비행기 타고 신나게 싸돌아다니며 살게 될지도. 그러니까 사회 과학을 하든 뭘 하든 소설 계속 써. 미안하지만 사실 판단에 강한 내가 볼 때 네 재능은 사회 과학이 아니라 여기에 있어. 황당한 필연성을 만들고 직접 살아 보기, 혹은 그 반대거나. 살면서 너처럼 미친 애를 본 적이 없다니까. 그렇게 무식하게 마음을 거처 나온 단어만 쓰려고 하다니.”

“아니, 나 미쳤다는 말을 지금 내가 너한테 들어야 돼? 야, 공대 명함만 달면 다야? 칸트 좀 그만 봐, 너 논문 안 쓸 거냐고.”

“지금 독일인에게 논문 걱정하는 거야? 인간이 고양이에게 쥐 못 잡는다고 잔소리 할 판 이네. 이거 봐, 미쳤다는 말의 본질을 무시하고 또 옆길로 새는 거. 너처럼 밑도 끝도 없이 감정적인 애가 무슨 사회 과학이야.”

아직 자리를 지키고 있는 크리스마스 트리가 반짝거렸다. 얼음처럼 차가운 공기 속 담배 연기를 다시 삼킬 때마다 내 안에 잠재한 매혹이 산산조각 났다. 처음으로 현실이 날카롭게 낭만의 폐부를 뚫고 그와 결합을 시도하기 시작했다. 누군가가 없애기를 요구했던, 혹은 폐기처분 되어야 했던 여러 감정 속에서 내가 끝까지 품은 희망은 바로 이런 모습이었다. 현실과 낭만 어느 쪽도 죽지 않고 내 속에 살아 남아 다시 이어지는 새로운 이야기를 만드는 이 과정이 날 구원할 거야. 이십 대의 마지막 객기에서 해방되는 순간, 문득 삼십 대의 객기는 어떤 모습일지 기대되었다.

"뭐, 머리가 그런 필연성을 계속 만들어 낸다면, 와인 같은 문장들이 끝도 없이 솟아 나온다면 통장에 팔백 원이 있어도 집에서 안 나가고 문장을 써 볼까. 인생에서 딱 한 번이라도 그런 별을 잡아 보고 싶긴 하네. 통장이 잊어지나 한번 보자."

"일단 결과는 덮어놓고 시작해 봐. 그게 소설가의 권력 아니겠어. 아예 이런 문장부터 소설을 시작하는 게 어때? 팔백 원 든 통장을 이기는 별의 순간이 내 인생에 다가오고 있었다."

"뭘 해도 팔백 원은 이길 텐데 그게 뭐가 대단하다고 별의 순간까지 운운해, 그건 농락이야."

우리는 저녁을 먹은 후 호텔에서 다시 와인 한 병을 비웠다. 꽤나 마셨다고 생각했는데, 아침 일곱 시에 저절로 눈이 떠졌다. 우리는 여행의 종착지를 향해 움직였다. 프라하에 처음 올 때까지만 해도 내가 이 동네를 옆집처럼 왔다갔다 할 줄 몰랐다. 다시 간 프라하는 친밀하고 따뜻했다. 프라하에 오랜만에 왔다는 노아는 사진을 찍으러 밖으로 나가고 나는 호텔에서 혼자 카푸치노를 마시며 아버지에게 보낸 카프카의 편지를 읽었다.

샅샅이 뜯어 보면 이렇게 재기 넘치는 카프카가 지금 베를린에서 살았으면 어땠을까. 발칙과 변칙을 오가며 신나게 자유인으로 살았을지도. 나는 책을 덮으며 생각했다, 카프카를 좋아하지만, 카프카같이 살고 싶진 않다고. 난, 명랑하고 씩씩하게 사랑하다 죽을 거니까. 연애 편지부터 실연을 안주삼아 쓰는 유서까지 쓰고 싶은 거 다 쓰고서. 책이 지루해진 나는 노아를 기다리면서 책상 위 장식품으로 있는 지구본을 빙빙 돌리며 베를린과 뉴욕 위, 노아가 떠날 메사추세츠의 거리를 손바닥으로 재 보았다. 허전함이 벌써부터 밀려왔다. 나도 모르게 노아가 미국으로 떠나는 출국 날짜를 세고 있었다. 지구본 위에서는 겨우 두 손바닥 조금 넘는 거리, 거리가 멀다는 건 그만큼 갈 수 있는 길도 많다는 거야. 계속 지구가 돌아가다 보면 언젠가 다시 만날 수 있겠지. 노아가 머플러에 묻은 빗방울을 털며 안으로 들어왔다. 나는 방금까지 거리를 재던 손으로 그의 손을 잡았다. 맞잡은 손에 온기가 깃들었다. 아직 손을 뻗으면 닿을 수 있는 곳에 그가 있다는 사실을 굳이 느껴보고 싶었다. 말없이 손만 잡고 있는 나를 보며 노아가 말했다.

"서른 살 넘어가도 넌 이렇게 감정적일까. 그렇다면 대단한 재능일 텐데. 어떻게 그렇게 감정이 샅샅이 눈에 다 보이지?"

"일부러 보여주는 거란 생각은 안 해? 대관절 감정을 왜 숨겨야 하는 거야? 난 모르겠어. 감정은 소중한 거야. 곧 사라지는데 굳이 느껴지는 거잖아. 왜? 감정은 내가 그 대상을 온몸으로 지각하고 받아들이고 있다는 증거거든. 그만큼 그게 중요했고 중요하고 중요할 거니까. 넌 미국에서 내 생각 안 날 줄 알아? 나같이 널 감정적으로 들쑤시는 미친년이 어디 있다고."

"그래, 맞네. 몰라봐서 미안하네."

저녁을 일찍 먹은 나와 노아는 새해를 맞는 사람들의 소란으로 가득 찬 프라하 거리를 걸었다. 먼 발치, 까를교의 불이 빛났다. 남의 나라 와서 술 취해서는 인사불성으로 소리를 지르고 지나가는 독일인들이 여럿 보였다. 사방에서 터지는 폭죽, 술병, 함성. 다리 위는 이미 비집고 지나갈 틈도 없이 사람들이 꽉 찼다. 거리 위의 사람들과 함께 어깨 동무를 하고 카운트다운을 하며 넘긴 새해. 그토록 기다려 맞은 2017년, 1월 1일. 서른 살이 되면 뭔가 달라지려나. 내가 고대하고 있는 미래의 내 모습이 여럿 머리에 스쳐 지나갔다. 그 중에 하나라도 되어 있을지 아니면 아예 다른 사람이 될지. 개미까지 술에 취했는지 살아있는 것이라곤 하나도 보이지 않는 트램을 타고 숙소로 향하는 길, 보슬보슬 내리던 비는 얼어 천천히 함박눈이 되었다.

"지금 눈이 내려서 다행이야. 이 추위에 눈까지 밟고 돌아다녔으면 어쩔 뻔했어."

모처럼 푹 자고 일어나 맞은 새해. 간밤에 내린 눈이 한가득 쌓여 있었다. 눈 내린 아침은 오히려 포근했다. 아쉬움과 기대가 교차하는 아침, 나는 베를린에 갈 준비를 서둘렀다. 아침 아홉 시 반, 체크아웃을 하고 호텔에서 나와 트램을 타고 정류장으로 가는 길, 거리는 간밤의 소란을 예측할 수 있는 쓰레기로 가득했다. 노아와 나란히 버스를 기다리는 사이, 커피를 마시던 노아가 내게 물었다.

"새해 소원이 뭐야?"

"소원, 그거 매해 빌어도 한 해 지나가면 새해에 내가 무슨 소원을 빌었는지 기억도 안 나더라고. 작년에는 좋아하는 사람과 잘되게 해달라고 수없이 빌었지. 그럼 뭐해. 결국 다 쫑났잖아. 그렇다고 그게 마음 아픈 건 아니고. 왜 그럴까, 왜 바라는 건 전부 다 망하는 걸까."

"그게 정상이야. 소원에는 현재 자기 자신이 빠져 있어서."

그렇다면 내 소원이 이루어지든 이루어지지 않든 그냥 어디서든 난 나로 있겠군. 어떻게든 하루를 꾸역꾸역 살겠지. 이런 것을 특별히 좋아해서 혹은 간절히 원해서도 아닌데 나는 자꾸만 혼자 모르는 곳으로 가게 돼. 자, 그렇다면 난 이제서야 준비가 된 걸까. 이제는 더 이상 나를 넘어선 다른 것들이 아니라 그냥 나 자신을 선택할 순간이 왔다고. 절대로 사람들과 충돌하는 속도를 줄이고 싶지 않아. 삶은 느린 자살이라지만 지루하게 죽는 건 싫거든. 그러다 사고 좀 나면 어때, 쓰레기통을 뒤지고 아무 일도 없는 척 사뿐히 현장을 떠나는 고양이처럼 난 십 분만에 짐을 싸고 사라지겠어.

내가 쓴 책을 캐리어에 넣었다가 아무 곳에서 펴면 기억이 쏟아져 내리고 내 집은 여기라고 생각하면서 문장을 읽고, 또 새로운 집을 짓고. 어디로든 건방지게 도망다닐 수 있는 나 자신을 절대 포기하고 싶지 않아. 나는 베를린행 버스를 타며 노아를 향해 크게 외쳤다. 모두가 들을 수 있도록.

"그럼, 나 자신을 소망해야겠다. 진짜 내가 되게 해달라고. 이루어지나 한 번 봐."

Kapital 10

2023년 4월 26일, 파리에 도착했다. 정확히 오 년 만의 파리.

비행기를 타기 이틀 전, 베를린 공항에서 26일, 총파업이 있다는 뉴스가 떴다. 지긋지긋한 파업, 내가 비행기를 탈 하노버 공항까지 영향이 있을까 걱정했지만 다행히 이곳에는 별다른 문제가 없는 듯 보였다. 보통 백이면 백 베를린 공항에서 출국하다 이번에 처음으로 하노버에서 아웃하는 노선을 끊었는데 운이 좋았다. 새벽 여섯 시, 눈이 저절로 떠졌다. 파리에 간다는 생각에 머리가 흥분했는지 눈뜨자마자 생각이 팽팽 돌아갔다. 행여나 모를 파업을 걱정하며 일찍 공항으로 출발했다. 처음 가 본 하노버 공항은 사람이 많지 않고 정돈이 잘 된 곳이었다. 비행기는 삼십 분 연착 되었지만 그마저도 행운으로 여겨졌다. 널널한 시간, 공항에 배치된 의자에 앉아 원고를 다시 점검했다. 셀 수 없이 읽고 또 읽고 고쳐댄 문장들. 한 시간 조금 지나 샤를 드골 공항에 도착했다. 택시 탈 각오를 했는데 공항은 아무 소란도 없었다. 열차를 타고 천천히 사람들이 사는 구역으로 들어섰다. 연금 개혁에 반대하는 시위대가 파리를 마비시켰다는 기사가 약 한 달 간 헤드라인에 꾸준히 노출되고 있었는데 막상 파리에 도착하고 보니 별다른 일은 없는 듯 보였다.

짐을 끌고 숙소에 가는 길, 나는 버스 정류장을 찾지 못해 또 헤맸다. 데이터가 제대로 작동하지 않아서 구글 맵이 무용지물이 되는 순간, 다행히 길을 가는 프랑스인이 버스 역을 찾아 주었다. 외곽에 숙소를 얻은 게 문제라면 문제였을까. 길치의 고통은 절대 끝날 것 같지 않았다. 비가 내리다 바람이 부는 사월의 날씨. 얇은 봄옷만 잔뜩 가져 왔는데 걱정이었다. 나는 짐을 풀어 헤치고 셔츠에 타이를 맸다. 결국 약속 시간보다 한 시간 늦었다. 필사적으로 오페라 역 출구를 향해 뛰어가는 순간, 파리에서 보낸 여름이 떠올랐다. 처음으로 내면적인 힘을 다 해 죽음에서 삶을 향해 뛰쳐나가던 그 순간. 그 시간을 절대 잊을 리 없었다.

"뭐가 그렇게 급하다고 또 뛰어 오는 거야?"

"이미 늦긴 했는데, 조금이라도 지각한 시간을 줄여 보려고."

오랜만에 만나는 우리들. 이제 그는 만으로도 사십 세가 넘었다. 어제나 오늘이나 늘 잘나가는 사십 대 남자 앞에서 이런 짓 하면 싫어할 텐데. 서로 거짓말로라도 하나도 변하지 않았다는 말은 못하겠지만 오랜만에 만나도 반가운 얼굴이었다. 우리는 간단하게 서로의 안부를 묻고 저녁을 먹으러 갔다.

"그래서 오늘도 중국 음식이야?"

"고민 중이야. 감자탕 먹을래?"

파리에서 감자탕을 먹을 수 있다는 생각은 한 번도 못했다. 메이는 운전대의 방향을 틀었다. 간판에 GAMJATANG 이라고 써 있는 걸 보니 웃음이 나왔다. 주인이 누군지 모르겠지만 가게 이름 정하는데 고민은 전혀 안한 것 같았다. 작은 가게 안에 오밀조밀 놓여 있는 의자, 딱 하나 빈 자리를 꿰찼다. 앉아 있는 사람은 모두 외국인이었다.

"네가 감자탕을 먹는 날이 오다니. 감개무량하네."

"요즘 파리에서 한국 음식 핫해."

어디서 봤는지 그는 감자탕에 소주를 시켰다.

"감자탕에 소주를 먹는다는 건 또 어디서 배운 거야?"

"드라마?"

한 달 만에 먹는 한국 음식. 최근 먹는 데 전혀 신경을 못 썼는데 오래간만에 먹는 따뜻한 국물이 찬기 도는 마음을 데웠다.

"그래서 소설을 고친다고? 어떻게 진행되는 중이야?"

"몰라. 너도 알겠지만 나, 2018년에 첫 번째 소설 썼잖아. 잘 안됐지만. 텍스트를 다시 고쳐보니까 알겠더라고. 그 땐 필연성에 대해 하나도 생각 안 하고 내가 하고 싶은 이야기, 일어난 이야기를 썼어. 거의 육 개월 걸렸나? 실질적인 이야기의 뼈대는 이때 나온 거야. 전부 다 실제 인물과 나눈 대화기도하고. 오 년만에 다시 고친 수정본에서는 픽션도 좀 섞고 주인공의 심연을 파는 데 집중하고 있어. 영화하는 친구가 내 텍스트 읽어보고 그러더라고, 이 글이 성공하는 지점은 말투나 캐릭터, 구성이 아니라 독자가 내가 전부 다 깠다는 느낌을 받는 데 있을 거라고. 나 혼자 이 정도면 충분한 거 아닌가 만족하는 게 아니라, 상대로 하여금 이 사람이 지금 내가 글에 모든 것을 다 내던지고 있다는 느낌을 받을 때 소통이 이루어질 것 같다는 거야. 얼마나 뭘 더 해야 그 지점에 갈 수 있는지 난 모르겠지만 일단 이 글이 내 거라고 생각 안 하면서 최대한 다양한 사람들에게 텍스트를 읽혀 보고 있어. 남들이 읽어 봤을 때 객관적으로 이해가 되는 상황인지 확인을 해보는 게 좋은 것 같거든. 그러니까 더 확신이 없는 거야, 내가 아니라 외부를 생각하니까.”

“멋지네. 난 놀랍지는 않아, 언젠가 이런 상황이 올 거라고 예상하고 있었거든. 넌 사실 좋은 작가가 되는 데 필요한 요소를 다 가지고 있었지. 딱 하나 없는 게 있었다면 정신력? 근데 그것도 많이 좋아진 느낌인데. 진짜 놀라운 건, 이 정도 눈으로 드러난 재능을 가지고 있던 사람도 소설 하나 완성시키는 데 이토록 오랜 시간을 쓰고 있다는 사실이지. 글 쓰는 게 힘든 일이라는 것, 알고는 있었지만 새삼 놀랍네.”

"쉽지 않아. 소설은 학문처럼 정해진 틀이나 규율이 있는 게 아니잖아, 나 혼자 최선이라고 생각해서 글을 내놓아도 감상은 다 제각각이고. 작년 겨울에도 안 좋은 평을 받아서 거의 포기할 뻔했어. 그분이 나 보고 골방에 들어가 아무에게도 보여주지 말고 글쓰기 연습 더 하라고 하는데, 미칠 것 같더라고. 사실은 누가 봐도 살아날 가망성이 없는데 나 혼자 망상에 빠져 이미 사망 선고 받은 게 뻔한 이 글을 어떻게든 살려보겠다고 매달리고 있는 건가 고민 많이 했어. 소설 읽어본 학생 하나가 버릴 텍스트는 아니라고 말려서 다시 고쳐 나갔지만. 지금 생각해 보면 그 잔인한 비평을 반 정도 새겨들은 게 살면서 제일 잘한 일 같아. 그 비평이 결정적인 문제점을 객관적으로 들여보는 데 도움이 된 것도 맞고. 나중에 이 텍스트가 어느 정도 완성도를 가지게 되어도 내 글이 수용 안 되는 쪽에서 결함이라고 여길 문제를 짚고 넘어간 것도 있고. 여러모로 예행연습이 되었지, 좋은 경험이야."

그 비평을 받은 후, 이틀간 잠 한숨 못 자고 혼자 술만 퍼마시고 있던 연말을 두고 좋은 경험이라고 말하고 있는 나 자신에 놀랐다.

"영어로 번역할 생각은 없어? 영어에서 프랑스어로 옮기는 건 쉬우니까."

"아닌 게 아니라 내가 임의로 영어로 텍스트를 번역하고 친구들에게 읽혀보고 있기는 해. 아무래도 등장인물이랑 영어나 독일어를 많이 쓰고있기도 하고 전체적으로 독일에서 일어난 사건의 비중이

높으니까 영어로 번역하는 게 더 매끄럽게 느껴지더라고. 영어랑 독일어, 호환이 잘 되니까. 이쪽에서 읽어도 전체적인 감성이나 상황에서 이질감이 없다는 게 이 텍스트의 큰 장점인 것 같아. 주인공의 병신미도 텍스트 속에서는 엄청 별나게 느껴지지 않나 보더라고. 사실 그걸 가장 걱정했는데."

"그걸 노리고 독일 생활 버틴 거 아니야? 누가 봐도 네 야망은 갸륵한 수준이야. 일단 나한테 그간 해 둔 번역본 보내 봐. 영어 번역만 해결되면 여기 출판사 문제는 내가 알아봐 줄게. 한국에서 잘 안 돼도 너무 걱정하지 마."

"싫어, 처음부터 빽 써서 데뷔하면 좋은 소리 들을 거 없어. 게다가 이 소설이 프랑스와 무슨 연관이 있다고 여기서 먼저 출판을 해? 누가 봐도 불순한 뜻이 있다는 거 알 게 뻔해."

"뭘 모르네, 프랑스에서는 인맥도 능력이야. 그림 좋아하면 이쪽 문화 잘 알 거 아냐. 나는 지금 네 예술을 후원하고 싶은 거지. 별 뜻 없어."

밥을 다 먹은 우리는 자리를 옮겼다. 상젤리제 거리로 들어간 차, 그가 운 좋게 거리에 딱 하나 비어 있는 장소에 주차를 했다. 우리는 레스토랑 옆의 건물 지하로 들어갔다. 그가 날 데려간 곳은 뜬금없는 카지노였다. 카운터에 앉아 있는 노인이 내 여권을 요구했다. 공항에서 코트 주머니 안에 넣어둔 여권을 그대로 밖에 갖고 나온 게 다행이었다. 나는 회원 카드를 만든 후 카지노에 입장했다. 그는 지갑에서 천 유로를 꺼내 카지노 칩으로 바꾸었다. 흰색 대리석 벽과 화려한 샹들리에로 장식된 홀에 들어서자 중앙에 테이블 두 개가 놓여 있었다. 카지노 내부는 세속적인 욕망을 덮어 버리고 화려함을 표현하는 데 이력이 난 로코코 스타일의 가구와 고상한 그림으로 가득했다. 대형 스크린에서 챔피언스리그 경기가 방영되고 있었다. 여기나 저기나 돈이 돈을 낳는 곳이 판을 치는 세상. 여성 딜러들은 목까지 채운 셔츠에 살점 하나 드러나지 않은 정장을 입고 냉정하게 승자와 패자만을 판정하고 있었다. 늘 말이 많은 프랑스인이라 카지노도 활기차고 시끌벅적할 줄 알았건만 예상과 반대였다. 모두가 사활을 걸고 생사를 오가는 싸움에 집중하고 있었다. 승패를 따라 터져 나오는 중국인들의 함성과 탄식만이 이곳이 쾌락을 위한 카지노임을 일깨워 주었다. 로댕 박물관의 백미, 지옥의 문을 우아하고 기품 있게 형상화한듯한 이 카지노의 공간이 마음에 들었다. 이곳이 지옥이라고 굳이 광고할 이유는 없다, 눈에 드러나지 않고 숨겨진 욕망이야말로 이곳의 늪에 빠지게 되는 진정한 지옥의 시작이니까.

Lasciate ogni speranza, voi ch'entrate

모든 희망을 버려라, 들어오는 그대들이여

이곳에서 단테가 말한 지옥의 문 앞에 새겨진 그 글귀를 떠올리는 사람은 아무도 없었다. 사람들은 천국을 향한 티켓을 사려는 듯 재빨리 칩을 던졌다. 나는 망연한 표정으로 칩을 던지는 남자의 얼굴에서 다음 베팅만이 실패를 만회할 것이란 굳은 희망을 읽었다. 바카라 규칙을 아냐는 그의 질문에 나는 고개를 저었다.

"중국 사람들 도박 좋아한다는 소리는 들었는데, 중국 속담에서 그러잖아, 장례식장에서 마작하는데 네 명 밖에 없으면 죽은 사람 깨워 오라고. 죽은 사람도 관 뚜껑 밀고 나올 거라고. 오늘에서야 확실히 알겠네. 너, 진짜 뼛속까지 중국인이었구나? 프랑스어 쓰고 정장 입고서 점잔 빼는 모습만 봐서 네 출신을 잊고 있었어."

"글쎄, 사교 활동과 크게 다른 거 없어. 이건 사람과 사람이 만나서 할 수 있는 것 중 하나일 뿐이지."

나는 오렌지를 직접 갈아 넣은 주스를 마시며 그가 참여하는 판을 관전했다. 사람들이 칩을 놓아두는 모습은 제각각이었다. 메이는 정갈하게 칩을 쌓아놓는 유형이라면, 옆에 앉은 중국인은 돈 쓰고 싶어 안달난 듯 잔뜩 쌓아둔 칩을 테이블 위에 의미 없이 던져대고 있었다. 저 판에 얼마를 베팅하고 있는 건지 일일이 세기도 어려울 만치 수북이 쌓인 칩, 돈을 따려고 온 건지 잃으려고 온 건지 모를 일이었다.

"둘 중 하나만 찍으면 되는 거야. 뱅커냐 플레이어냐 그것이 문제로다. 만약 평균 이십 초씩 돌아가는 판에서 내가 오백 유로 걸었다 치자, 근데 몇 초 만에 오백 유로를 손에 더 쥔다면 금방 정신이 나가 버리게 되는 거야. 규칙은 엄청 쉬운데 보상이 크고 확실하니까 자극적인 거지."

뱅커에 건 그가 판을 이겼다. 그는 화면에 나타난 표를 보며 다음 판의 승자를 예측하고 있었다.

"보상이 큰 만큼 잃는 생각은 안 해? 아니 애초에 가능성은 반반이구만 뭘 그렇게 고민하는지 모르겠네."

"몇 초 만에 오백 유로가 빠져 나가는데 막 걸 수 있어? 고민해야지."

아이러니했다, 운에 불과할지도 모를 게임을 그렇게 고민하고 생각하게 만드는 이 공간이. 그가 사실 누구보다 돈에 연연할 수 밖에 없는 사업가라는 것을 처음으로 실감했다. 보통 우리가 만나면 뜬구름 잡는 문학이나 예술에 대해서 이야기해서 그의 본질을 알아챌 기회가 없었는지도. 어쩌면 그에게 예술이란 삶을 더 흥미롭게 만들어 주는 요소에 불과하다는 것, 그가 이런 배짱으로 내가 상상하지 못할 많은 차원의 쾌락과 리스크를 스스로 감당하고 즐기며 살아가는 보통의 인간에 더 가까울 것이란 생각이 스쳐 지나갔다. 그가 판에서 딴 백 유로짜리 칩을 내게 건네주었다.

"너도 해볼래?"

"나 새가슴이라 그런 거 못 해."

"그러니까 더 해봐야지. 지금 작가가 되느냐 마느냐 하는 순간에 고작 백 유로에 심장 떨려 하다니, 아직 어리네."

그 말을 듣자 오기가 생겼다.

"뭔 소리야, 이제 서른 중반이야. 너 처음 만났을 때 네 나이라고."

나는 그에게 칩을 받아 뱅커에 베팅했다. 이십 초 후 카드를 오픈
했다. 뱅커 쪽 카드에서 각각 열 개의 다이아몬드와 여덟 개의 클로
버가 나왔다. 숫자를 확인한 딜러가 선언했다.

"내추럴."

딜러가 내 칩 위에 칩 하나를 더 올려 주었다. 순간 나도 모르게
웃음이 터졌다. 나는 고민할 새도 없이 딜러에게 받은 두 개의 칩을
플레이어에게 밀어 놓았다. 밑져야 본전이니까. 다시 운명을 쥔 카
드가 열렸다. 뱅커에겐 여덟 개의 하트와 여섯 개의 클로버, 플레이
어에게는 다이아몬드 에이스와 아홉 개의 하트가 나왔다.

"바카라."

딜러의 말과 함께 추가 카드가 열렸다. 뭐가 뭔지 전혀 파악 안
되고 있는데 상황은 다 종결됐는지 딜러가 내게 칩을 가져가라며
손짓을 했다. 순식간에 사백 유로가 손에 들어왔다. 이 모든 게 겨
우 일 분 동안 일어난 일이라고는 믿기지 않았다. 사백 유로 벌려고
몇 시간 일했더라? 플라스틱으로 만들어진 칩이 내가 그렇게 아등
바등하며 버는 돈과 동일한 가치를 가진 사물이라는 게 믿기지 않
았다.

"돈만 따자고 덤벼들면 재미없어. 가끔 그런 생각을 해, 도박이
인생의 축소판인 건 아닐까. 이십 초 안에 선택하고 선택에 책임져
야 하는 순간들이 순식간에 스쳐 지나가지. 사실 지금까지 일어난
일들은 전부 다 우연이거나 운일지도 몰라. 근데 그런 선택들이 결

국 인생을 만들어가니. 플레이하다 보면 죽을 때 모습이 눈에 그려진다고 해야 하나, 여기가 천국인지 지옥인지."

"그만 포장해, 그냥 순식간에 돈 따는 맛에 중독됐다 하면 되지 말이 많아, 너도 참. 이런 거 보면 찐 프랑스인이라니까? 이십 초 동안 누가 그런 생각 한다고."

다음 날 아침, 오프라고 아무 때나 집에 놀러오라고 하던 린이 아침 일찍 서류를 떼러갈 일이 생겼다고 오후 네 시쯤 오라는 카톡을 보냈다. 빈 시간 동안 뭘 할까 생각하던 나는 다시 카지노를 하러 갔던 골목으로 갔다. 어제 저녁, 메이가 주차를 해둔 곳 바로 앞에 에르메스 매장이 있던 것이 기억났다. 처음으로 카지노에서 돈 딴 기념으로 스카프나 하나 살까하는 생각으로 온 곳, 나는 클럽 앞을 스쳤다. 그때 딱 백 유로 더 걸어 볼 걸, 그럼 칠백 유로가 내 손에 들어왔을 텐데. 나도 모르게 혼자라도 한번 더 플레이하러 들어가 볼까 싶은 걸 보니 그의 말대로 도박의 자극성은 상당한 것 같았다.

'정신 차려, 어제는 그냥 운이 좋았을 뿐이니까.'

나는 나무로 된 간판의 에르메스 매장으로 들어갔다. 파리 온 지 얼마 되지도 않아 덜컥 에르메스 매장으로 가방 사러 갔던 날이 떠올랐다. 진짜 아무것도 몰라서 가능했던 연기라는 건 확실했다. 달리 밖에서 볼 때 이곳은 작고 소박한 일반 부티크처럼 보였는데 안에 들어가니 다른 매장과 크게 다를 것 없이 화려했다. 계산대 앞에 물건을 들고 일렬로 줄 선 사람들, 계산하는 데도 시간이 꽤 걸릴 듯 보였다. 중국인 셀러가 내게 다가왔다. 이름표를 보니 셀러는 중국인인 듯했다. 카지노도 에르메스도 돈 앞에 항복한 것처럼 사방에는 중국 사람들 천지였다. 나는 셀러가 2023년 봄 신상이라고 소개한 크림색에 노란색이 포인트로 들어간 스카프를 둘러 보았다. 실크 위에 손으로 그린 듯 개성적인 일러스트가 선명하게 프린팅되어 있었다. 날개 달린 헬멧을 쓴 여자가 커다란 램프같이 생긴 기계에서 물을 직접 끓여 차를 내리고 있었다. 보는 것만으로 시간 가는 줄 모를 듯한 자유분방함의 결정체. 왜 내 삶은 이렇게 총천연색의 즐거움으로 가득한 판타지가 되지 못하는 걸까.

"작년 시즌에 인기 많았던 조나단 버튼이 그린 작품이야. 너에게 딱 어울리네, 푸른색이 잘 받을 것 같은데?"

나는 셀러가 추천해 준 스카프를 들고 계산대로 갔다. 카드로 계산을 끝내고 나오기까지 딱 이십 분 걸린 쇼핑. 박스에 넣어진 화사한 스카프를 꺼내 바로 셔츠 위에 매어보고 싶은 마음이 굴뚝 같았지만 사월 말까지 겨울처럼 바람이 쌩쌩 부는 날씨가 야속했다. 두시 반쯤 린에게 카톡이 왔다.

〈이번 주말에 서핑 가는 일 때문에 남자친구가 집에 온다네. 라데팡스 역 쪽에서 보자〉

남자친구가 오늘 같은 날 집에 온다니, 우린 잠깐 보고 마는 건가. 나는 지하철을 타고 라데팡스 쪽으로 갔다. 세 시 조금 넘어 라데팡스에 도착한 나는 다시 메시지를 보냈지만 그녀에겐 답이 없었다. 나는 역 바깥쪽으로 나와 주변을 둘러보았다. 새로 생긴 호텔부터 쇼핑몰, 여름 내내 다녔던 도서관을 찾아보고 싶었지만 어불성설이었다. 나는 길을 찾아보겠다는 생각을 포기하고 광장 앞 계단에 앉아 있었다. 린이 네 시에 카톡을 보냈다.

〈나 지금 우리 어디 갈까 봤는데 거기 딱히 뭐가 없어서, 우리 집 역 앞으로 올래? 그 근처 카페 갔다가 저녁 먹자. 미안, 폰 배터리가 나가서 집에 와서 충전했어.〉

나는 라데팡스 역에서 트램을 탔다. 칠 년만의 재회. 어쩌다 이렇게 오랫동안 서로 못 보고 산 건지. 역에서 내리자마자 린이 살던 집을 향해 뛰었다. 지도를 안 봐도 몸이 기억하고 있는 거리는 여기뿐이었다. 파리에서 집 같은 곳이라고 말할 수 있는 장소가 있다면 아마도 거긴 네가 있는 곳이 될 거라고. 벨을 누르려고 보니 비밀번호를 누르는 방식으로 바뀌어 있었다. 망할 독일, 이렇게 낡은 파리의 집도 변하고 있는데 아직도 열쇠를 쓰고 있다니 반성 좀 해야 하는 거 아닐까. 린에게 지금 집 앞이라고 카톡을 하려고 메시지를 읽는 순간,

〈도착하면 말해 줘. 난 역 앞이야. T2트램 타고 오는 거 맞지?〉

〈나 지금 너네 집 앞인데〉

〈아니, 왜 이렇게 늦나 했더니, 메시지 다시 봐봐. 난 너 마중 나와 있다고〉

〈젠장, 프랑스인이랑 말하기 힘드네〉

나는 다시 역을 향해 뛰었다. 이 여유로운 동네에서 나 혼자 사방으로 뛰고 있었다. 오 분 만에 도착한 퓨또 역 앞의 카페 밖에 앉아 커피를 마시는 긴 머리의 여자가 보였다. 그녀는 빨간 후드티를 입고 있었다. 잘 때 조차도 프릴 달린 원피스를 입고 자던 여자가 후드티를 입고 있다니 이게 무슨 일 인지.

"너는 칠 년 만에 봐도 어째 하나도 변한 게 없니, PTSD 올 것 같아."

린은 갑에서 담배를 꺼내 불을 붙였다. 처음 만났을 때 골초라고 해도 믿을 것같이 생긴 여자가 단 한 번도 담배를 피워 본 적 없다고 말하길래 내숭인가 했었는데 그런 린이 담배를 피우다니.

"너 담배 피워? 언제부터?"

"좀 됐어. 사 년 전인가."

"어쩌다 피우게 된 거야? 담배 그렇게 질색하던 애가."

"한국에 있을 때 전 남친이랑 헤어지고 한국에 갔었는데, 부모님은 일하시느라 시간도 없고 심적으로 힘들어서 담배를 좀 피워 봤는데 그때 이후로 못 끊고 있어. 넌 담배 끊었지?"

린과 같이 갔던 바에서 축구 경기를 보던 날, 독일이 지고 있을 때 옆에 서 있는 남자에게 담배 하나 달라고 부탁하고 뒤에 나가 혼자 빡쳐서 담배 피우던 날이 생각났다. 화장실에 가다 내 모습을 본 린이 피식 웃고 지나갔었지. 어떤 상황에서도 너는 하늘하늘한 실크 원피스를 입고 긴 머리를 날리면서 쿨하게 대처할 줄 알았는데 그녀의 이마에 생긴 주름이 말해주고 있었다. 나에게만큼이나 그녀에게도 지난 시간을 사는 것이 쉽지만은 않았다는 것을.

"응. 안 피운 지 좀 됐어. 어울린다, 담배 가지고 태어났다고 해도 믿겠어."

"나 담배 처음 피울 때 제일 싫었던 게 뭔지 알아? 다들 나한테 담배 피우게 생겼다고 말했거든, 중학교 때부터 이십 대 후반까지. 그 말 부정하는 것도 일이었는데 드디어 그 사람들의 선입견에 부합하는 일을 하다니 싫어 짜증나더라고. 남자친구랑 둘이서 너부터 먼저 끊어 보라고 그럼 나도 끊는다고 하고있긴 한데 쉽지 않네. 넌 어떻게 끊었어?"

"비싸서 끊었지 뭐. 여기도 한 갑에 거의 만 원 넘지? 처음에 사유로 얼마 할 때 피우던 생각하니까 못 사겠더라고. 지금은 거의 두 배잖아."

으슬으슬 추운 날씨, 그녀가 옆에 놓아둔 모피 코트를 입었다. 그렇지, 이래야 너지. 꽃 피는 사월에 모피를 입는 날씨라니 미쳤다고밖에 할 말이 없었다.

"그래서 소설은 잘 고치고 있어? 어쩌다 갑자기 또 텍스트 고친다고 이러는 거래."

"작년에 프랑크푸르트 한 출판사와 북메세에서 통역 일을 했는데 바이어들이 올 때마다 묻는 거야. 젊은 여자의 목소리를 담은 영어로 번역된 소설 없냐고. 요즘 시대가 젊은 여자에 관심이 많나봐. 나도 묵혀 둔 원고 있으니까 한번 고쳐 보자고 생각했지. 두 번째 수정에 오래 걸릴 줄 몰랐는데."

"읽어보고 싶다, 네 소설. 예전에 네가 나에 대해 쓴 부분, 사진으로 찍어 보내주기는 했는데 전체를 본 적은 없잖아."

"몰라, 기대는 하지 마. 나 고인물이라. 그리고 나 고전 많이 보고 자라서 아주 쉽게 글을 쓰는 사람은 아냐. 내 친구가 맨날 그래, 예전엔 상큼하고 발랄한 글 잘 쓰더니 어쩌다 독일 가서 그렇게 우중충하고 우울한 글만 쓰냐고, 차마 읽을 수가 없다면서. 요즘은 가볍고 전개 빠른 공상 과학이나 객관적인 미국식 서술 기법이 유행이니까. 공대 출신 작가들도 많고…."

"패션도 비슷해. 아무래도 인스타그램이 범람하다 보니 실험적이고 아방가르드한 시도는 거의 사라지고 디자이너들도 몇 가지 포인트로 사람들 눈을 사로잡는 데만 특화된 디자인을 내놓지. 그래도 예전엔 기존 스타일에 도전을 하고 유행을 선도해야 한다는 책임감이 좀 있었는데 요즘은 그런 거 없어, 어떻게든 인플루언서한테 옷 입혀서 한 번이라도 더 노출시키는 데 혈안이 되어 있거든."

"뭐 어쩌겠어. 시대가 변한다는 건 거스를 수 없는 현실인데. 이대로 텍스트 끌어안고 화석 되는 거지 뭐."

"하긴. 돌에 새겨진 문헌에도 어르신들 요즘 세대 버릇 없다 어쩌고 하면서 불평했다던데."

　나와 같은 고민을 하고 있는 사람이 이곳에 하나 있었다. 같은 시대에 태어나 비슷한 시기에 외국에 넘어와 열심히 구르며 살아가던 우리들. 그녀는 패션계에서 제일 잘 나가는 기업의 스타일리스트로 취업했다가 현재 비자 문제 때문에 일을 쉬고 있다고 말했다.

　"남자친구가 도와줘서 동거 비자 준비 중이야. 그걸 받아야 일을 또 시작할 수 있고. 벌어둔 돈 지금 다 까먹는 중이지. 지금까지 내가 파리에서 낸 월세만 해도 집 하나 샀을 거야. 어서 집 하나 사야 할 텐데."

　그렇게 좋은 기업을 다녀도 여기선 취업 비자 받는 게 복잡한 일인가 보다. 같이 살 때 새벽 여섯 시에 집에서 나가 관청에서 줄 서던 린이 기억났다. 오늘도 그 지겨운 서류 문제 때문에 나갔다 왔나. 프랑스는 결혼을 해도 외국인에게 영주권은 절대 주지 않는다더니 그들의 방침을 알 것 같았다.

　"나도 지금 소설 고치느라 일 거의 못하고 있어, 통장 볼 때 마다 정신 왔다갔다 해. 두 번은 못할 것 같아."

　문장이 설령 무리 없이 술술 나와도 돈 없이는 모든 게 가시방석이 된다는 것을 알게 되었다. 팔백 원 든 통장을 이길 수 있는 것은 세상에 아무것도 없었다. 일방적으로 시간과 돈, 노력이라는 온갖 에너지를 투여하고 있는 내 자신이 한심했다. 효율적인 인간이 될 날은 절대 오지 않겠지. 이런 도박은 생애 마지막이라 생각하고 사활을 걸고 있는 나, 내 사정에 대해 오랜만에 만난 린에게 자세히 말하고 싶지 않았다. 테마는 자연스럽게 린이 만나고 있는 현재 남자친구의 이야기로 흘러갔다. 예술을 하거나 사회적으로 성공한 남자들을 주로 만나 온 린이 처음으로 만난 너드 스타일의 남자. 후드티 입고 힙색 메고 나온 것도 그 영향인가. 밖으로 나도는 것을 좋아하는 남자들을 관리하는 데 지친 린도 이제는 너드로 선회한 것 같았다. 요즘 둘의 사이가 좋지 않은지 린은 한참 자신의 고민을 설명했다. 왜 이게 문제가 되는 건지 듣고 있던 나는 그저 아리송했다.

"그래서 시간을 두자고 했더니 그 사이에 남친이 전 여친이랑 연락질을 하고 있던 거야. 둘이 잠깐 밖에서 만났나 봐. 무슨 일 있었냐고 따져 물어 보니까 걔 말론, 아무 일도 없었대. 미안할 일 애초에 없으니까 사과도 안할 거라고. 도대체 무슨 생각인지. 잘못했다고 말하는 게 그렇게 어려운가?"

아직도 이렇게 남자와 피 말리는 심리전을 하고 있다니. 전에 만난 사람들과 연락은 또 왜 하는 거고. 모든 삶의 문제가 명확하게 드러나 있음에도 통제 불가능한 상황에 놓인 내가 볼 때 격세지감이었다.

"그래서 내가 INTP에 대해서 공부를 좀 했잖아. 기본적으로 힘든 일이 있어도 긍정을 추구하고 어떻게든 해결해 보겠다고 솔루션을 찾아 제시하는 나와 걘 달라도 너무 다른 거야. 같은 사람인데 어떻게 이렇게까지 다를 수 있지 싶어서 네이버 좀 찾아봤지. 그들은 도 대체 무슨 생명체인가 이해를 해봐야 할 것 같아서."

"나 인팁인데."

순간 린의 눈이 동그래졌다. 뭘 저렇게 놀라지.

"너 여름 내내 보면서 이해 안 되던 부분들이 갑자기 확 이해가 되네. 이층 침대 위에서 뭐 읽다 혼자 멍 때리면서 머리 싸매고 고민하던 네 모습, 쟨 왜 저렇게 부정적인 생각으로 꽉 차있나 했더니 그게 일반적인 인팁의 세계관인가 본데. 내 남자친구도 그러거든. 걔랑 같이 있다 보면 답 없는 상황에 같이 말려드는 것 같아. 내가 엄청 우울할 때 하는 생각과 기분이 바로 개의 일상 아닐까 싶더라고."

"부정이 아니고 회의하는 거야. 절대라는 건 없으니까."

사실은 아무것도 모르겠어. 하루살이처럼 글을 쓰는 나로서는 죽을 맛이었다. 이렇게 오랜 시간 걸려서 완성된 텍스트가 다시 작년의 십이월처럼 악평 받아 버림받을 수도 있는 현실이야말로 지금까지 내가 살아온 삶에 걸맞은 전개니까. 결과를 확신할 수 없어서 미칠 것 같은 날들. 이렇게까지 자기 확신이 없는 와중에 결말 쓰겠다고 파리까지 오다니 미쳤다고 밖엔 할 말이 없었다. 모든 미친 사람들이 글 쓰겠다고 이렇게 몇 년을 매달려 있진 않겠지만.

"그런 말하는 것조차 비슷하네, 와, 내 주변에 인팁 하나도 없는 데 대박이다, 네가 인팁일 줄은."

잘났다 싶은 종족들이 모여 드는 세계에서 일하는 그녀가 나와 비슷한 사람을 좋아하게 되었다는 게 놀라웠다. 내가 그동안 보았던 그녀의 애인들은 드레이크를 닮은, 모델 일을 겸하는 사업가나 탑을 찍는 사진가 같은 화려함의 끝판왕이었는데 사진 속 남자는 체구도 작고 여려 보이는 인상이었다.

"야, 우리 학과 콜롬비아 남자애랑 똑같이 생겼는데? 진짜 너드네. 네가 이런 사람을 만나는 날이 오다니."

"남친도 의아해하긴 했어. 네가 볼 땐 어때?"

"나야 모르지. 난 독일 남자 오래 만나서 이런 심리전 안한 지 오래 됐어. 개네들은 보통 돌려 말하지 않잖아."

심플하게 살라고, 혼자 너무 추측하지 말라고 했던 건 바로 그녀였는데 린은 내가 만나 보지도 않은 사람의 심리가 어떤 상태인지 나와 같이 생각해보고 싶어했다. 지금에서야 내가 이해된다고 하는 린 만큼이나 나도 그녀를 잘못 알고있던 걸까, 아니면 그저 칠 년이란 짧지 않은 시간 속에서 우리가 서로 변한 걸까.

"그러게. 우리가 그렇게 잘 맞는 관계가 아닌 건 알겠어. 상대가 가족이나 지난 관계에 트라우마가 커서 계속 힘들어 하거든. 근데 너도 알겠지만 세상에 완벽한 사람 없잖아. 크게 결함 없으면 서로 이해하면서 맞춰 나가는 게 좋지 않을까 해서 잘해볼까 싶었는데, 오랜만에 너 보니까 내 미래가 그려지는 거야. 네가 전보다 한결 안정된 건 눈에 보이는데 네 안정은 다른 사람과 비교해도 그 모습이 달라. 보통 행복하면 행복하기만 하고 주변에도 그런 모습만 보여주잖아. 근데 너의 안정 속에는 또 다른 불안정이 보인다고 해야하나. 난 정말 행복하고 싶은데 만약 계속 애랑 관계가 이어져서 설령 결혼을 하게 되더라도 피곤할 것 같아. 그런 불안정한 면에 대해 계속 생각하게 될 것 같거든."

"그게 진실이니까. 난 아무리 생각해도 행복이 뭔 줄 모르겠어. 행복이나 만족 같은 건 진짜 순간적으로 스치고 사라지는 가는 감정이라 전혀 지속이 안 되는데. 오히려 불안정이 친근하다면 친근하지. 걔가 나랑 동족이라면 더더욱 넌 나 같은 사람 만나면 안 돼."

재차 말리고 싶었지만 이미 마음이 쏠려버린 이상 아무 소용없다는 것을 내가 모를 리 없었다. 다음 날, 모처럼 날씨가 좋았다. 한 번도 못 입을 줄 알았던 트렌치 코트를 입고 갤러리를 돌고 난 후 나는 린을 만나러 전에 살던 집에 갔다. 기억하고 있는 것과 별 차이 없이 그대로인 집. 화장실에 칠 년째 붙은 엘리자베스 2세 여왕의 얼굴. 절묘하게 또 변기에 앉으면 닿는 눈 위치에 딱 붙어 있는 그 사진의 의도가 늘 궁금했다. 조금 달라진 게 있다면 여러 사람이 거쳐간 이 집에 이제 그녀 혼자 살게 된 것뿐일까. 스스로 월세를 감당할 수 있게 된 그녀의 경제력을 미루어 짐작할 수 있었다. 방에는 이층 침대가 아니라 더블 침대 하나와 그녀의 옷가지가 놓여 있었다. 삼 년 전부터 키우고 있다는 그녀의 고양이가 집을 조용히 돌아다니고 있었다. 그녀는 아래층에 살고 있던 돈 많은 중국 유학생이 키우다 이사 갈 때 내버려두고 갔다는 고양이를 거둬들여 키우고 있었다. 새로 온 사람을 전혀 경계하지 않고 주변을 맴돌며 먼저 머리를 들이밀며 만져달라고 하는 고양이가 신기했다. 무슨 고양이가 저렇게 개같이 굴지. 쟤도 참 특이한 애네, 종족의 특성을 저리 거부하다니.

"예전에 파리에 Colette라는 패션 아트 편집 스토어가 있었어. 마담 꼴레뜨라는 당차고 멋진 할머니가 운영하시다 몇 해 전 나이가 너무 많이 드셨는지 철수했거든. 이름 없이 혼자 빙빙 돌고 있을 때부터 쟤, 자꾸 나만 쫓아다니는 거야. 결국 내가 데려오게 되면서 그 마담 꼴레뜨처럼 당차고 독립적인 고양이가 되라고 이름을 이렇게 지어줬는데, 이름값을 전혀 못 해. 사실 이 이름이 collant 라는 형용사랑 비슷하게 들리거든. 이 단어 질척이는 사람한테 잘 쓰이는데, 쟤도 비슷하게 행동하잖아. 여전히 사람을 너무 좋아해. 개냥이가 저렇게 착 사람들에게 달라붙어 있으니."

자음과 모음의 자의적 조합이 만들어 내는 새로운 의미의 창조. 누군가에게 받든 자신의 의지로 바꾸든 이름은 그래서 특별하지 않을까. 내 머릿속에 기억된 이름과 함께 떠오르는 얼굴, 그들과의 즐거운 일화와 대화들. 이것이 같은 이름을 가진 수많은 사람들과 내가 알고 있는 사람들이 구별되는 요소였다. 의미를 부여하는 순간 꽃이 되는 이 현상을.

"근데 너 이름은 왜 바꾼 거야?"

"말하자면 긴데. 전에 쓰던 이름도 예뻤고 난 불만 없었어. 어릴 땐 아무 생각 없이 이게 뭐 내 이름인가 보다 하잖아. 다들 그렇게 부르니까 나도 그런가 보다 하고 사는 거. 책 읽을 때는 그런 문제로 딴지 많이 걸기는 하는데. 나를 정의하는 것이 무엇인가, 나를 다른 이름으로 부른다면 그건 내가 아닌가 하는 문제 의식들. 그 점에 대해 생각해 보기는 했어도 솔직히 엄청 큰 의미가 있는 질문은 아니었어. 이름 하나가 대수인가 했지.

나 같은 경우는 특정한 계기가 있었는데. 같이 유치원부터 다녔던, 엄청나게 잘 맞는 친구가 있었거든. 전공도 같았고. 늘 내 옆에 있던 애라 걔가 내 인생에서 사라질 거란 생각을 못 했는데. 그랬던 친구가 교통사고를 당해서 한 번에 갔지. 병원에서 손도 못 썼어, 구급차로 운송되던 과정에서 이미 죽어서. 사람 목숨 생사가 결정되면 뭘 어떻게 할 수가 없더라. 나도 따라 죽을까 하는 생각에 한동안 집에서 칩거하고 밖에도 안 나가고 아무도 안 만났어. 그러다 생각했지, 내가 따라 죽으면 내 친구가 진짜 기뻐할까? 좋다고 나 마중 나올까? 아닌 것 같더라고. 내가 나에게 새 삶을 한번 주자는 생각으로 이름을 바꿔 봤어. 둘이서 파리 가서 디자인 공부하자고 말했었는데 내가 친구 몫까지 살아보자는 생각으로 나 혼자 파리까지 오고.

글쎄, 이름 자체가 중요한 것 같진 않아. 그보다는 어떤 마음으로 번거로운 과정을 거쳐서 이름을 바꿨는지 그 사연이 더 중요한 거겠지. 내가 너한테 자세하게 이 이야기를 안한 건, 내가 친구에게 한 번 이 얘기를 했었는데, 걔가 나도 모르는 사람들 앞에서 내 예전 이름을 농담 삼아 말하더라고. 그때 제대로 봤지. 내 고통에 사람들은 별 관심 없구나. 벌써 십 년도 전에 일어난 일이니 나도 어느 정도 정리도 돼서 너한테 이렇게 자세하게 이야기할 수 있는 거지만 당시엔 진짜 힘들었어.”

낯선 이름 철자 때문에 번거로운 일을 많이 겪었던 나는 그녀가 프랑스 생활을 편하게 하려고 이름을 바꿨다고 생각했었다. 혹은 예쁜 유럽적인 이름을 가지고 싶었거나. 내 추측은 틀렸다. 한국을 떠나고만 싶었던, 그간의 부정적인 경험에서 탈출해서 새로운 인생을 살고 싶었던 우리들. 그럼에도 나는 끝까지 한국어를 버리지 못하고 번역투 같다는 악평을 들으면서 이런 긴 글을 썼다. 결과도 딱 그런 모습으로 나타났다. 한국어 하는 유럽산 고양이. 무의식을 구성하고 의식화를 통제하는 한국어를 죽을 때까지 벗어나지 못할 거란 선고가 떴다. 하여간 욕은 죽을 때까지 먹겠구나 했다. 모든 것이 되고 싶어서 설치다 결국 무엇도 되지 못하는 나 자신과 어울리는 결과일지도.

린이 라벤더 차를 끓여 주었다. 티백이 아니라 진짜 라벤더를 말려서 그대로 우려내는 티, 은은한 보라색이 옅게 퍼졌다. 배가 고팠는지 나는 그 자리에서 잘 먹지도 않는 도넛을 두 개 해치웠다. 나와 대화를 하는 도중에도 그녀는 때때로 핸드폰을 확인하고 있었다. 저렇게 핸드폰 자주 보는 애가 아닌데. 그녀는 다시 최근의 연애에 대해 설명하기 시작했다. 나는 밀고 당기는 그들의 관계에 정확히 무슨 일이 일어났는지 복습했다. 이상했다. 전의 그녀에겐 나만한 여자는 어디서도 만날 수 없다는 당당함이 있었는데 좀 이상했다. 혹시 쟤도 전 남친이 바람펴서 트라우마 생겼나. 조심스럽게 물어보니 그녀가 실토했다.

"질투였어. 처음엔 날 의심하고 추궁하다 나중엔 시험하고 싶어 하더라고. 너도 알겠지만 그때 내가 남자들이 나한테 질투하는 거 좀 귀여워했잖아. 똑같이 나가기보단 쟨 그냥 저러나 보다 놔둬 버리고. 내가 매사 그렇게 나가니까 걘, 자기가 만약 다른 여자와 있으면 내가 어떻게 반응할지 궁금했대. 자기처럼 똑같이 내가 질투를 할지 그래도 자길 포용해 줄지. 난 그냥 끝냈어."

그러고 보니 얼핏 통화로 들었던 기억이 났다. 잘 나가는 사진가와 동양인 스타일리스트의 만남. 멋있다고 생각했는데 끝은 그랬나 보군. 크리스의 바람으로 병원에서 담배도 못 피우고 썩어 가던 스물다섯의 봄이 생각났다. 그러고 보니 딱 이맘때의 일이었다. 남자의 바람과 계집질인지 뭔지 나를 두고 끊임없이 저울질하던 남자들에게 고통받던 내게 그녀가 거듭 말했다. 과거의 트라우마 때문에 현재의 관계를 망치지 말라고. 아이러니했다. 인간은 이렇게 또 서로 닮아있는 걸까. 그간 나와 다르다고 생각했던 린의 다른 얼굴이 보였다.

"너무 사랑하는 사람이랑 결혼하면 안 된대. 서로 너무 사랑하니까 미쳐버리게 된다고."

"나 그 말 뭔지 잘 알아. 나랑 걔가 그랬거든. 서로가 서로를 너무 사랑했어. 그러다 보니 그렇게 결론 난 것 같아."

"그래도 그 상황에 발목 잡히지 마. 나도 전엔 날 두고 다른 여자로 갈아치우거나 바람 피운 애들 욕 진짜 많이 했는데. 모르겠어. 실컷 결혼했더니 어느 날 나부터도 갑자기 사랑에 빠졌어. 안녕, 잘 살아 하면서 집 나가 버릴 수도 있는 거고. 내 남편은 절대로 그런 행동하지 않을 거라고 철석같이 믿어 봤자 사무실에서 만난 다른 여자와 사랑한다고 메시지 보내고 있을지 누가 알아. 요즘 세상에 위험 변수는 생각하자면 끝도 없어. 그래서 난 누구도 믿고 싶지 않아. 그게 남자라면 더더욱. 그냥 내가 할 수 있는 만큼 최선을 다하는 거야. 만약 예상치 못한 일이 생긴다면 그때 넌 도덕적으로 판단내린 만큼 분노 혹은 죄책감 때문에 더 힘들 거야. 그건 양쪽에게 불행한 일 아닐까."

"난 바람이 상대의 마음에 최악의 상처를 주는 일이라고 생각해. 용납 불가능이야. 그런 상처를 상대에게 주고 싶지도 않아. 그 정도 책임감과 각오 없이 어떻게 서로의 인생에 뛰어들겠다고 사랑을 해. 그런 거 싫어."

조강지처를 버린 홍상수 감독을 신랄하게 욕하며 책임감을 이백 배 요구하던 나와 사랑은 움직이는 거라고 말하던 린의 태도는 반대로 변했다. 사랑의 비극은 확실히 삶이 너무 길다는 데서 오는 것 같았다. 혹은 사랑하는 감정만으로 인생을 살 수 없다는 것을 이해하게 되었다거나. 어느덧 나도 비극을 받아들이는 나이가 되고 있나 보다. 꼴레뜨는 사뿐히 꼬리를 치며 여전히 우리의 주위를 맴돌다 열린 창문의 발코니 위에서 놀고 있었다. 저러다 떨어지진 않으려나 걱정되었다.

"재도 누울 자리 보고 다리 뻗지. 겁이 많아서 절대 안 떨어져. 떨어져도 죽진 않을걸?"

"고양이들 전선도 물어뜯고 자기 맘대로 사고 치는 경우 많은데 애는 순해도 너무 순한데. 혼자 진짜 잘 노네."

"그러니까 키우지. 저렇게 혼자 놀다가 가끔 와서 만져달라고 치덕이고 나 잘 때 되면 내 품에 파고들어서 지도 딱 누워. 그리고 같이 자. 남자도 딱 이 정도만 하면 좋겠어. 밥 잘 먹고 얌전하고 혼자 내버려둬도 걱정 안 되고."

"고양이는 지능이 낮아서 어제도 내일도 기억을 못 한대. 재네는 진짜 오늘만 인지한다는데. 가끔 고양이로 살고 싶을 때가 있어. 너무 생각이 많으면 건강에 해롭잖냐. 나도 오늘만 살고 싶다, 주인의 집을 우주로 생각하면서. 제발."

"맞아, 키워보니까 알겠어. 개는 고양이에 비하면 천재야."

릴케가 말했다. 인생에 고양이를 더하면 그 합은 무한대가 된다고. 물어뜯고 싶은 상대가 생기면 초점을 좁히고 온몸을 날리다가도, 멍청하게 혼자 권태를 즐기고, 호기심이 생긴 대상과 끊임없이 거리를 두면서도 지속적으로 자신의 애정을 표현하는 고양이만큼 세상에서 매력적인 존재를 찾아보기 힘든 것 같았다. 멍청하게 자기 중심을 잘 지키는 생명체. 바로 그것이 무한을 지탱하는 힘일지도.

Woher kommt die Katze? Ich finde, sie kommt aus nirgendwo.

이 고양이는 어디 출신이지? 한국산도 독일산도 아닌 것 같아.

나는 그 말이 좋았다. 솔직히 말하자, 난 독일에도 한국에도 어느 쪽에도 속하고 싶지 않아. 내가 아무리 독일에서 한국산 딱지를 붙이고 다녀도 한국에선 수입품 취급 당해도 상관없어. 아무 곳에도 속하고 싶지 않다고. 결정된 정체성을 가지고 사는 건 여전히 내게 힘들었다. 소녀도 여자도 엄마도 되고 싶지 않은 나, 경계를 즐기는 나. 그런 내가 단 한 가지 간절하게 되고 싶었던 것은 세상에 하나밖에 없어. 그게 되고 싶어서 오늘도 글을 읽고 쓰고 투쟁하는 것뿐이야. 그게 될지 말지 어제도 오늘도 불확실한 건 마찬가지고.

"내 소설 제목, 호기심은 고양이를 죽인다인데 표지를 어떻게 할까 상상 중이야. 친구가 그러더라고. 벽돌로 만들어진 벽을 거꾸로 타서 내려오는 고양이를 그려보래. 난 그냥 밧줄에 매달려 모가지 달려가며 죽어가는 고양이를 상상했는데. 이건 너무 직접적인 것 같고. 너 혹시 아이디어 있어?"

"그건 정말 고양이를 1도 모르는 사람의 발상이라고 밖엔. 고양이에게 거꾸로 벽 타는 건 아무 문제가 안 돼. 팔 미터에서 떨어져도 살아남을 수 있는 게 고양이인데 그게 무슨 문제가 된다고. 차라리 꽃이랑 같이 있는 고양이를 그려 보는 게 어때?"

"꽃? 웬 꽃이야. 무슨 관련이 있다고."

"고양이랑 백합류랑 같은 공간에 놓아두면 위험해. 잘못하다 죽을 수도 있거든."

"진짜? 그런 말 처음 들어 보는데. 너무 고차원적인 은유인 것 같은데. 네가 보통 사람 아닌 건 알겠는데 보통 사람인 나는 그런 말 들어본 적 없거든. 내 주변에도 그 사실 아는 사람 아무도 없을 것 같은데."

"너만 모르는 거야. 고양이 키우는 사람들에겐 상식이고. 네가 생각한 표지는 여기서 출판되면 말이 많을 수도 있어. 너도 알겠지만 유럽 사람들 동물 인권에 까다롭게 굴잖아."

나와 대화를 하면서 그녀는 여러 번 담배를 피웠다. 집에 혼자 있으면 생각이 많아지는 만큼 이런 게 또 커다란 낙이겠거니 했다. 멀리 에펠탑이 보였다. 그녀가 결혼 따위 하지 않고 이대로 이 집에 있었으면 하는 마음은 내 욕심이거니 했다.

"너 오랜만에 보니까 좋다. 예전에 넌 네 말만 했는데. 상처받아서 어디서 발설을 못하는 너로 꽉 차있어서 내 말을 하기 어려웠어. 들어주기 바빴지. 진짜 대박이었지. 너, 처음엔 독일에서 왔으니까 시크하겠거니 했거든. 난 조용히 살고 싶었어. 근데 첫 날부터 넌 제정신이 아니었어, 계속 나한테 내 직업이 뭐냐 여기서 뭐 하냐 뭘 하면 재미있냐 꼬치꼬치 캐묻고. 그리고서 첫날부터 빵 터지더라고. 네 상처, 네 이야기. 너 가고 나 고생했잖아. 난 솔직히 우리 나이에 그렇게 사연이 긴 사람 처음 봤거든. 내가 스물여덟 인생 살아온 중 가장 긴 이야기를 가진 사람이 갑자기 인생에서 빠져나가니까 허무한 거야. 네 내면이 정돈되니까 내가 하는 말도 잘 듣는 것 같아. 이제서야 내가 내 얘기를 할 수 있게 되어서 좋네."

목적성이 확실한 방문이었지만 그녀를 만나보니 더 확실했다. 이곳에 온 것은 절대로 헛된 시간도 우연도 아니었다는 것을. 서로의 거리를 지키며 사랑으로만 남은 파리를 다시 발견할 수 있었다. 인생에서 힘든 시기를 버틸 수 있게 새로운 힘을 준 사람들. 그들을 거쳐 가며 다듬어 간 나 자신. 이제는 조금 더 그들의 이야기를 새겨듣고 그 상처를 섬세하게 다룰 수 있는 사람이 될 차례일까. 잃어버린 사람들을 다시 찾을 수 있는 건 인생이 길기에 가능한 일이다.

좋은 남자 만나 결혼하고 아이를 낳고 가족 모두가 행복하게 산다는 전형적인 해피 엔딩을 더 이상 믿지 못하게 된 오늘에서야 나는 그런 생각을 한다. 누군가와 같은 인생은 하나도 없어. 각자에게 맡겨진 불확실한 엔딩을 직접 살아볼 수 있는 기회야말로 진정한 삶의 선물이라는 것. 끝은 새로운 시작이라지만 그 순간이 차마 허락되지 못한 사람들도 많다. 그래서 더더욱 내일을 기약할 수 없는 사람들을 바라보며 생각한다. 그들이 내 마음에 남기고 간 길고 긴

상흔에 대하여. 삶과 죽음이 연결되는 그 방식에 대하여. 언젠가 내 의식이 무의식의 뿌리까지 묻혀있던 의미를 발굴해 낼지도 모른다. 네 시간 자고서 마지막으로 문장을 고치던 새벽. 문득 노년의 내가 이 텍스트를 다시 읽으며 무슨 생각을 할지 궁금해지던 밤. 내가 칠 년 만에 린을 다시 만나고서 서로의 모습을 재해석하고 새로운 의미를 쌓아 올리는 것 같은 순간이 살아가면서 몇 차례는 더 왔으면 하던 순간.

다음 날, 나는 공항으로 떠나기 전 숙소 앞까지 온 메이를 만났다. 이틀 간 영어로 번역한 원고를 읽어 봤다는 메이가 말했다.

"첫 페이지부터 맘에 들더니 단숨에 10페이지까지 읽히더라고. 전체가 번역되지 않아서 아쉽네. 네 또래가 읽기 쉬진 않겠다만. 뿌듯하겠어, 어설픈 번역본인 걸 감안하고 봐도 수준이 상당해."

"비행기 그만 태워. 어떻게 될지 몰라. 쓰잘데기 없는 내용 썼다고 한국 사람들에게 까일 수도 있어. 놀랍지도 않다만."

"이 정도 썼으면 좀 뻐기고 다녀도 돼."

쨍한 여름의 날씨. 노천 카페에 정장 입고 다리 꼬고 앉아 그가 프린트한 내 문장을 들여 보고 있었다. 종업원이 그가 주문한 샴페인 병을 들고 나타났다. 잔에 따라지는 샴페인, 거품이 반은 들어찼다. 거품 값이 반이군. 돈 아깝다는 생각이 든 순간 그가 잔을 탁탁 쳐내렸다.

"거품을 없애는 중이야."

느긋한 그의 말투에 웃음이 터졌다. 돈 많은 사람도 저렇게 철저하게 십 유로의 가치를 따지고 있다니. 바텐더가 고개를 절레절레하면서 샴페인을 가득 따라 주었다. 웃음을 멈추지 못하는 내게 그가 물었다.

"자, 독자의 마음을 사로잡을 준비 됐어?"

"그런 것 같아."

"자신감이 좀 부족해 보이는데."

나는 그의 샴페인을 한 입 뺏어 마시고 답했다.

"어떤 결과가 나올지 누가 알겠어. 결과를 이미 알고서 베팅하는 사람이 세상에 어디 있다고. 어쩌면 이 글, 폭삭 망할 수도 있고 혹은 내가 생각하지도 못한 방향으로 잘될 수도 있고. 끝은 아무도 모르는 거니까."

"준비 됐냐고 물어 봤는데 너 자꾸 딴 대답 할 거야?"

난 그저 이 판을 지기 싫다는 오기로 버텼을 뿐. 하다 보니 빠져나올 수가 없어서 할 수밖에 없는 상황이 되어서 감히 내 능력으로선 생각할 수 없는 예술을 꿈꾸어 왔지만 나 혼자 간절하다고 그 뜻을 알아주는 따뜻한 세상도 아니란 것은 그간의 거듭된 실패로 너무나 잘 알고 있었다.

"내기할까. 네 소설이 성공할지 망할지. 난 성공에 베팅할 건데 넌 어때?"

"작가가 자기 소설 망할 거라고 베팅하는 사람이 있겠어? 지금

나 보고 죽으란 거야?"

"하긴. 근데 바카라는 둘 다 똑같이 걸어도 상관없어. 그럼 넌 나만 따라오면 되겠네. 내가 너보단 잘 베팅할 테니. 오케이, 베팅 끝났으니까 지금부터는 억지로라도 잘 될 거라고 생각해. 네 글이 프랑스인도 독일인도 한국인도 다 사로잡을 거라고. 이십 초만 그런 생각으로 버티면 어떻게든 결과는 나오게 되어 있어. 결과는 신의 영역이야. 도전하는 것 이외에 우리가 할 수 있는 일은 없어."

모든 차원의 결과를 받아들일 준비를 하자. 그저 최고의 결과물을 뽑아내고 싶어서 전방위로 최선을 다한 마음을 믿어 보자고. 소설 하나 썼다고 지구가 변할 건 아니지만 적어도 난 어디서도 구제받지 못한 감성을 구해냈으니까 그것만으로 이 삶은 의미 있는 거라고.

"그래. 난 준비 됐어."

이 소설은 오랜 시간 동안 갱신되지 못한 한국의 관념 성장 소설 리스트에 새로운 목록 하나를 추가해 보겠다는 바람으로 기획되었다. 한 친구가 말했다. 하나만 다루어도 어려운 연애와 성장이라는 코드를 합쳐서 쓰는 건 상당히 어려운 일이 될 거라고. 그래도 만에 하나 성공한다면 꽤나 독특한 소설이 나올 것이라고. 그 말이 내 야심에 불을 붙였다.

돌이켜 생각해 보면 출판 그 자체보다도, 혼자만의 감성에 취해 글을 쓰던 밤보다도, 원고를 수정하고 고치는 일을 수십 번 넘게 반복하던 그 순간이 나를 작가로 만든 것 같다. 사람들에게 냉정하게 비판 받고 나와 다른 의견과 부딪히고 수없이 생각하고 글자를 바꾸면서 나는 글을 쓰는 일이 고독한 나 혼자만의 일이 아니라 여러 사람의 의지와 생각이 반영될 수 있는, 확장된 성격을 가진 협업이라는 것을 처음으로 알게 되었다. 그러한 과정이 나를 더 깊은 차원의 사유와 자유로 연결시켜 주었다. 자유로운 사유가 현실에서 제대로 설득력을 갖추기까지 얼마나 치밀한 필연을 요구하는지 그

전에는 미처 몰랐다. 이 글이 어느 정도 형식이 완성되었다 해도 어떤 반응과 해석이 이어질지는 내 소관을 떠난 문제다. 이런 불안까지 모두 수용할 수 있게 된 지금에서야 비로소 나의 진정한 글쓰기가 시작되었다고 생각한다. 치열하게 정제된 문장과 이야기들을 만나는 가운데 그 속에서 좀 더 내밀한 인간의 마음의 상을 꺼내보고 싶다.

늘 힘을 보태준 가족과 친구들에게 진심으로 감사 드린다.

2024년 2월

김세희